D1927392

Harper
Collins

Zum Buch:

Für ein narzisstisches Scheusal wie den Sänger Grady Barber macht sich Aggie garantiert nicht krumm. Nur leitet er einen Gesangswettbewerb, um Spenden für das Krankenhaus zu sammeln. Und als Mitglied im Spendenverein von Emerald Springs hat Aggie die undankbare Aufgabe, sich um sein Wohl zu kümmern. Bei seinen zahllosen Feinden wundert es Aggie wenig, als sie bald über seine Leiche stolpert. Der Verdacht fällt auf Nora, eine selbst ernannte Prophetin und Umweltaktivistin, die mit ihrem Wanderzirkus für Aufsehen sorgt. Doch obwohl die Indizien eine klare Sprache sprechen, ist Aggies kriminalistischer Ehrgeiz geweckt …

„Humor und Spannung – das muss man können. Emilie Richards kann es."

Romance Readers Connection

Zur Autorin:

Bevor Emilie Richards mit dem Schreiben begann, studierte sie Psychologie. In ihren preisgekrönten, spannenden Romanen zeigt sie sich als fundierte Kennerin der menschlichen Seele. Nach einem mehrjährigen Auslandsaufenthalt in Australien wohnt die erfolgreiche Autorin heute mit ihrem Mann, einem Pfarrer, in North Virginia.

Emilie Richards

Mrs. Wilcox
und der Jahrmarkt der Eitelkeiten

Roman

Aus dem Amerikanischen von
Tess Martin

Harper
Collins

HarperCollins®
Band 100116

Ungekürzte Ausgabe im
HarperCollins Taschenbuch
1. Auflage: November 2017

Titel der amerikanischen Originalausgabe:
A Lie for a Lie

Erschienen bei: Berkley Books, New York

Umschlaggestaltung: bürosüd, Müchen
Umschlagabbildung: www.buerosued.de
Redaktion: Veronika Weiss
Satz: GGP Media GmbH, Pößneck
Printed in Germany
Dieses Buch wurde auf FSC®-zertifiziertem Papier gedruckt.
ISBN 978-3-95967-155-2

www.harpercollins.de

1. KAPITEL

Als ich das letzte Mal eine Zirkusparade gesehen habe, war ich gerade mal vier Jahre alt. An diesen sonnendurchfluteten Sommernachmittag kann ich mich noch glasklar erinnern.

Fliegende Händler verkauften himmelblaue Zuckerwatte in Papiertüten. Clowns mit kürbisfarbenen Perücken stolperten in ihren gigantischen Schuhen über das Straßenpflaster und schenkten den Kindern Windräder aus Plastik.

Als die Parade näher kam, hob mich mein gut aussehender junger Vater auf den Arm und erzählte mir die Geschichte von Hannibal, seinem persönlichen Helden: wie Hannibal die Elefanten aus Karthago über die Alpen geführt hatte. Und wie es ihm tatsächlich gelungen war, Rom in die Knie zu zwingen – mithilfe der Elefanten. Genau solche Elefanten, wie sie jetzt auf uns zukamen.

Der Gedanke daran, dass ein „kleiner Mann" ein mächtiges Reich zu Fall bringen kann, trieb Ray Sloan mit schöner Regelmäßigkeit die Tränen in die Augen. Und der Tag, an dem der Zirkus kam, war da keine Ausnahme.

Dieser Tag voller Sonne und väterlicher Liebe war eine meiner kostbarsten Erinnerungen. Na schön, er war auch eine der absurdesten Erinnerungen der letzten siebenunddreißig Jahre. Denn irgendwann trafen wir leider diesen Clown. Der stark geschminkte Mann beugte sich lächelnd herab, um mich am Kinn zu kraulen. Und zack – schon hatte Ray ihm eine gescheuert.

Also endete der Tag damit, dass mein Vater und ich gemeinsam die Straße entlangrannten. Energisch schubsten wir schreiende Kinder und kreischende alte Damen aus dem Weg, denn die Polizisten, die die Zirkusparade und die Käfige mit den Löwen eskortierten, waren uns dicht auf den Fersen.

Du liebe Zeit!

Bis zum heutigen Tag ist Ray kein Fan von Kinnkraulern. Bis zum heutigen Tag bin ich ein Zirkus-Fan.

Ich bin auch ein Fan von Ray, obwohl ich mir immer ganz genau überlegen muss, worüber ich am Telefon mit ihm sprechen kann. Denn inzwischen lebt Ray mit einem Dutzend Vietnamveteranen in einer Art Militärlager in Indiana. Dort bereitet er sich auf den Zeitpunkt vor, an dem ihn die CIA um Hilfe bittet. Dann nämlich wird mein Vater nach Rom marschieren – genau wie einst Hannibal.

Das Gute daran ist, dass niemand Interesse daran hat, Ray um Hilfe zu bitten. Bisher zumindest nicht. Und das wird hoffentlich so bleiben.

Ich bin nicht sicher, wo wir gerade wohnten, als sich dieser Zirkus in meine Erinnerung einbrannte. Ich weiß hingegen, wo ich jetzt lebe, nämlich in dem kleinen Städtchen Emerald Springs. Das ist seit fast drei Jahren meine Heimat.

Wenn mich heute ein Clown unterm Kinn kitzeln würde, wäre ich gezwungen, verständnisvoll zu lächeln. Allerhöchstens könnte ich ihm noch eine kurze Lektion zum Thema „Umgangsformen" erteilen. Denn heute bin ich die Frau des Pfarrers.

Als Pfarrersfrau kann man den Leuten nicht einfach eine scheuern. Leider. Es sei denn, sie versuchen, mich umzubringen – was seit meiner Ankunft in Emerald Springs ziemlich häufig vorkommt.

Insofern ist es durchaus ein Vorteil, Ray Sloan als Vater zu haben. Natürlich habe ich damals die ewigen Orientierungsmärsche in den Sommerferien gehasst. Aber Ray hat mir beigebracht, wie ich selbst die größten und stärksten Männer mit einem kleinen Trick aushebeln kann. Dank Rays Überlebenstraining bin ich überhaupt noch hier – und zwar unversehrt. Ich hoffe, dass dies in den nächsten Jahren so bleibt. Denn darin sind mein Vater und ich völlig gleich: Wir wollen überleben.

„Aggie, woran in aller Welt denkst du? Du fuchtelst die ganze Zeit mit den Händen in der Luft herum."

Ich betrachtete meine beste Freundin Lucy Jacobs, die neben mir auf dem Fahrersitz saß. Luce versuchte, einen Parkplatz für ihren kirschroten Chrysler zu finden, und es überraschte mich nicht, dass sie seit einer halben Meile kein Glück damit hatte. Beide Seiten der staubigen Straße waren zugeparkt.

Ganz offensichtlich waren wir nicht die einzigen rechtschaffenen Bürger von Emerald Springs, die eine Invasion befürchteten. In einer Stadt wie unserer verbreiten sich Neuigkeiten so schnell, wie Butter auf Piroggen schmilzt. Es gibt hier so eine Art kollektives Denken. Worte sind nicht mehr notwendig.

Wie Lemminge mit etwas größeren Hirnen waren deshalb sämtliche Einwohner von Emerald Springs vor etwa einer halben Stunde aus der Tür getreten und zu ihren Autos geeilt. Ich konnte nur hoffen, dass diese simultane Völkerwanderung nicht damit endete, dass sich die Leute vor die Räder der ramponierten Wohnwagen warfen, die gerade vor uns auf den Acker fuhren. Aber es sind schon merkwürdigere Dinge geschehen.

Behutsam ließ ich meine fuchtelnden Arme wieder sinken. „Du würdest nicht glauben, in welche Richtungen meine Gedanken wandern können."

Lucy hob eine perfekt nachgezeichnete Augenbraue. „Das ist ein Scherz, richtig? Wir arbeiten zusammen. Ich habe dir geholfen, drei Mordfälle zu lösen. Wer wüsste besser, wie deine Gedanken ins Unermessliche abdriften können?"

„Und doch findest du tief in dir die Güte, mich bei dir mitfahren zu lassen."

„Also, woran hast du nun gedacht?"

„An den Tag, als der Zirkus in unsere Stadt kam. Ich war damals vier. Mein Vater hat mich mitgenommen."

„Das klingt doch völlig normal." Lucy warf mir einen zweifelnden Blick zu, wobei sie ihre perfekte kleine Nase krauste. „Fast schon zu normal, wenn man bedenkt, dass es um Ray geht. Habt ihr also doch mal was *Normales* zusammen gemacht?"

„Ray hat durchaus seine normalen Momente. Als ich ihn letzte Woche mit meinen Mädchen besuchte, benahm er sich wie jeder andere Großvater auch."

„Ach, wirklich? Hat er angefangen, Bridge zu spielen? Oder Golf?"

„Braucht er nicht. Er hat seinen Dörrautomaten, seine wöchentlichen Paintball-Schlachten und seine Hindernisläufe. Er und seine Kameraden haben eine derart massive Mauer hochgezogen, dass selbst ein Panzerbataillon nicht durchkommen würde. Oder noch besser: Mit etwas Glück wird die Mauer verhindern, dass mein Vater und seine Kollegen rauskommen."

Lucy warf mir einen strafenden Blick zu. „Ich kann nicht fassen, dass du die Mädchen dabeihattest."

Okay, Lucy weiß zu viel über mich. Meine Familiengeschichte erinnert an eine bescheuerte Fortsetzung von *Apocalypse Now* oder *Hair*. Mein Vater ist ein kaputter Überlebenskünstler. Meine Mutter das vielfach verheiratete Blumenkind. Junie Bluebird ist während meiner Kindheit von einem Kunsthandwerkermarkt zum nächsten gereist – meine Schwestern und mich im Schlepptau. Doch heutzutage könnte unsere kleine Familie fast als normal durchgehen –

von Ray einmal abgesehen. Und wenn man nicht allzu genau hinsieht.

Meine Schwestern, Vel und Sid, sind glücklich und zufrieden und besuchen uns, sooft sie können. Junie hat sich direkt hier in Emerald Springs niedergelassen. Vor einigen Monaten hat sie ihren eigenen Quilt-Laden eröffnet, ist der Handwerkskammer beigetreten und zahlt – so hoffe ich – Steuern.

Ich versuchte, Lucy unseren kleinen Indiana-Ausflug zu erklären. „Für meine Töchter ist das eine wichtige Erfahrung. Deena ist jetzt so gut am Schießstand, dass sie uns mit Wild versorgen könnte. Leider sind wir Vegetarier, aber das macht ja nichts. Außerdem sind Rays Selbstverteidigungstricks ziemlich nützlich – gerade für einen frischgebackenen Teenager. Und Teddy hat auch sehr viel gelernt. Sie weiß jetzt, wie man wilden Spargel findet. Und sie kann ein Sauerteigbrot aus nicht viel mehr als dünner Luft zubereiten. Alles wichtige Kenntnisse, falls man mal in freier Wildbahn überleben muss."

Natürlich hatte Ray auch für mich ein kleines Programm zusammengestellt. Aber davon erzählte ich Lucy lieber nichts. Rays nachdenklicher Blick auf meinen Körper hatte mir die Schamesröte in die Wangen getrieben. Schweigend hatte er mir kurz darauf eine Liste mit Fitnesstipps überreicht. Hätte ich sie alle befolgt, könnte ich inzwischen wahrscheinlich bei den Gebirgsjägern mitmachen. Na ja. So ist es eben mit der Familie.

Meine Erklärungen hatten Lucy noch nicht wirklich überzeugt. Schnippisch erwiderte sie: „Also ich bin immer wieder überrascht, wenn du gesund und munter zurückkommst."

„Du darfst das nicht so ernst nehmen, Lucy. Die Typen in dem Camp sind zum größten Teil harmlos. Die haben kein schweres Waffenlager oder so." Ich hielt inne. „Nicht dass ich wüsste, zumindest."

Wobei ich mir heimlich eingestehen musste, dass mich die Sache mit den unterirdischen Bunkern doch ein wenig beunruhigte.

Lucy entdeckte eine Lücke auf der anderen Straßenseite, die so klein war, dass kein normaler Mensch sie in Betracht gezogen hätte. Sie schlängelte sich zwischen zwei entgegenkommenden Autos durch, glitt quer hinein und bremste wenige Millimeter vor einem Hydranten ab. Ehre, wem Ehre gebührt. Nicht einmal die hintere Stoßstange ragte mehr in die Straße hinein. Ich bezweifelte zwar, dass diese Form des Parkens legal war, aber heute würde das ganz gewiss keinen einzigen Polizisten kümmern. Die hatten wahrscheinlich genug mit der Menschenmasse weiter vorn zu tun.

Lucy stellte den Motor ab. „Nun, wo wir gerade von Freaks und anderen merkwürdigen Menschen sprechen …"

Ich war froh, das Thema wechseln zu können. „Also, wie du diese Sache hinbekommen hast, Lucy. Das ist einfach unglaublich. Die alte Weilly-Farm wird endlich verkauft – und ausgerechnet an einen Zirkus. Niemand hat etwas von diesem Deal gewusst. Du hast das alles klammheimlich durchgezogen. Die anderen Immobilienmakler in Emerald Springs müssen dich echt hassen."

Lucy lächelte triumphierend. „Oh, das tun sie, das tun sie. Und es ist kein Zirkus, das habe ich dir doch schon tausendmal gesagt. Die neuen Besitzer wollen die Leute nicht nur unterhalten, sie verfolgen auch höhere Ziele. Die Zuschauer sollen zu Gott finden. Das ist den Veranstaltern wichtig. Deshalb nennen sie ihr Programm ja auch ‚Schwester Noras himmlische Zeltshow'."

„Himmlische Zeltshow? Mein Gott! Was die Leute sich so alles ausdenken." Die Pfarrersfrau in mir zuckte kurz zusammen, aber einmal fluchen ist keinmal. „Die Stadtverwaltung wird auch nicht gerade begeistert sein. Wir dürfen ohne Jagdlizenz ja nicht mal eine Mausefalle aufstellen. Ein Grundstück voller exotischer Tiere wird die zur Weißglut bringen – ganz zu schweigen von einem religiösen Kult."

„In Ohio gibt es kein Gesetz, das die Haltung exotischer Tiere verbietet. Die Farm ist kurz hinter der Stadtgrenze, und der Gemeinderat hat gegen Schweine und Kühe gestimmt, aber nicht gegen Elefanten." Lucy warf ihre kupferroten Locken zurück, beschloss dann aber, dass das nicht reichte. Also fischte sie ein Haargummi aus ihrer Handtasche und band sich das Haar zu einem lockeren Pferdeschwanz. Ich konnte sie verstehen. Wir standen kurz davor, uns in die Gluthitze zu stürzen. Außerhalb des klimatisierten Autos brannte die Sonne gnadenlos.

Der Juni in Ohio kann heiß und feucht sein, doch dieser Juni stellte neue Rekorde auf. Und niemand wusste so genau, woher die Feuchtigkeit kam. Immerhin hatte es in Emerald Springs seit fast drei Monaten nicht mehr geregnet.

Bevor ich das Haus verließ, hatte ich mich wie Lucy an einer Sommerfrisur versucht. Das Ergebnis sah allerdings etwas anders aus als bei ihr. Ein Großteil meines dunklen Haars hatte sich in Windeseile aus der Umklammerung befreit, und die feuchten Strähnen klebten nun an meinen Wangen und im Nacken. Angespornt von Lucys gutem Beispiel strich ich die feuchte Pracht energisch zurück.

„Wie schade, dass die Mädchen heute nicht dabei sein können", sagte ich. Meine Mutter hatte Deena und Teddy mit auf einen Campingtrip genommen. Da ihr neuer Quilt-Laden richtig gut lief, konnte sich Junie neuerdings sogar eine Assistentin leisten, die sie vertrat. Und nun kostete sie ihre Freiheit richtig aus. Kaum waren wir aus Indiana zurück, hatte

Junie die Mädchen in ihr Wohnmobil gepackt und war mit ihnen zu einem nahe gelegenen See aufgebrochen.

„Merk dir einfach jedes einzelne Detail, damit du ihnen dann eine tolle Geschichte erzählen kannst", sagte Lucy. „Und hör auf zu meckern."

Ich öffnete meine Tür und fiel beim ersten Hitzestoß fast um. Die Luft war so reglos wie ein meditierender Mönch. Eine Brise hätte womöglich kühlend gewirkt. Oder aber noch mehr Hitze in unsere Richtung geblasen.

Eigentlich war ich solche Temperaturen gewöhnt. Denn dank unserer Hippie-Mutter hatten wir als Kinder unzählige Wüsten und Sumpfgebiete durchquert. Inzwischen bin ich aber viel zu untrainiert für solche Abenteuer und riskiere dabei einen Sonnenstich oder Hitzeschlag. Vielleicht hätte ich Rays Fitnessplan doch befolgen sollen?

Ich holte Lucy ein, die ganz in ihrem Element zu sein schien. Dabei soll die Sonne bei grünäugigen Rothaarigen doch angeblich die schlimmsten Verwüstungen anrichten. Ich entschied, dass ein oder zwei neue Sommersprossen nicht schaden würden. Lucy ist so hübsch, dass sich sämtliche Männerköpfe nach ihr umdrehen. Zusätzliche Sommersprossen würden vielleicht die Taugenichtse unter den potenziellen Ehemännern aussieben.

Lucy unter die Haube zu bringen war eine ungewohnte Aufgabe für mich. Doch im letzten Jahr hatte ich gemerkt, dass ich wirklich eine *neue* Beschäftigung brauchte. Bisher war mein Hobby ja eher das Lösen von Mordfällen gewesen. Doch das brachte leider einige unangenehme Nebenwirkungen mit sich: zum Beispiel, dass man selbst in Gefahr geriet.

Um dennoch etwas zu tun zu haben, plante ich also jetzt, für Lucy einen akzeptablen Mann zu finden. Früher oder später würde ich auf diese Weise die Patentante einiger rothaariger draller Babys werden. Und das ist doch auch ein Erfolg. Natürlich ist Lucy Jüdin, insofern bin ich mir wegen der Patentante nicht ganz sicher. Aber es wird bestimmt etwas Entsprechendes geben.

Selbstverständlich habe ich ihr gegenüber bisher nichts in dieser Richtung erwähnt.

Wir waren nicht die Einzigen, die die Straße hinuntermarschierten, um die neueste Attraktion von Emerald Springs zu sehen. Mit zombieartiger Entschlossenheit staksten ganze Familien, Teenager und Händchen haltende alte Paare auf das Gelände zu, das sich langsam mit Sattelschleppern, Wohnwagen und Käfigen auf Pritschenwagen füllte.

„Machen die Tierschützer kein Theater wegen der Art und Weise, wie diese Tiere transportiert werden?“, fragte ich Lucy.

„Ich habe mich ein bisschen umgehört. Schwester Nora hat einige Beschwerden von Spinnern bekommen. Diese Querulanten finden, dass überhaupt keine Tiere in Gefangenschaft sein sollten, egal, wie gut es ihnen geht. Keine Zirkusse, Zoos, Rodeos. *Nada.* Aber mir scheint, dass diese Beschwerden eher als PR gedacht waren. Bisher jedenfalls hat Schwester Nora nie Ärger mit dem Gesetz gehabt. Als es sich noch um einen echten Zirkus handelte, hatte der einen glänzenden Ruf.“

„Glänzend“ schien mir irgendwie das falsche Wort zu sein. Nichts an dieser Prozession aus verrosteten Fahrzeugen war schön oder wertvoll. Das Ganze erinnerte eher an ein verschrammtes Besteck. Die Art von Besteck, das man in den Picknickkorb packt, weil es egal ist, ob jemand aus Versehen ein Messer oder einen Löffel mit einem Hühnerbein wegwirft. Der Zirkus – Pardon, die himmlische Zeltshow! – sah aus, als ob ihm jeden Moment der letzte Dollar ausgehen könnte. Ich fragte mich, wie Schwester Nora die zwei Elefanten ernähren konnte, die in einiger Entfernung mit ihren Rüsseln winkten.

Und das Fleisch für die Raubkatzen? Wo sollte das denn herkommen? Ich erschauerte.

„Wie in aller Welt kann sie sich dieses Grundstück leisten?“, fragte ich Lucy. „Das sind doch mindestens ... was, achtzig Morgen?“

„Neunzig. Aber nach dem Tod des Vorbesitzers stand das Haus fast ein Jahr leer. Die Erben wollten nicht mit einem Immobilienmakler zusammenarbeiten, also hat immer mal wieder einer von ihnen ein Inserat mit einem viel zu hohen Preis geschaltet. Das Land ist schon okay, aber das Haus ist so runtergekommen, dass ich es für uns beide gar nicht erst in Betracht gezogen habe.“

Lucy und ich bauen gemeinsam Häuser um. Sie findet die geeigneten Objekte, die Arbeit erledigen wir dann zusammen und verkaufen das Haus wieder. Bisher haben wir drei Häuser umgebaut. Jetzt suchen wir nach einem vierten Projekt, etwas Schnelles und Einfaches, in das wir unsere nicht gerade übermäßigen Gewinne stecken können. Bisher sind wir von den Angeboten nicht besonders begeistert. Oder vielleicht einfach auch nicht von der Aussicht, bei dieser unglaublichen Hitze Tapeten abzukratzen, Böden aufzustemmen und tonnenweise Müll wegzukarren.

„Ich glaube sowieso nicht, dass ein Farmhaus ein gutes Objekt wäre“, sagte ich, während wir näher kamen. „Jeder anständige Farmer würde lieber weniger zahlen und dafür die Reparaturen selbst durchführen. Und niemand möchte hier ein Ferienhäuschen haben. Horseshoe Bend ist auch nicht gerade die schönste Landstraße, die ich je gesehen habe.“

„Was für Schwester Nora perfekt ist, weil keiner der Nachbarn genug Bargeld hat, um sie von ihrem Land zu verjagen, oder genug Einfluss, um die Behörden gegen sie aufzustacheln. Falls ein Tier ausbricht, werden sie es erschießen.“

Ich zuckte zusammen.

Wir näherten uns dem Tor zum Grundstück, das für die Sattelschlepper und Wohnwagen weit geöffnet war. Lucy ging weiter.

„Was die Bezahlung betrifft." Lucy hob lächelnd die Augenbrauen. „Bist du nicht froh, mich zu kennen?"

Das war ich tatsächlich. Begeistert, um genau zu sein. Für unsere Freundschaft hatte ich mich sogar damit arrangiert, in einer Stadt zu leben, für die „Veränderung" ein Fremdwort war.

„Wie haben sie bezahlt?", fragte ich.

„Sie hat einen Multimillionär bekehrt."

„Sie? Schwester Nora?"

„Die Unvergleichliche. Er hat in bar für sie bezahlt. Ein kleiner, schrumpeliger Typ namens Henry Cinch. Vielleicht sehen wir ihn. Halte Ausschau nach einem alten Kerl mit schütterem Haar."

„Das ist ziemlich allgemein gehalten."

„Nein, seine Frisur ist sogar sehr auffällig. Er hat alles Haar obendrauf, aber keines an den Seiten. Wie auch immer, Henry hat sein Geld in Texas gemacht. Offensichtlich eine ganze Menge. Und jetzt will er es wohl loswerden, so schnell es nur geht."

„Vermutlich handelt es sich um diese Lehre aus dem Neuen Testament über Reiche und den Himmel und das Nadelöhr. Wenn er glaubt, dass sein Ende naht, dann will er seine unrechtmäßig erworbenen Reichtümer schnell für etwas Gutes ausgeben."

„So funktioniert das? Man kann leben, wie man will und dann in der letzten Minute bereuen?"

Ich ignorierte diese theologische Herausforderung, denn die großen Fragen zu beantworten ist der Beruf meines Mannes. „Wie es scheint, tut er mehr, als nur bereuen. Er löst sich von seinen weltlichen Gütern. Ich frage mich, ob etwas von seinem Geld dazu benutzt wird, das Haus herzurichten."

„Auf jeden Fall hat Schwester Nora genug Arbeitskräfte dafür."

In dieser Hinsicht hatte Lucy recht. Mal angenommen, die Zirkusleute waren nicht allesamt kleinwüchsig und teilten sich die Betten zu sechst; es waren noch immer genügend Fahrzeuge, um einhundert Leute zu beherbergen. Wahrscheinlich sogar viel mehr.

Die Menschenmenge versammelte sich direkt vor dem Tor. Ausschreitungen waren nicht zu befürchten. Midwestener sind viel zu höflich und diszipliniert, um sich unbefugt Zutritt zu einem Privatgelände zu verschaffen. Allerdings sind wir nicht zu höflich, um uns zusammenzurotten und zu starren. Wir bringen genauso wie alle anderen Menschen großes Interesse für alles auf, was merkwürdig oder rechtswidrig scheint. Ich war mir nicht sicher, zu welcher Kategorie Schwester Nora und ihre Leute gehörten. Aber das würde ich schon herausfinden.

Lucy lief um die versammelte Meute herum und wartete, bis ein Lastwagen vorbeigefahren war. Sie bahnte sich ihren Weg am Zaun entlang. Mit einem entschuldigenden Blick folgte ich ihr, direkt vor einem sich nähernden Wohnwagen. Beinahe wäre ich kopfüber hingeschlagen, als sich mein Fuß zwischen den Drähten verfing.

Endlich holte ich sie ein. „Luce, warum sind wir eigentlich nicht einfach gefahren? Warum dieser ganze Unsinn mit dem Parken?"

„Weil ich dachte, dass wir zu Fuß schneller wären, als wenn wir uns hinter den ganzen Fahrzeugen einreihen. Ich habe ein paar Unterlagen für Schwester Nora ..."

Ich packte sie an der Schulter. „Lucy?"

Sie schüttelte mich ab. „Okay, nur ein Willkommensgruß und Informationen über die Müllabfuhrzeiten. Aber ich will das mal aus der Nähe sehen, du nicht?"

Wir liefen weiter in das Getümmel hinein, und es gab tatsächlich eine Menge zu sehen. Ungepflegte Männer, die – wenn überhaupt – Unterhemden und kurze Hosen trugen, dirigierten die Fahrzeuge in durch Seile begrenzte Bereiche. Ein paar Schritte von uns entfernt rammte ein Riese mit nackter Brust, schmalem Kopf und Bauarbeiterschultern mittels Vorschlaghammer Eisenpflöcke in den Boden. Ein viel kleinerer Gehilfe lief mit den Pflöcken neben ihm her. Vier muskulöse Frauen luden Picknicktische von einem Lieferwagen. Jeder einzelne musste mehrere Hundert Pfund wiegen. Zwei Männer nahmen sie in Empfang, stellten sie auf Rollen und brachten sie zu dem Mann mit den Pflöcken.

„Küchenhaus", sagte einer der Männer und nickte in die entsprechende Richtung.

Damit hatte er meine offene Frage beantwortet. Niemanden schien es zu stören, dass wir herumstarrten. Eine der Amazonen, die die Tische hochwuchteten, warf mir sogar ein warmes Lächeln zu. Jeder schien genau zu wissen, was zu tun war und wie.

„Die wirken glücklich", erklärte ich Lucy. „Dafür, dass es sich um eine Sekte handeln soll."

„Falls sie dir ein Getränk anbieten, entscheide dich am besten für Mineralwasser in der Flasche."

Wir führten unseren Weg fort, vorbei an Wohnwagen mit ausgerollten Markisen und aufgestellten Grills. Kinder hüpften fröhlich aus den Wagen in den gnadenlosen Sonnenschein. Wir kamen an Pferdeanhängern vorbei, aus denen ein unangenehmer Geruch drang. Daneben bauten einige Männer etwas auf, was vermutlich ein Pferdegehege werden sollte.

„Auf die Pferde passen sie besonders gut auf. Schwester Nora war als junges Mädchen der Star einer Reitnummer", sagte Lucy. „Das ist alles, was vom Nelson-Zimboni-Zirkus noch übrig ist."

„Du hast das alles recherchiert, während ich in Indiana war?"

„Nun, irgendwas musste ich ja tun, oder? Außer mich über deine Abwesenheit zu grämen …"

Ich stieß sie mit dem Arm an. „Da hat sich ja wirklich einiges getan, während ich nur eine Woche weg war."

„Eigentlich haben sie sich schon lange hier in der Gegend umgesehen. Nur wenige Immobilienmakler wussten das, und wir unterlagen der Schweigepflicht. Dann hörte ich von diesem Grundstück. Mir war sofort klar, dass es perfekt wäre. Ich überredete die Eigentümer, mich anzuhören. Als Schwester Nora es sah, wollte sie es sofort – und ich besorgte es ihr. Das Grundstück war verwaist. Die Zeltshow hatte Bargeld. Das war ein richtiger Coup, wenn ich so sagen darf."

Das Brüllen eines Löwen riss mich von den Füßen und setzte mich ein paar Meter von Lucy entfernt wieder ab.

„Pferde waren nur ein Teil der Vorstellung", fuhr sie fort, als ob sie längst an die Anwesenheit von menschenfressenden Bestien gewöhnt wäre. „Nelson-Zimboni ist schon Generationen alt. Sie waren nie ein richtig großer Zirkus, aber für ihre Qualität bekannt. In kleinen Städten wie unserer hier hatten sie viele Zuschauer. Die Pferdenummer war eine der größten Attraktionen. Traumhafte Pferde, traumhafte Frauen, todesmutige Kunststücke. Nach allem, was ich herausfinden konnte, war Noras komplette Familie dabei. Sie spricht heutzutage allerdings nicht mehr darüber. Das alles ist Vergangenheit."

„Die Pferde jedenfalls nicht." Ich wies auf die Anhänger. „Und die Löwen auch nicht."

„Die Mitarbeiter aus Nelson-Zeiten sind für die Tiernummern zuständig. Die begannen zu einer Zeit, als nur Stadtbewohner in den Genuss von Zoos kamen. Die Zirkusse führten dann Tiger und Löwen im Dorf vor."

„Würde mich mal interessieren, wie Schwester Nora ihre Predigten da einbaut. Wird vielleicht jeder, der mit ihren Worten nicht einverstanden ist, in einen Käfig gesperrt?"

Wir wichen einem Traktor aus und steuerten auf das Haus zu, das sich in einem kleinen Wäldchen aus dürren, vertrockneten Ahornbäumen befand.

„Ich weiß nicht, wie Emerald Springs auf all das reagieren wird", sagte Lucy. „Die Tiere, die Auferstehungsmessen."

Ganz zu schweigen von jeder Menge Gerede über Himmel und Hölle. Wir waren daran gewöhnt, über die Hölle zu sprechen, als ich in Nordvirginia lebte. So nahe am Weißen Haus war man überzeugt davon, dass jeder, der dort residierte, dem Teufel diente. Aber hier? „Die Leute in Emerald Springs machen sich lieber über andere Dinge Gedanken", sagte ich. „Sie wollen darüber diskutieren, ob die kleine Jennifer es ins Finale vom Emerald-Springs-Idyll schafft, und nicht darüber, ob sie in den Himmel kommt. Wobei mir einfällt, ich muss um vier zurück sein."

„Sag noch mal schnell, warum du dich von diesem Komitee hast einspannen lassen?"

Zu der Mitarbeit im Wohltätigkeitskomitee, auf das Lucy sich bezog und das der Grund dafür war, warum ich zurück in die Stadt musste, hatten mich einige sehr mächtige Mitglieder unserer Kirche überredet. Unsere Aufgabe war, dafür zu sorgen, dass das Emerald-Springs-Idyll, eine übertrieben aufgeblasene Talentshow, reibungslos verlief und dabei so viel Geld wie möglich gesammelt wurde. Es handelte sich also exakt um die Art Komitee, die ich am meisten verabscheute.

Ich zählte nur die Gründe auf, die mich nicht ganz wie ein Weichei dastehen ließen. „Es ist wichtig. Du und ich haben gerade kein gemeinsames Projekt, und ich brauche eine Beschäftigung, die darüber hinausgeht, Teddy zum Schwimmunterricht und Deena zum Stall zu fahren."

„Und weil Sally Berrigan dich bearbeitet hat."

„Das ist nur ein Grund." Andere Gründe waren Dolly Purcell und Esther, unsere Organistin. Alle drei waren Mitglieder unserer Kirche.

„Steht das vielleicht im Handbuch für Pfarrersfrauen? Klein beigeben bei Leuten, die deinem Mann das Leben zur Hölle machen könnten?"

„Kapitel eins, zweite Seite, dritter Absatz." Ich lief langsamer, denn die Hitze machte mir zu schaffen. Trotz aller Gewaltmärsche und Klimmzüge der vergangenen Woche. „Aber mal im Ernst, Luce. Es wird für einen guten Zweck gesammelt. Eine neue Kinderstation für das Emerald-Springs-Krankenhaus finde ich persönlich wirklich wichtig. Zimmer, in denen Eltern bei ihren kranken Kindern bleiben können, eine Intensivstation mit vier Betten und ein Spielbereich. Wie könnte ich da Nein sagen? Wenn ich irgendetwas dazu beitragen kann, dann muss ich das tun."

Lucy widersprach nicht. Auch ihre Immobilienagentur hatte eine beträchtliche Summe für die neue Kinderstation gespendet, und ich vermutete, dass ein Großteil davon aus Lucys Tasche bezahlt worden war.

„Da ist Schwester Nora!" Lucy wies mit dem Kinn auf die Veranda des alten Farmhauses, das jetzt nur noch wenige Meter von uns entfernt war.

Das Sonnenlicht blendete mich so, dass ich die Augen abschirmen musste, um einigermaßen klar zu sehen. Ich konnte auf einer Seite des Hauses zumindest drei Menschen ausmachen, die im Schatten eines durchhängenden Daches saßen, viel mehr aber auch nicht. Ich senkte meine Stimme zu einem Flüstern. „Wie müssen wir uns verhalten? Sollen wir niederknien? Welches Knie zuerst?“

„Du wirst sie mögen.“ Lucy setzte ein Lächeln auf und lief zur Treppe.

Ich war schon halb oben, als das Licht etwas milder wurde und ich eine kleine Gruppe Menschen auf der heruntergekommenen Veranda entdeckte. Eine Frau mittleren Alters löste sich von den anderen, die sich weiterhin flüsternd unterhielten, und kam auf uns zu. Sie war gertenschlank, fast abgemagert, und ihre Haut hatte die Farbe meiner Ledersandalen. Diese beiden Merkmale ließen ihre riesigen blauen Augen beinahe aus dem Kopf fallen. Sie trug ein blaues Arbeiterhemd, das an ihren knochigen Schultern herabhing, und Jeans der Größe „minus zwei“ oder so. Sie war durchschnittlich groß. Wenn sie nicht so hager gewesen wäre, hätte man sie als hübsch bezeichnen können. Ihr auf dem Kopf aufgetürmtes und von einer Spange gehaltenes Haar war wohl ein paar Nuancen heller, als der liebe Herrgott im Sinn gehabt hatte. Einige silberne Strähnen verstärkten diesen Eindruck. Insgesamt betrachtet war sie sehr beeindruckend – eine Frau, die man nicht so schnell vergisst. Ich schätze, das ist in Noras Branche von Vorteil.

„Lucy.“ Schwester Nora streckte ihre Hand aus und ergriff Lucys. Ihr Lächeln war warm und ehrlich, nicht so unecht wie bei den Fernsehpredigern.

Lucy erwiderte ihr Lächeln. „Ich habe Ihnen ein paar Informationen mitgebracht. Und ich wollte sehen, ob Sie irgendetwas brauchen.“

Es faszinierte mich, wie ernst Lucy bei dieser Frage blieb. Und tatsächlich: Schwester Nora brauchte eine Menge Dinge.

Für den Anfang zum Beispiel Stacheldraht um das Grundstück herum.

Die beiden wandten sich nun zu mir, und Lucy stellte uns einander vor. Schwester Nora drückte meine Hand. Sie hatte den festen Griff eines Gouverneurs – kaum zu glauben bei einer so zarten Frau.

„Ganz schöner Tumult, oder? Bestimmt fragen sich alle in Ihrer kleinen Stadt, was das überhaupt soll." Schwester Nora sprach absolut akzentfrei. Was nicht weiter verwunderlich ist für jemanden, der bei einem reisenden Zirkus aufgewachsen ist. Meine eigenen ständigen Umzüge in der Kindheit haben bei mir die gleiche Wirkung gezeigt.

„Hier passiert nicht viel Aufregendes", gestand ich. „Das hier reicht also gleich für ein ganzes Jahr."

„Aggies Mann ist der Pfarrer der Kirche auf dem Emerald Springs Oval", sagte Lucy. „Bestimmt wollen Sie ihn kennenlernen."

Schwester Nora nickte beherzt. „Hier ist jeder willkommen, Sünder und Heilige gleichermaßen."

Ich fragte mich, wo Ed sich einordnen würde. Die „Consolidated Community Church" ist eine liberale Kirche. Natürlich mögen wir Heilige lieber als Sünder, aber wir sind auch der Ansicht, dass es dazwischen sämtliche Abstufungen gibt.

„Das werde ich Ed auf jeden Fall ausrichten", versprach ich. Ed fände dieses Gespräch faszinierend. Ich konnte mich schon jetzt auf grandiose Reden über Missionare, Sünder und Vergebung gefasst machen.

„Wir freuen uns darauf, jeden Einzelnen aus der Gemeinde kennenzulernen." Noras Augen waren wie Saphire, ein tiefes Blau mit einem seltsam leuchtenden Licht, das direkt aus der Pupille zu fallen schien. „Wir haben eine Botschaft für die Einwohner von Emerald Springs."

Ich war nicht so dumm zu fragen, welche. Aber da stand ich nun, und meine Neugier mischte sich mit dem Schweiß, der mir aus allen Poren drang. Lucy neben mir schien genauso wenig zu wissen, welche Botschaft Nora gemeint hatte. Offenbar war diese Botschaft bei den Preisverhandlungen für die Farm verloren gegangen. Angebote, Gegenangebote und Sachverständige haben nun mal eine solche Wirkung.

„Handelt es sich um eine Botschaft, die ich für Sie weitergeben soll?", fragte ich schließlich, obwohl ich wusste, dass es ein Fehler war. Doch ich konnte nicht anders.

„In der Tat", sagte Schwester Nora mit einem Nicken. Sie wirkte noch immer freundlich. Sie schien sich in unserem merkwürdigen Gespräch vollkommen wohlzufühlen. Nichts bereitete mich also auf das Kommende vor.

„Die Welt wird sehr bald untergehen", sagte sie mit einer heiseren Alltagsstimme, als ob sie über ihre Lieblingsserie im Fernsehen spräche. „Wir zerstören unsere Umwelt, und als Konsequenz daraus steht uns eine Katastrophe bevor. Ich habe mit Gott verhandelt, weil ich fest daran glaube, dass die Welt besser ist, als Er denkt. Also hat Er uns eine weitere Chance eingeräumt. Und die Menschen von Emerald Springs wurden auserwählt, ihm den Beweis zu erbringen. Ich bin hier, um Ihnen zu verkünden, was Sie zu tun haben, um Gottes Werk zu beschützen und zu retten. Und wenn alles scheitert, werden wir selbst retten, was immer wir können."

Ich hatte keinen Schimmer, was ich darauf entgegnen sollte. Ich spürte, wie Lucy neben mir unbehaglich das Gewicht verlagerte. Und dann konnte ich mich nur räuspern und den ersten Gedanken aussprechen, der mir in den Sinn kam.

„Und dafür sind Elefanten nötig?", fragte ich.

Schwester Nora lächelte freundlich. „Dafür sind wir alle nötig."

2. KAPITEL

„Elefanten? Was Besseres ist dir nicht eingefallen? Du dachtest, die Elefanten wären der Knackpunkt?“

Ich stellte die Düsen um mich herum so ein, dass sie mir kalte Luft direkt ins Gesicht bliesen. Der Rückweg zu Lucys Wagen hatte länger gedauert als gedacht. Wir hatten Pudeln ausweichen müssen, die auf ihren Hinterbeinen tänzelten, zwei Käfigen mit Schwarzbären und drei Kindern, die auf den schönsten Schimmeln ritten, die ich je gesehen habe. Ohne Sattel.

„Ich kann mich nicht erinnern, dass *du* viel gesagt hättest“, antwortete ich, kaum dass die Klimaanlage auf vollen Touren lief. „Findest du es wirklich wichtiger, darüber zu diskutieren, wo das Abschlussgespräch stattfinden soll, als zu fragen, wie sie die Welt retten will?“

Lucy bremste für eine Gruppe von Mädchen, die nur wenig älter waren als meine dreizehnjährige Deena. In bunten Shorts und Caprihosen wirkten sie wie Rosen mitten in der Wüste, saftig und süß, ein angenehmer Kontrast zu den staubbedeckten Bäumen, die die Straße säumten. Wenn Schwester Nora recht behielt, würden sie nicht lange genug leben, um auch nur ein einziges Rosenblatt zu verlieren.

Lucy schwieg, bis wir die meisten der Schaulustigen hinter uns gelassen hatten. Als sie sprach, klang sie recht verdrossen. „Ich wusste echt nicht, dass es um *so* eine Art von Sekte geht.“

„Schwester Nora hat dir gegenüber nie das Ende der Welt erwähnt?“

„Aber nein. Sie kam mir wie eine typische Zirkus-Predigerin vor, Aggie. Von denen gibt es so viele!“

Ich versuchte, mir vorzustellen, wie diese Geschichte in unserer kleinen Stadt ankommen würde. Worüber würden die

Leute am meisten diskutieren? Über die Löwen, Elefanten und Tiger? (Und ja, es gab wirklich Tiger, wie wir auf unserem Rückweg festgestellt hatten!) Oder über die vielleicht einhundert neuen Einwohner, von denen viele aussahen, als ob Schwester Nora sie im Gefängnis bekehrt hätte? Die Zeltmission? Oder das bevorstehende Ende der Welt, wie wir sie kennen?

„Wenigstens predigt sie nicht von Hölle und Schwefel. Ihr geht es um die globale Erwärmung." Ich zögerte. „Oder vielleicht ist das das Gleiche und eben ihre Interpretation. Satan, der Kohlenstaub in die Luft spuckt. Satan, der immer mehr Spritfresser produziert, bis die Gletscher schmelzen. Ich frage mich, ob sie den genauen Terminplan kennt?"

„Du hättest sie fragen sollen. Ich bin sicher, sie hätte es dir nur zu gern verraten."

„Das war es ja, wovor ich Angst hatte." Ich sah Lucy an. „Es besteht die Möglichkeit, Luce, dass du in den nächsten Wochen auf der Beliebtheitsskala ziemlich abstürzt. Schwester Noras Überbringungssystem wird umstritten sein. Und du bist die Immobilienmaklerin, die die Weilly-Farm an die größten Spinner in der Geschichte von Emerald Springs verkauft hat."

Sie klang ein wenig mürrisch. „Nichts anderes wird von mir erwartet. Nicht nachdem ich mich so oft mit dir sehen lasse."

Ich fürchte, das stimmt. Ich hatte mir einen gewissen Ruf in der Stadt erworben, der vermutlich auf meine Freundin abfärbte. Eigentlich überraschte es mich, dass die Damen, die das Emerald-Springs-Idyll, kurz ESI, veranstalteten, mich in ihrem Komitee haben wollten. Ich konnte mir nur zu gut das Streitgespräch vorstellen, das sich aus dem Vorschlag entwickelt hatte.

„Was willst du den Leuten denn erzählen?", fragte ich. „Über Schwester Nora und ihren Anhang?"

Lucy bog von der Horseshoe Bend Road auf die Hauptstraße, die uns direkt in die Stadt bringen würde.

„So wenig wie möglich", sagte Lucy. „Am besten noch weniger."

„Die Neuigkeiten werden sich schnell herumsprechen. Ich glaube nicht, dass Schwester Nora ihre göttliche Offenbarung für sich behalten wird."

„Wir spielen bei der ganzen Sache wohl die kleinste Rolle."

Das konnte ich nur hoffen.

Noch etwas über Lucy – sie findet jede Adresse in der Gegend. Kennt jeden Hausbesitzer. Weiß Bescheid über Landschaftsbau und Architektur.

Es bestand also keine Chance, meine Ankunft bei dem Komiteetreffen noch länger hinauszuzögern. In dem Moment, in dem ich Lucy verraten hatte, dass es in Veronica und Farley Hayworths Haus stattfand, war mein Schicksal besiegelt gewesen. Farley Hayworth gehört eine der beiden erfolgreichsten Immobilienfirmen der Stadt, und Lucy arbeitet für die andere. Also wusste sie nicht nur ganz genau, wo sich Hayworths Haus befand. Sie wusste auch, wie viel die Hayworths vor acht Jahren für drei weitere Schlafzimmer bezahlt hatten, weil sie glaubten, die vier des kinderlosen Paars zuvor würden nicht reichen.

Als wir nun schweigend weiterfuhren, stellte ich mir Hausmädchen in weißen Schürzen vor, die für jede Nacht ein anderes Schlafzimmer herrichteten. Das Montag-Schlafzimmer. Das Dienstag-Schlafzimmer. Oder vielleicht begannen Veronica und Farley in den am jeweils anderen Ende liegenden Schlafzimmern und bewegten sich unaufhaltsam auf die Mitte zu, für ein nächtliches Rendezvous pro Woche. Da ich nie reich gewesen bin, weiß ich nicht, wie so etwas funktioniert. Ed und ich teilen unser Bett jede Nacht, aber er weigert sich, auch noch die Decke zu teilen.

Wir überfuhren die magische Grenze nach Emerald Springs, unsere kleine Antwort auf Beverly Hills. Soweit ich es beurteilen kann, ist in Emerald Springs das wichtigste Kriterium für den Bau eines Hauses, so viele unterschiedliche Materialien wie nur möglich zu benutzen. Stuck und Klinker sind gerade noch okay. Stuck, Klinker, Holz und Steinplatten? Oh, là, là. Größe spielt auch eine Rolle. Zu groß, um ohne Karte den Weg vom Wohnzimmer ins Schlafzimmer zu finden? Besser geht's nicht.

Wir fuhren an den pompösen Bauten vorbei: Tudorstil, Greek Revival und Second Empire. In dem Tudorhaus hatte einer der Morde stattgefunden, den ich gelöst hatte. Deswegen sah ich weg, nur für den Fall, dass das Haus sich erinnern konnte und uns verächtlich die Zunge rausstreckte.

„Da sind wir." Lucy hielt vor dem größten Gebäude der Straße, das die letzten drei Grundstücke einnahm und die ohnehin schon großen Nachbarhäuser klein aussehen ließ.

„Eines der ersten Häuser, die hier in Emerald Estates gebaut wurden", erklärte Lucy. „Das Haus von Veronica und Farley Hayworth ist eine moderne Interpretation der italienischen Periode, die während des späten neunzehnten Jahrhunderts so beliebt war. Dir fällt sicherlich das tiefe Dach auf, die kunstvollen Bogen unter der Dachkante und die gewölbten Fenster. Dieser süße kleine Turm ganz oben nennt sich Kampanile."

„Du hast die Doppelsäulen vergessen."

„Und die Doppelsäulen", ergänzte Lucy. „Ich habe vor ein paar Jahren für den Junior Women's Club eine Hausführung gemacht, deswegen weiß ich Bescheid. Natürlich würde ein starker Windstoß dieses Meisterstück einfach wegfegen. Du würdest dich wundern, was für Probleme die Hayworths haben. Sie haben dem Aussehen viel mehr Aufmerksamkeit gewidmet als der Bausubstanz. Den Gerüchten nach haben sie schon jetzt mehr für die Instandhaltung gezahlt als für das ganze Haus."

„Ich kann das Kichern der weniger Reichen geradezu hören." Ehrlich gesagt finde ich das Konzept, das hinter Emerald Estates steckt, ziemlich bedenklich. Es gibt ein paar sehr hübsche Häuser in unserer Stadt, die ein paar Hundert Jahre alt sind und noch immer mit zeitloser Anmut dastehen. Zu oft waren sie in billige Wohnungen aufgeteilt oder in Anwaltskanzleien oder Arztpraxen umgemodelt worden. Während diese Gebäude wirklich mit wenig Geld auf Vordermann gebracht werden könnten, haben die Entwickler von Emerald Estates nichts anderes im Sinn, als schnell irgendwelche schicken Kopien zu bauen und sie für ein Heidengeld zu verkaufen.

Und dennoch, zu einem Domizil in Emerald Estates bekommt man automatisch die Country-Club-Mitgliedschaft dazu und eine nicht genau festgelegte Zahl von Whirlpools. Zudem die Gelegenheit, mitten unter reichen oder noch reicheren Nachbarn zu leben. Es geht hier also gar nicht um Architektur.

Lucy verscheuchte mich mit einer Handbewegung. „Husch jetzt. Sieh dir an, wie die High Society lebt, und merke dir jedes noch so winzige Detail, damit du es mir dann beschreiben kannst. Wie man hört, lässt Veronica Hayworth alle zwei Jahre renovieren, egal, ob die Wirtschaft angekurbelt werden muss oder nicht. Weißt du schon, wie du nach Hause kommst?"

„Sally Berrigan nimmt mich mit."

„Wirst du den Leuten erzählen, warum du …", Lucy sah auf die Uhr, „… zehn Minuten zu spät kommst? Ich muss dich warnen, ich war bereits mit Veronica zusammen in einigen Komitees. Sie ist dafür bekannt, zu jedem Treffen mindestens zehn Minuten zu früh zu erscheinen. Sie wird über deine Verspätung nicht gerade begeistert sein."

„Sie wird mir sicher verzeihen, wenn ich ihr erzähle, dass ich mit einer Prophetin gesprochen habe, meinst du nicht? Selbst sie wird begreifen, dass das Ende der Welt ein Grund ist, zehn Minuten zu spät zu kommen."

Lucy kniff die Augen zusammen.

„Nein", versprach ich. „Meine Lippen sind versiegelt. Aber ich wette, Farley Hayworth und jeder andere Immobilienmakler in der Stadt werden dafür sorgen, dass sich die Neuigkeit schnell verbreitet."

Als ich die Tür zugeworfen hatte, brauste Lucy davon. Ich musterte meine graue Baumwollhose, in der Hoffnung, darauf keine unschönen Spritzer von der Weilly-Farm zu entdecken. Eau de Tigerkacke. Ich strich meine Bluse glatt, was allerdings wenig daran änderte, dass sie an meiner verschwitzten Haut und meinen C-Körbchen-Brüsten klebte. Ein wenig befürchtete ich, das Hausmädchen könnte mich bitten, den Hintereingang zu benutzen.

Die Veranda war überraschend klein, nicht gerade ein Ort, von dem aus die Hayworths ihre Regentschaft als inoffizielles Königspaar von Emerald Springs genießen konnten. In einer Ecke standen Töpfe voller Blumen, in der anderen Palmen und Gummibäume, aber keine Möbel. Vielleicht bezweckten sie damit, dass wir Untertanen aufrecht vor der Tür standen, wenn wir darauf warteten, dass uns geöffnet wurde.

Um diese Theorie zu überprüfen, drückte ich die Klingel und hörte die Eröffnungstakte von Bachs Menuett in G in der Eingangshalle erschallen. Ich verrate hier niemandem, dass ich was von Musik verstehe, weil ich sonst ständig gebeten werden würde, einen Chor zu leiten oder die Andachtslieder zu begleiten. Aber ich kenne mich ein bisschen damit aus. Einer von Junies Freunden war klassischer Pianist. Mit ihm fuhren wir ein Jahr lang mit einem senkrecht aufgestellten Klavier in unserem Trailer von Küste zu Küste. Kein zu hoher Preis für anständigen Klavierunterricht, wie ich finde.

Wie ich schon vermutet hatte, waren meine Knie tatsächlich bereit, einen Knicks zu machen, als eine Frau in einem zweireihigen marineblauen Kleid öffnete. Ein Stirnband in derselben Farbe mit einer weißen Borte harmonierte perfekt mit ihrem weißen Kragen und den weißen Manschetten. Vermutlich handelte es sich bei der Kopfbedeckung um ein Update dieser kleinen dreieckigen Tüchlein aus einem anderen Jahrhundert. Das Stirnband hielt zwar jede einzelne Strähne des blonden Haars erfolgreich aus dem Gesicht, doch unglücklicherweise hatte das Hausmädchen eine breite hohe Stirn mit jeder Menge Falten. Ich fragte mich, ob dieses Stirnband von der Hausdame persönlich ausgewählt worden war, um diesen Makel zu betonen, für den Fall, dass Mr. Hayworth gerne mit den Angestellten schäkerte.

„Ich komme zum Emerald-Springs-Idyll-Treffen", erklärte ich. „Agate Sloan-Wilcox."

„Das hat bereits begonnen", sagte sie und blieb beharrlich zwischen mir und der Eingangshalle stehen.

„Ich werde erwartet."

Sie seufzte. „Ich bin gerade am Silberputzen."

Ich begriff das Problem. Sie hatte exakt die Zeit zwischen zehn vor vier und vier einkalkuliert, um die Gäste in den entsprechenden Raum zu führen und ihnen Tee, Kaffee oder sogar Sherry anzubieten. Es hätte ihr also besser gefallen, wenn ich überhaupt nicht gekommen wäre.

„Entschuldigen Sie die Verspätung."

Sie seufzte nicht noch einmal, zumindest nicht hörbar.

Aber ihre Nasenflügel blähten sich. Dann trat sie zur Seite und ließ mich eintreten.

Der Fußboden war aus rostrotem Marmor, vermutlich italienischem, und der gewaltige Kronleuchter aus herrlichem Bleikristall. Eine geschwungene Treppe, ein Meisterwerk aus Rosenholz, führte hinauf in das erste Stockwerk. Leider hatte ich keine Zeit, den Anblick zu genießen oder den antiken Tisch mit dem Strauß aus Rosen, Iris und Glockenblumen zu bewundern.

„Bitte folgen Sie mir", sagte das Hausmädchen und wandte sich nach links. Ich fragte mich, ob ihr selbst Pünktlichkeit tatsächlich wichtig war oder Veronica Hayworth besonders viel Wert darauf legte.

„Sie sind im Wintergarten", sagte sie.

„Mit dem Bleirohr und Colonel Mustard."

Sie wirbelte herum, runzelte die Stirn, und ich sah, auf welche Weise einige der Falten auf ihrer Stirn entstanden waren.

„Cluedo", erklärte ich entschuldigend. „Das Brettspiel. Ich habe ungefähr eine Million Runden mit meinen Töchtern gespielt."

Vielleicht begründet das ja mein übertriebenes Interesse an der Aufklärung von Mordfällen? Vielleicht war es wirklich so simpel.

Als die Falten sich nicht glätteten, versuchte ich es mit meinem freundlichsten Lächeln, um meine berühmten Grübchen hervorzubringen. „Ich möchte Sie nicht eine Sekunde länger als nötig vom Silberputzen abhalten."

Sie machte auf dem Absatz kehrt und stampfte in den Flur.

Wir liefen so schnell, dass ich nicht viele Details aufnehmen konnte. Jede Menge goldgerahmte Spiegel. Wände in dunklen erdigen Tönen. Renaissance-Gemälde mit den üblichen düsteren religiösen Themen – und dann, weiter vorn, um die

Stimmung aufzuhellen, Ölporträts von Hunden aus verschiedenen historischen Perioden. Wir kamen an vielen Zimmern vorbei, die wahrscheinlich alle eine andere Bezeichnung hatten. Salon, Herrenzimmer, Wohnzimmer, Empfangszimmer mit einem atemberaubenden Flügel, Thronsaal. Alle waren einzigartig und geschmackvoll eingerichtet.

Endlich bogen wir um die Ecke in einen riesengroßen Wintergarten. Auf dem Boden lagen handgewebte Teppiche. Die Möbel wirkten, als wären sie in einem südamerikanischen Regenwald geschnitzt und dann mit dicken bunten Kissen und Stoffen versehen worden. Sträucher, Bäume und ein kleines Wäldchen aus Zitrusgewächsen waren um einen Springbrunnen angeordnet. Orchideen und Bromelien blühten im Überfluss, Orangenduft lag in der Luft.

„Mrs. Wilcox ist hier“, verkündete das Zimmermädchen. Dann führte sie mich zu einer Gruppe von Frauen, die in der Nähe des Springbrunnens an einem Glastisch saßen.

Das Gespräch brach in der Sekunde meines Eintreffens ab. Ich spürte acht Augenpaare, die mich abschätzend musterten. Das einzige Paar, das mir bekannt vorkam, war das blassblaue Sally Berrigans. Sie war die Vorsitzende der Frauenvereinigung unserer Kirche. Sally mischt bei jedem gemeinnützigen Zweck in Emerald Springs mit, wenn sie ihn nicht sogar selbst ins Leben gerufen hat. Mitte sechzig, militärische Haltung, silberfarbenes, zu einem kurzen Bob geschnittenes Haar, das wahrscheinlich innerhalb von zehn Sekunden saß, wie es sollte. Sally war nur wichtig, dass Dinge erledigt wurden. Einmal in ihre Fänge geraten, hatte ich keine Chance gehabt. Sally war der Ansicht, dass ich eine neue Aufgabe im Leben bräuchte, und hier war ich.

Ich bin ein Weichei.

Sally hat ein solides Renteneinkommen, ein schiffförmiges

Kolonialhaus mit einem Garten voll einheimischer Pflanzen und Bäume und feste Ziele. Wäre sie Millionärin, würde sie sich nicht anders kleiden und auf genau dieselbe Art und Weise leben. Die anderen Frauen waren das komplette Gegenteil. Mein erster Eindruck war, dass sie jederzeit ihren alten Eltern Asyl und ihren Kindern die Nahrung verweigern würden, wenn sie dadurch die gesellschaftliche Leiter noch ein wenig höher klettern könnten.

Okay, das war nicht besonders fair. Aber nie zuvor hatte ich so viele Diamanten an Hälsen, Handgelenken und Fingern funkeln sehen. Und hier handelte es sich nicht um Leute, die sich mit geschliffenem Glas schmückten, denn es waren zugleich Leute, die so was innerhalb einer Sekunde erkennen würden.

„Entschuldigen Sie meine Verspätung", sagte ich. Und dann fügte ich, weil ich nicht anders konnte, hinzu: „Da draußen ist echt was los."

Die Frau am Kopfende des Tisches erhob sich anmutig und streckte mir ihre langfingrige Hand hin. Ihr dunkles Haar war straff aus dem scharf geschnittenen Gesicht zurückgekämmt, das perfekt zu der Frisur passte. Sie war gertenschlank und trug eine geschmackvolle schwarze Bluse mit einem weiten goldenen Gliedergürtel. Sie musste mir gar nicht erst sagen, wer sie war.

„Veronica Hayworth, Aggie. Und wir sind froh, dass Sie es einrichten konnten. Wir wissen, dass es für junge Mütter nicht leicht ist, sich Zeit zu nehmen. Wir sind froh, dass Sie zu uns stoßen."

Ihr Händedruck war fest und ihr Lächeln über den perfekten Zähnen breit. Doch ich sah, dass ihre braunen Augen nicht mitlächelten. Ich hatte sie auf dem falschen Fuß erwischt. Es würde großen Einsatz erfordern, das wiedergutzumachen.

Veronica stellte die anderen Frauen vor, doch sosehr ich mich bemühte, ich konnte mir nur die wenigsten Namen merken. Es gab eine Bitsy oder Mitzi, eine Diana, eine Camille. Ihr Alter variierte zwischen Mitte vierzig wie bei Veronica bis über sechzig wie bei Sally. Ich murmelte eine Begrüßung und nahm auf dem einzigen leeren Stuhl Platz, in der Hoffnung, in der Gruppe mehr oder weniger unsichtbar zu werden, obwohl ich wusste, dass das unmöglich war. Ich war ein Achat umgeben von hochkarätigen Edelsteinen.

„Wir haben gerade erst angefangen“, sagte Veronica mit einem weiteren breiten Lächeln. „Die meisten von uns kennen einander, aber trotzdem haben wir aus Spaß Fragen aus einer Schale gezogen und beantwortet. Sozusagen statt einer Vorstellung.“ Sie langte nach einer wunderhübschen mundgeblasenen Glasschale und hielt sie mir hin. Darin befand sich – selbstverständlich – nur noch ein einziger gefalteter Zettel.

Ich überlegte, ob dies meine Strafe war. Die Gesichtsausdrücke am Tisch reichten von gelangweilt bis erwartungsvoll. Tapfer fischte ich den Zettel heraus und entfaltete ihn. Ich las die Frage laut vor, froh darüber, dass ich Teddy letzten Monat an ihrem achten Geburtstag kein ähnliches Spiel vorgeschlagen hatte.

„Wenn Sie ein Instrument im Cleveland-Orchester wären, welches wollten Sie sein?“

Ich lächelte, als ob ich die Frage faszinierend fände. „Ich wäre ein Sarrusofon.“

Eine lange Stille entstand. Schließlich lächelte eine Blondine herablassend am anderen Tischende. „Oh, Sie meinen *Sousafon*.“

Ich erinnerte mich an den Sommer meines Musikunterrichts. „Nein, ein Sarrusofon ist ein Holzblasinstrument, ähnlich einem Kontrafagott. Es ist aus Blech und somit lauter. Aber Sie ahnen sicher, warum es schön wäre, ein solches Instrument zu sein?"

Das ahnten sie nicht.

„Sie werden so gut wie nie gespielt", erläuterte ich. „Ich würde nur äußerst selten für ein Konzert gebraucht werden."

Es war still in dem Raum, und innerhalb von Sekunden wusste ich, weshalb. Ich hatte gerade verkündet, dass ich nicht gerade eine Arbeiterbiene war. Hastig versuchte ich, die Situation zu retten.

„Nicht dass ich faul wäre, versteht sich. Ich mag einfach nur das Rampenlicht nicht."

Veronica stieß ein heiseres Lachen aus. „Nun, Mädels, dann wird Aggie wohl kaum in einen Interessenskonflikt geraten. Sie wird nicht persönlich beim ESI antreten, oder etwa doch?"

Alle anderen lachten ebenfalls, wenn auch etwas angestrengt. Ich stand nun unter noch strengerer Beobachtung.

„Aggie, Sie haben sicher schon in einer Menge Komitees mitgearbeitet", sagte Veronica. „Wo Sie doch Pfarrersfrau sind."

Ich setzte mein gewinnendstes Lächeln auf. „In nicht so vielen. Ich achte darauf, nicht zu eng mit den Leuten zusammenzuarbeiten, die Eds Gehaltsscheck ausstellen. Ich befürchte, dass sonst …"

„Aggie ist unsere Kirchenhistorikerin und eine unermüdliche Kraft", unterbrach Sally mich.

„Nun, hier jedenfalls stellt niemand Schecks aus." Veronica schwieg einen Moment. „Nur den von Grady Barber."

„Was mich noch immer beunruhigt", sagte Sally und beugte sich vor. „Die Höhe des Schecks, meine ich. Wir zahlen diesem Mann zwanzigtausend Dollar, um bei einem Wettbewerb in der Jury zu sitzen! Das sind zwanzigtausend Dollar, die in die Bauarbeiten der Kinderklinik gehen könnten."

Veronicas Stimme war sanft, doch ihr Ton so hart wie ... nun, wie der eines Sarrusofons.

„Sally, ohne einen Promi in der Jury werden nur die Familien und Freunde der Teilnehmer zum Emerald-Springs-Idyll kommen. Und auch nur ungern. Es geht hier überhaupt nur um die Jury, wissen Sie das nicht? Wenn Grady neben der Bühne sitzt, werden alle kommen. Sie alle wollen hören, was er zu sagen hat. Sie werden Eintrittskarten für jeden einzelnen Abend kaufen. Die reißen sich darum, Anzeigen im Programmheft zu schalten und als Sponsoren genannt zu werden. Wir werden haufenweise Geld machen."

„Aber zwanzigtausend Dollar? Das ist vollkommen überzogen."

„Das ist günstig! Viel weniger, als er normalerweise verlangt. Er ist ein Junge aus Emerald Springs. Er ist berühmt! Und er macht das nur zu dem Preis, um mir einen persönlichen Gefallen zu tun. Davon abgesehen haben wir Spenden vom Krankenhausvorstand bekommen, um den größten Teil davon bezahlen zu können."

Eine Pause entstand, als die beiden tief Luft holten. Und in diese Pause hinein fragte ich: „Grady Barber?"

Alle Köpfe drehten sich zu mir, alle Augen starrten mich erneut an.

Tropische Vögel zwitscherten aus zierlichen Bambuskäfigen hinter Veronicas Stuhl. Die waren mir zuvor gar nicht aufgefallen, und ich musste den Drang unterdrücken, aufzuspringen und die Käfigtüren aufzureißen.

„Wenn Aggie nicht weiß, wer er ist, was ist dann mit den ganzen Zwanzigjährigen? Und mit den Teenagern?", fragte Sally.

„Aggie, Sie sind nicht aus Emerald Springs?", wollte Veronica wissen.

Ich schüttelte den Kopf.

„Haben Sie schon mal von *Wayfarers of the Ark* gehört?"

Ich suchte nach der richtigen Antwort. Ich hatte von *Raiders of the Lost Ark* gehört. Von der Arche Noah. Vom Arc de Triomphe. Von Archetypen. Doch dann auf einmal erklang ein kleines Lied in meinem Kopf, ein hoher süßlicher Tenor sang …

Sailing toward a rainbow … stretching overhead …

„Der Film", sagte ich. „Ich erinnere mich an den Titelsong aus meiner Kindheit."

„Ganz genau. Und der Sänger war unser Grady Barber. Er spielte Idan, Noahs Enkel. Und er ist derselbe Grady Barber, der letztes Jahr einen Riesenhit mit ‚Remember Me in April' hatte." Sie lächelte, als ob mir diese Tatsache auf keinen Fall entgangen sein könnte – was selbstverständlich der Fall war.

Veronica endete in triumphierendem Ton. „Er hat sich bereit erklärt, nach Emerald Springs zu kommen und Jurymitglied zu sein. Zu einer äußerst fairen Gage, wie ich nochmals betonen möchte. Aber immerhin hat *hier* alles für ihn angefangen."

„Mir ist klar, dass es jetzt zu spät ist, daran noch etwas zu ändern", sagte Sally. „Bald gehen die Proben los, und ich weiß auch, dass der Vertrag bereits unterzeichnet ist …"

„Ganz offiziell."

„Und sicherlich ist etwas Wahres dran, dass wir durch einen Promi mehr Aufmerksamkeit bekommen. Aber es gibt Möglichkeiten, unsere Ausgaben etwas zu reduzieren", fuhr Sally fort. „Nachdem wir auch für all seine Spesen aufkommen müssen, schlage ich vor, dass er so wenige wie möglich macht. Wir können kleine Dinnerpartys veranstalten, damit er nicht in teure Restaurants gehen muss, und außerdem sein Zimmer mit anständigen Snacks und Getränken ausstatten.

Wir können ihn zum Beispiel überallhin fahren, damit er sich keine Limousine ruft oder einen Porsche mietet."

Sally übertrieb ziemlich. Soweit ich weiß, gibt es in Emerald Springs eine einzige kleine Autovermietung und jeder, der sich einen ansehnlichen Wagen mieten will, tut das lieber in Columbus oder in Cleveland.

„Wir haben ihm die beste Suite im Emerald Springs Hotel gebucht." Veronicas Stimme wurde merklich frostiger.

Sally lächelte. „Aber natürlich. Ich wollte ja auch kein Zimmer auf meinem Dachboden vorschlagen."

Die Spannung löste sich ein wenig. Einige der anderen Frauen beteiligten sich nun auch an dem Gespräch und boten an, ein Abendessen in ihrem Haus zu geben oder einen Tag lang Chauffeur zu spielen. Eine erklärte sich bereit, Körbe mit Snacks und selbst gebackenem Kuchen auf sein Zimmer zu bringen. Eine andere wollte den Kühlschrank in der Suite mit sorgfältig ausgewählten Getränken bestücken. Eine Frau mit braunen Locken sagte, dass in der Reinigung ihres Ehemannes Gradys Kleider umsonst gereinigt werden könnten.

Mein Blick fiel wieder auf die Käfige. Ich fragte mich, auf welche Weise ich behilflich sein konnte. Sollte ich anbieten, dass Ed eine kleine Predigt hielt, während Grady frühstückte? Oder Teddy, meine ernsthafte Achtjährige, selbst gemalte Wasserfarbenbilder von Noahs Tieren in der Suite aufhängte? Oder sollte ich Junie bitten, Grady jeden Abend mit einem ihrer preisgekrönten Quilts zuzudecken?

Ich habe eigentlich nie geglaubt, dass man den Blick eines Menschen tatsächlich spüren kann. Meiner Ansicht nach handelte es sich dabei nur um einen Kunstgriff in Horrorromanen, um die Geschichte voranzutreiben. Doch ich bewunderte gerade die Vögel – Nymphensittiche und irgendwelche kleinen Papageien –, als ich mit einem Mal spürte, wie sich die Härchen auf meinen Armen aufrichteten. Ich wurde tatsächlich beobachtet. Und zwar hoch acht.

Vielleicht hatte ich etwas verpasst.

Doch leider war es das nicht. Ich hatte nichts verpasst. Was ich spürte, war Erwartung. *Deren* Erwartung.

„Somit kommen wir zu Ihnen, Aggie", sagte Veronica, die sorgsam einen Stapel Papier vor sich ordnete. „Jede von uns steckt bis zum Hals in Arbeit. Logistik. Werbung. Koordination mit dem College, damit wir den Parkplatz und die Räume benutzen dürfen. Unsere große Feier für den Krankenhausvorstand und die größten Spender. Führungen durch die momentane Kinderabteilung, damit die Leute erfahren, warum es so wichtig ist ..."

„Da würde ich sehr gerne helfen." Das klang nach einer Aufgabe, die ich zwischen die sommerlichen Zahnarzttermine und Fußballspiele quetschen konnte. Das würde nicht leicht werden, aber irgendwie würde ich schon ein oder zwei Führungen hinbekommen.

„Das haben wir bereits verteilt, danke", sagte Veronica. „Das und fast alles andere auch."

„Fast" ist kein gutes Wort. Ich weiß, was „fast" bedeutet. „Fast" wie in: *Wir haben nun fast alle Preise vergeben, jetzt fehlt nur noch der Scherzpreis für den größten Trottel ...*

Ich stählte mich. „Was haben Sie für mich übrig gelassen?" Und lächelte wie ein Teamplayer. Wie ein Arbeitstier. Wie eine praktisch veranlagte Frau, die eben keine andere Wahl hatte – außer mit eingezogenem Schwanz für immer aus der Stadt zu verschwinden.

„Wir brauchen eine Verbindungsperson zwischen Gradys persönlichem Assistenten und dem Komitee. Jemand, der die Stadt und die Umgebung kennt. Jemand, der anpacken kann, kleine Probleme lösen mit dem Hotel oder dem Produktionsstab oder wem auch immer. Jemand, der schnell ist. Sally meint, dass Sie dafür bekannt sind. Und davon abgesehen sind Sie die einzige Vegetarierin."

„Wie bitte …?"

„Grady ist Vegetarier. Er lebt schließlich in Südkalifornien", sagte sie, als ob diese Tatsache alles erklärte. „Und eine seiner Bedingungen lautet, dass jemand von uns seine Menüs und Snacks überprüft, um sicherzustellen, dass wirklich kein Fleisch drin ist, keine Milch, keine Konservierungsmittel. Sie wissen schon."

Ich wusste es nicht, wagte aber einen Versuch. „So etwas wie ein Gifttester."

Niemand lachte. Ich suchte händeringend nach einer Ausrede. „Ähm, das klingt nach einer großen Aufgabe, und leider habe ich …"

„Oh ja, allerdings", sagte Veronica, bevor ich weitersprechen konnte. „Aber zum Glück müssen Sie sich nur um eine Aufgabe kümmern, im Gegensatz zu allen anderen. Wir wollten nicht, dass gleich Ihre erste Mitarbeit im Komitee zu kompliziert wird."

Ich wich sieben Augenpaaren aus und suchte nach dem von Sally. Sie hatte schon darauf gewartet und preschte voran: „Am anstrengendsten wird die erste Woche nach seiner Ankunft sein, Aggie. Und zu dieser Zeit findet doch das Sommercamp der Kirche statt, also werden deine Mädchen sowieso den ganzen Tag beschäftigt sein. Ich weiß, dass du eigentlich im Camp mithelfen wolltest, aber May hat gesagt, wenn wir dich *dringender* brauchen, dann verzichtet sie auf dich."

Ich wünschte nur, ich könnte meine Freundin May Frankel, die dieses Jahr das Camp betreut, in eine dunkle Gasse ziehen, um mich mal mit ihr zu unterhalten. Natürlich wollten May und Sally im Grunde nur helfen. Beide waren der Ansicht, dass es gut für mich wäre, in dem Komitee mitzuarbeiten, neue Menschen kennenzulernen und mich ein bisschen in fremdem Ruhm zu sonnen. Um mir auf diese Weise nun, da ich nicht mehr länger über Leichen stolperte, auch außerhalb der Kirche und dem Polizeirevier einen Ruf aufzubauen.

Veronica musste mein Zögern zeitlich genauestens abgemessen haben, denn sie setzte exakt im richtigen Moment zum letzten, tödlichen Sprung an. „Ich weiß, wie sehr ihnen diese Sache am Herzen liegt. Wie Sally mir erzählte, wäre ein Freund ihrer Tochter vor ein paar Wochen beinahe gestorben, bevor er auf die Intensivstation in Columbus gebracht werden konnte. War es nicht so? Das muss vor allem für eine junge Mutter mit eigenen Kindern erschütternd gewesen sein."

Ich befand mich im Visier einer Meisterschützin. Mein Vater hätte Veronicas Talent trefflich einsetzen können. Nein, was dachte ich mir nur! Veronica würde meinen Vater und seine Kohorten zusammentreiben, dafür sorgen, dass sie sich rasierten und aus ihren Tarnanzügen schlüpften. Dann würde sie ihnen einen Achtstundenjob besorgen, um Offiziere zu drillen oder für das örtliche Landwirtschaftsbüro zu arbeiten.

„Natürlich mache ich das", sagte ich, als ob ich nicht gerade fieberhaft jede einzelne Möglichkeit durchgegangen wäre, mich aus der Affäre zu ziehen. „Sagen Sie mir nur, was genau Sie von mir erwarten, und ich kümmere mich um alles andere."

Veronicas Lächeln breitete sich bis zu ihren Weisheitszähnen aus, dann nahm sie den Papierstapel auf, den sie zuvor so ordentlich vor sich hingelegt hatte, und reichte ihn mir.

„Hier finden Sie alles. Telefonnummern, Kontakte, Terminpläne, Gradys Diät, Gradys Anforderungen an die Suite, Gradys Vertrag. Vielen Dank, Aggie. Wir wussten, dass wir auf Sie zählen können."

3. KAPITEL

Im Smoking sieht Ed großartig aus, aber ihn in einen solchen hineinzubekommen ist unmöglich. Die Mühe lohnt sich selbst für einen eleganten Empfang zu Ehren von Grady Barber nicht. Da Ed schon die private Grundschule in Krawatte und Jackett absolviert hat, fällt er mit Vorliebe in diese Gewohnheit zurück – wenn er ausnahmsweise kein ausgewaschenes Harvard-T-Shirt tragen darf. Also hatte ich ihn einfach nur gebeten, sein bestes weißes Hemd und dazu irgendeine Krawatte anzuziehen, die er nicht von seiner Mutter zu Weihnachten bekommen hatte. Jetzt konnte ich im Spiegel sehen, dass er noch immer ein T-Shirt trug. Er wartete auf Inspiration.

„Du siehst hübsch aus", sagte er und trat hinter mich, als ich zum dritten Mal versuchte, den Verschluss einer Kette mit Achaten und Mondsteinen zu schließen. Zu Weihnachten habe *ich* nämlich von meiner Mutter immer etwas Selbstgemachtes und Schönes bekommen.

Ed befestigte die Kette um meinen Hals. „Um genau zu sein, siehst du so fantastisch aus, dass ich überhaupt keine Lust habe, dich gehen zu lassen. Die Kinder sind gleich weg, und dann hätten wir das Haus ganz für uns."

„Netter Versuch, Romeo." Ich hielt seine Hände davon ab, tiefer zu rutschen. „Ich muss da hin – und *du* auch, also versuch nicht, dich da irgendwie rauszuwinden." Ich drehte mich zu ihm um. „Sollen wir mal zählen, wie oft ich seit deiner Ordination zu irgendwelchen Veranstaltungen musste?"

„Dafür brauchen wir den ganzen Abend."

„Das ist deine Chance, einen Filmstar kennenzulernen."

„Es ist meine Chance, die Selbstbeherrschung zu üben, die ich immer predige, statt Grady Barber eins auf die Nase zu geben."

Ich verstand, warum Ed so redete. In den drei Wochen, seit Veronica Hayworth mich unter moralischem Druck zu der Aufgabe als „Mädchen für alles“ fürs Emerald-Springs-Idyll überredet hatte, war Ed mehrfach in Versuchung geraten, eine Vermisstenanzeige aufzugeben. Wobei die Chancen, dass die Polizei mich überhaupt finden würde, nicht gut standen. Momentan rannte ich von morgens bis abends durch die Gegend, um verschiedenste Erledigungen zu machen. Selbst ich wusste meistens nicht, wo ich gerade war. Die Tage vergingen wie im Flug, die Listen wurden immer länger und komplizierter. Ich hatte sogar Träume, in denen ich vor einen Streitwagen gespannt war und eine in eine Toga gekleidete Veronica hinter mir die Peitsche knallen ließ.

„Hat mein Schätzchen mich vermisst?“ Ich lehnte mich vor, um seine Patriziernase zu küssen. Ed sieht aus wie ein angelsächsischer Adeliger, der vor einigen Jahrhunderten an den Stamm des Familienstammbaums gepinkelt hat. Rotblondes Haar, dunkelblaue Augen und fürstlich geformte breite Schultern. Einen Moment lang klangen seine Pläne für den Abend sehr viel aufregender als meine.

„Es macht mir nichts, dass du so viel weg bist. Es macht mir etwas, wenn du unglücklich bist“, sagte er.

„Um genau zu sein …“ Ich legte meine Hände auf seine Schultern. „Ich scheine gut darin zu sein, Probleme zu lösen. Das ist doch auch schon was.“

„Und heute Abend bekommst du dafür den Lohn?“

„Schön wär’s. Jetzt, wo Grady in der Stadt ist, werde ich nur noch mehr Arbeit haben. Aber zumindest ist ein Ende in Sicht. Und ich werde ein gutes Gefühl haben, wenn sie den ersten Spatenstich für die neue Kinderstation machen.“

Es klingelte, doch bevor ich nach unten gehen konnte, um zu öffnen, knallte Lucy bereits die Eingangstür hinter sich zu.

Sie besitzt einen Schlüssel zu unserem Haus, könnte das Schloss aber auch knacken, wenn sie müsste. „Fertig, Ag?“, rief sie die Treppe hinauf.

„Du kommst, ja?“, fragte ich Ed. „Du lässt mich nicht hängen?“

„Außer es gibt einen Notfall.“

„Für deine nächste Predigt zu recherchieren ist kein Notfall. Und alte Episoden von *Masterpiece Theatre* anzuschauen auch nicht.“

„Wir sehen uns in einer Stunde. Und ich biete dir zum Tausch an, dass du bei der nächsten Veranstaltung deiner Wahl zu Hause bleiben darfst. Quid pro quo.“

„In einer Stunde.“

Lucy, die ihr Haar zu einer Art Heiligenschein aus Korkenzieherlocken gebändigt hatte, stand keuchend neben einem geöffneten Fenster und fächerte sich Luft zu. „Deine Klimaanlage ist kaputt.“

„Du stehst direkt vor unserer Klimaanlage.“ Natürlich wusste sie das längst.

„Kannst du nicht die Kirche dazu bringen, endlich etwas zu unternehmen?“

Unser altes holländisches Kolonialpfarrhaus ist weiträumig und sogar recht anmutig, aber leider interessiert sich die Kirche vor allem für die historische Erhaltung des Gebäudes. „Die versprechen uns seit fast zwei Jahren einen neuen Küchenboden. Es würde ein sechsköpfiges Komitee brauchen, um über einen Ventilator zu entscheiden.“

„Wie könnt ihr nachts schlafen?“

Ich schnappte mir meine perlenbestickte Handtasche, ein Geschenk von Junie. „Momentan bin ich so erschöpft, wenn ich ins Bett falle, dass ein bisschen Schweiß geradezu beruhigend ist.“

Lucy trug ein hautenges schwarzes Cocktailkleid und Pumps mit derart hohen Absätzen, dass ich mich fragte, warum sie nicht fünfundvierzig Grad nach vorn kippte. Bis zu diesem Moment hatte ich nicht gewusst, dass ich auch solche Schuhe wollte. Und zwar unbedingt.

Teddy, meine Achtjährige, schlappte die Treppe hinunter, bepackt mit einem dicken Rucksack voller Klamotten und Spiele, die sie für eine Nacht mit ihrer Freundin Hillary Frankel brauchte. Die Brille war ihr auf die Nasenspitze gerutscht; ihr neuer Pagenkopf schwang nach vorn und verdeckte kurzzeitig ihr sommersprossiges Gesicht. *Ich befürchte, dass Teddy darauf besteht, noch mehr von ihrem roten Haar zu opfern, wenn diese Hitze nicht bald aufhört.*

„Wir sehen uns morgen früh", sagte ich und zog sie für einen Abschiedskuss an mich, nachdem sie Lucy umarmt hatte.

„Falls du zu Hause bist." Das sagte sie ganz sachlich, nur als Erinnerung daran, dass ich weniger da war als normalerweise.

„Das habe ich zumindest vor. Und dann habe ich Erledigungen zu machen, bei denen du mitkommen kannst."

Deena folgte nun dem Weg ihrer Schwester. Sie blieb auch kurz bei Lucy stehen, um Hallo zu sagen. Zusätzlich zu ihrem Rucksack trug sie einen Schlafsack. Zu meinem Glück haben die Frankels zwei Töchter, und Maddie Frankel und Deena sind ebenfalls befreundet.

Tatsächlich sind sie so gute Freundinnen, dass sie und ein paar weitere Freundinnen mir den Schock meines Lebens verpasst haben.

„Bist du sicher, dass du nicht mitkommen möchtest?", fragte ich und zauste Deenas Haar, das dank vieler Diskussionen noch immer lang und rotblond war.

„Keine Chance. Davon abgesehen kommen alle vorbei, damit wir üben können."

Ich sprach ein stummes Gebet für May und Simon Frankel. Draußen wurde gehupt, und beide Mädchen eilten zur Haustür und riefen „Auf Wiedersehen" über die Schulter.

Wir warteten, bis die Tür zuknallte und der Tumult sich gelegt hatte, dann folgten wir ihnen nach draußen.

Als wir ins Auto stiegen, hatte mich Lucy bereits darüber aufgeklärt, dass der Grünton meines Leinenkleides informell wäre, die Kette hingegen perfekt. Oh, und dass ich mal überlegen sollte, mir einige rötliche Strähnchen färben zu lassen, um zum Rest der Familie zu passen. Lucy springt immer gern ein, wenn meine Schwestern gerade nicht in der Nähe sind.

„Du warst jetzt drei Wochen lang so gut wie verschwunden", sagte sie, während sie sich in das einfädelte, was in unserer kleinen Stadt als Verkehr bezeichnet wird. „Also fang schon an zu schimpfen. Ich weiß doch, dass du das willst."

„Bist du sicher?"

„Schieß los! Was hast du alles gemacht?"

„Die Frage ist eher: Was habe ich nicht gemacht?" Ich legte in einem Affenzahn los, ließ aber das Wesentliche aus, weil Lucy es bereits kannte. Nach dem ersten Komiteetreffen war ich zur Assistentin für Grady Barbers Assistenten ernannt worden. Die Assistentin des Assistenten zu sein klingt nicht besonders anstrengend. Doch das Problem war, dass Grady Barber – nach Jahren in Hollywood vollkommen der Emerald-Springs-Realität entfremdet – glaubte, sein Wunsch wäre uns Befehl. Dass er nur etwas vorschlagen müsse, damit es in Erfüllung ging.

Ich atmete mehr Luft ein und versuchte, meine Liste zu beenden. Ich zählte bereits die dritte Runde an den Fingern ab. „Keine Matratze mit extra gepolstertem Kopfteil im Hotel.

Sie muss fest sein, aber nicht hart, am besten brandneu, und die Bettwäsche muss aus ägyptischer Baumwolle sein. Oh, in einer neutralen Farbe, weil alles, was zu dunkel oder zu hell ist, ihn wach hält …"

„Schläft er bei Licht?"

„Nein, er liegt wach und denkt an die Farbe, schätze ich. Aber tatsächlich verlangt er ein ganz bestimmtes Nachtlicht, ein sehr teures mit einem Bewegungsmelder. Wenn er aufsteht, um auf die Toilette zu gehen, will er etwas sehen."

„Reist er denn nicht immer mit diesem ganzen Zeug durch die Gegend?"

„Natürlich nicht. Wir sollen es besorgen und rechtzeitig in sein Zimmer bringen. Vielleicht werden wir den ganzen Kram versteigern, wenn er wieder weg ist. Jedenfalls ist nichts von dem, was er will, billig."

Ich konnte hören, dass meine Stimme sich überschlug, doch ich fuhr trotzdem fort, weil Lucy eine gute Zuhörerin ist und Ed mein Gejammer von Herzen satthat. „Und dann soll ich jede einzelne Mahlzeit vorab für ihn überprüfen. Wir haben verschiedene Abendessen und Partys organisiert. Ich habe mit jeder einzelnen Person gesprochen, die für ihn kochen wird, und dabei eine Liste berücksichtigt, die so lang ist wie mein Arm. Kein Fleisch, und das bedeutet: kein Schmalz in irgendeinem Gebäck und auch keine Transfette als Ersatz. Nur Raps-, Soja- oder Olivenöl, und das auch nur kalt gepresst. Sein persönlicher Trainer rät ihm von Milchprodukten ab, doch Grady will während seines Aufenthalts großzügig sein und jeden Tag ungefähr eine Tasse fettarme Milch in seinen Mahlzeiten erlauben. Nun ist es meine Aufgabe, jeden einzelnen Tropfen zusammenzuzählen, um sicherzustellen, dass er nicht mehr zu sich nimmt."

Ich sah Lucy an, die versuchte, ein Lächeln zu unterdrücken. „Du denkst, ich mache Scherze, oder? Mache ich nicht. Ich habe eine Liste von zehn Gemüsesorten – heimische, versteht sich, ohne Pestizide oder chemischen Dünger –, die er jede Woche zu sich nimmt. In einer festgelegten Reihenfolge."

Ich konnte einfach nicht aufhören, obwohl ich sicher war, dass Lucy mir nie mehr eine Frage stellen würde. Mein persönlicher Favorit – obwohl der täglich wechselte – war eine Liste mit Anforderungen an den Masseur, der Grady auf Abruf zur Verfügung stehen sollte. Wie es schien, war Grady besonders von der ayurvedischen Abhyanga-Massage angetan, bei der mit Pflanzenöl irgendetwas von etwas anderem gelöst werden soll. Dabei hängt der Masseur manchmal von der Decke, um mit seinen Füßen Extradruck auszuüben. Das würde ich zu gern mal sehen.

„Du kannst dir nicht vorstellen, wie sehr der Manager vom Emerald Springs Hotel and Spa mich inzwischen hasst", endete ich.

„In nächster Zeit werden wir mal ein eintägiges Seminar abhalten, in dem du übst, wie man Nein sagt. Immer und immer wieder."

„Und das ist ja nur der persönliche Kram. Irgendwie erstreckt sich mein Job jetzt aber auch darauf, ihn während des Wettbewerbs glücklich zu machen. Das heißt, den richtigen Stuhl finden, die richtige Auswahl von Mineralwasser, Bio-Obst für zwischendurch. Sicherzustellen, dass die richtige Temperatur herrscht und die Klimaanlage ihn nicht direkt anbläst und das Licht ihn nicht blendet. Er muss sich ganz und gar wohlfühlen. Nur dann kann er unseren Kandidaten das Leben so schwer wie möglich machen."

„Warum machst du das alles mit?"

Doch Lucy wusste genau, warum. Nicht nur, weil ich auf

diese Weise lerne, dass ich Talent für Details habe. Nicht nur, weil ich fest entschlossen bin, dafür zu sorgen, dass Emerald Springs die Art von Kinderklinik bekommt, die es braucht. Sondern weil plötzlich meine eigene Tochter beim ESI mitmachen will.

„Deena“, sagte ich.

Sie nickte. „Ich weiß. An manchen Tagen schaue ich mir deine Mädchen an und wünschte, ich hätte auch Kinder. An anderen Tagen bin ich froh, dass es nicht so ist.“

Es hatte mich vollkommen umgehauen zu erfahren, dass meine Tochter beim ESI teilnehmen wollte – und noch viel mehr, dass sie gut genug gewesen war, um in die zweite Runde zu kommen. Deena hat Unmengen von Talenten, von denen keines auf die Bühne gehört. Und doch waren sie und ihre vier besten Freundinnen ohne Vorwarnung zum Vorsingen erschienen, und zwar in typischen und viel zu provokanten Spice-Girls-Klamotten. Sie hatten den Spice-Girls-Hit „Wannabe“ ausgesucht, der ungefähr zu der Zeit angesagt war, als Deena gerade mit dem Sprechen anfing. Leider hatte die Mutter eines der Mädchen damals gerne Oldies gehört. Oft. Wahrscheinlich, um irgendwie die Trotzphase ihrer Tochter zu überstehen.

Glücklicherweise hatte Deena die Rolle von Sporty übernommen, und auch wenn ihr Tanktop eng und viel zu kurz war, so bedeckte die Trainingshose zumindest den Rest ihres sich gerade entwickelnden Körpers. Was man von Carlene O'Grady, heutzutage besser bekannt als Ginger, wirklich nicht behaupten konnte. Ihr sternenübersätes Kleid war kürzer als ihre Unterhose. Besser gesagt ihr Stringtanga.

Stringtanga!

„Ich rede mir ein, dass ein Misserfolg ihr guttun wird“, sagte ich. „Und ich bin sicher, dass Grady Barber die Mädchen schnell rauswirft. Außerdem habe ich ihr nicht erlaubt, ihr Haar braun zu färben, um auszusehen wie die richtige Sporty. Insofern wird hoffentlich kein dauerhaftes Trauma zurückbleiben."

Lucy nickte mitfühlend. „Ich habe Deena mal mit ihren Freundinnen im Schwimmbad gesehen. Da sagte sie mir, dass sie das nur aus Spaß machen. Sie hätten sich irgendwann mal verkleidet und rumgesponnen und dann beschlossen, einfach zu sehen, was geschieht."

Das ist der Witz an ehrenamtlichen Tanten. Sie erfahren alle Geheimnisse, in die Mütter niemals eingeweiht werden. Was sie Lucy gesagt hatten, war vermutlich ihr größter Triumph: Die „Price Girls", wie sie sich nannten, hatten wenig Talent, aber umso mehr Schneid.

Während der ersten Runde war ich einerseits im Musiksaal der Highschool gewesen, dann wieder draußen, um mit Veronica und dem Komitee zu beratschlagen. Dann musste ich den Bühnenarbeitern mit viel Geschick den einen oder anderen Gefallen abbetteln.

In dieser Runde wurde die Spreu vom Weizen getrennt. In der Jury saßen ein Professor vom Emerald Springs College, ein Chorleiter aus dem angrenzenden Landkreis und der Miteigentümer eines Theaters.

Es hatte einige erstaunliche Auftritte gegeben. Ein Arbeiter vom Abschleppdienst war mit drei Kötern erschienen, die auf der Bühne pflichtbewusst zu seiner schrägen Darbietung von „How Much Is That Doggie in the Window?" bellten. Das Bellen war der Höhepunkt gewesen.

Wir hatten Akrobaten gesehen, die Räder schlugen – und dabei aussahen, als würden sie ein Feld umpflügen. Zauberer, die ihre Kaninchen in ihren Hüten nicht fanden – und auch sonst nirgends auf der Bühne. Stepptänzer, die die Ferse nicht vom Ballen unterscheiden konnten, und Ballerinas ohne jede Körperspannung. Dann erschienen Deena und ihre Freundinnen, kichernd und mit leuchtenden Augen. Beim Singen schwangen sie gelegentlich die Arme synchron und zeigten mit den Fingern. Da wurde die Jury munter. Deenas Flickflack über den Rücken ihrer besten Freundin Tara gab vermutlich den Ausschlag. Dass keines der Mädchen auch nur annähernd singen konnte, hatte niemanden gestört.

„Sie hat die Rolle als Sporty Price bekommen, weil sie die Einzige ist, die einen Flickflack kann. Die anderen sagten, sie hätten ohne sie keine Chance", erklärte Lucy.

„Ich frage mich, was sie in Zukunft noch alles tun wird, nur weil jemand ihr sagt, wie wichtig sie ist?"

„Darauf willst du doch nicht im Ernst eine Antwort hören."

Wollte ich nicht. „Jedenfalls sind sie auch zur Party heute Abend eingeladen. Doch zum Glück sind sie übereingekommen, dass die nur was für alte Schachteln wie mich ist."

Lucy parkte ihren Concorde wieder mal in einen unglaublich engen Parkplatz. „Ich werde in den kommenden Jahren für dich da sein, Ag. Das verspreche ich."

Die Party würde erst in einer halben Stunde beginnen. Vielleicht entwickelte ich inzwischen ebenfalls Veronicas Angewohnheit, zu Komiteetreffen und anderen Veranstaltungen zu früh zu kommen, um von Anfang an alles im Griff zu haben. Aber in diesem Fall musste ich tatsächlich ein letztes Mal mit dem Catering-Service sprechen. Und die Blumenarrangements unter die Lupe nehmen, damit bloß nirgends eine Lilie hineingerutscht war. Auf Lilien war Grady allergisch. Lucy hatte sich bereit erklärt, mir zu helfen und unter anderem auch zu überprüfen, ob die schwarzen Oliven mit den Kräutern, die Grady so gern hatte, in kleinen Schüsseln so auf der Theke standen, dass er sie gut sehen konnte. In den Mund werfen müsste er sie schon selbst. Alles hat seine Grenzen.

Veronicas Hausmädchen öffnete die Tür, in derselben Uniform wie die letzten Male. Weil ich mich mit Hausmädchen nicht auskannte, hatte ich mich vorher gefragt, ob es vielleicht spezielle Cocktailparty-Uniformen gab mit mehr Rüschen und tiefer ausgeschnitten. Ich war enttäuscht.

„Hi, Winona", sagte ich. „Sind Sie bereit für den Ansturm?"

Entweder ist Winona einfach keine freundliche Seele, oder sie hat Angst, von Veronica gefeuert zu werden, wenn sie von den Überwachungskameras beim Lächeln erwischt wird. Letzte Woche hat sie mir ihren Vornamen verraten. Das war ungefähr so kompliziert gewesen, wie eine Perle aus einer Auster zu pulen. Und sie weigerte sich noch immer standhaft, mich bei meinem Vornamen zu nennen. Sie öffnete die Tür weiter und bat uns herein, doch ich sah, dass sie tatsächlich zuvor einen Blick auf die Gästeliste warf.

Ich stellte Lucy vor, und Winona bedachte sie mit einem winzigen Nicken. „Soll ich Sie hineinführen, oder finden Sie selbst den Weg?"

„Wir folgen einfach dem Lärm. Viel Glück mit allem."

Ihre Nasenflügel blähten sich. Ich vermute, das war Antwort genug.

Ich steuerte auf die Küche zu. Veronicas Haus sieht sowieso immer ordentlich aus. Jederzeit bereit für ein formelles Abendessen mit fünfzig Gästen. Doch heute waren feine Unterschiede zu erkennen: mehr Blumen. Noch glänzendere Möbel. Selbst Staub war gewischt worden.

Männer und Frauen mit Fliegen und eleganten Westen eilten an uns vorbei. Vielleicht waren es Mitarbeiter des Catering-Services? Oder Barkeeper? Oder sogar Kammerdiener, die ihre Autos auf dem Kirchenparklatz eine halbe Meile entfernt parken mussten.

Veronica ist Mitglied dieser speziellen Kirche. Ich hatte in den letzten Wochen öfter Gelegenheit, Dankesgebete zu sprechen, dass sie kein Mitglied unserer Kirche ist.

Wir bogen um eine Ecke und stießen fast mit Veronica zusammen. Das bestärkte mein Gefühl, dass sie wie die meisten Versionen des Allmächtigen einfach überall gleichzeitig sein kann.

„Ich bin so froh, dass Sie hier sind. Ich habe mir schon Sorgen gemacht." Sie sah Lucy an, dann wieder mich. „Und Sie haben Hilfe mitgebracht. Wie schön, Sie zu sehen, Lucy."

Da Lucy und Veronicas Ehemann Konkurrenten sind, erwartete ich gefletschte Zähne, doch beide Frauen benahmen sich anständig. Veronica wusste ganz genau, dass Lucys Chef und alle Mitarbeiter dem Krankenhaus großzügig gespendet hatten – weshalb Lucy auch auf der Gästeliste stand.

„Lucy wird ein paar allerletzte Kontrollen für mich übernehmen", erklärte ich.

„Und Sie werden noch einmal die Arbeit des Catering-Services überprüfen?"

Veronica sah in ihrem langen asiatischen Cheongsam-Kleid fantastisch aus. Es betonte ihr schwarzes Haar und ihre hohen Wangenknochen. Ihr Ehemann war nicht nur ein erfolgreicher Immobilienmakler, sondern auch das einzige Kind von Millionären, die bereits aus diesem Leben geschieden waren. Die Erbschaft zeigte sich heute Abend in der importierten Seide ebenso wie in allem um uns herum.

„Ich habe eine neue Liste mit verbotenen Nahrungsmitteln." Die hatte ich aus meiner Handtasche gezogen und wedelte damit vor ihr herum.

„Aber jetzt ist es zu spät, das Menü noch zu ändern."

„Ich weiß, aber ich kann zumindest dafür sorgen, dass ihm nichts serviert wird, was er nicht essen darf."

„Grady war immer schon ein heikler Esser." Sie lächelte liebevoll. „Die Schulkantine war ein Horror für ihn, er hat fast nie zu Mittag gegessen. Was für ein Glück, dass wir ihn wieder hier bei uns haben. Nach seinem ganzen Erfolg. Nach allem, was er getan hat und geworden ist. Ich bin noch immer sehr erstaunt, dass er sich dazu bereit erklärt hat."

Ich bin zwar eine Pfarrersfrau. Aber es gibt nicht viel, was ich nicht tun würde für eine ähnlich große Summe Geld, wie Grady sie bekommt, um uns ein kleines bisschen Zeit zu widmen. Doch ich war klug genug, nichts in dieser Art zu sagen. Es war Veronicas Abend. Sie war die gute Fee und Mutter Teresa in einer Person, die Retterin der Kinder unserer Stadt, die Frau, die uns etwas Ablenkung bot in diesem heißesten, trockensten Sommer seit Beginn der Wetteraufzeichnung.

„Nun, dann werde ich mich mal umsehen, ob alles perfekt ist", sagte ich.

„Da bin ich mir ganz sicher." Sie blendete uns mit ihrem Lächeln. „Besser wär's ..."

War das als Drohung gemeint? Konnte eine Drohung mit einem derart strahlend weißen Lächeln ausgesprochen werden? Ich hatte wirklich keine Ahnung, was Veronica mir antun würde, falls mir irgendein Fehler unterlief. Da ich nicht die Absicht hatte, es herauszufinden, lächelte ich ebenfalls und sauste in die Küche. Lucy sollte in der Zwischenzeit nach Lilien Ausschau halten.

In der Küche brodelte es vor Geschäftigkeit. Die Leiterin des Caterings, Joan, nickte in meine Richtung. Sie war sehr jung und verfluchte vermutlich ihre Berufswahl, seit sie diesen Auftrag an Land gezogen hatte. Ihr Assistent – genauso jung und unverbraucht – verdrehte die Augen, als ich mit der neuen Liste anspaziert kam.

„Bevor Sie irgendwas sagen“, rief ich schnell, „werde ich dieses neueste Fax vorlesen, und dann überlegen wir gemeinsam, was wir Grady nicht servieren dürfen. Sie brauchen nichts zu ändern. Wir müssen einfach nur die Kellner vorwarnen.“

„Wie kann sich die Ernährungsweise eines Menschen von einem Tag auf den anderen dermaßen radikal ändern?“, fragte Joan.

„Passiv aggressives Verhalten“, murmelte ihr Assistent.

Ich versuchte, verständnisvoll zu bleiben. „Für Grady ist es normal, seinen Kopf durchzusetzen. Er hat es sich abgewöhnt, vernünftig zu sein.“

„Ein Narziss. Oder ein Soziopath.“

„Wir studieren wohl Psychologie …?“

„Dafür braucht man kein Studium.“

Da ich die gleichen Gedanken hegte, warf ich ihm ein Lächeln zu und rollte meine Liste auf. „Keine Schalotten.“ Ich blickte auf und bemerkte keine Reaktion. Vielleicht würde es doch besser laufen als befürchtet. „Keine Steinpilze …“

Fünf Minuten später machte ich mich wieder auf den Weg. Die Kellner würden die gefüllten Pilze nicht anbieten, und den Spinat-Dip wollte Joan wieder mit nach Hause nehmen. Veronica hatte für einen Spinat-Dip-Bodyguard nicht bezahlt, und ein „Vorsicht, Grady!“-Schild daneben würde vermutlich zu sehr von der sorgfältig in Szene gesetzten Atmosphäre ablenken.

Lucy ordnete gerade die Blumen im Speisezimmer neu. „Drei stinkende Sternengucker und ein halbes Dutzend Tigerlilien, die zwar nicht riechen, aber wer bin ich, über so etwas zu urteilen? Ich habe sie alle nach draußen in den Müll geworfen, damit selbst die Abfalleimer hier drinnen lilienfrei sind."

„Du bist eine Heilige. Gibt es jüdische Heilige?"

„Versuch es mit den Aposteln. Soweit ich weiß, waren die jüdisch."

„Ed hätte es erwähnt, wenn sich daran etwas geändert hätte. Oder Schwester Nora."

In den Wochen seit der Ankunft des Zirkus hatte ich nur wilde Gerüchte über Schwester Nora gehört. Mit Lucy konnte ich bisher nicht darüber diskutieren. Und Zeit für Nachforschungen war auch nicht geblieben. Ich war ja viel zu sehr damit beschäftigt, das Emerald Springs Hotel dazu zu bringen, Grady Barbers Badezimmer mit Renova-Toilettenpapier auszustatten – welches ein Heidengeld kostet und in drei hellen Farben sowie in Schwarz angeboten wird. Aus Gründen, über die ich lieber nicht nachdenke, hat Grady sich für Schwarz entschieden.

Ich hielt inne. Jetzt war zwar nicht die Zeit, um nach Informationen zu graben, doch ich konnte nicht anders. „Wie geht es ihr übrigens?"

„Du meinst wegen all der Bürgerinitiativen, die gegründet wurden, um sie und ihre fröhliche Mannschaft aus der Stadt zu vertreiben?"

„Wohl eher die Löwen und Tiger."

„Die vor allem. Ihr geht es den Umständen entsprechend gut."

Ich fragte mich, was für Umstände Lucy meinte. Feindselige Bürger, großes Medieninteresse oder Kugelblitze von oben? Oder vielleicht einfach nur die dünner werdende Ozonschicht.

„Ihr geht es wirklich gut? Sie kann damit umgehen? Ich habe gehört, dass es Demonstrationen gab."

„Für eine gottesfürchtige Stadt, die sich was auf ihre Verfassung und die Freiheit einbildet, regen sich ganz schön viele Menschen darüber auf, dass sie eine andere Form der Religion predigt."

„Stimmt es, dass sie ihre Offenbarungen über die globale Erwärmung zwischen Nummern mit Löwenbändigern und todesmutigen Seiltänzern verkündet? Das könnte ziemlich ablenken."

„Ich war bei keiner dieser Erweckungsveranstaltungen. Ist nicht direkt mein Ding."

Ich senkte die Stimme. „Veronica ist stinksauer. Sie behauptet, dass die Zirkusvorstellungen die Leute vom ESI ablenken."

„Sie ist sauer, weil meine Immobilienfirma Nora die Farm verkauft hat und nicht ihr Mann."

Ich wollte wirklich gern fortfahren, doch die Zeit drängte. „Ich muss mich um das Streichquartett kümmern. Wie mir gesagt wurde, mag Grady weder Bach noch Beethoven oder Brahms."

„Das ist jetzt ein Scherz."

Ich boxte sie leicht auf den Arm. „Ich will nur noch mal überprüfen, ob sie genau wissen, wann sie für Veronicas Reden unterbrechen müssen."

„Du findest mich da, wo die Oliven sind."

Die Musiker starrten gerade die zierliche blonde Camille Beauregard an, neben Sally das einzige Mitglied unseres illustren Komitees, zu dem ich eine gewisse Zuneigung entwickelt habe. Camille hat Sinn für Humor, eine scharfe Zunge und geradezu eine Manie, fit zu bleiben. Sie und ihr Chirurgen-Ehemann beginnen jeden Morgen mit einer Stunde Aerobic. Und das nur zum Aufwärmen. Jetzt traten ihre harten Muskeln in ihrem ärmellosen Cocktailkleid deutlich hervor, als sie eigenhändig Stühle und Notenständer in einer Nische neben dem Sofa und gegenüber dem Steinway-Flügel aufstellte.

„Veronica will, dass sie aus dem Weg sind“, erklärte sie.

Ich nahm einen Stuhl und schleifte ihn zur Seite, wobei ich die Musiker genauso ignorierte wie sie. „Haben Sie die Musiker nach ihrem Programm gefragt, damit Veronica ihre Reden drum herumbauen kann?“

„Veronica und irgendwas drum herumbauen?“ Lachend warf sie den letzten Stuhl an seinen Platz. „Sie haben versprochen, auf ein Zeichen hin aufzuhören. Sie kennen die Spielregeln.“ Wieder lachte sie. „Lustig, nicht? Sie kennen die *Spiel*regeln. Oh, schützen Sie mich vor mir selbst, Aggie. Die verdammte Party hat noch nicht mal begonnen.“

„Es gibt für keinen von uns Hoffnung.“ Ich ging, als sie gerade das Sofa mit einer Hand in die Höhe hob und mit der anderen den Perserteppich darunter glatt zog.

Punkt acht kamen die ersten Gäste. Bis zu diesem Zeitpunkt hatten Lucy, Camille und ich uns sicher in eine Ecke verzogen. Ich mit einem wirklich guten Cabernet, Lucy und Camille mit Mixgetränken. Lucy trank ein „Redheaded Slut“. Bei der Bestellung hatte ich schon befürchtet, dass sie sich auf diese Weise dem Barkeeper vorstellen wollte, der mindestens zehn Jahre zu jung war. Ich setzte gerade zu einer Rede über Selbstachtung an, als mir klar wurde, dass sie damit nur das Getränk gemeint hatte. Ich hielt aber trotzdem die Augen offen.

„Deena würde das alles hier hassen“, sagte Lucy.

Ich versuchte, mir meine Tochter unter all den gut gekleideten und gut betuchten Leuten vorzustellen. Die Ankommenden lachten ein wenig befangen und hielten nach Plätzen Ausschau, wo sie entweder nicht oder besonders gut zu sehen waren, je nach Typ. Deena hätte sich blitzartig aus dem Staub gemacht.

Mit diesen Gedanken beschwor ich zwar nicht meine Tochter herauf, doch ein anderer mir bekannter Teenager betrat den Raum.

„Madison Sargent." Ich stellte mein Glas auf dem Tisch neben mir ab. „Gehört sie zu den Kandidaten?" Da Madison erst sechzehn ist, gehörte sie vermutlich nicht zu den Spendern.

„Ja. Kennen Sie sie?" Camille, verantwortlich für die erste Runde, war gezwungen gewesen, sich jeden einzelnen Vortrag anzuhören. Was sie nur überstanden hat, weil sie in solch fantastischer körperlicher Verfassung ist.

„Sie und ihre Mutter gehen in unsere Kirche", sagte ich. „Was hat sie gemacht? Gesungen? Getanzt?"

„Gesungen. Sie war ein Knüller."

Ich wusste, dass das nicht viel zu bedeuten hatte, nachdem die Price Girls ebenfalls ein Knüller gewesen waren. Soweit ich das beurteilen konnte, war jeder Auftritt ohne Tier, Trampolin oder Stelzen ein Knüller gewesen.

„Könnten Sie auf meinen Wein aufpassen? Ich will ihr mal eben Hallo sagen." Ich bahnte mir einen Weg durch den Raum und erreichte Madison in dem Moment, in dem ihre Mutter sich zu uns gesellte.

Die Sargents sehen eher wie Schwestern aus als wie Mutter und Tochter. Tammy war ein Teenager, als Madison zur Welt kam, und Madisons Vater hat davon offenbar nie etwas erfahren. Beide Frauen sind groß und gertenschlank mit dunkelblondem Haar. Tammys Stufenschnitt reicht ihr bis zu den Schultern, während Madisons Haar glatt über den Rücken fällt, aber sie haben die gleichen rauchgrünen Augen. Tammy hilft uns mit der Kirchenjugendgruppe. Nur sieht Ed das nicht so gern. Tammy wäre nämlich lieber selbst ein Teil dieser Gruppe, als Verantwortung zu tragen und erwachsene Entscheidungen zu treffen.

Ich begrüßte Madison. „Wie ich gehört habe, bist du in die nächste Runde gekommen."

Sie freute sich ganz offensichtlich. „Das ist wirklich aufregend. Und ich finde es so cool, hier zu sein."

Ich konnte nicht anders, als mich mit ihr zu freuen. Madisons Augen leuchteten, und offenbar war sie von Veronicas Haus beeindruckt. Wenn unsere Castingshow den Kandidaten und Zuschauern so viel Spaß machte, dann war das ganze Gedöns vielleicht gerechtfertigt.

„Madison möchte Grady Barber kennenlernen." Tammy hat eine dunkle erotische Stimme und nutzt sie zu ihrem Vorteil. Ich fragte mich, ob sie sich jemals selbst danach gesehnt hatte, auf der Bühne zu stehen.

Ich sah auf die Uhr. „Noch ist er nicht hier, aber alles läuft genau so, wie es soll, also wird er bestimmt bald kommen."

Als ich über die Schulter blickte, sah ich, wie Veronica mir von der Tür aus Zeichen machte.

„Ich muss mich um ein paar Kleinigkeiten kümmern, aber ich hoffe, dass ihr euch gut amüsiert." Ich lächelte mich an ihnen vorbei und steuerte auf Veronica zu. Dass ich auf einen kleinen Umweg zu meinem Weinglas verzichtete, bereute ich sofort. Ein Kellner nahm es nämlich vom Tisch und trug es fort, bevor Lucy ihn davon abhalten konnte.

„Fred ist gerade angekommen", sagte Veronica. „Er ist außer sich und fragt nach Ihnen."

Ich überlegte, ob ich mich wohl durch die Küche davonmachen könnte, um Ed den Weg abzuschneiden. Sein Angebot, eine paradiesische Nacht zusammen zu verbringen, schien mir plötzlich äußerst verlockend. Ich hatte jedoch oft genug mit Gradys Assistenten telefoniert, um zu wissen, dass Grady alles sehr persönlich nahm. „Wo?"

Eine Minute später traf ich Fred Handleman, der in Farley Hayworths Arbeitszimmer auf und ab lief.

„Aggie Sloan-Wilcox", sagte ich und streckte die Hand aus. Freds Hand fühlte sich weich in meiner an, andererseits wirkte alles an Fred weich. Er war nicht übergewichtig, aber ich hätte schwören können, dass jemand ihm eine Extraportion Fett injiziert hatte. Er erinnerte mich an ein Teigmännchen aus der Werbung. Ich spürte einen Impuls, mit einem Finger in seine Haut zu stechen, um zu sehen, wie schnell sie zurückschnellte. Oder ihn damit zum Kichern zu bringen. Ganz klar könnte er jetzt ein Kichern gut brauchen. Er wirkte verstört.

„Bitte sagen Sie mir, dass es keine neue Krise gibt", sagte ich.

Fred war schon halb kahl, und er rieb sich den Kopf, als handelte es sich um ein machtvolles Totem. Dann setzte er eine dicke getönte Brille auf und rieb seinen Kopf erneut. Er hätte genauso gut ein blinkendes Neonschild mit der Aufschrift „Stress" vor sich hertragen können.

„Sie haben fantastische Arbeit geleistet. Besser geht es nicht." Kopfreiben, Brilleschieben. Er brachte ein blasses Lächeln zustande. „Aber Grady ist nicht ganz glücklich mit seinem Zimmer."

Auf wie viele verschiedene Arten konnte ich Grady wohl sagen, dass er sich dahin scheren sollte, wo der Pfeffer wächst? Ich fürchte, dieses spezielle Vergnügen habe ich mir für immer versagt an dem Tag, an dem ich einen Studenten des Priesterseminars heiratete. Doch leider muss ich gestehen, dass das Bedürfnis noch immer tief in mir schlummert.

Stattdessen klang ich nett, geradezu freundlich. „Also, wo liegt denn das Problem? Sollen wir das Management bitten, das Hotel in die Luft zu sprengen und noch mal von vorn zu bauen?"

„Der Fahrstuhl ist zu langsam."

„Es gibt Treppen. Können wir ihm nicht sagen, dass ein Stockwerk zu laufen besser ist, als ins Fitnessstudio zu gehen?"

„Die Treppen sind von seinem Zimmer aus am anderen Ende des Flurs."

„Was für ein Glück er hat! Auf diese Weise bekommt er sogar noch mehr Bewegung."

„Schätzungsweise wollen Sie damit sagen, dass wir ihm kein anderes Zimmer besorgen können?"

„Es handelt sich um die schönste Suite im ganzen Hotel, Fred. Warren Harding hat dort übernachtet."

„Warren Harding war ein Ganove und Versager."

„Worauf wollen Sie hinaus?"

Sein Lächeln war echt, was ihn sofort in einen viel sympathischeren Menschen verwandelte.

„Wir können ihm ein anderes Zimmer geben", sagte ich. „Aber das wird ihm noch weniger gefallen. Bleiben Sie bei diesem. Etwas Besseres haben wir nicht."

„Die Leuchtröhre über dem Badezimmerspiegel lässt die Farbe aus seinen Wangen verschwinden."

„Aber er weiß doch, dass das nicht permanent ist, oder? Dass in dem Moment, in dem er das Badezimmer verlässt – voilà –, die Farbe zurückkehrt?" Ich sah, wie Freds Lächeln verblasste. „Ich besorge im Baumarkt eine Vollspektrumlampe und tausche sie morgen aus. Würde das helfen?"

Er wirkte erleichtert. „Unendlich."

„Es gibt nichts auf der ganzen weiten Welt, was wir für Grady Barber nicht tun würden."

„Ich kann mir tatsächlich einige Dinge vorstellen, die Sie gern tun würden." Er senkte die Stimme. „Normalerweise ist er nicht so schlimm, Aggie. Hat wohl was damit zu tun, dass er sozusagen nach Hause kommt. Seien Sie nachsichtig mit ihm, okay?"

„Wenn Sie das können, kann ich das auch."

Wir verließen das Büro genau in dem Moment, in dem unser Bürgermeister, Brownie Kefauver, und unser Polizeichef, Grayson Adams, ankamen.

Brownies Augen weiteten sich, als er mich sah. Leider Gottes ist Brownies Ehefrau, Hazel, letzten Frühling tot vor meine Füße gefallen, woraufhin er mich angefleht hatte, ihren Mörder zu finden. Obwohl der Mörder längst hinter Gittern sitzt, freut er sich über Begegnungen mit mir nicht mehr sonderlich. Ich erinnere ihn jedes Mal daran, dass er einen Moment lang selbst der Mordverdächtige gewesen war.

Deshalb legte ich nun besonderen Wert darauf, ihm die Hand hinzustrecken und Hallo zu sagen. Der Polizeichef und ich sind einander nie offiziell vorgestellt worden, aber einen seiner Detectives kenne ich sehr gut: Kirkor Roussos. Da Brownie nichts anderes übrig blieb, als meine Hand zu schütteln, hielt mir nun auch Adams, der so groß und muskulös ist, wie Brownie klein und mickrig ist, die Hand hin.

„Freut mich, Sie wiederzusehen", sagte er. „Wie geht es Ihrer Familie?"

Vermutlich hätte ich ihm von Sechslingen und einem Ehemann erzählen können, der mich gerade hat sitzen lassen, der Polizeichef hätte es geglaubt. Doch ich lächelte nur und sagte: „Gut, danke der Nachfrage."

Plötzlicher Lärm hinter uns unterbrach dieses faszinierende Gespräch. Ein Mann versuchte, sich an Winona vorbeizudrücken, die sich mit beiden ausgestreckten Armen am Türrahmen festklammerte.

Der Polizeichef wirbelte herum und näherte sich den beiden in einer einzigen Bewegung. Dieses Manöver war tatsächlich so geschickt ausgeführt, dass er mit Sicherheit beim ESI in die nächste Runde gekommen wäre. „Was ist hier los?"

Da der Mann noch immer versuchte, an ihr vorbeizukommen, konnte Winona den Großteil ihrer Antwort nur grunzen.

„Er ... hat keine Einladung!"

„Hey, hören Sie sofort auf." Der Polizeichef zückte seine Marke. „Wenn sie sagt, dass Sie nicht hineindürfen, dann dürfen Sie nicht hinein, kapiert?"

Ich sah einen Mann in meinem Alter oder vielleicht ein wenig älter, dunkles Haar, ziemlich gewöhnlich. Sein Blick fiel auf die Polizeimarke, dann trat er zurück. Ich konnte Winonas erleichtertes Ächzen hören.

Adams trat noch einen Schritt vor und versperrte mir fast die ganze Sicht. „Was wollen Sie überhaupt hier?"

Der Mann trat zurück auf die Veranda, woraufhin ich ihn nicht mehr sehen, nur noch hören konnte. „Ich habe meine Einladung vergessen und versucht, es ihr zu erklären."

„An Ihrer Stelle würde ich nach Hause fahren und sie holen. Wenn Sie sie nicht finden, kommen Sie besser nicht zurück. *Wenn* Sie sie finden, kommen Sie auch nicht zurück. Wenn es sein muss, lassen wir Sie vom Grundstück eskortieren."

„Ich gehe."

Das tat er offensichtlich, denn der Polizeichef entspannte sich und drehte sich wieder zu uns um.

„Das passiert oft", sagte Fred hinter mir. „Ungebetene Gäste, die Grady unbedingt mal in echt sehen wollen."

Ich stellte fest, dass sich Fred jedenfalls noch nicht daran gewöhnt hatte. Er wirkte sogar noch besorgter als zu Beginn unseres Gesprächs.

Ich hatte keine Zeit, darüber nachzudenken. Verschiedene Mitglieder der Kirche rückten heran, und so blieb ich im Eingangsbereich. Sally und Dolly – die mich überhaupt erst in diese blöde Lage gebracht hatten – tauchten auf. Irgendwie schaffte ich es, ihnen nicht den Hals umzudrehen. Dann, bevor ich mir neuen Wein holen konnte, sah ich Ed mit ein paar Leuten den Weg hinaufkommen. Kaum im Haus, packte ich ihn am Ärmel seines Jacketts und zog ihn dorthin, wo angeblich der ganze Spaß stattfinden sollte.

„Tolle Krawatte", sagte ich. „Iss, was immer du willst, alles ist vegetarisch. Probier vor allem die gefüllten Pilze, die Grady nicht will. Sie sehen zum Anbeißen aus. Oh, und sobald wir uns hier aus dem Staub gemacht haben, muss ich in einen Baumarkt und ihm eine Tageslichtlampe besorgen."

„Warum? Will er im Hotelzimmer sein eigenes Gemüse ziehen?"

Ich erklärte ihm, was es mit der Vollspektrumlampe auf sich hatte, um wie vieles besser sie für Pflanzen und für narzisstische Schauspieler ist, die ständig Bestätigung brauchten.

Dann fuhr ich fort: „Grady ist sauer, weil der Fahrstuhl im Emerald Springs Hotel langsam ist."

„Er wohnt in der ersten Etage."

„Er ist zu wichtig für diese zusätzlichen Sekunden."

Er schloss die Augen. „Gibt es hier eine Bar?"

„Hier bekommt jeder höchstens zwei Drinks."

Wir hatten uns angestellt, um uns mehr von dem köstlichen Cabernet zu holen, als es einen Aufruhr an der Tür gab. Eine plump aussehende Frau in einem fließenden lavendelfarbenen Kaftan schwebte in den Raum. Sie lächelte und nickte den versammelten Würdenträgern zu. Ich erkannte sie als die Pianistin, die in der ersten Runde die Kandidaten begleitet hatte, konnte mich an ihren Namen aber nicht mehr erinnern.

Sie bahnte sich einen Weg zum Klavier und setzte sich. Jemand hatte das Quartett zum Schweigen gebracht, die Musiker gesellten sich zu uns an die Bar. Es wurde ganz still im Raum. Die Frau hob die Hände und winkte feierlich. Dann spielte sie einige anmutige Arpeggios, um die Aufmerksamkeit auch derer zu gewinnen, die bisher noch nicht auf sie geachtet hatten.

„Ich bin Lisa Lee“, sagte sie. „Und ich denke, jeder hier kennt dieses Lied.“

Nun begann sie ernsthaft zu spielen. Ich erkannte die Titelmelodie von „Sailing toward a Rainbow“. Dann, aufs Stichwort, schlenderte der Star höchstpersönlich herein – in einem italienischen Anzug und einem Hemd, das nur aus Seide sein konnte – und begann zu singen.

Sailing toward a rainbow
Stretching overhead
Colors flaming in the sky
Violet, gold, and red
Symbol of a better day
Vowing a new start
But I have lost the ones I loved
Empty arms and broken heart.

Grady endete und grinste. Das Grinsen war koboldartig und gewinnend. Es passte überhaupt nicht in das Gesicht eines Mannes in den Vierzigern. Doch die versammelte Menge war anderer Meinung. Grady hatte die Gäste vollkommen im Griff, tobender Applaus brauste auf.

Er wartete, nickte freundlich, lächelte sein spitzbübisches Lächeln. Als der Applaus schließlich abebbte, hob er die Hand und wandte sich um zu Veronica. Sie stand da, überraschend zurückhaltend und ganz offensichtlich geschmeichelt. Grady winkte sie nach vorn.

„Ich kann nicht glauben, dass ich zu Hause bin", sagte Grady. „Und ohne meine alte Freundin wäre ich nicht hier. Veronica, komm – und hol dir auch eine Runde Applaus ab."

Veronica schüttelte lachend den Kopf. Doch Grady griff nach ihrer Hand und zog sie neben sich. Dann hielt er sie dort fest und lud alle ein, mit ihm den Refrain zu singen:

They say a brand-new world awaits
A promise has been made
But who'll be here to greet us
When the rainbow starts to fade?

Er fuhr allein fort, während Veronica neben ihm hübsch errötete und Lisa Lee über ihren Tasten hin und her pendelte.

Ich muss gestehen, dass ich mir die DVD von *Wayfarers of the Ark* aus der Bibliothek geliehen und meine Freundinnen zusammengetrommelt hatte. Bis zu diesem DVD-Abend hatte ich vergessen, wie hübsch der Titelsong war, den Grady im Teenageralter gesungen hatte.

Jetzt freute ich mich über die Tatsache, dass seine Stimme noch immer süß, klar und fest war und das Lied dadurch nur umso ergreifender. Grady war vielleicht fünfundzwanzig Jahre älter als der junge Idan, der vor der Flut um die Welt trauert, doch sein jungenhaftes gutes Aussehen war ihm geblieben. Er war jetzt ein Mann mit breiteren Schultern und kräftiger gebaut. Silberne Strähnen zogen sich durch sein goldenes Haar, kunstvoll, versteht sich, als ob Mutter Natur aufgefordert worden wäre, die Strähnen an den richtigen Stellen zu platzieren. Diese Veränderungen hatten seine Bühnenpräsenz noch verstärkt.

Hätte ich nicht drei Wochen lang über Listen voll alberner Forderungen gebrütet, wäre ich seinem Zauber womöglich auch erlegen. Sein schauspielerisches Können jedenfalls war zu bewundern.

Er beendete seine Gesangsdarbietung, und die Leute drehten wieder durch. Er ließ Veronica los, verbeugte sich kurz und bescheiden und streckte den Arm nach Lisa Lee aus. „Woher haben Sie bloß diese fantastische Pianistin?“, fragte er.

Zufällig schaute ich in diesem Moment zu Lisa und wünschte nicht zum ersten Mal, dass Junie ihren letzten Klavier-Liebhaber erst verlassen hätte, nachdem er mir öfter Unterricht gegeben hatte. Lisa lächelte, doch ich fand, ihre Augen waren nicht ganz so freundlich.

„Oh, ich habe mich die ganze Zeit in Emerald Springs herumgedrückt und gehofft, dass du zurückkommst, damit ich für dich spielen kann“, sagte sie süßlich.

Wieder applaudierten alle, dann bewegten sie sich nach vorn, um Grady zu umringen und vielleicht das eine oder andere Wort mit ihm zu wechseln.

„Nun, das lief doch gut“, hörte ich eine vertraute Stimme sagen.

Als ich mich umdrehte, erblickte ich Fred hinter mir. Ich stellte ihn Ed vor, dem es gelang, höflich zu sein. „Ich bin froh, dass Ihr Superstar es hierhergeschafft hat“, sagte ich. „Er hat wirklich eine wundervolle Stimme.“

„Er muss durch den Hintereingang gekommen sein. Ich werde Sie vorstellen, sobald der Andrang auf ihn etwas nachlässt.“

Da ich Grady früher oder später sowieso treffen musste, nickte ich. Als wir endlich unseren Wein ergattert hatten, kam Fred zurück, um uns zu seinem Chef zu geleiten. Ed war in diesem Moment in eine lebendige Diskussion über Parkmöglichkeiten in der Nähe der Kirche vertieft und lehnte ab. Ob kaputte Parkuhren und Halteverbote aber spannender waren, als mit Grady zu sprechen?

Fred und ich warteten am Ende der Schlange, bis wir dran waren. Schließlich zog er mich nach vorn. „Grady, ich möchte Ihnen Aggie Sloan-Wilcox vorstellen, die sich um fast alles hier gekümmert hat, damit Sie sich wohlfühlen."

Grady schenkte mir ein warmes Lächeln, und ich hielt ihm die Hand hin. „Wir sind sehr geehrt, dass Sie mit uns zusammenarbeiten", sagte ich.

„Die Freude ist ganz auf meiner Seite. Und ich weiß, wie viel Sie tun, um es mir besonders angenehm zu machen. Das Herumreisen ist wirklich anstrengend, deshalb weiß ich jeden zusätzlichen Komfort sehr zu schätzen."

Er hatte inzwischen eine Menge zu schätzen, aber das erwähnte ich nicht. Er wandte sich an Fred. Sein Lächeln erstarb. „Wo zum Teufel waren Sie, Fred? Als ich hier ankam, waren Sie nirgends zu finden."

Fred warf mir einen schnellen Blick zu und schüttelte leicht den Kopf, doch Grady achtete nicht auf ihn. Der Ton seiner Stimme kühlte sich um etwa zehn Grad ab. „Sie wissen, dass ich Sie jederzeit in meiner Nähe brauche."

Fred berührte seinen Kopf und schluckte schwer. Ich spürte in mir Wut über diesen erbärmlichen Feigling aufsteigen, doch was hätte ich sagen sollen? Ich wusste nicht, wo Fred gewesen war oder ob er ständig unzuverlässig war. Vielleicht hatte Grady Grund, verärgert zu sein.

Grady knipste wieder seinen Charme an und richtete ihn auf mich. „Fred ist so perfekt in allem, was er tut, dass jeder noch so kleine Fehler einfach auffällt. Fred, seien Sie ein guter Junge und holen mir was zu trinken, ja?"

Fred jagte zur Bar.

Ich versuchte, Gradys gespaltene Persönlichkeit zu begreifen, als seine Stimmung ein weiteres Mal wechselte. Ein Kellner kam mit einem Tablett voller großartig dekorierter Häppchen, hielt es Grady hin und bot ihm mit der anderen Hand eine Serviette an.

Grady schüttelte den Kopf. Der junge Mann hatte das offenbar nicht gesehen und kam noch etwas näher.

„Nein", sagte Grady scharf. Als der junge Mann sich nicht schnell genug zurückzog, schob Grady das Tablett so heftig zur Seite, dass es beinahe auf Veronicas unschätzbar teuren Teppich gefallen wäre. Das war eine völlig überflüssige Grobheit. Das Benehmen eines Mannes, der erwartete, dass alles exakt so geschah, wie er es wollte. Leider rutschten zwei kleine mit Käse gefüllte Pasteten vom Tablett und landeten direkt vor ihm.

Ich überlegte kurz, mich darum zu kümmern. Nein, ich wollte verflucht sein, wenn ich vor diesem Mann in die Knie ging. Zum Glück hatte Winona gerade eine neue Schar Gäste hereingeführt. Sie sah, was geschehen war, schnappte sich eine Serviette, ging in die Hocke und beseitigte die Beweisstücke.

Dann stand sie auf und sah Grady einen langen Moment an. Dann straffte sie die Schultern, drehte sich um und ging.

Alles war so schnell gegangen, dass niemand weiter darauf achtete. Doch mir war die ganze Sache unter die Haut gegangen. Ich musste noch über eine Woche mit Grady Barber aushalten.

Ich fragte mich, ob ich jemanden in einem anderen Land kannte, der mich für diese Zeit bei sich aufnehmen würde.

4. KAPITEL

Jedes Mal, wenn ich in Junies Quilt-Laden komme, bin ich aufs Neue erstaunt, was sie aus ihm gemacht hat. Dieses hinter vertrockneten Hecken verborgene viktorianische Haus wollten Lucy und ich ursprünglich nur ein wenig renovieren. Hellere Farbe, ein paar neue Installationen – und, voilà, fertig zum Verkauf.

Das wäre eine schnelle Sache gewesen, doch dann hatte Junie das Haus gesehen und einen Narren daran gefressen. Inzwischen zeigt sich das viktorianische Haus in einem freundlichen Mauveton mit Akzenten in Tannengrün, Schwarz, Rosé und Cremeweiß.

Die Innenräume des Erdgeschosses sind mit glänzenden Holzböden ausgestattet. Die Wände sind in verschiedenen Pastelltönen gestrichen. So lenken sie farblich nicht von den lebhaft bunten Stoffballen ab, die vom Boden bis zur Decke gestapelt sind. Kurzwaren wie Knöpfe, Zwirne und Nadeln befinden sich in Körben und antiken Schränken und Regalen im ehemaligen Herrenzimmer. Bücher und Schnittmuster stapeln sich fröhlich in der früheren Küche.

Ins Souterrain führt – neben dem Treppenhaus – auch ein separater Eingang. Hier befinden sich zwei helle Unterrichtsräume.

Im zweiten Stock ist Junies Wohnung, voller Sonnenschein, glänzender Oberflächen und mit einladend offenen Räumen.

Die Persönlichkeit meiner Mutter lässt sich nicht einordnen. Obwohl sie fünf Mal verheiratet war, hat sie nie den Namen ihres Ehemannes angenommen. Sie trägt auch nicht ihren Mädchennamen – Kowalski. Irgendwann, bevor ich alt genug war, um es mitzubekommen, wurde aus ihr Junie Bluebird. Nur wenige Menschen können Junie nicht leiden, und die sind äußerst komisch. Sie ist eine Generationenmixtur aus apfelbäckiger Großmutter, allwissender Mutter Erde und freidenkerischem Naturkind.

Junie ist überall, wo sie hingeht, glücklich. Die ständigen Fahrten zu den Kunsthandwerkermärkten waren ein endloser Quell der Freude für sie: neue Leute, neue Städte, neue Ehemänner. Innerhalb von Stunden konnte sie die scheußlichste Wohnung mieten und in ein Heim verwandeln. Doch sosehr sie es damals liebte, durch das Land zu ziehen, so sehr gefällt es ihr jetzt, in Emerald Springs zu leben. Sie kann sehen, wie ihre Enkelinnen aufwachsen und ihre Liebe für Quilts teilen. Sie hat Freunde, die noch immer da sind, wenn sie morgens aufwacht.

Und sie scheint eine ganze Menge Freunde zu haben.

„Ich finde, diese beiden Stoffe passen gut zusammen, Sue", sagte meine Mutter jetzt. Sie stand hinter der gekachelten Insel in der Mitte des Raumes, der früher das Wohnzimmer gewesen war. Eine Frau mit grauen Locken hatte vor sich grüne und blaue Stoffe ausgebreitet, die darauf warteten, abgeschnitten zu werden, doch ganz offensichtlich konnte sie sich nicht entscheiden.

„Aber wie wäre es hiermit für die Zierkante?" Juni langte hinter sich und zog einen Stoffballen mit wild gefärbten Punkten hervor.

„Oooooh, ja!" Sue packte den neuen Stoff, als ob jeden Moment jemand in den Laden stürzen und ihn ihr entreißen könnte.

„Ich glaube, das ist es", sagte Junie. „Das wird großartig! Miss Emma?"

Emma Beale, eine von Junies zwei Mitarbeiterinnen, strich vor dem Kamin gerade einige Ballen Stoff glatt. Sie watschelte herbei, um den Stoff zu schneiden. Miss Emma ist ungefähr ein Jahrhundert alt und stellt sicher seit fünfundneunzig Jahren Quilts her. Sie bewegt sich so schnell wie ein seichter Bach während einer Frostperiode, aber sie kann jede Frage beantworten. Es hat sowieso niemand eilig, den Laden „Feeling Quilty" zu verlassen. Hier gibt es eine große Kaffeemaschine, frische Kekse und bequeme Stühle auf der Veranda, wo man sitzen und plaudern kann.

Junie begrüßte drei weitere Frauen mit Namen, bevor sie zu mir und Teddy kam. Sie gab Teddy eine feste großmütterliche Umarmung, um dann meiner ordnungsliebenden Tochter zu erlauben, die Kurzwaren aufzuräumen und dafür zu sorgen, dass alles am richtigen Platz lag. Das war Teddys Samstagsjob, und den nahm sie sehr ernst.

Kaum war Teddy in den Kurzwarenraum gehüpft, da schlang Junie einen Arm um meine Schulter und schob mich Richtung Küche und Freiheit. Wir sagten nichts, bis wir in Liegestühlen auf einem Stück Gras saßen, an dessen Stelle sich eines Tages ein wunderschöner Patio befinden wird. Der Rasen ist braun und vertrocknet. Er sieht aus, als ob er von seiner Qual erlöst werden wollte.

Die japanischen Magnolien und Forsythien hingegen, die wir als Blickschutz gepflanzt haben, halten sich gerade noch. Ich weiß, dass Junie bei ihrer täglichen Dusche immer den Abfluss zustöpselt und dann nachts, wenn niemand es sieht, das Wasser zu ihren Bäumen und Sträuchern schleift. Es gibt wegen der Hitze momentan eine strenge Wasserbeschränkung, doch Junie ist fest entschlossen, ihre Bäume zu retten.

„Ich habe dich fast nicht wiedererkannt, Liebes. Es kommt mir so vor, als hätte ich dich seit Wochen nicht mehr gesehen."

Wie ich höre, ist das etwas, was Mütter oft sagen, doch Junie wollte mir nicht etwa ein schlechtes Gewissen machen. Sie sprach nur eine Tatsache aus.

Ich rückte meinen Liegestuhl etwas weiter zur Seite in den Schatten der Magnolien. „Jeden Tag sage ich mir, dass dieser Albtraum bald vorbei sein wird."

„Fragst du dich manchmal, wie du da hineingerutscht bist? Ob du klarere Grenzen ziehen solltest?"

Junie klang aufrichtig interessiert. Schon als Mädchen bin ich nie ermahnt, sondern immer nur auf diese Weise gefragt worden. Doch es gab Zeiten, in denen ein Klaps auf den Po weniger schmerzhaft gewesen wäre.

„Teddys Freund wäre vor Kurzem beinahe an Meningitis gestorben …" Ich hielt Daumen und Zeigefinger gerade so weit auseinander, dass noch ein Haar dazwischengepasst hätte. „Unter anderem deshalb, weil die Kinderstation unseres Krankenhauses total veraltet ist. Es gibt keine Intensivstation für Kinder. Was, wenn es um eines meiner Mädchen gegangen wäre?"

„Ich weiß, dass dir dieses Thema wirklich am Herzen liegt. Und dass du dich lieber selbst um alles kümmerst, als andere um Hilfe zu bitten."

Auch hier handelte es sich um eine Frage, das wusste ich, eine zwischen den Zeilen. „Alle haben viel zu tun. Aber so albern es auch sein mag, ich möchte mal etwas richtig gut machen."

Junie schwieg lange genug, um mich wissen zu lassen, dass ich sie überraschte. „Worin bist du denn nicht gut?", fragte sie in einem Ton, in dem sie genauso hätte fragen können: „Willst du damit sagen, dass du die Mädchen bei Ed zurücklässt, um den Hare Krishnas beizutreten?"

So unglaublich es klingen mag, es ist wirklich eine große Verantwortung, wenn jemand in deinem Leben glaubt, dass du fast perfekt bist. Zum Glück hat Ed in dieser Hinsicht keine Illusionen und liebt mich trotzdem.

„Junie“, meine Schwestern und ich haben unsere Mutter schon immer Junie genannt, und niemand weiß mehr, wieso, „dieses fehlende Selbstwertgefühl ist ein weitverbreitetes Problem unter Müttern von Kindern im Schulalter und Pfarrersfrauen. Ich weiß, dass ich eine verdammt gute Mutter bin und eine recht gute Pfarrersfrau, solange ich nicht alles ausspreche, was ich denke. Ich kann ganz gut Häuser umbauen, auch wenn wir wegen der Rezension gerade nicht sonderlich viel Geld damit verdienen. Und ich scheine ein gewisses Talent zu haben, Mörder zu finden.“

Zwar bin ich bei der Ausübung dieses Talents ein paarmal beinahe draufgegangen (was nicht gerade förderlich für mein Selbstwertgefühl ist), aber das wollte ich jetzt nicht weiter vertiefen. „Ich schätze, dass ich einfach noch etwas anderes brauche. Und das ist momentan eben das ESI.“

„Ich brauche noch eine Assistentin.“

Ich schloss die Augen. „Komm schon, dann wäre dein Laden innerhalb eines Monats pleite. Erinnerst du dich noch an das Kostüm, das ich mal für Deena genäht habe?“ Deenas Aschenputtel-Abendkleid, meine erste wirkliche Näharbeit als Erwachsene, war so in die Hosen gegangen, dass Ed und ich Asche auf Deenas Wangen geschmiert und jedem erklärt hatten, sie wäre Aschenputtel, bevor die gute Fee auftauchte. Und wir hatten dafür gesorgt, dass es keine Fotos gab.

„Das war auf jeden Fall was Besonderes“, sagte Junie.

„Ich brauche keinen Job. Lucy und ich werden bald neue Umbauprojekte haben. Im Moment will ich einfach beweisen, dass ich eine nette normale Person bin, zudem intelligent, tüchtig und in der Lage, mich von Problemen fernzuhalten. Und wo wir gerade davon sprechen …“

Ich begann, die gestrige Party zu beschreiben, die – wenig überraschend – damit geendet hatte, dass Grady „Remember

Me in April" sang, den Hit, der ihn letztes Jahr zurück ins Rampenlicht katapultiert und seine Karriere wieder angeschoben hatte.

„Wenn er singt, wirkt er wie der netteste Kerl der Welt. Wenn er mit jemand Wichtigem spricht, auch. Aber alle anderen bekommen von ihm einen auf den Deckel. Ich wage kaum daran zu denken, wie die nächste Runde vom ESI ablaufen wird."

„Dieser Film, mit dem seine Karriere begann, wie hieß der noch mal?"

„*Wayfarers of the Ark.*" Ich konnte sehen, dass der Titel Junie nichts sagte. Sie ging nie ins Kino. „Das ist die Geschichte der Arche Noah. Aber es geht um die Mitglieder von Noahs Familie und wie die es finden, mit all diesen Tieren ein Boot zu besteigen, nur weil Noah es ihnen befiehlt. Der Film zeigt, wie es für sie ist, Freunde und Verwandte zurückzulassen und zu wissen, dass sie ertrinken werden. Grady hat Idan gespielt, Noahs Enkel. In dem Film gibt es ein junges Mädchen, das er liebt. Die beiden suchen verzweifelt ein weibliches Einhorn für Idans eigenes Einhorn. Am Ende findet das Mädchen eines, kommt aber zu spät zurück zur Arche. Idan ist gezwungen, ohne sie wegzusegeln."

„Und das soll ein Kinderfilm sein?" Junie war irritiert. „Ist das denn eine Botschaft, die unsere Kinder hören sollen?"

Ich tätschelte ihre Hand. „Wir können sie nicht vor dem Alten Testament bewahren. Es ist überall. Davon mal abgesehen, vergiss die Geschichte. Viel wichtiger ist: Um den Film zu promoten, haben die Produzenten damals ein großes Casting veranstaltet für die Rollen von Idan und dem Mädchen, Dalia. Das war ein echter PR-Gag. Jedenfalls ging Grady hier in die Highschool. Die Talentsucher haben sich in kleinen Städten und Orten umgesehen, und aus irgendeinem Grund lag Emerald Springs auf ihrer Route. Grady hat ein Lied vorgesungen, das er selbst geschrieben hatte. Es hieß ‚Sailing toward a Rainbow'. Sie fanden ihn toll, und sie fanden das Lied toll. Alles Weitere kannst du dir denken."

„Und der Erfolg hat ein Monster aus ihm gemacht."

„Ich weiß nicht. Vielleicht war er schon ein Monster, bevor er berühmt wurde."

Ich hatte es satt, über Grady Barber nachzudenken, deswegen lenkte ich das Gespräch auf den Laden. Wir plauderten über neue Stoffe, die Junie erwartete, einen Quilt-Workshop, den sie plante, und dann über Teddys Schwimmunterricht. Schließlich kam Miss Emma herausgetrottet, um zu erklären, dass verschiedene Kunden Junies Hilfe brauchten. Ich sah auf die Uhr und bemerkte, dass ich länger als geplant geblieben war. Einige Punkte meiner Liste waren noch offen. Die mussten erledigt werden, bevor das ESI am Montagabend begann. Und bis dahin rechnete ich außerdem mit einigen erregten Anrufen von Fred. Ich hatte ihn heute Morgen gesehen, als ich ins Hotel kam, um die Glühbirne in Gradys Bad auszutauschen, während der Großartige gerade beim Frühstück saß. Fred hatte sogar noch teigiger ausgesehen als am Tag zuvor. Ein Mann, der nicht genug Schlaf oder Bewegung bekam.

Ich erhob mich. „Warum kommst du nach Feierabend nicht zum Abendessen vorbei?"

„Ich kann nicht. Miss Emma und ich gehen heute essen, zu Nora."

Beinahe hätte ich es überhört. Meine Mutter hatte hier schließlich ihr eigenes Leben, und ich kannte nicht all ihre Freunde. Sie hat zu viele. Und dann erstarrte ich.

„Bitte sag, dass du nicht Schwester Nora mit der Zeltshow meinst."

Junie stand ebenfalls auf und zog ihr T-Shirt mit dem „Feeling Quilty"-Aufdruck über ihren nicht unerheblichen Hüften glatt. „Exakt die meine ich."

„Du nennst sie Nora. Du bist nicht bereit, *Miss* bei Miss Emma wegzulassen, aber du lässt *Schwester* bei Schwester Nora weg?"

Sie winkte ab. „*Schwester* ist nur ein Titel. Und Miss Emma kommt aus dem Süden. Sie wird Miss Emma genannt, seit sie fünfzehn ist. Sie kann sich nicht mehr erinnern, jemals auf irgendeinen anderen Namen reagiert zu haben."

Ich ließ mich nicht von einer Diskussion über Titel und regionale Bräuche ablenken. „Du warst schon mal da? Bei der Zeltshow?"

„Das ist eine sehr angenehme Weise, den Abend zu verbringen. Miss Emma gefällt der Löwenbändiger besonders. Sie hatte mal eine Affäre mit einem Tierpfleger im Zoo von Atlanta."

Das war ein Bild, das ich nicht im Kopf haben wollte. Die Miss Emma, die ich kenne, wiegt ungefähr zwanzig Kilo, etwa zwanzig Gramm davon bestehen aus Haar und Zähnen. Eines Tages wird sie sterben, während sie gerade nach einem Stoffballen greift, und es werden Stunden vergehen, bis jemand den feinen Unterschied bemerkt.

„Wie oft wart ihr denn schon dort?" Ich trat näher, denn ich kenne meine Mutter nur zu gut. „Sag jetzt nicht, dass du dem Laden beitreten willst."

„Ich finde, du solltest heute Abend mitgehen und selbst sehen, worum es da geht. Nora empfindet eine tiefere Liebe für die Natur als irgendein Mensch, den ich kenne. Sie liebt ihre Tiere wirklich und kümmert sich außerordentlich gut um sie. Und ihr Glaube ist stark. Nichts, wovor man sich fürchten müsste."

„So simpel kann es nicht sein“, sagte ich. „Was ist mit dem Teil, wenn sie einen zu überzeugen versucht, alle weltlichen Güter aufzugeben – an sie zu geben! – und in einem Zirkuswagen zu leben?“

„Nora glaubt, dass sie mit Gott sprechen kann. Deswegen wird sie hier auf ihrem Grundstück eine Biosphäre erbauen. Gott hat ihr gesagt, dass dort das Geld hineinfließen soll. Aber sie hat weder mich noch sonst jemanden auch nur um einen Cent gebeten. Sie sagt, Gott wird für die Finanzierung sorgen.“

„Biosphäre? Hier in Emerald Springs?“

Junie schien das nicht für merkwürdig zu halten. „Welcher Ort könnte besser geeignet sein, Liebes? Du und ich sind hier, um zu helfen. Oder etwa nicht?“

Früher galt es als äußerst romantisch und abenteuerlustig, von zu Hause wegzulaufen und sich einem Zirkus anzuschließen. Wer es leid war, Hühner zu rupfen und Rüben einzumachen, dem schien das Zirkusleben eine von Gott gesandte einzigartige Chance. Während die Familien und Freunde der Ausreißer es für eine Verlockung des Teufels hielten.

Ich fragte mich, wie Schwester Noras faszinierende Zeltshow wohl einzuordnen war. Obwohl es erst neunzehn Uhr war und die Sonne sich langsam auf den Horizont zubewegte, hatte ich eher das Gefühl, in der Hölle zu sein als im Himmel.

Den ganzen Tag hatte ich mit den Vorbereitungen fürs ESI verbracht. Ich hatte ein Gespräch hinter geschlossenen Türen mit dem trübsinnigen Manager des Emerald Springs Hotels geführt, der nach kaum vierundzwanzig Stunden mit Grady als Gast den Tränen nahe war. Ich hatte mich auf einen gemütlichen Abend zu Hause mit meinem Mann, meinen Töchtern und dem elektrischen Ventilator gefreut.

Aber ich kannte meine Mutter. Junie hatte sich niemals mit Hühnerrupfen und Rübeneinkochen zufriedengegeben. Ich wollte dafür sorgen, dass Schwester Nora, wenn sie Emerald Springs verließ, nicht etwa meine leichtsinnige Mutter bei sich hatte.

Vor wenigen Stunden hatte ich in Panik Lucy angerufen. Sie war bereit gewesen, mir beizustehen. Aber sie hatte sich die Bemerkung nicht verkneifen können, dass es schon ein bisschen viel verlangt war nach einem Abend, an dem sie Oliven arrangieren und hübsche Lilien wegschmeißen musste.

Wir kamen in der Horseshoe Bend Road an. Junie und Miss Emma hatten es sich auf den Rücksitzen gemütlich gemacht und spielten mit den Entlüftungsventilen. Manchmal ist meine Mutter leicht glücklich zu machen.

„Seid ihr sicher, dass ihr das heute Abend machen wollt?", fragte ich sie und zeigte auf die untergehende Sonne. „Es wird nicht kühler. Und im Zelt wird es sogar noch heißer sein. Wir könnten nach Hause fahren und ein Video leihen. *Trapez? Die größte Schau der Welt?*"

Junie, die keine Chance verstreichen lässt, sich zu verkleiden, hatte eine bauschige Hose gewählt und ein gepunktetes Hemd mit einer orange gestreiften Fliege. Einer sehr, sehr großen Fliege. Im Feeling Quilty fehlte vermutlich ein ganzer Ballen orange gestreiften Stoffes. Ich hatte Junie – absichtlich – ein wenig zu früh abgeholt, damit sie nicht mehr genug Zeit für Theaterschminke oder eine rote Knollennase hatte.

„Samstagabends findet die lange Vorstellung statt", sagte sie, während sie aus dem Auto hüpfte, kaum dass wir hielten. „Ich kann es kaum erwarten."

Ich hatte mir überlegt, meine Töchter mitzubringen. Doch die Price Girls hatten eine Notfall-Probe einberufen, und Teddy hätte nach jeder Zirkusnummer deren theologische Bedeutung erörtert. Deswegen beschloss ich, mir die Vorstellung erst mal anzusehen, vor allem für den Fall, dass Demonstranten sich versammelten – doch die schienen heute Abend zum Glück zu Hause geblieben zu sein.

Ich hielt Miss Emma eine Hand hin. Sie war zwar langsam, aber dennoch überraschend gelenkig. Sie trug verwaschene Jeans und eine Babydoll-Bluse, deren Ausschnitt sämtliche Hautfalten und Leberflecken entblößte.

Mehrere andere Wagen parkten an der Straße, doch nicht so viele wie bei meinem ersten Besuch. Die Aufregung hatte sich offenbar gelegt und dem Argwohn Platz gemacht. Schließlich gab es im Zirkus nicht nur wilde Bestien. Es sollte auch eine religiöse Botschaft verbreitet werden – quasi im luftleeren Raum.

Wir liefen die Straße hinunter, nach den Moskitos schlagend. Miss Emma pfiff das klassische Zirkuslied „Einzug der Gladiatoren".

Ich hatte an diesem Nachmittag meine Hausaufgaben gemacht und so viel wie möglich über Schwester Nora und die anderen herausgefunden. Und ich teilte mein neues Wissen. „Zirkusse kommen ursprünglich aus England. Wusstet ihr das? Anfangs waren sie ganz klein, nur mit Hunden und Ponys. Sie waren auch nicht in der Lage, sehr weit zu fahren, weil sie ja überall Sitze und eine Manege aufbauen mussten. Dann begannen sie, im Zirkuszelt aufzutreten, und konnten immer weiter fahren. So mancher Zirkus nahm eine Fläche von hundertzwanzigtausend Quadratmetern ein, wenn er vollständig aufgebaut war."

„Du hast wieder nachgelesen", sagte Lucy. „Ich habe dich davor gewarnt, Ag."

„Ja …" Ich wollte auch noch den Rest loswerden. „Also, manche Historiker glauben, dass der Zirkus für die Menschen sehr wichtig war, um ihren Horizont zu erweitern und ihre Einstellung zu ändern. Frauen waren die Stars der Manege und hoch angesehen. Leute verschiedenster Rassen und Kulturen tauchten plötzlich an Orten auf, wo man sie noch nie zuvor gesehen hat."

„Wie in diesen Freak-Shows?", fragte Lucy. „Wo die Missgeburten gezeigt wurden? Meinst du, das war eine gute Sache?"

„Nun, nicht nach unseren Maßstäben natürlich, aber für manche Leute war das die einzige Möglichkeit, ihren Lebensunterhalt zu verdienen. Und der Zirkus war der Ort, wo sie als Teil einer Gemeinschaft akzeptiert wurden."

„Sollen wir vielleicht ein Loblied singen, wenn wir durchs Tor gehen?"

Ich klatschte mit meinem Notizbuch nach ihr, das ich gerade aus meiner Handtasche gezogen hatte, um mir Wind zuzufächeln. „Über Nelson-Zimboni habe ich allerdings nicht viel gefunden."

„Wetten, dass du nicht im Internet gesucht hast?"

Computer und ich – na gut, das komplette technologische Universum und ich – können einander nicht ausstehen. Manchmal spät in der Nacht, wenn alle anderen schlafen, kann ich Eds manisches Lachen aus dem Arbeitszimmer hören.

„Ich hole mir meine Informationen lieber aus zuverlässigen Quellen", sagte ich leichthin.

Miss Emma hörte auf zu pfeifen. „Die hatten keine Freak-Show, so viel kann ich euch verraten. Auch keine erotischen Tänzerinnen. Nicht Nelson-Zimboni. Die hatten Klasse. Ich war dort. Caprice Zimboni tanzte auf dem Drahtseil und war so anmutig wie die Pavlova in *Schwanensee*."

Noch nie hatte ich Miss Emma mehr als fünf Worte innerhalb einer Minute sagen hören. „Woran können Sie sich noch erinnern?"

„Caprice Zimboni war eine schlanke, große dunkelhaarige Frau. Sie war wie Eis und Nora Nelson wie Feuer. Nora war hell mit goldenem Haar, weiblich, nicht so dünn wie Caprice. Sie ritt einen weißen Hengst, ohne Sattel. Wenn er in der Manege im Kreis raste, so schnell, dass man ihn nur noch unscharf sehen konnte, da stand sie auf und streckte die Arme aus und drehte sich und sprang und machte Saltos. Sie hat nie einen Fehler gemacht. Sie sprangen zusammen durch Feuerreifen, sie und dieses Pferd. Ich weiß noch, dass unter der Zirkuskuppel kein Mucks zu hören war, wenn sie auftrat. Nur das Hämmern der Hufe und das Zischen der Flammen."

Wow. Ich war beeindruckt von der Rede, Miss Emmas Gedächtnis und der Information.

Lucy war ebenfalls beeindruckt. „Das würde ich gern mal sehen."

„Als sich die Nelsons und die Zimbonis getrennt haben, erfuhr man nie, warum eigentlich. Ich schätze, die Zeit wurde für Zirkusse immer schwieriger. Vor allem für die mittelgroßen. Zu klein für den Madison Square Garden und zu groß für all die Countys. Ich schätze, es war einfacher, sich aufzuteilen, als sich zu vergrößern. Es gab schon zu viele große Zirkusse, die ihnen voraus waren."

Ich wollte mehr erfahren – aber wieso? Ich hatte eine überaktive Vorstellungskraft und reichlich Neugier. Aus welchem Grund? Ich begann, schon wieder so zu denken wie zu Zeiten, wo ich einen Mörder zu finden versuchte. Ich rief mir in Erinnerung, dass diese Neugierde nicht gerade förderlich für meine Gesundheit gewesen war.

Wir erreichten das geöffnete Tor der Farm. Auf beiden Seiten standen Clowns mit roten Perücken, die zur Begrüßung

Luftballon-Tiere herstellten. Sie applaudierten, als Junie an ihnen vorbeikam und bereitwillig auf eine alte Fahrradhupe drückte, die ein Clown ihr hinhielt. Mir wurde etwas überreicht, was wie ein Ballon-Dackel aussah und was ich nun mit mir rumtragen musste. Wenigstens wog es nichts.

„Wir sind früh dran." Ich hatte befürchtet, eine halbe Meile entfernt parken zu müssen und bei Miss Emmas Schritttempo die Veranstaltung zu verpassen.

„Wir könnten uns die Tiere ansehen. Die sind in einem eigenen Zelt."

Ich wusste nicht, ob ich Junies Vorschlag gut finden sollte. Junie glaubt eine Reihe von Dingen, denen wir anderen skeptisch gegenüberstehen. Erstens glaubt sie, hellsehen zu können. Nichts könnte weiter von der Wahrheit entfernt sein. Zweitens glaubt sie, dass Tiere ihre Worte verstehen können und sie im Gegenzug telepathisch erfährt, was die Tiere antworten. Sie ist dafür bekannt, dass sie lange Gespräche mit unserer Familienkatze Moonpie führt. Einmal bestand sie darauf, dass ich die Marke des Katzenfutters wechsle, weil Moonpie in der Fernsehwerbung Futter gesehen hatte, das ihm mehr zusagte. Merkwürdigerweise verbesserte sich sein Appetit danach in hohem Maße. Aber ich weigere mich, das als Beweis zu betrachten.

Im Moment hatte ich keine Lust zu erfahren, dass Leo der Löwe gern mal einen kleinen Spaziergang über das Grundstück unternehmen würde.

„Lieber nicht", sagte Lucy, bevor ich es sagen konnte. „Da wird es heiß sein und stinken. Gehen wir doch lieber hinauf zum Haus und schauen mal, ob die Renovierungsarbeiten vorangehen."

Viele Menschen liefen auf dem Grundstück herum. Einige gehörten ganz offensichtlich zum Zirkus. Doch beim Rest handelte es sich um Leute aus der Stadt, die schauten und mit den Fingern zeigten. Falls Noras Mission wirklich war, die Welt zu retten, dann hatte sie ein merkwürdiges Fleckchen Erde dazu ausgewählt. Ich konnte keine Zeichen religiösen Eifers entdecken. Die Leute bewegten sich, wie sich Leute bei Hitze eben bewegen. Langsam, angestrengt, glänzend vor Schweiß.

Bald konnte ich die große Zirkuskuppel auf einer kleinen Anhöhe sehen. Im verblassenden Sonnenlicht sah sie wie eine riesige, perfekte Perle aus. Ich hörte die Musik einer Blaskapelle. Nicht gerade Zirkusmusik, aber rhythmisch und energiegeladen. Und mir vollkommen unbekannt.

„Lucy? Junie?"

Wir drehten uns um, und auch ein Junge starrte in die Richtung, aus der die Frauenstimme kam. Bevor irgendjemand ihren Namen aussprach, erkannte ich Schwester Nora. Sie war ganz in Weiß gekleidet – die bevorzugte Farbe für Propheten, wie ich vermute –: weiße Jeans, weißes mit glitzernden Sternen übersätes Tanktop, weiße Lederstiefel. Sie trug keinen Reithelm, aber weiße Reithandschuhe.

„Ich freue mich so, dass Sie gekommen sind", sagte sie, als sie nah genug war. „Wir haben ein neues Programm. Heute Abend ist Premiere."

Ich hatte gehört, dass Schwester Noras faszinierende Zeltshow Szenen aus dem Alten Testament nachspielte. Daniel in der Löwengrube war natürlich eine naheliegende Wahl, dargestellt von einem fantastischen Löwenbändiger und allen Raubtieren. Das neue Programm sollte, so hatte ich gehört, die Geschichte von Moses erzählen, wie er sein Volk aus Ägypten herausführte. Hoffentlich stimmte das nicht. Ich wollte die zehn Plagen nicht live in einem Zirkuszelt erleben.

„Miss Emma und ich können es kaum erwarten", sagte Junie. Sie stellte ihre Assistentin vor, und Schwester Nora begrüßte sie freundlich. Dann drehte sie sich zu Lucy und mir. „Sie sind Aggie", sagte sie. „Ich erinnere mich an Sie."

„Aggie ist meine Tochter", verkündete Junie stolz.

„Was haben Sie beide für Glück!", rief Schwester Nora. „Das Geschenk der Familie."

„Wir wollten uns gerade das Haus ansehen."

Nora blickte auf ihre Armbanduhr, worüber ich mich sehr freute. Sie bekam vielleicht Aufträge von oben, doch die nebensächlichen Dinge, wie die Uhrzeit ablesen, wurden ihr nicht abgenommen.

„Kommen Sie! Sehen Sie sich an, wie weit wir sind", sagte sie. „Ich habe noch ein paar Minuten Zeit. Und außerdem muss ich sowieso etwas holen."

Wir protestierten höflich, und als wir damit fertig waren, standen wir bereits vor dem Haus. Alle anderen bewegten sich Richtung Zelt. Drei Elefanten liefen an uns vorbei, außerdem zwei Kamele. Auch begegneten wir vier Männern, die ein Bambuslager trugen. Darauf ruhte eine Frau mit einer schwarzen Perücke. Sie trug ein Leopardenfell und sah für meinen Geschmack viel zu übertrieben nach Pharaonentochter aus.

Das Haus wirkte viel schöner als das letzte Mal. All diese starken Männer und Frauen hatten offenbar fleißig daran gearbeitet. Das Dach hing nicht mehr durch. Um genau zu sein, war es sogar brandneu. Rote Schindeln, die nur einen Ton heller waren als die frisch gestrichene Veranda. Das Haus selbst war blassgelb, die neuen Fensterläden waren im selben Flaschengrün gestrichen wie die Tür, die von Petunien und Ringelblumen in großen Terrakottakübeln umrahmt war.

„Vorn ist unser Büro. Yank und ich wohnen im hinteren Teil. Schauen Sie sich an, was wir alles gemacht haben." Sie führte uns auf die Veranda und durch das Haus. Der vordere Teil wirkte sehr offiziell mit seinen Aktenschränken und Schreibtischen, Computern und schicken Taschenrechnern. Als Nora aber die Tür auf der anderen Seite des Raumes aufschloss, betraten wir einen großzügigen wohnlichen Raum. In seiner Mitte stand eine kleine Kücheninsel. Ein Fenster bot einen schönen Blick auf die Ländereien. Die Wände schmückten alte Nelson-Zimboni-Poster, auf denen sich Zirkusdirektoren, Seiltänzerinnen und Artisten am Trapez tummelten. Auf einem war eine junge blonde Frau auf einem prächtigen weißen Hengst zu sehen.

Leider wirkte die vierte Wand nicht annähernd so freundlich.

„Was für eine Sammlung!“, sagte ich und deutete mit dem Kinn auf das Regal mit scharfen Messern und mehreren wuchtigen Gewehren. Dieses Regal war so weit von der Kücheninsel entfernt, dass die Messer mit Sicherheit nicht zum Zwiebelschneiden gebraucht wurden.

„Yank ist unser Messerwerfer“, sagte Nora mit einer Leichtigkeit, als ob er Anwalt wäre oder Gärtner. „Heute Abend werden Sie ihn allerdings nicht erleben. Er hat eine Erkältung, und seine Hände sind nicht ruhig genug.“

Ich war froh, das zu hören, da ein Messerwerfer mit zittrigen Händen für mich nach Plage Nummer elf klang – etwas, was ich ebenfalls nicht erleben wollte.

„Ich hoffe, Yank übt nicht zu Hause“, sagte ich.

„Niemals. Wir lagern nur sämtliche Waffen hier hinten. Neben den Messern auch die Pistolen für die Tierpfleger und die Betäubungsgewehre. Zudem alle wichtigen Papiere. Die Türen sind mit neuen Schlössern und einem erstklassigen Sicherheitssystem ausgestattet. Auf diese Weise sind die Waffen perfekt gesichert, und wir können sie im Auge behalten. Wir wollen ja keinen Ärger bekommen.“

Nora und Lucy plauderten einen Moment lang über all die Reparaturen am Haus. Dann verschwand Schwester Nora, um kurz darauf mit einer kleinen Peitsche zurückzukehren.

„Reines Theater", sagte sie. „Ich schlage meine Pferde nicht. Aber die Peitsche macht ein schönes knallendes Geräusch. Kommen Sie mit, dann besorge ich Ihnen Plätze in der ersten Reihe. Die haben wir für die örtlichen Geistlichen reserviert, aber bisher ist noch niemand gekommen. Allerdings bin ich mir sicher, dass sie noch kommen werden. Sie wollen auch helfen." Sie lächelte ein wenig. „Auch wenn ich mir wünsche, sie würden sich beeilen. Es ist so viel zu tun und nur so wenig Zeit."

Der Ton gefiel mir überhaupt nicht. „Bis Sie Ihre Biosphäre gebaut haben?", fragte ich.

„Es muss einen Ort geben, wo ein paar Menschen überleben können und natürlich unsere Freunde, die Tiere, auch. Es ist ja nicht ihr Fehler. Nicht sie haben sich den Geboten des Herrn widersetzt. Die Menschen haben ihre Überlebenschancen sehr verringert, und die Umstände werden nur noch schlimmer werden, wenn kein radikales Umdenken stattfindet. Mir wurde die Aufgabe gegeben, zu retten, was zu retten ist. Jetzt. Bevor es zu spät ist."

Sie sagte das alles so ruhig, so sicher, dass wir genauso gut über ein Buch hätten sprechen können, das wir alle gelesen und gemocht hatten. Doch auf dem Weg zum Zirkuszelt hatte ich ein unangenehmes Gefühl. Wenn Schwester Nora wirklich ihren Willen durchsetzte, würde eines Tages genau hier, nur Meilen vom Pfarrhaus entfernt, eine Biosphäre entstehen, die einige ausgewählte Menschen und einen ganzen Zirkus voller Tiere beherbergte.

Ich war mir sicher, dass es irgendwann neue Erkenntnisse über Sauerstoff, Nahrungsmittel und Wasser geben würde.

Dann würde sich die Atmosphäre von selbst reinigen, die Gletscher würden wieder wachsen und die Erde wieder schön zu bewohnen sein. Somit könnte die Menschheit noch ungefähr ... nun, vorsichtig geschätzt, ein weiteres Jahrtausend überleben. Aber ich war keine Wissenschaftlerin, woher also sollte ich das wissen!

Natürlich war Nora komplett übergeschnappt. Natürlich hörte sie Stimmen in ihrem Kopf, die von der sehr verständlichen Furcht hervorgerufen wurden, dass unsere Erde all das, was wir ihr antaten, nicht überstehen würde. Es gibt eine Bezeichnung für Menschen, die Stimmen hören. Hierbei handelt es sich um keine schöne Diagnose. Und doch war Schwester Nora eine warmherzige und offene Person, die Leiterin eines erfolgreichen Zirkus, eine namhafte Akrobatin, eine gute Geschäftsfrau mit der Fähigkeit, Menschen zu ihrem Zweck um sich zu versammeln – zumindest manche Menschen. Sie hatte sogar einen Millionär überzeugt, ihr zu folgen und zu helfen, ihre Vision wahr zu machen.

Ich versuchte, all diese Puzzlestücke zusammenzusetzen, scheiterte aber. Wo lag die Grenze zwischen Prophezeiung und Psychose? Ich hatte keine Ahnung. Und ich war froh, dass nicht ich darüber entscheiden musste.

5. KAPITEL

„Also, am Anfang spielt die Kapelle. Zwei Männer beginnen zu kämpfen. Sie schubsen und schieben sich gegenseitig. In dem Moment, wo man denkt, es wird ernst, macht einer plötzlich einen Flickflack und dann ein Rad. Sie legen mit einer kompletten Akrobatiknummer los, bis beide völlig erschöpft sind und sich gegenseitig aus der Manege helfen müssen. Und dann erklingt eine Stimme aus den Lautsprechern, die sagt: ‚Du sollst deinen Nachbarn lieben wie dich selbst.' Und das ist die Einführung."

May Frankel, eine Freundin und Mitglied unserer Kirchengemeinde, schüttelte den Kopf. „Eine interessante Art, die Bibel zu unterrichten."

„Stimmt. Man denkt: Du meine Güte, das wird vielleicht ein Abend. Dann legt die Kapelle wieder los, und die Parade beginnt. Ein ziemlich altmodischer Zirkus, traditionell, keine dröhnende Musik. Dafür Pudel und galoppierende Pferde und tanzende Elefanten. Doch bevor es langweilig wird, beginnt die Truppe die Geschichte von Moses darzustellen, der sein Volk aus Ägypten führt."

Ich brach ab, um Atem zu schöpfen. Es war gar nicht möglich, meinen Samstagabend angemessen zu schildern. Wenn May das ganze Ausmaß erfahren wollte, musste sie schon selbst hingehen und sich die Zeltshow ansehen.

„Wie haben sie das denn gemacht?" May klang ernsthaft interessiert. Allerdings verdient sie ihr Geld als Psychologin, also damit, immer wieder interessiert zu klingen.

„Nun, als Kulisse haben sich Akrobaten zu Pyramiden aufgestellt. Ich weiß nicht, wie sie da so lange einfach stehen konnten. Es gab Seiltänzer und Trapezkünstler, die wild hin und her schaukelten. Sie versuchten, den Ägyptern zu entkommen, die sich auf Elefanten und Kamelen näherten. Schwester Nora kam auf ihrem herrlichen weißen Hengst angeritten, und die Hebräer folgten ihr. Dann stellten sie irgendwas echt Erstaunliches mit Lichtern und glänzenden Folien an, die aussahen wie Wellen. Das Meer teilte sich, die Guten kamen davon, und die Bösen ertranken."

„Ambitioniert. Und kreativ. Aber ich kann mich an keinen weißen Hengst im Buch Exodus erinnern."

„Künstlerische Freiheit. Den traditionellen Zirkuskram haben sie auch aufgeführt, eine etwas abgespeckte Version vom üblichen Programm. Danach hat Schwester Nora eine Rede über die globale Erwärmung gehalten. Sie blendeten die Lichter ab. Ein riesiger Scheinwerfer stellte die Sonne dar. Dann kreierten sie eine Art Garten. Die Zirkusleute waren als Bäume und Blumen verkleidet, die während ihrer Rede verwelkten. Dann legten sich die Tiere auf die Erde, eines nach dem anderen, als ob sie sterben würden. Ein Elefant, ein Pferd, ein Bär und alle Pudel. Einer der Löwen legte den Kopf sogar in den Schoß des Löwenbändigers! Das war der spannendste Moment des Abends. Schließlich erklärt Nora, dass sie hier in unsere Stadt gekommen ist, weil Gott ihr aufgetragen hat, eine Biosphäre zu bauen, in der so viele Arten wie möglich untergebracht werden sollen. Und dass auf diese Weise die Menschheit und das Leben überhaupt vor der Auslöschung gerettet werden. Sie appelliert an die Bewohner von Emerald Springs, ihr zur helfen."

„Oh, oh!" May hat ein engelhaftes Gesicht, das sie jetzt allerdings zu einer Grimasse verzog. „Lass mich raten. Diesen Teil hat das Publikum nicht sonderlich gut aufgenommen."

„Zumindest leerte sich das Zirkuszelt in Rekordzeit."

Tara Norton, eines der Price Girls, tauchte oben an der Treppe auf, wo sie einen Moment wie ein Laufstegmodel posierte. Sie trug eine Leopardenhose und ein goldenes T-Shirt. Ihr Haar hatte sie zu einer wilden Lockenmähne toupiert.

„Scary Price", riet ich. Schließlich hatte ich nicht umsonst meine Spice-Girl-Kenntnisse aufgefrischt.

„Ich bin laut und wild und gerate ständig in Schwierigkeiten."

Nichts konnte weiter von der Wahrheit entfernt sein. Tara ist ein Schatz. Seit ein paar Jahren gehören die Mädchen, die sich jetzt Price Girls nennen, zu einer größeren Mädchenclique, die sich – leider – *Süße Miststücke* nennt. Ich fand es nie gut, dass sie sich zusammengetan haben, um Neid unter ihren Klassenkameradinnen zu schüren. Aber die Miststücke sind trotz ihres Namens überwiegend nette Mädchen, die einfach gern Zeit miteinander verbringen. Einige von ihnen konzentrieren sich jetzt darauf, in der Schule besonders beliebt zu sein. So zum Beispiel Carlene alias Ginger Price. Andere, wie Tara und Maddie, Mays Tochter, sind hingegen die Intelligenzbestien.

Maddie gesellte sich nun auch zu uns. Sie trug ein hübsches kleines Babydoll-Kleid, das dank der Intervention ihrer Mutter länger war, als die Mädchen es geplant hatten. „Baby Price." Sie machte eine niedliche kleine Verbeugung.

Maddie ist wie May zierlich, blond und zart. Mit ihrem langen Pferdeschwanz sah sie angemessen engelhaft aus.

Direkt hinter ihr kam Deena die Treppe runter. In Jogginghose, einem Elastan-Tanktop und einem Stirnband wirkte sie, als ob sie einen Marathon laufen wollte. An ihrem Gesichtsausdruck konnte ich ablesen, dass sie im Moment überall sonst lieber gewesen wäre. Da „Sporty" dunkelhaarig ist und ich ihr verboten hatte, ihr Haar zu färben, hatte sie sich von einer Freundin eine Perücke geliehen, die ebenfalls zu einem

Pferdeschwanz zusammengebunden war. Ich fragte mich, ob sie insgeheim hoffte, auf diese Weise nicht erkannt zu werden. Und ich selbst hoffte, die Perücke würde nicht mitten im Song runterfallen.

Deena ist in einem Alter, in dem man sich seiner Mutter nicht gern anvertraut. Aber zumindest hatte sie zugegeben, dass sie zu diesem Auftritt überredet worden war. Nun stand der große Moment bevor. Sie sollten vor Grady Barber und den anderen Juroren auftreten.

Ich hatte Deena nicht vor seinem Temperament gewarnt. Sie hatte selbst im Internet Berichte über ähnliche Veranstaltungen gefunden, bei denen er als Juror fungiert hatte. Ganz offensichtlich war Erniedrigung die beste Art, möglichst viele Eintrittskarten zu verkaufen.

Ed stand direkt am Fuß der Treppe, hinter ihm Teddy. Sie wollten, zusammen mit May, die Mädchen zum Musiksaal des Emerald Colleges bringen, wo der Wettbewerb stattfinden sollte.

Ich war schon den ganzen Tag über dort gewesen und nur schnell zwischendurch nach Hause gerannt, um mich zu duschen und umzuziehen, bevor der Abend begann. Beides hatte ich dringend nötig gehabt. Einen Großteil des Nachmittags hatte ich damit verbracht, auf dem Boden herumzukriechen. Wann immer Grady den Jurorentisch versetzen ließ, musste ich mit den Bühnenarbeitern gemeinsam Kabel und Leitungen umlegen. Aber dreckige Jeans und Blasen an den Händen und Knien waren ein Kinderspiel verglichen damit, jeden Bissen zu überprüfen, den Grady zu sich nehmen wollte. Ganz zu schweigen von seinem Terminplan, den ich so ändern musste, dass Grady jeden Nachmittag Zeit für eine Stunde Yoga blieb. Oder mit der Suche nach einem Laden, der mittelharte Daunenkopfkissen führte, die bis zum Abend ins Hotel geliefert werden konnten. Wenn ich wegen Mordes im Kittchen landete, hätte ich genug Zeit, mich zu waschen und meine Blasen verheilen zu lassen.

„Seid ihr so weit, Mädchen?", fragte Ed. Die anderen Price Girls, Carlene und Shannon, wollten direkt zum College kommen.

„Ja klar", sagte Deena verdrossen.

„Du musst energiegeladen sein. Du musst Selbstvertrauen haben", erklärte Maddie meiner Tochter.

„Dann brauche ich eine Lobotomie."

Ich war mir nicht sicher, woher Deena das Wort „Lobotomie" kannte. Ich legte eine Hand auf ihre Schulter. „Gebt einfach euer Bestes, Mädels, und lasst alles andere auf euch zukommen."

Nachdem alle gegangen waren, machte ich mich fertig und ging dann selbst zum College. Der Campus ist eine hübsche Anlage, ein Zentrum der Kultur, ein Ort der höheren Bildung und eine parkähnliche Oase. Die Leute spazieren hier oder sitzen an dem Bach, der sich zwischen Rice Hall und Marlborough Center hindurchschlängelt. Die meisten Gebäude sind aus altem Backstein mit dem unerlässlichen Efeu, das sich bis zum Schieferdach hinaufrankt. Bäume spenden Schatten, und Blumenbeete zerteilen die weiten Grünflächen.

Leider ist vor ungefähr einem Monat der Bach ausgetrocknet. Die Blumenbeete sehen jetzt aus wie das *Who's who* des örtlichen Unkrauts.

Ich lief an dem ausgetrockneten Bachbett entlang aufs Marlborough Center zu und trat durch eine Nebentür ein. Der Marlborough-Musiksaal hat fünfzehnhundert Plätze, von denen bereits fast alle für das ESI-Finale verkauft waren. In nahe gelegenen Orten waren Busse gechartert worden, um Bewohner aus Altersheimen und Sanatorien herzukarren.

Kirchengruppen, Privatverbände, Chöre, Musikvereine und Theatergruppen hatten große Kontingente der Karten gekauft. Bei zwanzig Dollar pro Kopf würden wir Gradys Gage an nur einem Abend einnehmen.

Ob wir jemals genug Geld für seine Spesen zusammenbekommen würden, war hingegen nicht so klar ...

Für den heutigen Eröffnungsabend waren nur zwei Drittel der Karten verkauft, und die Eintrittspreise waren günstiger. Trotzdem herrschte hinter der Bühne große Aufregung. Soweit ich wusste, hatte ich alle meine Aufgaben erledigt. In einer halben Stunde sollte sich der Vorhang heben. Ich machte mich auf die Suche nach meiner Price-Girl-Tochter, um sie noch schnell zu umarmen, bevor sie und ihre Freundinnen sich der Jury stellten.

Statt ihr fand ich nur die beiden weiblichen Juroren in einem kleinen Umkleideraum. Dieser Raum war viel zu hell und steril. Wenn überhaupt, könnte nur Gradys Badezimmerglühbirne ihn in warmes Licht tauchen. Melanie Drew stammte aus der Gegend und hatte bei zwei Broadway-Shows im Chor mitgesungen. Dann war sie aus Manhattan wieder nach Hause zurückgekehrt, um eine Familie zu gründen. Sandy Pierce hatte in Minnesota Gesangsunterricht gegeben. In Emerald Springs suchte sie bisher vergeblich nach Schülern. Somit war ihre Berechtigung als Jurorin wohl kaum gegeben. Doch es wollte sowieso niemand hören, was sie zu sagen hatten. Es ging ausschließlich um Grady.

Melanie und Sandy waren im Kern richtige Midwestener, geradezu übermäßig höflich und immer darauf bedacht, niemandem irgendwelche Unannehmlichkeiten zu bereiten. Als ich sie fragte, ob sie etwas brauchten, antworteten sie, dass alles in Ordnung wäre und ob sie *mir* irgendwie helfen könnten. Leider gab es nichts, was zwei freundliche Frauen mittleren Alters tun konnten, um mir die Last eines einzigen Grady Barber abzunehmen.

Als Grady seinen Umkleideraum gesehen hatte, bestand er darauf, dass wir das große grüne Zimmer am anderen Ende des Flurs für ihn herrichten – mit der fadenscheinigen Begründung, dass er dann nicht von irgendwelchen Fans verfolgt werden konnte. Mit zusammengebissenen Zähnen hatte ich gehorcht. Jetzt eilte ich den Gang entlang, um nachzusehen, ob der Korb mit Bio-Obst, das Mineralwasser und die Weizencracker ohne Transfette geliefert worden waren.

Jede Hoffnung auf einen gelungenen Abend löste sich bereits zehn Schritte vor dem Umkleideraum in Luft auf. Durch die geschlossene Tür des grünen Zimmers konnte ich einen Streit hören. Gradys Stimme war die lautere. Es war erstaunlich, dass ein Mann mit einer so lieblichen Gesangsstimme zugleich brüllen konnte wie ein Wildschweintreiber.

„Ich habe die Schnauze voll von Ihrer Unfähigkeit, Fred! Immer wieder mache ich Zugeständnisse. Es ist doch nun wirklich nicht schwierig, mich zufriedenzustellen …"

„Soll das ein Scherz sein? Sie sind einfach unmöglich. Nie ist Ihnen etwas gut genug. Und diese Woche führen Sie sich sogar noch schlimmer auf, als ich es je erlebt habe. Was ist hier nur los, dass Sie sich aufführen wie ein Vollidiot?"

„Was erlauben Sie sich eigentlich? Sie erbärmlicher, überbezahlter, nutzloser Versager …"

„Ach ja? Und warum feuern Sie mich nicht? Ich kann es Ihnen verraten: Niemand sonst würde für Sie arbeiten! Und ohne Assistenten kommen Sie nicht zurecht. Ich weiß wirklich nicht, warum ich bleibe. Es gibt mindestens ein halbes Dutzend Leute in L. A., die mich engagieren würden und …"

„Wirklich? Dann verschwinden Sie doch einfach! Das haben Sie doch oft genug angedroht. Ich sage Ihnen, warum Sie nicht kündigen. Weil Sie wissen, dass ich sonst dafür sorge, dass jeder erfährt, was für ein Versager Sie in Wahrheit sind." Es folgte eine Beschimpfungstirade, die genauso kreativ wie vernichtend war.

Freds Stimme klang nun näher, als ob er sich auf die Tür zubewegt hätte. „Ja? Nun, ich will Ihnen was verraten, Sie bewegen sich sehr nah am Abgrund, Grady. Und für einen Schritt zu viel übernehme ich keine Verantwortung. Wissen Sie was? Wenn es hart auf hart kommt, dann ist da draußen niemand, der Ihnen hilft. Sie sind ein Sadist! Ihnen geht es nur gut, wenn alle anderen um Sie herum leiden müssen. Sie sollten besser vorsichtig sein, sonst bekommen Sie eines Tages alles doppelt zurück! Und dann werde ich hier stehen und mich totlachen!"

Ich war natürlich wie versteinert. Meine sogenannte Aufgabenbeschreibung beinhaltete nicht, dass ich mich in die Schusslinie begeben muss. Allerdings war ich erfreut zu hören, dass Fred sich wehrte. Bis zu diesem Moment hätte ich ihm das nicht zugetraut.

Die Tür flog auf, und Fred stürzte mit rotem Kopf hinaus. Er hätte mich beinahe überrannt.

„Haben Sie das gehört?", fragte er, als er an mir vorbeistolzierte.

„Nur den Schluss." Ich wirbelte herum, um ihn einzuholen. „Fred, warten Sie! Was ist denn los?"

„Er benimmt sich wie ein Ar..." Er räusperte sich. „Sie wissen schon."

„Wohin gehen Sie? Bitte sagen Sie jetzt nicht, dass Sie mich mit ihm allein lassen."

Er bremste ein wenig ab. „Das wäre vielleicht besser."

„Für wen?"

Er blieb stehen. Sein Seufzen war fast so laut wie der vorangegangene Streit. „Nichts ist ihm recht. Ich könnte jede Aufgabe auf hundert verschiedene Arten erledigen, und dann würde er trotzdem die eine finden, die ich ausgelassen habe. Er hat seinen verdammten Verstand verloren. Liegt das an der Luft hier?“

„Vielleicht sollten wir für ein bisschen Smog sorgen.“

„Ich war kerngesund, als ich diesen Job angenommen habe. Jetzt habe ich Herzrasen, Zahnfleischbluten, meine Fußnägel werden gelb …“

Ich wollte unbedingt vermeiden, auch noch über Hämorrhoiden oder Impotenz oder Schlimmeres informiert zu werden. „Atmen Sie einmal tief durch, okay? Unsere Luft ist gut für Sie und kostet nichts.“

„Ich dachte, mit seinen Exfrauen zu verhandeln wäre schlimm genug. Aber wenigstens hat er mir da nicht reingeredet. Seit wir hier sind, meckert er wegen allem rum. Ich stehe *so* kurz davor, zu kündigen.“

„Bitte, bitte, tun Sie das erst, wenn Sie die Stadt verlassen haben. Ich tue alles, um Ihnen durch die kommende Woche zu helfen. Bitte, Fred.“ Ich packte ihn am Arm und zog daran, als wollte ich eine Glocke läuten. „Bitte!“

„Na gut.“ Er holte tief Luft, so wie ich es ihm geraten hatte. „Ich habe vor etwa zehn Jahren mit dem Rauchen aufgehört. Ich brauche jetzt eine Zigarette.“

Er stampfte davon. Und ich war klug genug, ihm nicht zu folgen. Ich wollte es nicht zu weit treiben.

Dann überlegte ich, was ich als Nächstes tun sollte, und entschied, dass der Bio-Obstkorb im grünen Zimmer weniger wichtig war, als Grady aus dem Weg zu gehen. Nur darauf musste ich nun all meine Konzentration richten.

Eine halbe Stunde später ertappte mich Veronica, die vermutlich schon seit dem Morgengrauen hier war, dabei, wie ich einen der Bühnenarbeiter zu bestechen versuchte. Er sollte für mich Grady aus seinem grünen Zimmer holen. Grady musste hinter dem Vorhang warten, bis er vorgestellt wurde und seinen Platz am Jurorentisch einnehmen konnte. Doch Fred war nirgends zu sehen. Bisher hatte der Bühnenarbeiter meine Angebote über ein selbst gekochtes Abendessen, Kinokarten mit Popcorn-Gutschein oder eine Spazierfahrt mit meinem Minivan ausgeschlagen.

„Wo ist Grady?“, fragte Veronica.

„Im grünen Raum.“ Ich bin sicher, dass meine Augen aufleuchteten. „Möchten Sie ihn vielleicht holen?“

„Warum haben Sie das noch nicht getan?“

Sie trug ein silbernes Top und eine Hose aus fließendem Stoff und sah einfach fantastisch aus. Ich hingegen wirkte genau wie die Aushilfskraft, die ich war. In einem Anfall von Genialität machte ich mir genau das zunutze.

„Ich glaube, Grady reagiert besser auf Glanz und Schönheit. Ich habe heute Abend leider nur Erschöpfung zu bieten. Am liebsten würde ich mich ins Bett verkriechen und mir die Decke über den Kopf ziehen.“

Ihr Blick wurde weich. „Sie machen Ihre Sache großartig, Aggie. Jeder hier spricht davon, welche Wunder Sie bisher schon bewirkt haben. Wir haben es fast geschafft. Denken Sie an die Kinder.“

„Wären Sie so nett, ihn zu holen und dafür zu sorgen, dass er hinter dem Vorhang wartet? Bitte?“

Sie nahm meine Hand und tätschelte sie. „Gehen Sie schon mal hinaus und suchen Sie sich einen Platz. Die zweite Reihe ist für die freiwilligen Helfer reserviert. Ich übernehme ab jetzt.“

Ich erklärte mir mein plötzlich aufsteigendes Gefühl von Liebe mit dem Stockholm-Syndrom. Meine Peinigerin wird zu meiner Freundin. Doch ich lächelte trotzdem und sauste zu der Treppe, die in den Musiksaal führte.

Ich habe es mir zum Prinzip gemacht, Realityshows zu boykottieren. Ich finde, das Leben ist schon real genug. Warum brauche ich eine Ersatzversion im Fernsehen, um mich zu unterhalten? *The Bachelor* musste seine künftige Braut ohne meine Hilfe suchen. *The Biggest Loser* war gezwungen, ohne mich so viele Kilos wie möglich zu verlieren, und ich würde ihn auf der Straße nicht mal erkennen, um ihm ein Selleriestück anzubieten. Kandidaten von *Survivor* könnten an den Weinreben in meinem Garten schwingen, Lagerfeuer entfachen und jemanden aus Emerald Springs rauswählen – ich würde es nicht mitbekommen. Aber ich gebe gern zu, dass ich ein Mal, ein einziges Mal, *American Idol* im Fernsehen gesehen habe. Da war ich krank, und die Fernbedienung lag am anderen Ende der Couch.

Somit war ich zwar keine Expertin, hatte aber eine gewisse Vorstellung davon, wie der Abend verlaufen würde: Die Kandidaten treten auf und bekommen so hilfreiche Kommentare von den Juroren, dass sie danach mindestens ein Jahr in Therapie gehen müssen. Die Juroren diskutieren, schließlich gewinnt derjenige, der besonders laut schmettern kann. Bei jedem Auftritt würde ich tiefer in meinen Stuhl rutschen. Schließlich wäre ich so weit unten, dass ich zu Boden fallen und aus dem Musiksaal krabbeln konnte, ohne dass es jemandem auffiel.

Ich hielt nach Ed und Teddy Ausschau, konnte sie aber nicht entdecken. Da die Lichter schon ausgingen, wählte ich einen Platz in der Freiwilligenreihe neben Camille Beauregard.

„Ist es noch immer in Ordnung für dich, dass deine Tochter hier auftritt?“, flüsterte sie.

„Ich vermeide es, daran zu denken.“

„Hast du sie wegen Grady vorgewarnt?"

„Sie stand sowieso kurz davor, aufzugeben. Ich wollte es ihr nicht noch schwerer machen. Die anderen Mädchen würden sonst nie mehr ein Wort mit ihr reden."

„Ich habe Yorkshireterrier. Sie sind pflegeleichter."

„Und auf der Bühne wahrscheinlich auch unterhaltsamer."

„Versteh mich nicht falsch, aber die Mädchen werden es nicht weiter als bis zu dieser Runde schaffen. Wenn du also den heutigen Abend durchstehst, dann ist alles gut."

Ich fühlte mich merkwürdig getröstet. Deena rechnete nicht damit, zu gewinnen. Vielleicht verlieh ihr schon die Tatsache, so weit gekommen zu sein, genug Selbstvertrauen, sie durch die gesamte Highschoolzeit zu tragen. Wenn nicht, dann war wenigstens alles vorüber, sobald wir nach Hause gingen.

Es wurde dunkel, dann ging das Scheinwerferlicht an, und Veronica trat auf die Bühne, um sich darin zu baden. Applaus brandete auf. Ich klatschte auch. Niemand hatte härter gearbeitet als sie.

Ich war so müde, dass ich mich nicht einmal über ihre wortreiche Heuchelei ärgerte. Sie erzählte, wie viel Spaß die Organisation vom ESI machte. Dass ein heißer Sommer sich dadurch in einen für immer unvergesslichen verwandelt hatte. Sie fing umgehend von der neuen Kinderstation mit der speziellen Intensivstation an. Sie betonte, welchen riesigen Beitrag Grady leistete, indem er alle anderen Termine abgesagt hatte, um in der Jury zu sitzen. So viel Gerede, dass ich kaum mehr die Augen offen halten konnte.

Melanie und Sandy wurde höflich applaudiert, als sie ihre Plätze am Jurorentisch einnahmen. Lisa Lee, die gleichzeitig künstlerisch und unordentlich aussah, kam heraus und setzte sich schwungvoll hinter das Klavier. Heute gab es außerdem einen Schlagzeuger und einen Bassisten. Für die folgenden Abende war ein größeres Ensemble engagiert.

Schließlich wurde Grady angekündigt. Das Publikum rastete aus. Er sang wieder „Sailing toward a Rainbow" und erntete die gleiche begeisterte Reaktion wie bei der Willkommensparty. Dann nahm er seinen Platz ein. Ein Trommelwirbel erklang, und ESI war offiziell eröffnet.

Als Erstes trat ein Geschwisterpaar auf, das „Seasons of Love" aus dem Musical *Rent* vortrug. Es war ein peppiges und unterhaltsames Stück, auch wenn keiner der beiden eine großartige Stimme hatte. Doch die Choreografie war geradezu perfekt.

Camille beugte sich zu mir, um in mein Ohr zu flüstern. „Seit sie klein waren, machen die bei irgendwelchen Wettbewerben mit. Sie war *Little Miss Midwestern Shopping Mall* und er *First Gallant Knight of Fire Prevention.* Stell dir mal vor, was bei denen zu Hause los ist, während andere Kinder Hausaufgaben machen ..."

Der Titel endete mit erstaunlicher Energie. Ich hätte sie eine Runde weiterkommen lassen, genau wie Melanie und Sandy, die die beiden freundlich beglückwünschten. Grady hingegen nicht.

„Ich war am Broadway. Ich meine, ich bin am Broadway *aufgetreten.* Ich kann euch eines verraten, ihr zwei: Das, was ihr gerade von euch gegeben habt, das hat mit dem Broadway nichts zu tun."

Das Publikum kicherte. Er stand auf und gesellte sich zu den beiden auf die Bühne. Beide waren dünn und dunkelhaarig. Er höchstens achtzehn, sie etwas jünger. Sie wirkten fast ein wenig zu selbstbewusst. Keiner der beiden wich zurück, als Grady sich ihnen näherte, was ihnen auf meiner virtuellen Wertungsliste weitere Punkte einbrachte.

Grady stellte sich zwischen sie und sagte Lisa Lee, wo sie zu spielen beginnen sollte. Und dann, einfach so, sang er denselben Text, wobei er allerdings andere Worte betonte und immer genau an der richtigen Stelle eine Pause einlegte, um dem Text eine ganz andere Bedeutung zu geben. Das Mädchen stimmte mit ein, als er sie aufforderte, und ich konnte die Verbesserung sofort hören. Wahrscheinlich hatten die beiden ihr Leben lang mit Lehrern trainiert und kannten diese Art von Drill.

Leider war Grady nicht zufrieden. Er arbeitete noch einen Moment länger mit ihnen, schüttelte ein- oder zweimal den Kopf, sah zunehmend entmutigt aus, und schließlich färbte seine Haltung auch auf die beiden ab. Ihr Selbstbewusstsein bröckelte sichtlich. Die Blicke, die sie tauschten, sagten klar und deutlich, dass sie diese Art von Kritik nicht gewöhnt waren.

Schließlich tätschelte Grady beiden die Schulter, bevor er sich wieder hinsetzte. Dann begann er, laut mit den anderen Juroren zu diskutieren.

Ich wand mich auf meinem Stuhl. Die Geschwister standen da oben auf der Bühne und wirkten immer mehr wie geprügelte Hundebabys. Grady zerlegte jeden einzelnen Ton, den sie von sich gegeben hatten, genau wie ihre Bewegungen und ihre Kleiderwahl. Melanie und Sandy nickten schneller und schneller …

„Oh, diese beiden Frauen können sich nicht gegen ihn durchsetzen“, wisperte Camille. „Überrascht dich das?“

Ich hatte gerade erst gehört, wie sich jemand gegen ihn durchgesetzt hatte, und das war nicht schön gewesen. Ich fragte mich, ob Fred noch immer irgendwo hier im Gebäude war. So richtig böse konnte ich Sandy und Melanie nicht sein. Obwohl sie beide wirklich ein bisschen promigeil wirkten.

„Tut mir leid, doch ihr kommt leider nicht weiter“, sagte

Sandy, nachdem sie sich flüsternd beratschlagt hatten. „Ihr könnt stolz sein, es heute Abend bis hierher geschafft zu haben. Viel Glück mit allem, was ihr in Zukunft vorhabt."

Ein Raunen ging durch die Menge. Es wurde aber auch applaudiert. Offenbar freuten sich einige Zuschauer darüber, dass den Kandidaten in den Hintern getreten wurde.

„Ich hasse das", sagte ich. Der Junge sah verblüfft aus und das Mädchen, als würde es jeden Moment in Tränen ausbrechen.

„Nicht doch", sagte Camille. „Ich kenn mich zwar nicht aus, aber ich wette, das war noch harmlos."

Der nächste Auftritt war fast schon exzellent. Ein junger Mann Anfang zwanzig kam mit bemerkenswerter Bühnenpräsenz heraus. Er sang „What Goes Around ... / ... Comes Around", was ich als einen Justin-Timberlake-Hit erkannte. Ich habe schließlich einen Teenager in meinem Haus.

Ich mochte seine Art, sich zu bewegen. Seine Stimme war gut, auch wenn er das mit diesem Titel nicht so richtig zeigen konnte. Es überraschte mich, dass Grady mit mir einer Meinung war. Er stand auf, um ein paar Gesangstechniken zu demonstrieren, die der junge Mann mühelos nachmachte. Diesmal wirkte das Schulterklopfen von Grady nicht wie eine Zurückweisung, und das war es auch nicht. Nachdem er den Jungen mit nicht allzu großer Vehemenz auseinandergenommen hatte, wurde Bart Jackson aufgefordert, am nächsten Abend mit einem anderen Titel wiederzukommen.

„Ich schätze, er muss ein paar Kandidaten weiterlassen, sonst wäre das ESI ziemlich schnell vorbei", erklärte ich Camille. „Auf diese Weise wird die Quälerei für alle einfach ein wenig verlängert."

„Du wirst dich wundern. Vor uns liegen wirklich einige sehr gute Auftritte."

Falls sie recht hatte, so handelte es sich sicher nicht um die nächsten zwei. Den Stepptänzern aus unserem Ortsstudio wurde kurzerhand die Tür gewiesen. Und kaum war der erste Tambourstock von zwei Zwillingsmädchen in glitzernden roten Kleidern und weißen Stiefeln zu Boden gefallen, da wurden sie auch schon von der Bühne gescheucht. Danach machte Grady jedem im Publikum deutlich, dass er nicht willens war, etwas dermaßen Albernes zu bewerten.

„Was kommt denn als Nächstes, ein Hula-Hoop-Marathon?", schrie er. Er wurde immer aufgeregter, immer bösartiger, was dem Publikum zu gefallen schien.

Meine Hände schwitzten. Ich fragte mich, ob die Price Girls noch immer hinter der Bühne standen oder inzwischen irgendwo in Deckung gegangen waren.

Ein Mann Mitte vierzig, der sich selbst als nächster Clint Black sah, wurde mit groben Worten fortgeschickt. Dann kam Madison Sargent auf die Bühne.

„Das kann niemand von mir verlangen." Ich drückte die Augen zu. „Das ist ein Mädchen zu viel, das wir heute Abend von einem Selbstmordversuch abhalten müssen."

„Hör zu – und genieße es. Unter uns: Was Besseres wirst du nicht zu hören bekommen."

Resigniert öffnete ich die Augen. Und stellte fest, dass Madison – sowieso ein hübsches Mädchen – sich im Scheinwerferlicht in etwas viel Spektakuläreres verwandelte. Sie trug hochhackige Goldsandalen, ein dünnes rotes Kleid, das für ein Mädchen in ihrem Alter viel zu viel Busen zeigte. (Doch ich schätze, da ich selbst eine Tochter in diesem Alter habe, bin ich wohl befangen.) Ihr sonst glattes Haar fiel ihr in herrlich glänzenden Wellen auf den Rücken.

„Wow", flüsterte ich.

„Sie sieht toll aus."

Grady schien das auch zu denken. Bevor sie überhaupt zu singen begann, erklärte er dem Publikum, dass großartiges Aussehen auf der Bühne bereits die halbe Miete wäre. Madison schenkte ihm ein Lächeln, von dem ich hoffe, dass Deena es erst lernt, wenn sie glücklich verheiratet ist.

Jetzt verstand ich auch, warum Madison nicht in unserem Kirchenchor singt. Ihre Stimme ist bluesig und dunkel. Eine erwachsene Stimme, die zu R&B passt, aber nicht zu Kirchenliedern, und das wusste sie. Sie sagte, sie hätte Mariah Careys „We Belong Together“ ausgewählt, und auch wenn der Beginn etwas zittrig war, legte sie ungefähr nach dem ersten Viertel richtig los und schien alles andere um sich herum zu vergessen. Ich saß da, umklammerte die Armlehnen meines Stuhls und starrte sie an, als sie Oktaven übersprang, als wären es unbedeutende Hürden.

Als sie fertig war, blieb es still im Publikum. Und dann brandete Applaus auf und wurde immer lauter. Und noch lauter, als Grady auf die Beine sprang, von seinen beiden Kolleginnen gefolgt, und ihr zuklatschte.

„Sehr, sehr gut gemacht“, sagte er. „Du bist ein wirklich talentiertes Mädchen.“

Als der Applaus verklungen war, bedankte sich Madison bei ihm mit geröteten Wangen, aber triumphierend.

„Es wird großen Spaß machen, mit dir zu arbeiten“, sagte Grady, dem gerade noch einfiel, seine Jurykollegen anzusehen, ob auch sie so begeistert waren wie er. „Sing morgen Abend ein weiteres Lied für uns, Madison.“

Strahlend verließ sie die Bühne. Das Glühen, das ich tief in mir spürte, erlosch schlagartig, als die Price Girls herausgeführt wurden. Ich versuchte, mir einzureden, dass das Timing gut war. Dass Grady jetzt glücklich war, weil es wenigstens ein echtes Talent in Emerald Springs gab, und den Mädchen deswegen auf freundliche Weise die nächste Runde verwehren würde. Sie waren erst dreizehn. Sie waren so niedlich in ihren albernen Kostümen. Er würde nett mit ihnen umgehen.

Ich riskierte einen Blick in das Gesicht meiner Tochter. Deena wäre offensichtlich am liebsten abgehauen. Ich rechnete es ihr hoch an, dass sie trotzdem hierblieb und weitermachte.

Grady lächelte väterlich. „Also haben wir hier die Price Girls heute Abend? Und was werdet ihr uns vorsingen, Mädels?"

Carlene trat vor und sagte: „Wannabe." Ihr Kleid verbarg durch die nachträgliche Verlängerung wenigstens ihren Tanga. Sie schenkte Grady ein eingeübtes Lächeln, bevor sie sich wieder zu den anderen Mädchen stellte. Aufgepasst, Jungs aus Emerald Springs: Carlene O'Grady köchelt momentan noch hübsch vor sich hin, wird aber in Kürze bereit sein, zum Gastmahl serviert zu werden. Ich krümmte mich.

Lisa begann mit dem Klavierintro, das Schlagzeug legte los, und die Mädchen begannen zu hüpfen. Sie hüpften und hüpften. Ihre Arme schwangen, fast immer synchron, und sie fingen an zu singen. Oder zumindest denke ich, dass es das sein sollte. Es handelte sich um eine Mischung aus Rap und Melodie. Sie wechselten sich ab, genau wie die Spice Girls im „Wannabe"-Video, das sie sich zehntausendmal angesehen hatten. Sie waren nicht gleich gut. Deena zumindest konnte man hören, aber ich war mir nicht sicher, ob das von Vorteil war. Schließlich war die Anfangsphase vorbei. Nach meinem Gefühl dauerte sie ungefähr sechs Stunden. Nun stellten sie sich in Zweierreihen mit Maddie in der Mitte auf und begannen zu tanzen und den Refrain zu singen.

Der Chorus war überraschend gut. Zusammen wurden sie mutiger und wuchsen geradezu über sich hinaus. Dann, viel zu früh, begannen sie wieder getrennt voneinander über die Bühne zu hopsen. Deena, die seit ihrem neunten Lebensjahr keine Gymnastik mehr gemacht hatte, vollführte einen unglaublichen Flickflack über Tara, die auf alle viere gesunken war. Sie sang weiter, als wäre nichts gewesen. Sogar ihre Perücke saß fest. Dann waren die Mädchen fertig und rannten hinter den Vorhang.

„Schlägt mein Herz noch?“ Ich hielt Camille mein Handgelenk hin.

„Sie waren hinreißend. Er wird nett zu ihnen sein.“

Das war er natürlich nicht. Er rief die Mädchen zurück auf die Bühne, und eine gesunde Runde Applaus brandete auf.

„Nun, Mädels“, sagte er. „Ihr habt eine Menge Energie. Und ihr wisst, dass ihr süß seid, oder?“

Ich erkannte an seinem Ton, dass das nicht als Kompliment gemeint war. Ihren Gesichtern nach zu urteilen bemerkten das einige der Mädchen auch.

Nur Carlene stemmte eine Hand in die Hüfte wie ein Pariser Straßenmädchen. „Wir können nichts dafür, wir sind einfach von Natur aus niedlich“, sagte sie gekünstelt.

Das Publikum lachte. Wenigstens amüsierten sich die Leute.

„Nun, niedlich zu sein reicht aber nicht“, sagte Grady mit einem kalten Lächeln. „Ich weiß nicht, wer euch gesagt hat, dass ihr hier mitmachen sollt, aber derjenige sollte erschossen werden. So süß ihr auch seid, das hier ist keine Schulaufführung. Also verzieht euch. Geht zurück in die Schule, lernt singen und tanzen, nehmt ein paar Kilos an den richtigen Stellen zu. Und dann könnt ihr es in ein paar Jahren noch mal versuchen.“ Er machte eine effektvolle Pause. „Bloß versucht es bitte nicht, wenn ich in der Jury sitze, okay? Betretet nie mehr dieselbe Bühne wie ich.“

Das Publikum lachte. Grady klang, als ob er sie aufziehen wollte, eine Art väterliche Frotzelei. Aber ich saß nah genug, um die Ungeduld in seinem Gesichtsausdruck zu sehen und den Unterton in seiner Stimme zu hören. Die Mädchen ebenfalls. Selbst Carlene verlor ihre Unerschrockenheit und trat näher zu den anderen.

„Geht. Verschwindet. Seid brave Mädchen. Raus, weg mit euch, hinfort." Er machte scheuchende Bewegungen mit den Händen, und die Mädchen ergriffen die Flucht und verschwanden so, wie sie gekommen waren: schnell.

„Autsch", sagte Camille.

„Doppelautsch." Ich überlegte, hinter die Bühne zu gehen, um mich um Deena zu kümmern. Aber May war sicher dort und vielleicht auch Carlenes Mutter Crystal. Und nichts wäre schlimmer, als jetzt zu viel Aufhebens um diese Angelegenheit zu machen. Später am Abend wollte ich Deena daran erinnern, dass sie alle viel Spaß bei den Proben gehabt hatten und dass ihre Freunde es bestimmt toll fanden, wie weit sie gekommen waren.

Trotzdem war es sicher kein Fehler gewesen, auf der Bühne eine dunkle Perücke zu tragen.

Und nachdem ich nun wusste, was ich zu meiner Tochter sagen würde, fragte ich mich, was ich Grady Barber erzählen würde, wenn wir uns das nächste Mal Auge in Auge gegenüberstanden.

Dieser Augenblick kam schneller als erwartet. In der Pause verließ ich meinen Platz. Backstage stellte ich fest, dass die Mädchen bereits gegangen waren. May und Crystal hatten sie zum Pizzaessen eingeladen, um ihren Mut und ihre Entschlossenheit zu feiern, wobei die Pizza in diesem Fall wohl dasselbe bewirken sollte wie niedliche Comic-Heftpflaster bei aufgeschlagenen Knien.

Ich hoffte, sie noch einholen zu können, weil ich auch Ed und Teddy verpasst hatte, die nach dem Auftritt der Price Girls gegangen waren. Falls Grady für den zweiten Teil des Abends noch irgendetwas benötigte, sollte er es sich selbst besorgen. Unbemerkt schlüpfte ich durch die Seitentür. Und dort stolperte ich beinahe über Grady und Madison, die sich im Halbdunkel unterhielten.

Grady trat hastig einen Schritt zurück. Doch die Tatsache, dass er hatte zurücktreten müssen, war weitaus verdächtiger als dieses kleine Rendezvous selbst.

„Wir sprechen noch über einen Termin", sagte er, als ich näher kam. Er lächelte Madison zu und schenkte mir eine etwas kühlere Variante. Ich hielt mich zurück, ihm ein Bein zu stellen, als er an mir vorbeiging.

„Du warst spektakulär", sagte ich ihr. „Ich kann mir nicht erklären, wie jemand so singen kann."

„Danke, Mrs. Wilcox." Sie sah ein wenig zerzaust aus.

„Gehst du nach Hause?"

„Ja, ich muss etwas schlafen und mir dann überlegen, was ich morgen singen soll. Vielleicht nicht in dieser Reihenfolge.

„Ich kann dich zu deinem Wagen begleiten. Es sei denn, du wartest auf deine Mom."

„Wir sind getrennt gefahren. Sie bleibt noch, um sich meine Konkurrenten anzusehen."

Ich konnte nicht anders. Neugier ist genauso ein Bestandteil von mir wie Cellulite oder eingerissene Nagelhaut. Ich wollte wissen, worüber die beiden gesprochen hatten, und, verflixt, ich wollte wissen, warum Grady ihr zu nahe gekommen war.

„Ich wette, Grady hat dich wegen deines Auftritts beglückwünscht", sagte ich, wohl wissend, dass man jungen Erwachsenen niemals eine direkte Frage stellt.

„Er sagt, dass ich viel Talent habe."

„Da hat er recht. Ich wette, du möchtest ins Showgeschäft einsteigen."

„Meine Mom denkt, dass ich alles habe, was es dafür braucht." Sie zögerte. „Ich wollte eigentlich immer Lehrerin werden. Ich kann gut mit Kindern umgehen."

„Du hilfst ab und zu in der Kindergruppe der Kirche aus, nicht wahr? Wie ich gehört habe, kannst du fantastisch mit Säuglingen umgehen."

„Ich singe aber gern. Grady – Mr. Barber – meint, dass ich noch das eine oder andere zu lernen habe."

„Er muss es ja wissen", sagte ich, bemüht, meine Stimme leicht klingen zu lassen.

„Er sagt, er würde mir helfen. Mir ein paar Tipps geben, wenn ich mag."

Ich fragte mich, ob irgendeinem anderen Kandidaten solch eine Sonderbehandlung angeboten werden würde. Madison schien jetzt zu begreifen, wie das Gesagte klang.

„Er meinte, dass er das immer für die besten Kandidaten macht, aber nur, wenn die es auch wollen. Ich schätze, er wird auch einigen von den anderen helfen."

Das alles hatte sie mir im Vertrauen verraten. Ich wusste nicht, ob ich diese Art von Günstlingswirtschaft Veronica gegenüber ansprechen sollte. Aber würde Veronica Grady nicht sowieso verteidigen, egal, was ich sagte? Vielleicht gehörte das ja zu ihrer Vereinbarung. Jedenfalls fühlte ich mich nicht sonderlich wohl.

„Das würde dir mit Sicherheit einen Vorsprung vor den anderen verschaffen", sagte ich vorsichtig. Sie sollte nicht den Eindruck bekommen, dass ich ihr einen Vorwurf machte.

„Oh, er sagte auch, dass das noch lange nicht bedeutet, dass ich auch gewinne oder ins Finale komme. Und dass er einfach nebenbei den Kandidaten noch hilft, weil er damals auch Unterstützung bekommen hat, um seinen Traum zu verwirklichen. Er möchte auf diese Weise etwas zurückgeben."

Mal wieder der Heilige St. Grady. Klar. Der gute Grady, der am Ende vom ESI seine Gage dem Kinderkrankenhaus spenden würde. Das konnte ich irgendwie nicht glauben. Ich fragte mich, ob Grady seinen Anteil einstrich, wenn die besten Kandidaten es tatsächlich nach Hollywood schafften oder einen Plattenvertrag bekamen. Dann konnte er schließlich eine Gegenleistung verlangen mit der Begründung, sie wären nur seinetwegen so weit gekommen.

Vielleicht fing das mit den Gegenleistungen ja schon viel früher an.

Ich wusste nicht, wie ich Madison erklären sollte, dass Grady vielleicht nicht ganz so mildtätig war, wie er sich darstellte. Wir hatten den Parkplatz erreicht, wo ich wartete, bis sie die Tür ihres alten Mustangs aufgeschlossen hatte.

„Dir wird es sicher immer viel Spaß machen, mit deiner großartigen Stimme zu arbeiten", sagte ich. „Aber Lehrerin zu sein ist auch toll. Es ist wichtig, dass du das tust, was dein Herz dir sagt. Das Showgeschäft kann ziemlich mörderisch sein. Aber ich weiß, dass du vorsichtig sein wirst."

„Das alles ist so aufregend." Sie lächelte und zog mich in eine spontane Umarmung.

Ich wartete, bis sie weggefahren war. Und ausnahmsweise war ich froh, dass ich meiner Neugier nachgegeben hatte. Nun gab es einen weiteren Grund für mich, ein Auge auf Grady Barber zu haben. Und ich befand mich genau in der richtigen Position, um das zu tun.

6. KAPITEL

Die erste Woche vom ESI überstand ich hauptsächlich deshalb, weil Fred sich beruhigte und Gradys Assistent blieb. Am Sonntag war ich mehr als froh, in Ruhe in der Kirche zu sitzen, beim Singen nur die Lippen zu bewegen und ab und zu einen Nachbarn zu grüßen. Mein Mann stand auf der Kanzel, meine Tochter genoss irgendwo ihre Freiheit.

Beim ESI waren noch zehn Kandidaten übrig geblieben. Das Publikum war von Runde zu Runde größer geworden. Madison war natürlich noch dabei, so wie Bart Jackson. Ansonsten gab es noch einen älteren Folksänger und eine Gruppe namens Catahoula Hounds, die Cajun-Lieder zu ausgelassener Akkordeonmusik sangen. Wir alle wussten, dass es in einem Zweikampf zwischen Madison und Bart enden würde, doch bis dahin kamen wir in den Genuss von ganz unterschiedlichen Musikstilen. Das machte zwar in meinen Augen die ganze Veranstaltung qualitativ nicht besser, aber zumindest interessanter für die Gefangenen, die wie ich gezwungen waren, alle Auftritte anzusehen.

Deena hatte sich gut erholt. Sie war so erleichtert, dass ihre Tage als Sporty Price vorüber waren, dass sie öfter lächelte als in den übungsintensiven letzten Wochen.

Ich machte es mir also im Gottesdienst gemütlich, genoss den angenehm kühlen Raum, Esthers Orgelspiel, die Eröffnungslesung und die Gebete. Doch mitten in Eds Predigt wurde mir leider klar, dass es mit Deenas guter Stimmung bald vorbei sein würde – und zwar in dem Moment, in dem sie realisierte, welche Geschichte ihr Vater diesmal für seine Predigt ausgewählt hatte.

Ich wartete, bis die Gottesdienstbesucher hinterher Eds Hand geschüttelt und mit ihm geplaudert hatten, bevor ich mich auf ihn stürzte. „Ich kann nicht fassen, dass du Deena für deine Predigt benutzt hast!“

Ed wirkte irritiert. Kritik an seiner Quellenwahl oder den Zitaten verstand er immer. Doch jetzt, das wurde mir klar, konnte er meinen Tonfall nicht mit meinen Worten verbinden.

„Erst wird sie sich gedemütigt fühlen.“ Ich senkte meine Stimme. „Und dann wird sie stinksauer sein.“

„Nein.“ Er schüttelte den Kopf. Ich kannte diesen Gesichtsausdruck gut. Er war davon überzeugt, im Recht zu sein. Das ist natürlich das Problem, wenn man mit einem Mann verheiratet ist, der jeden Sonntag auf der Kanzel steht.

„Doch“, zischte ich. „Du hast die Aufmerksamkeit aller auf ihren Misserfolg beim ESI gelenkt, Ed. Dabei hat sie sich doch gerade erst davon erholt.“

„Ich habe es als ein Beispiel für Mut genannt.“

Das hatte er tatsächlich. Ed hatte von Menschen gesprochen, die allen Widrigkeiten zum Trotz weiterkämpfen. Von berühmten Leuten, die unter einem Aufmerksamkeitsdefizit-Syndrom leiden oder unter einer Lernschwäche und trotzdem außergewöhnliche Karrieren machen. Cesar Chavez, der als Kind von Einwanderern später die Landarbeitergewerkschaft *United Farmworkers* gegründet hat. Christy Brown, der Dichter und Schriftsteller, den alle Menschen bis auf seine Mutter wegen seiner schweren Kinderlähmung aufgegeben hatten. Und noch andere hatte Ed in seiner Litanei aus Misserfolgen und Triumphen erwähnt. Leider auch Deena und ihre Freundinnen, sozusagen als Auflockerung des ganzen Themas.

„In der Predigt ging es um den unbezwingbaren Willen des Menschen“, sagte er. „Es gibt eine Menge anderer Beispiele dafür.“

Ich pikte einen Finger in seine Brust. „Ich werde dich diesmal nicht in Schutz nehmen, Kumpel. Das musst du ganz allein durchstehen."

Er ging allein zurück in den Kirchenraum, um seine Predigt und die Lesebrille zu holen. Ich wollte nicht in seiner Nähe sein, wenn Deena ihn sich schnappte.

Ich überlegte, nächste Woche ein Zeltlager im Wald aufzuschlagen, um auf diese Weise zwei Fliegen mit einer Klappe zu schlagen: Deena und Grady. Dieser Plan schien mir doch schwer zu verwirklichen, und so ging ich zumindest zum gemütlichen Beisammensein im Gemeindehaus. Ich wusste, dass ein Streit unvermeidlich war. Wie konnte mein sonst so einfühlsamer, kluger Ehemann so wenig Ahnung von der Gefühlswelt der Teenager haben?

Mir gelang es, mich unauffällig aus einer Diskussion zurückzuziehen, in der es darum ging, den Altarraum zitronengelb zu streichen. Ich hatte es mir zur Gewohnheit gemacht, zu solchen Themen keine Meinung abzugeben. Es besteht immer die Möglichkeit, dass Ed eines Tages eine Gehaltserhöhung bekommen soll und der Vorsitzende des Ausschusses zufällig ein Verfechter von Königsblau ist. Nennen Sie mich ruhig berechnend. In nicht allzu ferner Zukunft werden wir uns über College-Gebühren Gedanken machen müssen.

„Aggie ..."

Tammy Sargent rief, und ich winkte sie zu mir. Wenn ich ihr entgegenkam, bestand die Gefahr, erneut von der zitronengelben Front überfallen zu werden.

„Wie geht es Madison?", fragte ich. „Ich hatte keine Gelegenheit, in den letzten Tagen mit ihr zu sprechen. Sie war immer so beschäftigt." Was ich bedauerte, denn mein Radar war noch immer eingeschaltet. Ich steckte meine Nase in Dinge, die mich nichts angingen, das war mir schon klar. Trotzdem musste ich den nächsten Satz einfach anfügen: „Sie sagte, Grady würde ihr vielleicht ein bisschen unter die Arme greifen."

„Es geht ihr fantastisch!" Tammy strahlte übers ganze Gesicht. „Grady hat tatsächlich mit ihr gearbeitet, und der Unterschied ist einfach unglaublich! Ihre Stimme, wie sie sich präsentiert … Ich bin sicher, dass hier für Madison etwas ganz Großes entsteht."

Einer der erst kürzlich verkündeten Preise für den ESI-Gewinner war ein Vorsingen bei Fourteen Carat Records, einem kleinen, aber angesehenen Label mit einer feinen Auswahl von Künstlern. Allein das schloss die Stepp- und Tambourtänzer von vornherein aus. Ich weiß nicht, wie Veronica an diese neue Vereinbarung gekommen war, aber auf jeden Fall stieg der Kartenverkauf für die letzte Woche dadurch noch mal.

„Ganz bestimmt wissen die Kandidaten seine Hilfe zu schätzen", sagte ich in der Hoffnung auf mehr Informationen.

Sie senkte die Stimme. „Ich bin nicht sicher, ob er mit *allen* arbeitet. Er konzentriert sich wohl auf diejenigen, bei denen er sich am meisten Erfolg verspricht."

Nun schlugen meine inneren Alarmglocken endgültig an.

„Wie auch immer, Madison fühlt sich schlecht, weil so viele Schüler von der Highschool mitgemacht haben und nicht so weit gekommen sind wie sie. Deswegen werden wir Mittwochabend eine Party für alle schmeißen. Sie möchte, dass auch Deena und ihre Freundinnen kommen. Wir werfen Burger und Steaks auf den Grill, legen die DVD von *Wayfarers of the Ark* ein, und Musik gibt es auch. Wissen Sie, das wird alles etwas eleganter als sonst, weil Grady vielleicht vorbeikommt. Jedenfalls will Madison vermeiden, dass man ihr den Erfolg übel nimmt."

Das war irgendwie süß. Madison machte sich trotz ihres Triumphes Sorgen um ihre Freunde und deren Gefühle. Sicher, sie machte sich genauso Sorgen um ihr künftiges Sozialleben in der Stadt. Aber das war nicht der Punkt. Ich fand die Geste sehr aufmerksam. Deena und ihre Freundinnen einzuladen, obwohl sie so viel jünger waren, war einfach nett.

Und leider inakzeptabel.

„Das ist wirklich eine schöne Idee. Aber ich muss erst mit Ed sprechen", sagte ich. „Die Mädchen sind so viel jünger als alle anderen."

„Deena ist doch nur drei Jahre jünger als Madison."

„In diesem Alter bedeuten drei Jahre alles."

„Madison war immer schon so erwachsen. Ich habe mir nie Sorgen um sie gemacht."

Madison *war* erwachsen. Leider manchmal erwachsener als ihre Mutter.

„Deena wird Ihnen Bescheid geben", sagte ich. „Auf jeden Fall ist es sehr aufmerksam von Madison, sie einzuladen!"

Der Weg zu unserem Haus war ein Spießrutenlauf. Ich wollte den Altarraummalern ausweichen. Ebenso der Frauenvereinigung, die mich unbedingt für den Kuchenverkauf anheuern wollte. Auch Teddys Lehrerin aus der Sonntagsschule hatte mich schon gesehen. Sie will regelmäßig von mir wissen, ob Teddy *immer* so viele Fragen stellt. Deswegen hatte ich keine andere Möglichkeit, als bei der sengenden Hitze über den Parkplatz zu gehen.

Ich hoffte schon, vielleicht doch noch etwas Zeit zu haben, um mich auf Deenas Erscheinen vorzubereiten. Leider sollte es nicht so sein. Das Telefon klingelte, als ich eintrat. Es war der Manager vom Emerald Springs Hotel, der in den letzten Tagen für mich auf unerklärliche Weise nie zu erreichen gewesen war. Wie sich herausstellte, musste Ed nun doch allein mit Deena zurechtkommen, denn ich war schon wieder auf dem Sprung. Zumindest hatte das Hotel eine Klimaanlage.

Das Emerald Springs Hotel and Spa ist das beste Haus in unseren drei Landkreisen. Obwohl es einige Zeit nach der viktorianischen Ära gebaut wurde, hat der Hotelmanager das Gesicht eines dickensschen Leichenbestatters. Lang und dünn und unübertroffen mürrisch. Der schwarze Anzug machte es auch nicht gerade besser, aber ich war nun wirklich nicht in der Position, seinen Kleiderstil zu kritisieren.

Er stürzte sich bereits in der Hotellobby auf mich. „Die haben sich schon eine Viertelstunde lang angebrüllt, bevor ich Sie überhaupt angerufen habe. Trotz Aufforderung macht keiner die Tür auf. Und unser Sicherheitsmann ist in der Mittagspause."

Wir steuerten auf Gradys Suite zu, liefen durch die grünen Flure, die immer ein wenig alt riechen, selbst wenn das Wetter besser ist als momentan. An dem Geruch war nichts Nostalgisches, und der Zitronenduft, der durch die Klimaanlage geblasen wurde, machte es nur noch schlimmer.

„Ihren Schlüssel haben Sie nicht benutzt?", fragte ich.

„Würden Sie das tun?", fragte er knapp. „Wenn wir Schreie gehört hätten, wäre das was anderes gewesen. Jedenfalls können Sie froh sein, dass ich nicht gleich die Polizei gerufen habe."

Warum war ich es nicht? Die Wahrheit ist: Der Manager hatte die Polizei nicht gerufen, weil Grady Barber der wichtigste Promi war, der seit Jahren in dem Hotel übernachtet hatte. Er fürchtete die schlechte Publicity – und wer konnte es ihm verdenken? Ein Foto in allen Zeitungen von Grady, der in Handschellen aus dem Hotel geführt wird? Besser nicht.

„Ich werde klopfen. Was soll's, ich werde mit beiden Fäusten trommeln! Aber wenn dann niemand öffnet, müssen Sie aufschließen. Das ist noch immer besser, als die Cops zu rufen, richtig?"

Er verzog das Gesicht, ein Ausdruck, der auf seinem düsteren Antlitz so zu Hause war, dass kaum ein Unterschied zu sonst auffiel.

Ich konnte das Geschrei hören, als wir uns näherten, aber es hatte wohl schon etwas nachgelassen, denn es klang nicht ganz so laut, wie ich erwartet hatte.

„Die beruhigen sich langsam", bestätigte er.

Als wir die Tür erreicht hatten, klopfte ich. „Fred, hier ist Aggie. Wir müssen mit Ihnen reden."

Da die beiden gleichzeitig schrien, konnte ich nur ab und zu ein Wort verstehen. Gott sei Dank, denn das, was ich verstand, war nicht für fremde Ohren bestimmt.

Ich hämmerte mit beiden Fäusten gegen die Tür. „Okay, Sie beide. Aufhören und sofort öffnen, sonst wird der Hotelmanager seinen Schlüssel benutzen! Fred! Grady!"

Der Lärm brach kurz ab. Ich war mir sicher, dass sie mich gehört hatten. Ich hämmerte erneut. „Öffnen Sie sofort. Sie wollen doch nicht, dass wir die Polizei holen, oder?"

Zwei Sekunden lang herrschte Stille. Dann öffnete sich die Tür einen Spaltbreit, und zwei Augen starrten mich an. Sie schloss sich wieder. Ich hörte, wie die Kette zur Seite geschoben wurde, dann ging die Tür ganz auf.

Auf der anderen Seite der Suite knallte eine Tür zu. Fred stand da mit zerrauftem Haar und einem roten Abdruck auf der einen Wange.

„Man konnte Sie bis Timbuktu hören", erklärte ich ihm. „Sind Sie verletzt?"

Er legte eine Hand an die Wange, betastete die Schwellung, schüttelte aber den Kopf. „Mir geht es gut."

„Soll ich die Polizei rufen?"

„Nein!" Er schluckte, doch seine Augen funkelten noch immer vor Wut. „Auf keinen Fall. Es spielt sowieso keine Rolle mehr, denn ich verschwinde hier für immer."

„Ist Grady in seinem Schlafzimmer?"

Er nickte. „Stören Sie ihn besser nicht. Sie haben ja keine Ahnung, wozu dieser Mann fähig ist. Ich packe jetzt meine Sachen und werde auschecken." Er sah den Manager an. „Es wird keine weitere Ruhestörung geben. Tut mir leid."

Der Manager knurrte, drehte sich um und ging. Offenbar musste ich mich um das Chaos hier kümmern.

„Was ist geschehen?", fragte ich. „Fast hätte der Manager die Polizei gerufen."

„*Grady* ist geschehen. Ich hätte schon vor einer Woche kündigen sollen, als ich es wollte."

„Hey, jetzt geben Sie mir nicht die Schuld. Immerhin werden Sie dafür bezahlt."

„Nicht mehr. Ich verschwinde."

Dieses Mal war ich nicht so dumm zu protestieren. So wütend, wie Fred war, sollte er wirklich nicht bleiben. Ich fragte mich, ob Grady ebenfalls Verletzungen davongetragen hatte.

Als ob er das Ausmaß seiner Wut beweisen wollte, hieb Fred mit der Handfläche an den Türrahmen. „Er hat sich schon immer eine Menge Feinde gemacht. Teil meiner Aufgabe war, zu vermitteln. Dieser Mann hat einen katastrophal schlechten Ruf, furchtbare Launen und überhaupt keine Moral. Sie können sich gar nicht vorstellen, wie es ist, jeden Tag damit umzugehen."

„Ich kann es mir vorstellen. Denn das habe ich auch getan, schon vergessen?"

„Grady reist durchs Land zu Veranstaltungen wie dieser und behandelt die Kandidaten mies. Er macht ihnen erst

Hoffnungen und zerschmettert sie dann wieder. Und das alles nur aus Spaß – und um ein paar Lacher vom Publikum zu bekommen. Er hat überall im Land Feinde."

„Davon hat uns niemand erzählt." Oder wenn, dann war ich nicht eingeweiht worden. Vielleicht hatte Veronica es lieber geheim gehalten.

„Tja, ich weiß jedenfalls hundertprozentig, dass er mit Kandidatinnen was hatte, die viel zu jung waren, um es besser zu wissen."

„Wurde er verklagt?"

„Wenn, dann haben sie sich außergerichtlich geeinigt. Jedenfalls habe ich keine Unterlagen in dieser Art gesehen."

Ich fragte mich, ob Fred sich das alles nur ausdachte oder ob er übertrieb, weil er so sauer war. Leider klang es für mich nicht so.

„Mir steht es bis hier", sagte er. „Seine Feinde, seine Exfrauen und vor allem er selbst – das ist mir jetzt alles einfach zu viel. Vielleicht wird er mich bei potenziellen Arbeitgebern schlecht machen. Aber die meisten haben ihn ja selbst erlebt und werden nicht viel darauf geben. Außerdem ist er nicht ansatzweise so wichtig, wie er gerne wäre."

Das überraschte mich. „Auf uns wirkt er sehr wichtig."

„Zwischen diesen beiden Riesenhits, die er hatte, bestand seine Karriere eigentlich nur aus schlechten Filmen und Quiz-Sendungen. Wenn er nicht bald wieder einen Hit landet, dann wird er künftig in zweitklassigen Shows in drittklassigen Las-Vegas-Hotels auftreten."

Das klang in meinen Ohren gar nicht schlecht. Denn ich habe nicht den Wunsch, nach Las Vegas zu fahren.

Dieser angenehme Gedanke wurde von einem äußerst negativen abgelöst. „Kann er hier ohne Sie überhaupt weitermachen? Kommt er ohne Assistenten zurecht?"

„Vielleicht tut es ihm ja gut. Vielleicht lernt er so seinen nächsten Assistenten schätzen und lässt ihn in Ruhe."

Ich hatte den Eindruck, dass eine solche Lektion in Sachen Benehmen und Menschlichkeit auf Kosten vom ESI ging. Grady war schon mit Fred an seiner Seite unangenehm genug gewesen. Wie würde er sich dann in den folgenden Tagen aufführen?

„Müssen Sie noch irgendwas aus Gradys Zimmer holen?", fragte ich. „Ich kann hier warten, damit Sie auch lebendig wieder rauskommen."

Fred kam in weniger als einer Minute zurück. Ich fand, dass er bereits besser aussah. Noch immer wütend zwar, aber auch, als sei eine große Last von ihm gefallen.

Er schloss die Tür hinter sich, und gemeinsam gingen wir den Flur hinunter. Vor seinem Zimmer trennten wir uns. Ich wünschte ihm viel Glück und er mir auch. Von uns beiden war ich wohl diejenige, die jetzt mehr Glück brauchen konnte. Als Nächstes musste ich zu Veronica fahren. Es würde nicht lustig werden, ihr diese Neuigkeit zu überbringen.

Die Fahrt zu ihr war zwar kurz, aber mein Minivan hatte in der prallen Sonne gestanden. Die Klimaanlage konnte gegen die Hitze nicht viel ausrichten. Als ich ankam, hatte ich mich in eine armselige menschliche Wasserlache verwandelt. Und als Veronica die Tür öffnete, war ich kaum noch bei Bewusstsein.

„Aggie?" Sie sah überrascht aus. „Ich wusste gar nicht, dass wir verabredet waren."

„Ich auch nicht. Aber wir haben ein Problem."

„Farley und ich wollten gerade zu Mittag essen."

War denn noch immer Mittagszeit? Ich konnte mich kaum erinnern. „Tut mir leid. Ich hoffe, es wird nicht lange dauern."

„Ich sage ihm schnell, dass er schon anfangen soll. Er hat

um zwei eine Verabredung zum Tee. Gehen Sie doch schon mal ins Wohnzimmer." Sie zeigte mir einen kleinen Raum, der mit Stoffen aus der Provence und Fotografien von Sonnenblumen und Lavendelfeldern dekoriert war. Hier war es angenehm kühl. Das Telefon klingelte, und es dauerte sehr lange, bis Veronica zurückkam. Das war aber eine gute Sache, denn als es so weit war, fühlte ich mich fast wieder menschlich.

Ohne langes Herumreden kam ich sofort zum Thema. „Fred hat nach einem schlimmen Streit seinen Job hingeworfen. Zum Glück war ich zu Hause, als der Hotelmanager anrief, der hätte sonst nämlich die Polizei informiert. Fred packt gerade seine Sachen und verlässt die Stadt. Er wird auf gar keinen Fall bleiben, und das ist vermutlich auch besser so. Wir wollen ja nicht, dass es Tote gibt."

Veronica sank auf das Sofa neben mir. „Ich weiß. Eben war Grady am Telefon. Sind Sie sicher, dass Fred nicht bleiben wird? Können wir ihn nicht bestechen?"

Ich schüttelte den Kopf. Heftig. „Grady behandelt ihn sehr schlecht."

„Grady war immer so ein niedlicher, geduldiger Junge."

„Grady ist kein Junge mehr." Ich überlegte, ob ich ihr erzählen sollte, was ich von Fred erfahren hatte. Aber wozu? Veronica sah in Grady Barber noch immer den Jungen von der Highschool, den sie gekannt und bewundert hatte. Ich hatte nicht das Gefühl, daran etwas ändern zu können.

„Haben Sie auch mit Grady gesprochen?", fragte sie.

„Nein. Er hatte sich im Schlafzimmer eingesperrt. Meine Priorität war, Fred da lebend rauszuholen."

„Er ist sehr aufgebracht. Er sagt, dass Fred einmal zu oft Mist gebaut hat. Fred wäre ausfallend geworden, und er hätte, wie er zugibt, ebenfalls etwas heftig reagiert."

„Vielleicht ist es ganz egal, was zwischen den beiden vorgefallen ist. Wir müssen nur irgendwie die nächste Woche überstehen."

Veronica kaute auf ihrer Lippe, etwas, was ich bei ihr noch nie gesehen hatte. „Aggie, Grady sagt, er kann ohne Assistenten nicht weitermachen. Es gibt da zu viele Details, um die er sich nicht selbst kümmern kann. Und er hat keine Zeit, einen neuen Assistenten zu finden, nicht bei seinen Verpflichtungen hier. Er möchte, dass wir ihm einen Freiwilligen schicken."

„Viel Glück bei der Suche."

Veronica schwieg, doch ihr Blick ließ mich nicht los.

Ich hob die Hände, als wollte ich einen Angreifer abwehren. „Oh nein, daran dürfen Sie nicht einmal denken."

„Aber wer sonst könnte das machen? Von Anfang an waren Sie diejenige, die Fred geholfen hat. Sie haben die Listen. Sie wissen als Einzige, worum es hier geht. Sie können gut mit Menschen umgehen. Sie sind immer sehr taktvoll, und Sie wissen, wie man es vermeidet, ihn zu ärgern …"

„Ich glaube nicht, dass es irgendeine Möglichkeit gibt, ihn nicht zu ärgern."

„Aber verstehen Sie denn nicht? Sie sind der einzige Mensch, der das übernehmen kann."

„Zwei von uns waren nötig, Veronica. Fred *und* ich. Zwei, um ihn einigermaßen ruhigzustellen. Und selbst das war hart. Jetzt wollen Sie, dass ich das alles allein stemme?"

Sie lehnte sich mit ernstem Gesicht vor. „Nein! Ich besorge Ihnen jemanden, der Ihnen hilft. Versprochen. Camille vielleicht. Sie mag Sie."

Ich fragte mich, ob das bedeuten sollte, dass mich sonst niemand vom Komitee mochte. Außer Sally. „Camille ist großartig, aber sie hat schon so viel zu tun."

„Nicht so viel. Sie hat sich um die erste Runde gekümmert, wissen Sie? Und die ist vorbei. Ich weiß, dass sie uns helfen wird. Sie findet, dass Sie fantastische Arbeit leisten.“ Jetzt schien auch sie zu bemerken, wie das klang. „Natürlich finden wir *alle* Ihre Arbeit fantastisch. Aber Camille wird keine Mühen scheuen, um Ihnen zu helfen. Sie beide zusammen können es schaffen. Sie können Freds Aufgaben übernehmen, wie auch immer die aussehen, und Camille kann ihre Verbindungsperson zu allen anderen sein.“

„Wagen Sie es bloß nicht, jetzt auch noch *Denken Sie an die Kandidaten!* zu sagen.“

Sie setzte sich zurück. „Das ist gar nicht nötig. Stattdessen sage ich Ihnen noch mal: Er ist wirklich wütend. Vielleicht sogar wütend genug, um uns hängen zu lassen, wenn wir niemanden finden, der Fred ersetzt. Bitte, Aggie. Bitte sagen Sie Ja. Es geht doch nur noch um eine Woche. Auf diese Weise bekommen wir viel Geld für das Kinderkrankenhaus zusammen. Bitte!“

Auf dem Heimweg fragte ich mich, warum ich Ja gesagt hatte. Es war ja nicht so, dass diese Frauen zu meinen besten Freundinnen werden würden. Wir werden uns zunicken, wenn wir einander auf der Straße begegnen, vielleicht stehen bleiben, um zwei, drei Worte zu wechseln. Doch unsere Wege werden sich nur selten kreuzen. Ich brauchte also niemanden zu beeindrucken, und darum ging es mir auch nicht. Trotz des ganzen Ärgers war es einfach ein gutes Gefühl, zu wissen, wie viel wir bereits für das Krankenhaus erreicht hatten, und ein Grady Barber durfte das nicht ruinieren. Veronica hatte recht. Es ging nur noch um eine Woche. Die konnte ich durchstehen. Wir alle konnten das.

Ein wenig beklommen bog ich in unsere Einfahrt. Inzwischen war genug Zeit vergangen. Die Sturmwolken hatten sich sammeln können, das Gewitter war bereit, loszubrechen. Es bestand eine winzig kleine Chance, dass Deena nichts von

Eds Predigt erfahren hatte. Und eine noch viel kleinere, dass es sie – wie Ed glaubte – mit Stolz erfüllte, dass ihr Misserfolg vor der ganzen Gemeinde als humorvolles Beispiel für Mut und Tapferkeit ausgewälzt worden war. Ja klar …

Ich sammelte meine Handtasche und meinen Mut zusammen und ging ins Haus.

„Weißt du, was Daddy getan hat?"

Deena stand neben der Tür und wartete nicht einmal, bis ich sie hinter mir geschlossen hatte. Sie sprang auf mich wie ein Einbrecher, doch damit hatte ich gerechnet.

Noch hoffte ich von ganzem Herzen, dass Ed ihr zum Mittagessen Erdnussbutterbrote gemacht hatte und Deena lieber einen überbackenen Käsetoast wollte. „Warum erzählst du mir es nicht?"

„Er hat in seiner Predigt über mich gesprochen! Er hat jedem von den Price Girls erzählt und wie wir beim ESI rausgeflogen sind."

„So hat er es überhaupt nicht ausgedrückt."

„Verteidigst du ihn etwa?"

Ich glaube, dass es gut ist, zusammenzuhalten. Eltern stehen zusammen, Arm in Arm, um den Verwüstungen von Koliken, Zahnschmerzen und Pubertät die Stirn zu bieten. Ich glaube aber auch an Ehrlichkeit. Ich tat mein Bestes, um beidem zu genügen.

„Ich glaube, dein Dad ist wirklich stolz auf dich, dass du es versucht hast, und auch darauf, wie du damit umgegangen bist, nicht weiterzukommen. Wir beide sind stolz. Ich weiß, dass ihm nicht klar war, dass es dich kränken könnte, wenn er dich in seiner Predigt erwähnt. Er würde dich niemals verletzen wollen, Deena. Aber manchmal ist es nicht leicht, sich in einen anderen Menschen hineinzuversetzen."

Sie kniff die Augen zusammen, stemmte die Hände in die

Hüften. „Warum hast du ihn nicht davon abgehalten? Du wusstest doch, wie sauer ich sein würde, oder nicht? Das wusstest du, und du hast dir die ganze Zeit genau überlegt, was du jetzt zu mir sagen sollst!"

„Nur ein bisschen. Und ich meine jedes einzelne Wort so, wie ich es sage."

„Warum hast du ihn nicht aufgehalten?"

„Ich lese seine Predigten nie, und er hat mir nichts davon erzählt. Sonst hätte ich ihm vorgeschlagen, dich erst zu fragen, was du davon hältst. Aber eines kannst du glauben: Künftig wird er dich mit Sicherheit immer fragen. Ich weiß, dass er das jetzt verstanden hat."

„Ich bin noch nie so gedemütigt worden. In meinem ganzen Leben nicht! Hast du eine Ahnung, wie viele Leute hinterher zu mir kamen und mir auf die Schulter geklopft und gesagt haben, dass es in Ordnung wäre, zu verlieren?" Tränen glitzerten in ihren Augen.

„Liebling, es tut mir so leid, dass du traurig bist. Wirklich. Und ich weiß, was du fühlst …"

„Weißt du nicht! Hat dein Vater je vor Hunderten von Leuten vom peinlichsten Moment deines Lebens erzählt?"

Um genau zu sein, war Ray, als ich ihn als Kind besuchte, einmal auf den Wasserturm einer kleinen Stadt in Minnesota geklettert und hatte „Hinterzieht Steuern!" draufgesprüht. In großen roten Buchstaben. Die Polizei hatte ihn verhaftet und ins Gefängnis gesteckt. Das war mir unglaublich peinlich. Ich telefonierte sofort mit Junie und flehte sie an, mir ein Busticket zu schicken. Ich wollte auf der Stelle zu ihr fahren, egal, wo sie sich gerade aufhielt. Sie hatte sogar noch einen draufgesetzt und mir ein Flugticket und die zweistündige Fahrt zum Flughafen spendiert.

Aber nein, das war nicht ganz dasselbe.

„Es waren nicht Hunderte von Leuten da“, sagte ich. „Es ist schließlich nicht Weihnachten oder Ostern, und die Hälfte der Gemeinde ist sowieso im Urlaub. Nächste Woche wird sich niemand mehr daran erinnern.“

„Ich aber. Ich werde mich daran erinnern, bis ich sterbe!“

Sie stürmte die Treppe hinauf.

Als ihre Zimmertür zuknallte, kam Ed aus seinem Arbeitszimmer. Sonntagnachmittags ist er nicht gerade in Bestform. Üblicherweise bin ich dann da, um Nahrungsmittel und Flüssigkeit in ihn zu pumpen und ihn von allen häuslichen Dramen zu bewahren, bis er wieder normal atmen kann. Ganz offensichtlich hatte meine Anwesenheit heute gefehlt. Er wirkte fünf Kilo leichter und schien schnell noch weitere zu verlieren.

„Ich schätze, du hast es gehört“, sagte er.

„Mhm.“

„Nur um das einmal festzuhalten: Ich habe sie praktisch auf Knien angefleht, mir zu verzeihen.“

„Du glaubst nicht an Astrologie, oder? Die ist nicht zufällig Teil deiner persönlichen Theologie? Aber ob wir nun daran glauben oder nicht, ich bin mir ziemlich sicher, dass unsere Sterne heute nicht besonders gut stehen. Irgendwas ist gerade rückläufig oder steigend oder fallend, keine Ahnung. Ich denke, ein Meteorit hat gar nicht weit entfernt ein schwarzes Loch in die Materie gerissen. Wir sollten vielleicht einfach ins Bett gehen und uns die Decke über den Kopf ziehen.“

„Ich denke, dieses Drama können wir leider nur dem guten alten menschlichen Versagen zuschreiben.“

Ich ging zu ihm und legte die Arme um seinen Hals. „Und ich denke, das wird noch oft passieren, bis die Mädchen das Haus für immer verlassen.“

7. KAPITEL

Ed wollte seine Tochter nicht noch mehr gegen sich aufbringen. Trotzdem war er wie ich der Ansicht, sie sollte nicht auf Madisons Party gehen. Die anderen Price-Girl-Mütter waren natürlich auch unserer Meinung. Nur Crystal O'Grady hatte erst zu ihrem Standpunkt überredet werden müssen. Bevor wir einschritten, hatte Carlene vorgehabt, ohne ihre Freundinnen hinzugehen, was ungefähr so war, wie harmlose Knallfrösche in ein Dynamitfass zu werfen. Deena war also nicht mehr das einzige Price Girl, das seine Eltern nicht leiden konnte. Für Ed war das nicht ganz so schlimm, weil Deena sowieso schon wütend auf ihn war. So bekam er sozusagen zwei zum Preis von einem. Jedenfalls sprach sie nun mit keinem von uns mehr.

Ich erzählte Ed auch von meinem Verdacht, dass Gradys Gründe, Madison zu helfen, nichts mit Nächstenliebe, aber dafür einiges mit ihrem schönen sechzehnjährigen Körper zu tun hatten. Wie ich machte er sich Sorgen, und wie ich wusste er nicht, ob wir die ganze Sache nicht nur noch schlimmer machten, wenn wir Tammy mit unseren Behauptungen konfrontierten. Tammy ist immer sehr empfindlich, wenn es um ihre Erziehungsmethoden geht. Ed und Tammy wären sich ein paarmal beinahe in die Haare geraten wegen der Kirchenjugendgruppe – aber nur beinahe. Jedenfalls befürchtete er, dass sie alles daransetzen würde, zu beweisen, dass ich mich irrte und jedes Anzeichen überinterpretierte. Deswegen beschlossen wir, aufmerksam zu bleiben und spontan zu entscheiden, was zu tun war.

Erstaunlicherweise zeigte sich Grady Barber in den ersten beiden Tagen nach Freds Kündigung von seiner besten Seite. Er übergab mir eine lange Liste mit Punkten, die ich erledigen sollte, ließ mich aber ansonsten in Ruhe. Wir trafen uns jeden Morgen, besprachen die Anrufe und was ich sonst noch erledigen sollte. Er stellte mich mittels einer Konferenzschaltung seinem Manager und seinem Presseagenten vor und ließ mich seinen Terminkalender einsehen. Ganz offensichtlich hatte er eine Aversion gegen Büroarbeit und wollte, dass ich ihm so viel wie möglich abnahm. Also schrieb ich Briefe und übergab sie den Hotelangestellten zum Faxen. Ich überprüfte hereinkommende Verträge von Organisationen, die ihn für ihre Versionen vom ESI haben wollten. Ich notierte die wichtigsten Punkte und ging sie mit ihm Punkt für Punkt durch, da er nie Zeit hatte, die Verträge selbst zu lesen.

„Er hat mir sogar ein Amethyst-Armband geschenkt", erzählte ich Junie am Mittwochmorgen, nachdem ich eine Stunde in Gradys Suite verbracht hatte, ohne dass er auch nur ein einziges Mal geschrien hatte. Nur ab und zu hatte er einen Hauch von Sarkasmus durchblicken lassen. Ich streckte mein Handgelenk aus. Ich fand das Armband hübsch mit den kleinen Amethysten im Smaragdschliff und den silbernen Anhängern in Form von Vögeln, Regenbögen und Dschungeltieren. In ein paar Jahren würde es gut zu Teddy passen.

Junie betrachtete es mit geübtem Auge. „Hübsch gemacht", erklärte sie. „Nicht billig, aber nicht so teuer, dass er dafür eine Gegenleistung erwarten kann."

Junie glaubt an die Kraft des positiven Denkens, aber nicht an Naivität. Sie versteht die Welt der Männer und Frauen, und ich verstehe sie auch. Ich vermutete, dass Grady ein kleines Lager an *Wayfarer*-Armbändern besaß, die er zu allen möglichen Gelegenheiten verschenkte, wobei ich über manche Gelegenheiten nicht länger nachdenken wollte. Doch es hatte mich überrascht, dass er sich überhaupt bei mir bedanken wollte. Vielleicht hatte dieser Mann doch tief vergraben etwas Nettes an sich. Viel wahrscheinlicher war aber, dass er sich einfach einschmeicheln wollte, damit ich noch härter und schneller für ihn arbeitete.

Ich ließ den Arm sinken. „Vielleicht überlebe ich die Sache mit Grady, doch ich bin mir nicht sicher, ob ich die mit Deena überlebe."

Eine Kundin kam zu uns. Junie gab ihr einen Rat bezüglich der Vorteile eines bestimmten Fadens. Als wir wieder mehr oder weniger allein waren, zog sie mich in eine Umarmung. „Genieß doch einfach die Stille, Liebes. Die hört schon wieder von allein auf."

In unserer Familie wird geantwortet, wenn einen jemand direkt anspricht. Alles andere wäre eine unverzeihliche Kränkung. Deena wusste das. Doch seit Sonntag hatte keiner von uns ein Gespräch begonnen.

„Was ist mit Teddy?", fragte Junie.

„Sie ist ganz außer sich. Sie versucht alles, damit wir wieder normal miteinander umgehen. Deena hat jetzt auch aufgehört, mit ihr zu sprechen. Teddy hat ihr nämlich immer wieder erklärt, dass man auch verzeihen muss, wenn sich jemand entschuldigt hat. Und da sie gerade die Zehn Gebote in der Sonntagsschule lernt, erwähnt sie vor allem „Ehre deinen Vater" besonders oft."

„Oje."

Schwungvoll fuhr ich mit meiner täglichen Nachrichtenübertragung fort. „Und nicht zuletzt hat deine Freundin Nora Ed besucht. Auch jeder einzelne Pfarrer der Stadt kam vorbei. Wie Ed erzählt, wollen sich einige von ihnen regelmäßig treffen, um darüber zu diskutieren, wie man die Zeltshow möglichst schnell wieder loswird."

„Ed auch?"

„Machst du Witze? Ed ist ein Verfechter der Religionsfreiheit. Aber er befürchtet, dass es recht unschön werden könnte und ein paar besonders wütende Leute die Sache in die Hand nehmen."

„Das ist doch eine seltsame Welt, oder? Sie bittet die Leute, auf den Planeten aufzupassen und respektvoll mit ihm umzugehen. Und die Leute glauben, *sie* wäre das Problem!"

Ich fand nicht, dass die Sache ganz so simpel war. Und doch: Ganz unrecht hatte Junie nicht.

Eine weitere Kundin tauchte neben Junie auf. Sie stand kurz vor der Kaufentscheidung, und ich verabschiedete mich. Allerdings ging ich dann doch nicht, denn Tammy Sargent betrat den Laden und steuerte direkt in den Raum mit den Kurzwaren.

Da sie mich nicht gesehen hatte, folgte ich ihr, um Hallo zu sagen. Trotz Eds Warnungen hoffte ich, dass ich irgendwie das Thema „Madison und Grady" unauffällig zur Sprache bringen konnte. Ich hatte Camille meine Befürchtungen mitgeteilt, doch keine von uns hatte bisher eine alarmierende Situation beobachtet. Wobei wir Grady natürlich nicht vierundzwanzig Stunden am Tag überwachen konnten. Falls Tammy auch nur die kleinste Besorgnis äußern würde, könnte ich ihr meinen Verdacht vielleicht mitteilen.

Zum Glück war sonst niemand in dem Raum. Kein Wunder, denn die Stoffe drüben waren im Sonderangebot und nicht die Trennmesser oder Musterschablonen hier.

„Hallo, Tammy. Ich habe Sie hereinkommen sehen", sagte ich, als sie den Blick nicht von einem Drehständer nahm.

„Aggie!" Sie schien erfreut, mich zu sehen, und ich konnte nur hoffen, dass sich das nicht gleich änderte. „Kaum zu glauben, dass Sie mal eine freie Minute haben."

Ich lachte höflich, war aber froh, dass wir so schnell auf das

Thema „Grady“ zu sprechen gekommen waren. „Suchen Sie etwas Bestimmtes?“

Sie senkte die Stimme. „Ich habe ein großartiges, mit Pailletten besetztes, bauchfreies Top bei *Here We Go Again* entdeckt, das meiner Ansicht nach perfekt zu Caprihosen passt. Sie wissen schon, für das Finale. Diese ganzen Kostüme gehen ganz schön ins Geld. Jedenfalls fehlen auf dem Top ein paar Pailletten.“ Sie legte ihre Hand knapp über die Brust, um zu zeigen, wo. „Deswegen suche ich hier etwas, um die Stelle bestmöglich zu überdecken.“

Here We Go Again war der Secondhandladen unserer Stadt. „Wenn Sie hier nichts finden ... Junie hat Kisten mit Applikationen und Accessoires oben in der Wohnung. Sie möchte im Frühling eine kleine Hochzeitsecke einrichten. Sagen Sie ihr einfach, was Sie suchen, und sie wird Ihnen bestimmt helfen können.“

Tammys Augen leuchteten erfreut auf. „Wir sind so glücklich, dass sie hierhergezogen ist und den Laden eröffnet hat.“

„Unsere Familie ist noch glücklicher.“

„Wo wir gerade davon sprechen, schade, dass Deena heute Abend nicht zu Madisons Party kommt.“

Ich war froh, dass sie schon Bescheid wusste und nicht ich es ihr sagen musste. Ich hatte keine Ahnung, welche Entschuldigung Deena vorgebracht hatte und wollte sie jetzt nicht mit einer eigenen Ausrede verderben.

„Mir tut es auch leid. Ich bin sicher, dass es ein großartiges Fest wird.“

„Freunde aus der Kirche werden mir helfen. Ich hoffe wirklich, dass Grady kommt. Dann wäre die Party perfekt.“

Mein Glück hielt an. „Das wäre wirklich etwas ganz Besonderes, oder?“

„Er war so gut zu Madison, dass es mich nicht überraschen würde.“

„Er geht auf der Bühne ziemlich hart mit ihr um.“

„Das ist nichts im Vergleich zu den Privatstunden, die er ihr gibt. Abends kommt sie so erschöpft nach Hause, dass sie nicht mal mehr Lust hat, mit mir zu reden.“

Mein Herz wurde schwer. „Das klingt gar nicht nach Madison. Mit ihr kann man sich doch immer so gut unterhalten.“

„Die ganze Sache ist wirklich anstrengend. Das alles bedeutet ihr so viel: das Vorsingen bei Fourteen Carat, die ganze Aufmerksamkeit, die Chance, richtig Karriere zu machen. Das ist viel Stress, ich weiß, aber sie schafft das. Sie ist eine echte Kämpfernatur.“

„Das ist sie.“ Ich schwieg einen Moment, während ich überlegte, ob ich weitermachen sollte. Ich beschloss, dass ich es wenigstens versuchen musste, auch auf die Gefahr hin, Tammy zu verärgern.

„Tammy, ist es möglich, dass es da um mehr geht als nur um die Auftritte beim ESI?“

Sie runzelte die Stirn. Ganz offensichtlich war sie vollkommen ahnungslos. Tammy hatte sich von all dem Glamour blenden lassen. Ich wusste zwar nicht sicher, wie viel ein Sieg Madison bedeuten würde. Aber eines war klar: Ihrer Mutter bedeutete er auf jeden Fall eine ganze Menge.

„Ich weiß nicht, wie ich es sagen soll …“ Ich biss mir so fest auf die Lippe, dass ich zusammenzuckte. „Es ist nur … ich habe Gerüchte gehört über Grady und Kandidatinnen in anderen Städten, die mich ziemlich beunruhigen. Nichts Konkretes. Aber wenn Madison so gestresst zu sein scheint …“

„Selbstverständlich ist sie gestresst! Sie war in jeder Runde auf der Bühne. Sie lernt neue Titel und wie sie sich bewegen soll. Sie arbeitet mit ihrem Gesangslehrer, mit Lisa Lee und allen anderen Musikern. Ich muss mich wirklich über Sie wundern."

Vielleicht hätte ich hier aufhören sollen, doch ich konnte nicht. „Ich habe gesehen, wie Grady am ersten Abend mit ihr gesprochen hat, in einem Seiteneingang. Er stand auffallend nah bei ihr. Damals machte ich mir schon Gedanken – und jetzt umso mehr, weil ich weiß, dass sie so viel Zeit allein miteinander verbringen. Und was diese Gerüchte betrifft: Leider habe ich sie von jemandem, der ihn sehr gut kennt."

Tammy reckte das Kinn. „Madison kann auf sich selbst aufpassen. Grady war immer nur nett zu ihr."

Das war es ja, was mich so beunruhigte. Denn so gut er sich in den letzten beiden Tagen auch benommen hatte, war ich davon überzeugt, dass Grady Barber absolut nichts Nettes an sich hatte.

„Ich möchte Sie nicht verärgern", sagte ich. „Wirklich nicht. Ich habe mir schon länger überlegt, ob ich mit Ihnen darüber sprechen soll. Ich habe schließlich keine Beweise. Aber, Tammy, bitte passen Sie auf, ja? Wenn Ihnen irgendetwas auffallen sollte, falls Sie irgendwelche Anzeichen an Madison entdecken, dass sie nicht nur gestresst, sondern vielleicht verängstigt ist …"

„Ich weiß schon, wie ich mit meiner Tochter umgehe, besten Dank." Sie drehte sich wieder zum Regal.

Ich hoffte, dass sie wirklich mit ihrer Tochter umzugehen wusste. Ich glaubte aber nicht, dass sie wirklich die Augen offen halten würde. In vielerlei Hinsicht war Tammy eine gute Mutter, doch der Ehrgeiz für ihre Tochter machte sie blind. Jetzt konnte ich nur beten, dass sie nicht jedes Anzeichen ignorieren würde, nur um zu beweisen, dass ich mich geirrt hatte.

Als Gradys neue freiwillige Assistentin wurde von mir erwartet, immer auf Abruf bereitzustehen. Doch bisher hatte es nicht viele Notfälle gegeben, als ob Grady spüren würde, dass meine Frustrationstoleranz weit geringer war als die von Fred. Heute war ich sogar vorsichtig optimistisch, mal einen ganzen Abend mit Ed verbringen zu können. Wegen der Vorbereitungen des dreitägigen Finales, das am Freitag beginnen sollte, gab es heute keine weiteren Auftritte. Grady sollte mit den Hayworths und einigen anderen wichtigen Menschen in unserer Stadt im Country Club zu Abend essen, weshalb ich mir über Madison keine Gedanken zu machen brauchte. Ich wusste sogar, was er essen würde, schließlich hatte ich mit dem Country-Club-Chef das Menü besprochen.

Unsere Kinder hatten kooperiert, ohne dass wir sie lange darum bitten mussten. Deena verbrachte die Nacht mit Posh Price alias Shannon Forester, und Teddy übernachtete bei Junie. Ed und ich brauchten etwas Zeit für uns. Ich hatte extra verschiedene Pilze in meinem Lieblingsladen gekauft, um eine saftige neue Lasagne auszuprobieren. Seit Grady in der Stadt war, hatte es für uns kein richtig gutes Essen mehr gegeben. Wir hatten überhaupt seit einiger Zeit nicht viel Spaß miteinander gehabt, und darauf freuten wir uns auch.

Wir setzten uns gerade zum Essen hin, als das Telefon klingelte.

„Geh nicht ran", sagte Ed. „Hör nicht mal hin."

„Es könnte eines der Mädchen sein."

„Deena sicher nicht."

Das stimmte wahrscheinlich. Momentan ließ sich Deena nicht einmal zu einem gemurmelten „Hallo" herab, wenn es nicht sein musste.

Das Telefon klingelte zum dritten Mal. Ich trommelte mit den Fingern auf den Tisch. „Es könnte Teddy sein."

„Deine Mutter weiß, wo wir wohnen, falls es sich um einen Notfall handeln sollte."

Doch in dem Moment, in dem er das „N"-Wort aussprach, wussten wir beide, dass das Spiel zu Ende war. Wenn man in einem Pfarrhaus wohnt, gehört es sozusagen automatisch dazu, immer ans Telefon zu gehen. Ich stand auf und nahm beim fünften Klingeln ab.

Als ich die Stimme am anderen Ende erkannte, schloss ich die Augen. Ich hörte aufmerksam zu, stellte ein paar Fragen, die knurrend beantwortet wurden, fragte trotzdem noch weiter und hängte dann ein.

Bevor ich mich umdrehte, um Ed zu erzählen, was geschehen war, erledigte ich selbst noch einen Anruf. Ich war sicher, dass er inzwischen die meisten Details erraten hatte.

„Grady ist vor dem Dinner im Country Club noch nach Lake Parson gefahren. Höchstpersönlich. Eine Frau von unserem Komitee hat ihm ihren BMW geliehen. Auf dem Rückweg hatte er einen Unfall."

„Ist er verletzt?"

Ich war mir nicht ganz sicher, welche Antwort Ed sich erhoffte. Ich beschloss, ihm nur die besten Absichten zu unterstellen. „Ihm geht es gut, dem Wagen nicht. Ich habe gerade bei unserem örtlichen Abschleppdienst angerufen. Aber Grady ist nicht der Typ, der auf dem Beifahrersitz eines Abschleppwagens nach Hause fährt."

„Aber ganz bestimmt sollst doch nicht etwa du ..."

„Zuerst hat er Veronica angerufen. Die ist schon im Club und hat aus irgendeinem Grund ihr Handy ausgestellt. Ich habe das Gefühl, dass er nicht daran gewöhnt ist, selbstständig Nummern zu wählen, deswegen wusste er wohl nicht, wie man die Telefonauskunft anruft. Vielleicht war das ja immer Freds Job."

„Kannst du nicht jemand anderen bitten, ihn abzuholen? Oder selbst im Club anrufen?"

„Er ist nur eine Viertelstunde von hier entfernt. Wenn ich sofort losfahre, kann ich ihn im Club absetzen und in einer halben Stunde wieder hier sein. Wenn ich jetzt anfange, irgendwelche Leute anzurufen, brauche ich mindestens genauso lange, um jemanden zu überreden." Was ich nicht erwähnte, war, dass ich zum Unfallort wollte, um zu verhindern, dass Grady mit der Polizei genauso sprach wie gerade eben mit mir. Okay, ich bin auch nur ein Mensch. Grady im Gefängnis zu sehen wäre auch eine feine Sache gewesen, aber Grady nicht als Juror beim ESI, wo wir doch so fest mit dem Erlös rechneten, war überhaupt nicht lustig.

„Wir wollten gerade essen, weißt du noch?"

Ich lächelte etwas gezwungen. „Wie oft habe ich das Abendessen aufgewärmt, weil du ins Krankenhaus gerufen wurdest, Ed?"

Ich erwartete zu hören, dass das etwas ganz anderes wäre. Dass es hier um Grady Barber ging, einen total verzogenen Mann, der es nicht gewöhnt war, mal selbst was in die Hand zu nehmen. Eds Notfälle waren wichtig. Im Gegensatz zu meinem tief sitzenden emotionalen Bedürfnis zu beweisen, dass ich ein intelligentes, nützliches Mitglied unserer Gemeinde war.

Halt … Ed brauchte das gar nicht zu sagen. Ich war ganz von allein daraufgekommen.

„Dann geh", sagte er stattdessen. „Aber ich bin froh, wenn er wieder aus unserem Leben verschwindet."

„Hey, niemand wird sich mehr freuen als ich." Ich küsste ihn auf den Kopf und ging an ihm vorbei, um den Autoschlüssel aus dem kleinen Körbchen zu nehmen.

Ich wusste genau, wo der Unfall stattgefunden hatte.

Grady wartete an einem 4-Way-Stoppschild. Ein 4-Way-Stoppschild bedeutet, dass alle Autofahrer an dieser Kreuzung halten müssen und dann in der Reihenfolge weiterfahren dürfen, in der sie gekommen sind. Die meisten Autofahrer sind in der Lage, das Bedürfnis, als Erster loszufahren, zu unterdrücken und geduldig zu warten. Vermutlich war unser Star aber davon ausgegangen, dass niemals ein wichtigerer Mensch über diese Kreuzung gefahren war als er.

Ich wollte mir gar nicht vorstellen, wie die Polizei auf so ein Verhalten reagieren würde.

Ich raste nicht direkt, kam aber in Rekordzeit bei der Unfallstelle an. Auf dem Weg dahin nahm ich nicht ein einziges Mal den Fuß vom Gas. Dabei stellte ich mir den bestmöglichen Ausgang der Geschichte vor. Die Polizei wäre schon angekommen und hätte alle Aussagen aufgenommen. Grady würde sich entschuldigen, falls es nötig war, oder verständnisvoll sein, falls ein anderer Autofahrer den Fehler gemacht hatte. Auf der Fahrt zum Country Club wäre er ganz zerknirscht, weil er mich so angeblafft hatte. Er würde einen dicken Scheck für Diana Feldspar ausstellen, deren Wagen er sich ausgeliehen hatte, und versprechen, alles zu bezahlen, was seine Versicherung nicht abdeckte – falls er eine hatte. Dann würden wir uns alle an den Händen nehmen und „Sailing toward a Rainbow“ singen.

Es lief nicht ganz so.

Zunächst einmal war die Polizei tatsächlich erst kurz vor mir eingetroffen. Eine Menschentraube hatte sich auf einer Seite der Straße gebildet, wo ein mit Strohballen beladener Pick-up und ein Toyota-Modell, das längst nicht mehr produziert wird, auf dem Seitenstreifen standen. Dianas BMW schräg gegenüber sah an der rechten Vorderseite aus wie die größere Version eines Akkordeons. Grady schrie und gestikulierte. Zwei ältere Frauen hielten einen jungen Mann fest – vermutlich den Fahrer des mit Stroh beladenen Pick-ups. Er versuchte, sich auf Grady zu stürzen. Als ich ausstieg, konnte ich sehen, dass die Frontpartie des Pick-ups vollkommen eingedrückt war.

„Fahren Sie weiter, Miss“, sagte einer der Polizisten, als ich versuchte, zu Grady zu gelangen.

„Der Mann in dem BMW hat mich angerufen“, erklärte ich. „Ich soll ihn zurück in die Stadt bringen.“

„Grady Barber?“

Ich fand es schade, dass der Polizist Grady kannte. „Genau. Das ist er. Ich schätze, er hat Ihnen gesagt, wer er ist.“

Der Polizist lächelte höhnisch. Worin er sehr gut war. „Nein, Ma'am. Ich bin mit Mr. Barber zur Schule gegangen.“

Sie waren ungefähr im selben Alter. Der Polizist wirkte zwar, als ob er ein härteres Leben hinter sich hätte, doch das stand ihm gut.

„Wissen Sie, wer schuld ist?“, fragte ich sanft. „Ich gehöre zu dem Komitee, das ihn zum Emerald-Springs-Idyll gebracht hat. Wir würden natürlich gern jeden Ärger vermeiden.“

„Dann hätten Sie sich jemand anderen suchen sollen. So wie Barber aufgewachsen ist, wundert es mich nicht, dass er so schlechte Manieren hat.“

Ich hatte keine Zeit, näher darauf einzugehen. Gradys Stimme wurde exponentiell lauter.

„Gibt es irgendeine Möglichkeit, ihn zu beruhigen?“, fragte der Polizist. „Mein Kollege ist nämlich nicht besonders geduldig. Und ich noch weniger.“

„Ich kann es versuchen.“

„Ich bitte darum.“

Er ließ mich vorbei. Ich blieb auf Gradys Straßenseite, während der Polizist versuchte, den jungen Mann zu beruhigen, der Grady an die Gurgel wollte.

Ich wusste wirklich nicht, was ich sagen sollte. Doch besondere Zeiten erfordern besondere Maßnahmen. Ich tat das Einzige, was mir einfiel. Ich schrie: „Grady!"

Dadurch gewann ich seine Aufmerksamkeit. Er drehte sich um und zeigte mit dem Finger auf mich. „Warum hat das so lange gedauert?"

„Ich muss die Teleportation noch perfektionieren." Ich zeigte direkt mit dem Finger auf ihn zurück. „Jetzt bin ich hier, und ich möchte, dass Sie still sind. Sofort. Keine Diskussion."

Seine Augen weiteten sich, sein Mund klappte auf, doch nur, um einen weiteren Schrei auszustoßen, diesmal an mich gerichtet. Ich warf dem Polizisten einen Blick zu und lächelte. „Dürfte ich einen Moment allein mit ihm sprechen?"

„Miss, das könnte unter Umständen gefährlich sein."

„Meine Selbstverteidigungstechniken sind famos."

Ich achtete nicht auf das wütende Gebell, das von Gradys Lippen kam, bis der Polizist sich ein wenig entfernt hatte. Dann packte ich ihn am Arm. „Halten Sie sofort die Klappe! Wenn Sie so weitermachen, landen Sie im Gefängnis. Und wenn das passiert, dann schwöre ich Ihnen, dass ich jede erdenkliche Zeitung anrufe, um zu erzählen, was hier passiert ist. Und ich werde dafür sorgen, dass Sie wie ein vollkommener Idiot dastehen."

Ich erwartete eigentlich nicht, dass das funktionierte. Doch ein anderer Plan war mir in der Eile nicht eingefallen. Ich hätte auf der Hinfahrt daran arbeiten sollen, statt mir den besten Ausgang der Geschichte vorzustellen. Aber ich bin eben eine Optimistin.

Ich weiß nicht genau, woran es lag. An der Art, wie ich sein Handgelenk umklammerte? Am Gefängnis? Den Negativschlagzeilen? Was immer es war, er verstummte umgehend.

Ich ließ sein Handgelenk los, trat aber einen Schritt näher und senkte die Stimme. „Folgendes werden wir jetzt tun. Sie arbeiten mit der Polizei zusammen und machen Ihre Aussage. Falls Sie nicht ins Gefängnis wandern, können Sie in meinen Wagen steigen. Dann fahre ich Sie zum Country Club. Ein Abschleppwagen ist unterwegs, um Dianas Auto zu holen. Und während wir zusammen in meinem Auto sitzen, werden Sie immer daran denken, dass ich ehrenamtlich arbeite. Ich kann Sie ohne Folgen einfach rauswerfen, falls Sie beleidigend werden. Und, Kumpel, eines sag ich Ihnen: Ich bin stark genug. Wenn Sie mir nicht glauben, kann ich es Ihnen gleich hier und jetzt mal beweisen."

Er sah aus, als würde er über meinen Vorschlag nachdenken. Oder vielleicht überlegte er auch nur, ob er sich einen Auftragskiller leisten konnte.

Ich breitete die Arme aus, die Handflächen nach oben. „Ich kann auch gehen. Sie brauchen mein Gesicht nie wieder zu sehen. Und Sie suchen sich eine andere Mitfahrgelegenheit. Es interessiert mich wirklich nicht."

Er nahm mein erstes Angebot an, schweigend. Als der Polizist sah, dass wir fertig waren, kam er zurück und nahm Gradys Aussage auf. Das Ergebnis war ungefähr so: Der Pick-up war aus dem Nichts aufgetaucht. Grady selbst war komplett zum Stehen gekommen, egal, was dieser Versager in der Schrottkarre behauptete. Es war nicht Gradys Fehler.

Der Polizist betrachtete mich mit erhobenen Augenbrauen. Ich achtete sorgsam darauf, nicht wieder den Kopf zu schütteln, obwohl meine Nackenmuskulatur alles unternahm, um mir in die Quere zu kommen.

Die Sonne war längst untergegangen, als mir endlich erlaubt wurde, Grady in die Stadt zu fahren. Obwohl mein Handy und ich nicht immer einer Meinung sind, gelang es mir, im Club anzurufen und Veronica eine Nachricht zu hinterlassen. Kurz darauf rief sie voller Panik zurück. Sie versprach, dass sie und die anderen so lange warten würden, bis ich Grady aus diesem Schlamassel herausgeholt hatte. Fehlte nur noch, dass sie sagte, sie würde immer für ihn da sein. Das tat sie nicht. Aber sie sagte, dass sie *mir* ewig dankbar sein würde.

Ich war gespannt, wie dankbar sie morgen sein würde, wenn ich ein für alle Mal meinen Hut nahm.

Es war fast neun, als ich Grady vor dem Country Club absetzte. Er hatte seit meiner Tirade kein Wort mit mir gesprochen und ich auch keines mit ihm. Er bedankte sich nicht für meine Hilfe. Öffnete nur die Tür, um auszusteigen, und machte sie nicht einmal zu. Marschierte ohne einen Blick zurück in den Country Club. Zum Glück bemerkte jemand die Tür und warf sie zu, somit musste ich nicht extra aussteigen.

Es war mir auch gelungen, Ed anzurufen und ihn zu bitten, ohne mich zu essen. Das war vor einer Stunde gewesen, und als ich schließlich vor dem Pfarrhaus parkte und hineinging, hatte ich keinen Hunger mehr und wie befürchtet auch keinen Puls.

Ed zog gerade seine Schuhe an, als ich ins Wohnzimmer kam. Ich fragte mich, ob er mich verlassen wollte.

„Deena …"

Meine Hand flog an meine Brust. „Ist sie okay?"

„Nicht direkt. Tammy Sargent hat gerade angerufen. Wir sollen sie abholen."

Das ergab überhaupt keinen Sinn. „Was hat denn Tammy damit zu tun? Deena schläft heute Nacht doch bei Shannon."

Er signalisierte mir, ihm zu folgen, dann wartete er noch, bis wir beide im Van saßen und er rückwärts auf die Straße gefahren war. Er gab mindestens so viel Gas wie ich zuvor wegen Grady. Zum Glück war das Haus der Sargents viel näher.

„Ich hab nicht alles verstanden", erklärte er. „Tammy hatte es sehr eilig. Wir werden erst wissen, was geschehen ist, wenn wir da sind. Aber offenbar sind die beiden Mädchen auf der Party aufgetaucht, für die Tammy ordentlich hat auffahren lassen. Sie wusste ja nicht, dass Grady damit beschäftigt war, verhaftet zu werden …" Er warf mir einen Blick zu. „Wurde er?"

„Um Haaresbreite. Sprich weiter!"

„Tammy wollte, dass alles perfekt ist, deswegen hat sie sich Geschirr aus der Kirche geliehen, übrigens auch die Punschbowle. Ich schätze, sie hat Norma um Erlaubnis gefragt."

Norma ist die Kirchensekretärin und gelegentlich so etwas Ähnliches wie hilfsbereit. Jedenfalls wusste ich jetzt, dass es wirklich schlimm stehen musste. Ed hätte sonst niemals meine Todfeindin erwähnt – die Punschbowle der Frauenvereinigung. Die Punschbowle und ich haben eine gemeinsame Geschichte, und zwar keine besonders schöne. Doch das war ja wohl nicht der Punkt. Wichtiger war, warum wir unsere Tochter abholen mussten. Ich kannte Tammy, und sie hätte Deena niemals bei uns verpetzt. Da Deena selbst abgesagt hatte, wusste Tammy wahrscheinlich nicht einmal, dass wir Deena verboten hatten, hinzugehen.

„Irgendjemand hat Alkohol in die Bowle geschüttet", sagte er.

Wir waren nun schon auf Tammys Straße angekommen, und Ed hörte auf zu sprechen, während er nach einem Parkplatz Ausschau hielt. Für eine ruhige Wohnstraße war es hier überraschend voll. Überall parkten Autos, einige in zweiter Reihe. Ed musste sich sehr konzentrieren, sie nicht zu streifen.

Zum Glück wurde gerade ein Platz direkt vor Tammys schuhkartongroßem Haus mit dem kleinen Garten frei.

Wir hatten keine Zeit mehr, unser Gespräch zu beenden. Ich sah, wie Jugendliche und Kinder von ihren Eltern aus dem Haus gezerrt wurden, und dann erst bemerkte ich, dass ein Notarztwagen in der Auffahrt stand. Ich stieg aus und lief den Weg hinauf. Ed folgte mir.

„Tammy sagte, dass es Deena gut geht", meinte er. „Wir sollen sie nur abholen."

Ich rannte jetzt zum Haus und durch die offene Tür. Drinnen regierte das Chaos. Ich sah zwei Rettungssanitäter, die sich über das Sofa beugten, wo ein Teenager lag. Sie schienen seine Vitalwerte zu messen. Ich sah Kinder kichernd auf Stühlen herumhängen. Eines lag auf dem Teppich. Tammy kniete zwischen zwei anderen, die mit den Köpfen zwischen den Knien auf dem Boden hockten.

Bevor ich mehr sehen konnte, entdeckte ich meine Tochter und ihre Freundin Shannon im Essbereich zwischen Wohnzimmer und Küche. Die Punschbowle der Kirche stand noch immer auf dem Tisch. Ich hätte schwören können, dass sie mir zuzwinkerte, als ob sie mir endlich alles heimzahlen wollte, was man einer Punschbowle so antun konnte.

Beide Mädchen hatten inmitten von Tellern und Platten ihre Köpfe auf die verschränkten Arme gelegt. Im Haus roch es unangenehm nach Erbrochenem. Wie ich feststellte, war noch nicht alles aufgewischt worden.

Ed holte mich ein. „Die Sanitäter haben Tammy gesagt, dass jemand eine ganze Flasche reinen Alkohol in die Bowle geschüttet hat. Der ist geschmack- und geruchlos. Die Kids wussten wahrscheinlich nichts davon, und wenn sie viel getrunken haben … Ich schätze, da wollte wohl jemand einen dummen Streich spielen."

Ich fragte mich, ob dieser Jemand vielleicht nicht über die erste Runde hinausgekommen war und sich nun an allen anderen rächen wollte. Das wäre mehr als widerlich, und ich konnte nur hoffen, dass die Polizei dem- oder derjenigen einen gehörigen Schrecken einjagen würde.

Ich legte eine Hand auf Deenas Schulter. Sie schien nicht zu bemerken, dass ich da war. „Deena. Wir bringen dich nach Hause." Ich sah zu Ed auf. „Weißt du, ob die Sanitäter sie untersucht haben?"

„Tammy sagt, dass sie und Shannon spät gekommen sind und nicht viel getrunken haben."

„Deena." Ich schüttelte sie. Schließlich hob sie den Kopf und kniff die Augen zusammen, als ob sie mehrere Elternpaare vor sich sähe. „Ihr … dürft gar nicht wissen, dass ich … hier bin."

„Wissen wir aber."

In diesem Moment kamen die Foresters an. Tammy hatte die Punschbowle vielleicht nicht gut genug bewacht. Aber immerhin hatte sie es geschafft, trotz des Durcheinanders aus Stöhnen und Erbrechen alle Eltern zu informieren. Hut ab!

Grace Forester ist davon überzeugt, dass jede Teenagerzeit eine Einbahnstraße ins Verderben ist, weshalb sie wie ein Wachhund auf Shannon aufpasst. Ich fand es erstaunlich, dass die Mädchen sich überhaupt auf die Party hatten schleichen können.

„Mein Sohn sollte aufpassen, während wir weg waren", sagte sie knapp. „Das wird mit Sicherheit nicht mehr passieren."

Shannons Bruder studierte an der Ohio State und war in den Semesterferien zu Hause. Shannon betet ihn an, und das kann selbst einem vernünftigen jungen Mann zu Kopf steigen.

„Die Mädchen hätten nicht weglaufen dürfen", sagte ich. „Deena ist für ihr Verhalten selbst verantwortlich."

„Es tut mir wirklich leid, Aggie." Grace stupste ihre Tochter an. „Er sagt, dass Shannon und Deena zu der Party gehen wollten und er das nicht schlimm fand, weil wir es ja sowieso nicht bemerken würden. Sie wollten nur kurz vorbeischauen und dann gleich wieder nach Hause kommen."

Nach dieser Erklärung stupste sie ihre Tochter erneut an. „Du gehst jetzt nach Hause, junge Dame. Und dort wirst du eine lange, lange Zeit bleiben."

Shannon setzte sich auf. Ihr Blick war genauso haltlos wie der meiner Tochter. „Dasss isss ... deine Schuld." Sie schien sich nicht erinnern zu können, weshalb. Ihr Kopf fiel zurück auf den Tisch.

Ed nahm Deenas linken Arm, ich den anderen. Dann hoben wir sie auf. Überraschenderweise wussten ihre Beine noch, wie sie sich zu bewegen hatten. Langsam liefen wir zur Tür. Das war der Moment, als ich die betrunkene Madison auf der Klavierbank ausgestreckt sah, ihr Rücken und ihre Arme lagen auf den Tasten. Tammy stand vor ihr, und obwohl ich so sehr mit meiner eigenen Tochter beschäftigt war, fiel mir auf, dass sie versuchte, ihre Tochter zum Schweigen zu bringen.

„Ich sag dir ... er benimmt sich nicht ... wie ein Vater. Ich hab vielleicht keinen ... Vater ... aber Väter würden doch niemals ..."

Tammy legte einen Finger auf ihre Lippen. „Still, Madison. Du weißt nicht, was du da sagst. Sei einfach still."

Ich hatte nicht genug gehört, um wissen zu können, worüber sie sprachen – oder gar, ob Madison nüchtern genug war, noch irgendetwas Vernünftiges zu äußern. Zudem hatte ich genug mit Deena zu tun. Doch Madisons Worte verfolgten mich noch, als wir unsere desorientierte Tochter zum Wagen brachten.

8. KAPITEL

Ich warf doch nicht alles hin. Nicht nur, weil Grady einen riesigen Blumenstrauß mit einer vorgedruckten Entschuldigungskarte schickte. Nicht nur, weil Veronica anrief, als ich mit meiner aufgelösten Tochter nach Hause kam und mich anflehte, zu bleiben. Nicht nur, weil Camille am Donnerstagmorgen mit einem Korb selbst gebackener Kekse der Komitee-Mitglieder kam und erklärte, sie würde gehen, wenn ich ging, weil sie überhaupt nur meinetwegen diese ESI-Farce ertragen konnte. Auch nicht nur, weil ich nun, da ich wusste, dass Tammy es nicht tun würde, Grady und Madison im Auge behalten musste.

Der wichtigste Grund, nicht zu gehen, war, dass ich wirklich nicht zu Hause bleiben wollte. Deena hatte Hausarrest, wahrscheinlich bis an ihr Lebensende. Wir hatten ihr eine lange Liste mit Aufgaben gegeben, die sie erfüllen musste, bevor wir über die Rückkehr in ein normales Leben auch nur sprechen konnten. Außerdem hatten wir ihr verboten, das Finale vom ESI zu besuchen und mit den anderen Kandidaten in dem speziell reservierten Balkonblock zu sitzen.

Ich war einfach nicht besonders wild darauf, dieses sich entwickelnde Familiendrama aus der Nähe mitzuerleben. Zweifellos würde Deena unsere Auflagen befolgen und in naher Zukunft wohl nicht noch einmal derartig rebellieren. Aber inmitten von Eds Verwirrung darüber, was wir falsch gemacht hatten, Teddys angestrengten Versuchen, uns alle zu versöhnen, und Deenas nachdenklichem Schweigen fühlte ich mich in unserem Heim nicht mehr wie in einem sicheren Hafen. Ed konnte sich mit seinen Recherchen für seine Predigten und Telefonaten ablenken. Ich hingegen zog es vor, hinter Grady aufzuräumen.

Auch wenn er sich nicht noch mal entschuldigte, als wir uns am Donnerstagabend gegenüberstanden, benahm er sich ansonsten vorbildlich. Ich las die Post, machte einige Anrufe und sprach mit dem leichenbestatterähnlichen Hotelmanager, weil Grady behauptete, dass jemand sein Zimmer durchsucht hätte, während er beim Frühstück war. An diesem Punkt hätte der Manager Grady nicht mal geglaubt, wenn jemand ihn an der Duschstange mit einem Bettlaken aufgehängt hätte. Gradys Unmengen an Beschwerden und Beleidigungen hatten seine Glaubwürdigkeit untergraben. Meine Aufgabe war es, den Manager davon abzuhalten, ihn aus dem Fenster zu stoßen.

Der Freitag brach an mit dem Versprechen, dass das ESI bald Vergangenheit war. Wenn es in den letzten Monaten einmal geregnet hätte, hätte ich mit einem Regenbogen als Bestätigung gerechnet.

Heute war die erste Runde des Finales angesetzt. Nur noch drei Kandidaten waren übrig. Madison, Bart und Julia, die Folksängerin. Am Samstagabend wären es dann nur noch zwei, und am Sonntag würde der Sieger verkündet werden. Danach war eine gigantische Gala geplant – mit gesalzenen Preisen für die Eintrittskarten versteht sich –, und Veronica hatte klugerweise das Hotel als Austragungsort gewählt. Sie wollte Gradys Aufenthalt dort wiedergutmachen.

Ich verbrachte den Großteil des Tages damit, mit Veronica und Camille die letzten Punkte für die Party durchzusprechen, mit Gradys Versicherung wegen Dianas Auto zu verhandeln und nebenbei geradezu mechanisch alle anderen Probleme zu lösen, die sich ergaben. Inzwischen konnte ich Menüpläne lesen und gleichzeitig Gradys Aufgabenliste überfliegen.

Als ich nach Hause kam, war ich vollkommen erledigt. Aber darauf konnte ich keine Rücksicht nehmen. Ich musste essen, duschen und mich rechtzeitig zum Soundcheck umziehen.

Teddy begrüßte mich an der Tür. „Deena sagt, dass ich heute Abend nicht hingehen darf, weil sie nicht darf. Das ist nicht fair."

Für die meisten Kinder wäre der erste Satz am wichtigsten gewesen. Für Teddy, die sich mit Begeisterung auf moralische Zwangslagen stürzt, war der zweite Satz der interessante.

„Das wäre wirklich nicht fair", stimmte ich ihr zu. „Wenn du heute Abend kommen magst, dann darfst du. Ich werde jemanden finden, bei dem du sitzen kannst, wenn ich zu tun habe."

Sie wirkte enttäuscht. Meine Lösung war zu einfach.

„Ich bleibe zu Hause." Sie legte die Arme um meine Hüfte und lehnte den Kopf an meine Brust. Da Teddy sonst nicht so verschmust ist, nahm ich ihr zärtliches Angebot an und schlang ebenfalls die Arme um sie.

„Deena wusste nicht, dass Alkohol im Punsch war", sagte sie nach einer Weile.

Zumindest sprach Deena also noch mit ihrer Schwester. „Wir hatten Deena verboten, zu der Party zu gehen. Sie hätte also gar nicht erst dort sein dürfen, um den Punsch zu trinken."

„Man wird nicht immer erwischt, oder? Wenn man was Falsches tut ... Timmy Snyder hat mich immer am Pferdeschwanz gezogen ... als ich noch einen hatte ... und niemand hat es ihm verboten."

„Ich fürchte, so ist das Leben leider. Nicht immer fair."

„Weiß man, wie viele Leute erwischt werden und wie viele nicht?"

Ich zauste ihr Haar. „Wieso, rechnest du dir gerade deine Chancen aus? Es ist besser, einfach das Richtige zu tun, statt darüber nachzudenken, ob man Ärger bekommt, wenn man das Falsche macht."

„Wenn ich Deena bei der Hausarbeit helfe, ist das falsch?"

„Dieses Mal schon. Aber du kannst ihr Gesellschaft leisten."

„Ich glaube nicht, dass sie das will."

„Vielleicht braucht sie einfach etwas Zeit allein, um nachzudenken."

„Daddy ist traurig." Teddy sah zu mir hoch. „Kannst du nicht was *tun*?"

Es berührte mich, dass sie noch immer an meine magischen Fähigkeiten glaubte, doch ich küsste sie auf die Stirn und sagte, nein, das könne ich nicht.

Auf meinem Weg zum Musiksaal – im dünnsten Kleid aus meinem Schrank – dachte ich über dieses Gespräch nach. Unsere Familie ist wirklich in eine neue Phase eingetreten. Sobald Deena aufhört, es uns schwer zu machen, wird Teddy damit beginnen. Und so wie ich Teddy kenne, wird es dann existenzieller werden. Sollte Schwester Nora noch hier sein, wird Teddy vermutlich weglaufen und sich einen Tunnel in die Biosphäre graben.

Als ich meinen schwitzenden Körper in den Musiksaal schleppte, war dort schon der Teufel los. Die Bühnenarbeiter rannten von einer Seite des Raumes zur anderen, sprachen in Headsets und knipsten das Licht an und aus. Der Soundcheck war in vollem Gange, die Mikrofone quietschten. Melanie und Sandy, Gradys Kolleginnen, unterhielten sich mit einer Gruppe begeisterter Rentner. Ich winkte Veronica zu, die mit Diana zum Balkon eilte. Vermutlich, um dort die Sitze für die ausgeschiedenen Kandidaten zu reservieren.

Camille fing mich ab, als ich zur Bühne eilte.

„Ein Typ hat nach Grady gefragt. Ich habe ihn backstage

geschickt, aber er kam mir nicht bekannt vor. Er muss doch jemandem seinen Ausweis gezeigt haben, um reinzukommen, oder?"

Theoretisch stimmte das, doch tatsächlich waren die Sicherheitsleute ein wenig nachlässig. Sie hatten es sich zur Gewohnheit gemacht, früh am Abend die Leute, die ihnen bekannt vorkamen, einfach durchzuwinken. Später würde sich das ändern, doch im Moment wäre es leicht, sich hineinzustehlen.

„Ich schau mal nach", sagte ich. „Ich wollte ihn sowieso fragen, ob er vor der Show noch etwas braucht."

„Soll ich mitkommen?"

„Dahinten sind ziemlich viele Menschen. Da kann eigentlich nichts schiefgehen."

Veronica hatte eine Liste mit den Namen der Leute, denen sie auf der Bühne danken wollte, und sie hatte mich gebeten, noch mal zu überprüfen, ob sie auch niemanden vergessen hatte. Ich sah auf die Uhr und lief so schnell wie möglich hinter die Bühne.

Ich war fast schon an Gradys grünem Raum angekommen, als ein jugendlicher dunkelhaariger Mann mich beinahe umrannte. Ich sprang zur Seite. „Hey!"

Er blieb nicht stehen und sah sich auch nicht um. Er rannte nicht, doch seine Schritte waren lang und entschieden. Bevor ich etwas unternehmen konnte, sah ich Grady auf mich zukommen.

„Wenn Sie mich noch einmal belästigen, werde ich Ihnen meine Anwälte auf den Hals hetzen!", rief er.

Der Mann blieb stehen, und nun bekam ich zum ersten Mal sein Gesicht zu sehen. Es kam mir vage bekannt vor, doch ich wusste nicht, woher.

„Ach ja? Versuchen Sie's doch, Barber. Ich würde nur allzu

gern damit vor Gericht gehen. Wer weiß, vielleicht verklage ich Sie!"

Grady wollte ihm nachlaufen, doch der Fremde winkte nur ab, drehte sich um und lief hocherhobenen Hauptes aus der Tür.

„Grady …" Ich warf mich ihm in den Weg, um zu verhindern, dass er dem Mann nachlief. „Sind Sie okay?"

Diesmal flog seine zitternde Hand ungefähr in meine Richtung. Er öffnete den Mund, um etwas zu sagen, schien es sich dann aber anders zu überlegen. Vielleicht erinnerte er sich an den Mittwochabend. Vielleicht tat sein Handgelenk noch immer weh. Jedenfalls presste er die Lippen zusammen und stand nur da, steif wie ein Bettpfosten.

„Soll ich den Sicherheitsdienst rufen?", fragte ich.

Er schüttelte den Kopf. Dann, als ob er wüsste, dass es nur noch mehr Probleme bringen würde, wenn er den Mund öffnete, machte er auf dem Absatz kehrt und verschwand den Gang hinunter. Ich schätzte, er schaffte es bis zum grünen Raum, denn ich hörte eine Tür knallen.

Ich bin nicht gerade eine Meisterin des Zeitmanagements, doch selbst ich wusste, dass jetzt nicht der Moment war, Grady zu fragen, ob er vor der Show noch etwas brauchte. Um ehrlich zu sein, hatte ich Angst, dass er am liebsten jemanden niedergeschlagen hätte, und dafür wurde ich nicht bezahlt. Oh, halt! Ich wurde ja gar nicht bezahlt. Wenn er etwas von mir wollte, dann musste Grady schon von selbst kommen.

Die nächste halbe Stunde ging vorbei wie im Flug. Melanie und Sandy hatten Kekse und Brownies für die Bühnenarbeiter gebacken, und ich half ihnen, sie zu verteilen. Außerdem trommelte ich Leute zusammen, die den Musikern halfen, ihr Equipment hineinzutragen und in dem Orchestergraben unter der Bühne aufzubauen. Inzwischen hatten wir zehn

Musiker. Ich wollte noch zu den Kandidaten gehen, um zu fragen, ob sie alles hatten, doch nur Julia kam, bevor ich wieder auf die Bühne musste.

Es gab ein Problem mit dem Vorhang und ein anderes mit dem Licht. Damit kannte ich mich nicht aus, war aber gut darin, den Leuten zu erklären, wo die Leute, die sich damit auskannten, waren und was sie gerade machten. Mich auf Trab halten.

Zwanzig Minuten, bevor der Vorhang aufgehen sollte, bat mich ein Reporter vom *Flow*, der Emerald-Springs-Tageszeitung, ihn für ein kurzes Interview mit in Gradys Garderobe zu nehmen, doch Grady ignorierte unser Klopfen.

Ich entschuldigte mich bei dem Reporter, der jung genug war, um sich nur alle zwei Wochen rasieren zu müssen.

„Vielleicht hinterher", sagte er fröhlich.

Ich konnte nur hoffen, dass Grady dann bessere Laune hatte. Kandidaten aus der Runde zu schmeißen schien seinen Serotonin-Level immer ansteigen zu lassen.

Zehn Minuten, bevor die Band mit der Eingangsnummer loslegen sollte, fand mich eine hektische Veronica auf der Damentoilette.

„Aggie!"

Ich spülte, strich meinen Rock glatt und öffnete die Kabinentür. „Womöglich sind wir jetzt am Tiefpunkt angekommen. Worum auch immer es geht, kann das nicht dreißig Sekunden warten?"

Veronica war wunderschön gekleidet, ganz in Schwarz, und jedes einzelne Haar saß perfekt. Doch Sorgenfalten furchten ihre Stirn. Sie folgte mir zum Waschbecken. Mit Veronica direkt neben mir konnte ich schlecht „Happy Birthday" summen, um sicherzustellen, dass ich meine Hände lange genug wusch, aber ich tat mein Bestes.

„Madison ist nicht da", verkündete sie.

Ich kürzte das Waschritual ab und schnappte mir ein Papierhandtuch. „Und niemand hat was von ihr gehört?"

„Nein, und sie soll als Erste auftreten. Ich habe bei ihr zu Hause angerufen, aber niemand geht ran."

Ich hatte am Nachmittag einen Anruf von Madison bekommen. Sie hatte sich für die Vorfälle bei ihrer Party entschuldigt, und ich versicherte ihr, dass es nicht ihr Fehler gewesen war. Sie sagte, dass der junge Mann, der sich an dem Punsch zu schaffen gemacht hatte, gestanden hatte. Tammy wollte ihn nicht verklagen, wenn er die restlichen Wochenenden der Sommerferien bei unserer örtlichen Suppenküche mithalf. Hoffentlich waren die Eltern des Jungen damit einverstanden.

Jedenfalls hatte sie keinen Ton darüber verloren, dass sie heute Abend nicht kommen würde.

Ich sah Veronica an. „Haben Sie Grady gefragt? Er hat sie doch gecoacht. Vielleicht ist während einer ihrer Unterrichtsstunden etwas passiert."

Falls sie verstand, was ich andeutete, ließ sie es sich nicht anmerken. „Ihn habe ich auch nicht gesehen."

Ich folgte ihr nach draußen. „Dann hole ich ihn wohl besser."

Heute Abend bot sie mir nicht an, das für mich zu übernehmen. „Fragen Sie ihn dann bitte wegen Madison. Und überlegen Sie, wo sie noch sein könnte. Wir brauchen drei Kandidaten, oder die ganze Show funktioniert nicht. Ich kann die Reihenfolge ändern, aber mehr auch nicht."

Jetzt hatte ich keine andere Wahl, als doch zum grünen Raum zu gehen und an die Tür zu klopfen. „Grady? In zehn Minuten geht es los. Und wir haben ein Problem mit Madison. Sie ist noch nicht da. Wir müssen mit Ihnen sprechen."

Ich wartete, doch niemand antwortete.

„Grady, wenn Sie nicht wenigstens antworten, werde ich jetzt reinkommen, um zu sehen, ob bei Ihnen alles in Ordnung ist.“ Ich ging davon aus, dass diese Drohung reichte, denn Grady betrachtete den grünen Raum als sein Reich, das nicht von Untergeordneten betreten werden durfte.

Noch immer keine Antwort. Nun musste ich meine Drohung wahr machen. Mit Grady war es wie mit meinen Töchtern. Ich warnte sie ein Mal, um mein Wort zu halten, sonst würden sie mir nie mehr glauben.

Seufzend drehte ich den Knauf und stieß die Tür auf, um überrascht festzustellen, dass der Raum nur von dem Notfalllicht in einer Steckdose erhellt war. Dieses Licht erzeugte sogar einen schönen Effekt. Alle Räume hinter der Bühne besaßen eines, falls einmal der Strom ausfallen sollte. Und wenn nicht, dann dienten sie als Nachtlicht. Ich knipste die Deckenleuchte an und sah mich schnell um. Vielleicht waren Grady und Madison gemeinsam durchgebrannt. Ich hatte keine Ahnung, wo er war, doch so langsam wurde es unheimlich. Madisons Verschwinden war schlimm genug, aber wenn ich Grady nicht ganz schnell fand, konnte die Show überhaupt nicht beginnen.

Ich wollte gerade wieder gehen, als mich etwas innehalten ließ. Ich war nicht sehr oft in diesem Raum gewesen, doch die paarmal, als mir erlaubt wurde, einen Fuß über die Schwelle zu setzen, war das Zimmer immer sehr ordentlich gewesen, passend zu Gradys ausuferndem Perfektionismus. Die Möbel waren sorgfältig an den Wänden entlang arrangiert gewesen. Jetzt war der Tisch am anderen Ende vorgeschoben. Was zwar nicht sonderlich bemerkenswert war, aber auf jeden Fall anders.

Plötzlich wollte ich wissen, warum dieser Tisch bewegt worden war. Ich erlebte einen von diesen Haare im Nacken aufstellenden und Gänsehaut auf den Armen hervorbringenden Augenblicken, in denen ich wusste, dass etwas nicht stimmte. Ich dachte darüber nach, jemanden zu holen, der sich gemeinsam mit mir umsehen würde, doch was sollte ich sagen? Kommen Sie doch mal kurz rein, und gehen Sie zwei Schritte mit mir? Ich habe so eine ganz merkwürdige Vorahnung?

Ich schluckte hinunter, was auch immer in meinem Hals steckte, schob behutsam einen Fuß vor und dann den anderen, um den Raum zu durchqueren. Selbst bei diesem Tempo brauchte ich nur ein paar Sekunden, um zu entdecken, dass meine Intuition mich nicht getäuscht hatte. Der Tisch war aus einem bestimmten Grund verschoben. Halb unter ihm lag ein Körper. Erst sah ich einen Schuh, dann den Hosenaufschlag einer wunderschön geschneiderten Hose. Der Rest kam dann Stück für Stück in Sicht. Gürtel, Hemdsaum, eine blasse Hand, die mit gespreizten Fingern auf dem gemusterten Teppich lag.

Meine Augenlider senkten sich, doch nur für einen Moment. Dann klappten sie wieder auf. Ich kam näher und kniete mich neben Grady, um nach seinem Puls am Hals zu fühlen. Doch das ging nicht, denn die Wunde an Gradys Hals war so groß und so nass, dass ich nicht wusste, wo ich meinen Finger hinlegen sollte. Und das Messer, das die Wunde verursacht hatte, ein blutiges Messer, das aussah, als ob es nur für diesen einen Zweck hergestellt worden wäre, lag nicht weit entfernt.

Gradys Augen starrten ausdruckslos ins Nichts. Ich fand, dass er überrascht aussah, doch dann wurde mir klar, dass ich mich irrte. Denn Grady war nicht sofort gestorben: Nach dem Angriff war es ihm irgendwie gelungen, unter den Tisch zu kriechen und mit seinem Blut drei Buchstaben an die Wand hinter sich zu schreiben.

Drei Kleinbuchstaben – n…o…r.

Das *r* war wohl seine Todeserklärung gewesen. Danach kamen keine Buchstaben mehr.

ESI würde weder heute Abend noch an irgendeinem Abend in der Zukunft stattfinden. Und was noch viel, viel schlimmer war: Grady Barber würde ab sofort für immer in diesem Raum herumspuken, in diesem Musiksaal und in den Fantasien jedes einzelnen Bewohners von Emerald Springs.

9. KAPITEL

Ein Mordopfer zu entdecken sorgt nicht gerade für einen guten Schlaf, das wusste ich aus früheren Erfahrungen. Als ich also endlich nach Hause kam, duschte ich ausführlich und schluckte Junies Heilmittel für alles – warme Milch mit Whisky und Honig. Dann zog ich mir die Decke über den Kopf, damit die Albtraum-Monster mich nicht finden konnten. Aber natürlich half es nichts. Die ganze Nacht erlebte ich wieder und wieder den Moment, als ich Gradys Leiche gefunden hatte, und alles, was danach geschah.

Nach dem ersten Schock war ich aufgestanden und vorsichtig aus dem Raum gegangen, um den Tatort nicht noch mehr durcheinanderzubringen. Ich schloss die Tür hinter mir und hielt Wache, während ich die Polizei anrief. Danach wählte ich Veronicas Handynummer.

Es scheint zwei Möglichkeiten zu geben, wie Menschen auf so eine Tragödie reagieren. Es gibt die, die weinen und jammern, und die, die ihre Gefühle tiefgefrieren und sie später nach und nach herauslassen, wenn sie dazu in der Lage sind. Während ich dastand, meine eigenen Gefühle in der Gefriertruhe, sah ich beides. Unser Sicherheitsmann wollte, blass und zittrig, wie er war, in das Zimmer gehen, doch ich ließ ihn nicht mal die Tür öffnen. Er war jung genug, um mit dem *Flow*-Reporter eine Sauftour durch die Kneipen zu machen, und ich war mir ziemlich sicher, dass er nicht darauf trainiert war, auf Spuren zu achten.

Veronica, die in Tränen aufgelöst war, unterstützte mich dabei. Die anderen Komitee-Mitglieder und die beiden Jurorinnen kamen dazu, und nach den Tränen und Umarmungen folgte sehr schnell eine Diskussion darüber, was wir dem Publikum sagen sollten. Wir mussten die Leute nach

Hause schicken, ohne dass sie sauer waren, aber auch ohne ihnen Angst einzujagen, weil sie die nächsten Opfer sein könnten. Etwas, was natürlich durchaus drin war. Veronica war zu verstört, um diese Ansage zu machen, doch Melanie hatte genug Bühnenerfahrung. Sie erklärte dem Publikum, dass es eine Verzögerung gäbe und die Erklärung sehr bald folgen würde. Selbst von meinem Posten an der Tür aus konnte ich hören, wie die Leute laut zu spekulieren begannen.

Uniformierte Polizisten kamen zuerst und erlösten mich von meiner Aufgabe. Ich erzählte ihnen, was geschehen war, woraufhin sie sagten, dass ein Detective unterwegs wäre und ich für die Befragung noch bleiben solle.

Emerald Springs hat natürlich mehr als nur einen Detective, aber ich wusste, wer bei einem so prominenten Opfer am Tatort erscheinen würde. Unser bester und klügster – Detective Kirkor Roussos. Roussos und ich kennen uns schon seit ein paar Morden. Er ist ein dunkelhaariger, dunkeläugiger griechisch-amerikanischer Kerl von einem Mann, für den ich herzklopfend schwärmen würde, wäre ich nicht glücklich mit Ed verheiratet – was ich bin. Deswegen haben Roussos und ich füreinander einen ganz anderen Platz im Herzen gefunden. Ich mache ihm das Leben schwer, indem ich meine Nase in Dinge stecke, die mich nichts angehen, und er tut alles, um mich davon abzuhalten.

Ich irrte mich nicht. Roussos kam, ging mit dem Gerichtsmediziner und einem weiteren Mann ins Zimmer und kam eine Viertelstunde später wieder heraus, wo er mich bemerkte. Er sah mich mit erhobenen Brauen an. „Bitte sagen Sie mir, dass Sie nicht in diese Sache verwickelt sind."

„Ich war Gradys Assistentin während seines Aufenthalts hier. Oh, und ich habe die Leiche gefunden."

„Damit müssen Sie endlich aufhören. Wir hatten doch eine hübsche Pause. Ich war schon richtig optimistisch."

„Ich auch."

Sein Blick wurde weicher, oder vielleicht lag das auch nur am Licht. „Ist er ein Freund von Ihnen?"

„Nein, und ich glaube auch nicht, dass er viele hatte." Ich sprach leise, weil noch immer eine Menge Leute in der Nähe waren. „Falls er eine nette Seite hatte, habe ich sie nicht zu sehen bekommen." Ich erzählte ihm schnell von dem Unfall am Mittwoch, von seinem Streit mit Fred und dessen Kündigung und sogar von dem Vorfall mit dem Kellner bei der Willkommensparty. „So hat Grady fast jeden behandelt", endete ich.

„Sie auch?"

Ich wählte meine Worte mit Bedacht. Schließlich wollte ich nicht als Mordverdächtige dastehen. „Wir hatten unsere Probleme, aber ich konnte mich wehren, und er hat sich zumindest so weit zusammengerissen, dass eine Zusammenarbeit möglich war. Ich kann nicht behaupten, dass ich ihn mochte, aber es tut mir leid, dass er tot ist." Ich schwieg einen Moment. „Es ist schrecklich." Und das war es.

„Wer hat ihn Ihrer Meinung nach umgebracht?"

Kurz dachte ich, Roussos hätte nach meiner Meinung gefragt. Ich lachte beinahe auf, bis mir auffiel, dass er es wirklich ernst meinte. „Heute Abend war ein Fremder hinter der Bühne, und die beiden hatten einen Streit. Ich bin mitten hineingeraten."

„Darin sind Sie gut."

„Wem sagen Sie das!" Ich erzählte, was ich beobachtet hatte. „Ich hatte das Gefühl, den Typ schon einmal gesehen zu haben, aber ich kann mich nicht erinnern, wo oder wann. Während ich auf sie wartete, habe ich mir das Hirn zermartert. Ohne Erfolg."

„Denken Sie heute Nacht in Ruhe darüber nach, und lassen Sie mich morgen wissen, ob Sie darauf gekommen sind. Können Sie mir eine Beschreibung von ihm geben?“

„Groß, dunkle Haare, so um die vierzig. Dünn, glaube ich. Salopp gekleidet, Jeans und dunkles Poloshirt, dunkelblau oder dunkelgrün. Camille Beauregard hat mit ihm gesprochen und ihn hinter die Bühne geschickt. Fragen Sie sie.“

„Das werde ich.“

„Ich hatte schon an Gradys Tür geklopft, ungefähr zehn Minuten, bevor ich wirklich reingegangen bin. Hätte ich es nur früher getan ...“

„Machen Sie sich keine Vorwürfe. Es hätte nicht geholfen. Er war ein toter Mann in der Sekunde, in der das Messer ihn traf und sein Hals ...“ Er brach ab.

„Er hatte noch Zeit, Buchstaben an die Wand zu malen.“

„Zumindest jemand hat sie gemalt. Aber danach zu urteilen, wo wir ihn gefunden haben, könnte tatsächlich er zur Wand gekrochen sein, um genau das zu tun.“

Roussos kehrte zurück in den grünen Raum, und ich durfte endlich nach Hause gehen. In der Zwischenzeit war der Polizeichef angekommen und berichtete dem Publikum von Gradys Tod, allerdings nicht von den Umständen, die dazu geführt hatten. Er bat die Leute, friedlich zu gehen, und erklärte ihnen, dass auf dem Parkplatz und den Straßen Sonderposten eingerichtet worden waren, um sicherzustellen, dass alles geordnet ablief. Ich wusste natürlich, dass das nicht der Grund für die zusätzlichen Polizeikräfte war.

Melanie folgte dem Polizeichef auf die Bühne und bat die Leute, ihre Eintrittskarten aufzuheben. Jeder, der eine Erstattung wünschte, würde sie bekommen, aber es könnte ein oder zwei Tage dauern. Sie ging nicht so weit zu sagen, dass das ESI bereits Geschichte war, doch die Botschaft kam an.

Nach all der Arbeit, all der Fantasie, all der Hoffnung und all dem Gekusche vor Grady lag die neue Kinderstation nun in weiterer Ferne als am Anfang.

Als ich am Samstagmorgen aufwachte, brannte die Sonne durch die Fensterläden und die Vorhänge in unserem Schlafzimmer. Kein Kopfkissen war dick genug, um sie auszublenden – oder gar die Erinnerung an den Abend davor.

Ich stand auf und ging nach unten, wo Ed gerade das Frühstück in unserer weiträumigen Landhausküche zubereitete. Er erzählte mir, dass Deena sich einen alten Muffin geholt und sich wieder in ihrem Zimmer verkrochen hatte. Teddy saß am Tisch und bestrich gerade ein paar Scheiben Toast mit Butter. Ein Reporter einer Zeitung aus Columbus hatte angerufen, doch Ed hatte ihm erklärt, dass ich zu keinem Kommentar bereit wäre. Ich vermutete, dass er nicht der Einzige bleiben würde.

„Lucy hat auch angerufen." Er hielt mir einen Teller mit seinen berühmten Omeletts hin, in die er alles hineinrührt, was er gerade so im Kühlschrank findet. Ich brachte es nicht übers Herz, ihm zu sagen, dass ich vermutlich dauerhaft den Appetit verloren hatte. Deswegen nahm ich den Teller mit Dank entgegen und stellte ihn ab, um mir einen Becher Kaffee einzuschenken.

„Was wollte Lucy?" Ich legte einen von Teddys Toasts auf meinen Teller und überlegte, wie ich mein Omelett unauffällig loswerden konnte.

„Ich weiß, dass du keinen Hunger hast", sagte Ed, den Blick noch immer auf die Omelett-Pfanne geheftet. „Aber probier wenigstens. Danach wirst du dich besser fühlen."

Er hatte recht. Nachdem ich zwei Bissen Toast und ein Stück vom Omelett hinuntergewürgt hatte, beruhigte sich mein Magen ein wenig. Der Kaffee half ebenfalls.

„Lucy wollte natürlich deine Version des gestrigen Vorfalls hören“, sagte Ed in einem Ton, als ob die Frage meinem Intelligenzquotienten nicht gerecht werden würde.

Ich kam gleich zur Sache, weil ich sowieso wusste, wie ihr Gespräch weitergegangen war. „Also, wann kommt sie vorbei?“

„In ungefähr einer halben Stunde.“

Mein Magen war halb voll. Ich duschte noch einmal und sah recht vorzeigbar aus, als Lucy ankam. Ed wollte den ganzen Tag bei Deena und Teddy zu Hause bleiben. Deswegen fühlte ich mich frei, einen Ausflug als Gegenleistung für meine Informationen vorzuschlagen.

Erst als wir auf die Straße bogen, verriet ich ihr, wohin es gehen sollte. „Zu Nora“, sagte ich. „Fahr langsam, und ich erzähle dir alles.“

Wir hatten die Hälfte der Fahrt hinter uns, als ich das Wichtigste geschildert hatte. „Was die ganzen schrecklichen Details angeht, bin ich nicht sicher. Roussos sagte, dass er erstochen *und* sein Hals durchgeschnitten wurde. Den Hals habe ich gesehen, und mehr muss ich auch nicht sehen.“

Lucy schüttelte verständnisvoll den Kopf. „Im *Flow* steht, dass er ermordet wurde, aber ansonsten wussten sie kaum Einzelheiten.“

Ich vermutete, die Einzelheiten würden nicht lang geheim bleiben. Zu viele Leute wussten Bescheid.

„Selbst jemand wie Grady Barber verdient einen besseren Tod“, fügte sie hinzu.

Das fand ich auch. Nennen Sie mich ruhig kindisch, doch ich hoffe immer, dass unangenehme Menschen wie Scrooge in *A Christmas Carol* von Dickens plötzlich einen Sinneswandel haben und den Rest ihres Lebens nur noch gute Taten vollbringen. Doch Grady hatte nun keine Gelegenheit mehr, sein Talent für einen besseren Zweck einzusetzen. Jemand hatte ihm diese Gelegenheit genommen.

„Aber was hat das alles mit Nora zu tun?", fragte Lucy. „Oder geht es bei diesem Ausflug gar nicht um Grady?"

„Erinnerst du dich noch an den Abend, als wir in Noras Haus waren?"

„Sicher."

„Weißt du noch, was an den Wänden des Wohnzimmers hing?"

„Zirkusplakate."

„Messer. Sie sagte, ihr Freund Yank wäre Messerwerfer, stimmt's?"

„Sie sagte, dass sie auch Gewehre hätten." Lucy fragte nicht, worauf ich hinauswollte. Sie verstand. „Wie kommst du darauf, dass der Mord mit einem dieser Messer verübt wurde? Hast du sie dir so genau ansehen können?"

Ehrlich gesagt hatte ich versucht, gar nicht hinzusehen. Das Messer war mir weniger wichtig erschienen als das Opfer. Doch während meiner nächtlichen Erinnerungen hatte ich angefangen zu überlegen, ob das Messer, mit dem Grady Barber getötet worden war, vielleicht zu der Sammlung an Noras Wand gehörte.

„Ich glaube nicht, dass es ein normales Messer war", erklärte ich. „Kein Küchenmesser, so viel steht fest. Und kein Jagdmesser."

„Was weißt du denn über Jagdmesser?"

„Ich habe eine Menge davon im Lager meines Dads gesehen. Fast jeder dort trägt eines am Gürtel."

„Ich will gar nicht wissen, wozu."

„Für ihre Arbeit überwiegend. Seile durchschneiden, Kletterpflanzen abreißen und Tiere häuten."

„Ich habe gesagt, dass ich es nicht wissen will."

„Das sind grobe Messer mit Griffen, die man gut umfassen kann. Aber das Messer, mit dem Grady umgebracht wurde, hatte keinen Griff, glaube ich, jedenfalls keinen separaten. Es sah aus wie aus einem einzigen Stück, und die Spitze war scharf wie ein Pfeil."

Um besser in einer Zielscheibe stecken zu bleiben, nachdem es ein paar Drehungen in der Luft gemacht hatte.

„Ist das der einzige Grund, warum wir dahin fahren?", fragte sie.

Ich hatte ihr nichts von den an die Wand geschmierten Buchstaben gesagt, weil ich nicht wusste, welche Details die Polizei lieber für sich behalten wollte. Doch jetzt beschloss ich, ihr trotzdem davon zu erzählen, denn ich wusste, dass Lucy ein Geheimnis für sich behalten konnte, wenn ich sie darum bat.

„Die Messer sind der wichtigste Grund", sagte ich. „Ich möchte einen Blick ins Haus werfen, um zu sehen, ob die Messer an der Wand mir bekannt vorkommen." Dann erzählte ich ihr von den Buchstaben.

„Aggie, warum sollte jemand vom Zirkus Grady Barber umbringen?"

Ich bemerkte, dass sie Nora bereits als Verdächtige in Betracht zog. „Ich habe nicht die geringste Idee. Er hatte eine Menge Feinde, aber soweit ich weiß, trägt niemand von denen eine Lockenperücke oder steckt seinen Kopf in ein Löwenmaul."

„Eines steht fest, Nora hat nichts damit zu tun. Ich habe noch nie jemanden getroffen, der sich dermaßen mit Leib und Seele dem Guten verschrieben hat."

Ich musste ihr zustimmen. Bestimmt gab es viele Erklärungen für *n…o…r*.

„Ich kann mir einfach keine Verbindung zwischen den beiden vorstellen, du?“, fragte ich schließlich. „Jedenfalls ist die globale Erwärmung in keinem meiner Gespräche mit Grady je zur Sprache gekommen.“

Wir diskutierten hin und her, bis wir ankamen. Lucy fuhr direkt durchs Tor. Ein paar Leute protestierten schwach, doch die unbarmherzige Hitze hatte ihnen die Energie für mehr geraubt. Vielleicht würden sie sich nach einem anständigen Regenguss wieder erholen, zusammen mit den Reportern, die wahrscheinlich noch immer versuchten, Emerald Springs auf ihren Landkarten zu finden.

„Wenn die Messer dir zu bekannt vorkommen oder wir sonst eine Verbindung zu Grady entdecken, dann muss ich Roussos davon erzählen“, sagte ich.

Lucy deutete auf das Haus. Ich beugte mich hinüber, um an dem Baum zu meiner Rechten vorbeizuschauen.

„Ich könnte wetten, dass du ihm gar nichts zu erzählen brauchst“, sagte Lucy.

Vor dem Haus parkten Polizeiautos, hinter denen sich eine kleine Menschenmenge versammelt hatte.

„Wir können auch umdrehen und heimfahren“, sagte Lucy, während sie sich abschnallte.

Ich folgte ihrem Beispiel. „Wozu?“

„Du willst doch keine Mordfälle mehr lösen, schon vergessen?“

Ich ignorierte ihre Stichelei und warf ihr meinen kühlsten Blick zu. „Ich löse hier überhaupt nichts. Wir unterstützen bloß einen Freund.“

„Red dir das ruhig ein, wenn du es brauchst.“

Wir konnten nicht so nah ran, wie wir wollten. Die Polizei hatte sich auf Ärger eingestellt, und es waren genug Beamte da, um sicherzustellen, dass es keinen gab. Zum Glück entdeckte Lucy Henry Cinch in der Menschenmenge, Noras Millionär – oder Milliardär? –, und wir bahnten uns einen Weg zu ihm.

Henry hatte, wie ich schon von Lucy wusste, eine Art Haarknoten auf seinem ansonsten kahlen Kopf. Er war klein, wahrscheinlich über siebzig und ziemlich robust. Der dünnen Krawatte und dem alten Stetson nach zu urteilen, den er in der Hand hielt, hatte er sein vieles Geld auf texanischen Ölfeldern verdient.

„Henry", sagte Lucy. „Was ist hier los?"

Er riss den Blick vom Haus los, und als er uns erkannte, nickte er uns zu. „Die knöpfen sich gerade Nora vor. Wollen sie für etwas einbuchten, was sie nicht getan hat."

„Was denn?", fragte Lucy, obwohl wir beide die Antwort kannten.

„Dieser Mord gestern Abend. Die glauben, sie war es."

„Und wissen Sie, warum sie das glauben?"

„Eines von Yanks Messern wurde am Tatort gefunden."

Ich stellte die offensichtliche Frage: „Warum verhaften sie dann nicht Yank?" Wobei, seien wir ehrlich: Grady hatte nicht *yan* an die Wand geschmiert, bevor er starb.

„Yank war den ganzen Abend hier. Ein Dutzend Leute haben ihm ein Alibi gegeben."

Die Menschen um uns herum diskutierten laut, doch Henry verstummte.

„Und Nora nicht?", fragte ich, als er nicht freiwillig weitersprach.

Er antwortete nicht.

In diesem Moment trat Nora in Handschellen auf die Veranda, jeweils ein uniformierter Polizist zu beiden Seiten. Sie schoben sie auf den Rücksitz eines Polizeiwagens, während der Protest der Leute lauter wurde. Nun tat es mir leid, dass wir uns mitten unter sie gedrängt hatten. Falls es einen Aufstand gab, würde ich das Ed nur schwer erklären können.

Ein großer, gut aussehender Mann kam aus dem Haus und hielt beide Arme in die Höhe.

„Yank“, erklärte mir Lucy.

„Nora möchte, dass alle wieder an ihre Arbeit gehen“, sagte er. „Macht keinen Ärger. Habt Vertrauen, alles geschieht aus einem bestimmten Grund.“

Ich mag zwar eine Pfarrersfrau sein, doch mein Glaube ist nicht sehr gefestigt. Ich konnte mir nicht vorstellen, dass Noras Verhaftung für irgendjemanden oder irgendwas gut war. Es sei denn natürlich, sie war schuldig.

Einige Polizisten teilten die Menschenmenge so auf, dass ein Weg entstand und das Auto mit Nora durchfahren konnte. Innerhalb weniger Minuten war sie verschwunden. Die Leute begannen, zurück zu ihren Wohnwagen und Zelten zu gehen. Henry Cinch auch, doch vorher erfreute er uns noch mit einem Schnipsel seiner Weisheit.

„Niemand will ihre Botschaft, die Welt zu retten, hören. Man versucht, sie zum Schweigen zu bringen.“ Er stampfte davon.

„Dein Kumpel“, sagte Lucy und wies auf das Haus.

Detective Roussos war auf der Veranda erschienen, er sprach mit zwei Männern, die ich nicht kannte. Gerade als ich überlegte, wie ich mich ihm am besten nähern sollte, entdeckte er mich. Ich bin mir fast sicher, dass seine Augen sich verengten.

„Mein *Kumpel* wird jeden Moment zu uns kommen, fragen, was zum Teufel ich hier zu suchen habe, und mir eine Standpauke halten. Das wird vielleicht lustig.“

„Du weißt eben, wie man sich amüsiert.“

Wir warteten, bis Roussos sein kurzes Gespräch beendet

hatte. „Sie sind hier“, sagte er. „Als hätten Sie eine Antenne für schlechte Neuigkeiten.“

„Dann sind die Neuigkeiten schlecht? Weil sie die Falsche verhaftet haben und es auch schon wissen?“

„Kennen Sie den wahren Täter? Na, schießen Sie los. Ich werde ihn nur auf Ihren Tipp hin umgehend verhaften.“

„Sie kennen Lucy, nicht wahr?“

Roussos sah sie an und nickte. „Ist schwer, jemanden von diesem dynamischen Duo zu vergessen.“

„Sagen Sie mir, warum Sie Nora verhaftet haben?“, fragte ich.

Er dachte darüber nach, was er üblicherweise nicht tat.

Ich begann, auf gut Glück zu raten. „Jemand hat Ihnen gesagt, dass die Mordwaffe zu Noras Messersammlung gehört.“

„Sie jedenfalls haben mir das gestern nicht gesagt.“

„Gestern war ich ziemlich durcheinander. Und, habe ich heute Morgen recht?“

Er nickte knapp.

„Detective Roussos, die Messer befinden sich in einem Regal an der Wand. Jeder hätte eines nehmen können.“

„Mhm.“

„Da ist noch mehr, stimmt's?“

Wieder dachte er nach, um dann zu seufzen. „Das wird sowieso bald jeder wissen. Sie wurde gestern Abend hinter der Bühne gesehen.“

„Nein! Ich war da. Ich habe sie nicht gesehen.“

„Sie waren den ganzen Abend hinter der Bühne? Und haben Barbers Tür bewacht?“

Ich dachte an meine Ausflüge in den Zuschauerraum. „Nun, nein …“

„Aha.“

„Warum sollte sie hinter der Bühne gewesen sein?“ Als er

eine Braue hob, fuhr ich eilig fort: „Und sagen Sie jetzt nicht, dass sie dort war, um Grady umzubringen. Aber angenommen, sie war wirklich da. Wissen Sie vielleicht, warum?“

„Auch das wird bald jeder wissen. Vielleicht sollten Sie einfach abwarten und es gleichzeitig mit allen anderen erfahren.“

„Bitte verraten Sie es mir. Ich habe die Leiche gefunden. Und zufällig mag ich Nora. Damit habe ich doch eine gewisse Verbindung zu dem Fall, oder?“

„Die Geschichte wiederholt sich. Sie haben immer eine Verbindung.“

„Bitte!“

„Sie hatten einen Streit, okay? Ein Bühnenarbeiter hat sie zusammen gesehen, und er sagte, dass Barber stinksauer auf sie war.“

„Grady war oft stinksauer. Und trotzdem kam bisher niemand auf die Idee, ihn zu erstechen.“ Ich beobachtete seinen Gesichtsausdruck. „Da gibt es noch etwas, nicht wahr? Etwas, was Sie noch nicht verraten haben.“

„Es gibt noch etwas. Außer dem Messer aus ihrem Haus. Außer den Buchstaben *nor* an der Wand, mit seinem eigenen Blut geschrieben, bevor er starb. Neben der Tatsache, dass sie eine halbe Stunde, bevor er gefunden wurde, mit ihm gestritten hat.“

Die Beweiskette klang bereits so unglaublich niederschmetternd. Aber ich wollte nun alles erfahren. „Und? Was haben Sie mir nicht erzählt?“

„Nora Nelson und Grady Barber hatten eine ganz spezielle Beziehung. Vor langer Zeit war sie Mrs. Grady Barber. Nora Nelson von Schwester Noras faszinierender Zeltshow war Grady Barbers allererste Frau.“

10. KAPITEL

Als ich am Montagmorgen das Pfarrhaus verließ, lehnte Henry Cinch mit um seinen Stetson verschränkten Armen an einem dunklen SUV auf der gegenüberliegenden Straßenseite. Er trug eine schwarze Sonnenbrille mit breiten Bügeln wie ein Mafiaboss. Um das Bild abzurunden, hing ihm ein Zahnstocher aus dem Mundwinkel. So heftig, wie er darauf herumkaute, würde er dort wohl nicht lange bleiben.

Ich war froh, dass Henry auf mich wartete und nicht irgendeiner von den Reportern, die in der Gegend herumschnüffelten, seit es ihnen gelungen war, unsere kleine Stadt ausfindig zu machen.

„Mr. Cinch?“ Ich scheuchte Teddy mit ihrem Rucksack voller Hefte und Stifte zum Minivan. Wir waren auf dem Weg zu den Frankels, wo sie und Hillary das Drehbuch, das sie zusammen geschrieben hatten, mit der Videokamera von Hillarys Eltern verfilmen wollten. In ihrem Alter hatte ich die Sommerferien auf allen vieren verbracht und so getan, als wäre ich Scooby-Doo. Wobei ich froh bin, dass Junie keine Videokamera besessen hatte, um das zu dokumentieren.

Teddy stieg bereitwillig ein. Sie hatte mir erklärt, dass sie mit dem Höhepunkt des Drehbuchs nicht zufrieden war, wo die beiden Bösen – zwei theaterbegeisterte Nachbarjungs – beim Fahrraddiebstahl erwischt wurden. Sie hatte das Gefühl, dass noch eine Szene fehlte, wo die beiden erklärten, wie leid ihnen das Ganze täte. Ich war froh, dass sie den Film nicht zu realistisch anlegen wollte.

Sie machte es sich auf dem Boden des Vans an der Seitentür gemütlich, ließ die Beine baumeln und begann frohgemut, Notizen an den Rand ihres Drehbuchs zu kritzeln. Und ich ging über die Straße, um herauszufinden, was Henry wollte.

„Wie geht es Schwester Nora?“, fragte ich. „Konnten Sie sie sehen?“

„Yank hat mit ihr telefoniert. Sie halten sie nur so lange in der Stadt fest, bis sie einen Transport in das Regionalgefängnis arrangiert haben. Wir können sie morgen Abend besuchen, sofern sie noch hier ist.“

Ich hatte versucht, seit der Verhaftung nicht an Nora zu denken. Denn schließlich hatte ich mich schon wieder mehr eingemischt, als ich vorgehabt hatte. Zwar war mir dieser Mord sozusagen in den Schoß gefallen, doch ich wollte nicht schon wieder losziehen und einen Mörder suchen. Die Polizei hatte ihre Mordverdächtige. Die Beweise waren erdrückend. Selbst wenn sich das alles vollkommen falsch anfühlte – wie meine Mutter war ich kein bisschen hellseherisch begabt.

„Es überrascht mich ein bisschen, dass Sie *hier* sind“, sagte ich.

„Nach Noras Verhaftung habe ich gesehen, wie Sie und Lucy mit diesem Detective gesprochen haben. Roussos.“

„Wir kennen uns“, sagte ich, was eine klassische Untertreibung war.

„Mehr als das, wie ich höre. Sie haben ihm dabei geholfen, den einen oder anderen Mörder zu finden.“

„Ich denke nicht, dass er es so ausdrücken würde.“

„Wie würde er es ausdrücken?“

„Dass ich meine Nase mehr als einmal in Dinge gesteckt habe, die mich nichts angehen, und dabei beinahe selbst draufgegangen wäre.“

„Sind Sie aber nicht.“

„Tja, nun, ich bin wohl wie eine Katze, nur gibt es kein Sprichwort, das mir sagt, wie viele Leben mir zur Verfügung stehen.“

„Nora hat Grady Barber nicht umgebracht. Sie könnte so

etwas niemals tun. Damals in Osttexas, da habe ich Männer und auch ein paar Frauen gekannt, die dazu in der Lage waren. Einmal wurde auf einem Ölfeld ein Mann totgeschlagen, nur weil er einem anderen das Brot weggegessen hatte. Dafür braucht es eine Menge Niederträchtigkeit, von der es damals wirklich genug gab. Also kenne ich mich mit Mord aus und mit Niederträchtigkeit, und ich kann sehen, wenn eine Frau nichts davon in sich trägt. Nora Nelson ist das feinste menschliche Wesen, das ich kenne, und ich werde dafür sorgen, dass sie nicht für etwas büßen muss, was sie nicht getan hat."

Ich warf einen Blick zurück auf den Van. Teddy ließ noch immer die Beine schwingen. „Ich bin froh, dass Sie ihr zur Seite stehen."

Er steckte den Zahnstocher in die Tasche und zog die Brille ab. „Also, glauben Sie, dass sie es war?"

„Es gibt ziemlich handfeste Beweise."

„Das habe ich Sie nicht gefragt."

Ich konnte mir nun vorstellen, wie er so reich geworden war. „Es ist tatsächlich schwer zu glauben", gab ich zu. „Ich kenne Nora nicht gut, aber warum in aller Welt sollte sie Grady Barber umbringen? Wie lange waren sie schon geschieden – zwanzig Jahre?"

„Eher vierundzwanzig, und seitdem haben sie sich nicht mehr gesehen."

Ich konnte sehen, dass Henry wirklich überzeugt von dem war, was er sagte. Und bisher hatten die Zeitungen auch nicht über irgendwelche Zusammentreffen der beiden berichtet. Aber Grady war am Freitag gestorben, und heute war erst Montag, und es dauert schließlich eine Weile, bis alle Beweismittel gesammelt sind.

„Was hatte sie hinter der Bühne zu suchen?", fragte ich.

„Wenn sie ihn seit der Scheidung nicht gesehen hat, warum nur hat sie ihn dann am Freitagabend besucht?“

„Ich bin nicht sicher. Sie hat Yank gesagt, dass sie in die Stadt fahren würde, um jemandem eine Nachricht zu überbringen. Wir hatten an dem Abend keine Vorstellung, weil wir ESI keine Konkurrenz machen wollten, schließlich geht es um einen guten Zweck.“

„Ging es, ja. Jetzt haben wir keine Chance mehr, unser Ziel in nächster Zeit zu erreichen.“

„Aber nicht wegen Schwester Nora. Sie wurde da hineingezogen, genauso wie Sie, aber es ist nicht ihre Schuld. Jemand hat das alles geplant. Warum ausgerechnet eines von Yanks Messern? Glauben Sie wirklich, Nora hätte ein Messer genommen, dessen Herkunft so leicht festzustellen ist, ihren Exmann umgebracht und es dann am Tatort liegen lassen?“

Das hatte ich mich schon hundertmal gefragt. „Vielleicht hat sie es mit der Angst zu tun bekommen. Vielleicht hatte sie das Messer nach dem Mord verschwinden lassen wollen, aber dann wuchs ihr die ganze Sache über den Kopf, als Grady vor ihren Augen starb, und sie rannte davon.“

„Sie bekommt es nicht mit der Angst zu tun. Sie würde sich dem Teufel höchstpersönlich in den Weg stellen, wenn es nötig wäre.“

Darin sind Propheten ziemlich gut, vermute ich. Wer sonst sollte bereit sein, so etwas zu tun?

Ich rief ihm ein anderes Puzzleteil in Erinnerung. „Grady hat vor seinem Tod *nor* an die Wand geschrieben.“ Das war inzwischen allgemein bekannt und in jedem Zeitungsartikel nachzulesen.

„*Jemand* hat die Buchstaben geschrieben. Vielleicht dieselbe Person, die Yanks Messer gestohlen hat.“

Nach allem, was Roussos mir erzählt hatte, war das äußerst unwahrscheinlich. „Welche Nachricht wollte sie denn in der Stadt überbringen, Henry? Ich sage es nur ungern, aber vielleicht ja die, die Grady erhalten hat. Die letzte, die er jemals erhalten wird."

„Nein." Er schüttelte den Kopf.

„Was wollen Sie von mir?"

„Sie kennen den Detective. Sie könnten ihn bitten, weiterzusuchen und nicht einfach aufzuhören, weil es leichter ist. Und egal, ob er weitermacht oder nicht, Sie können uns helfen herauszufinden, wer es wirklich war. Ich kann Anwälte engagieren. Die besten, und das werde ich auch. Aber das ist nur juristischer Hokuspokus. Ich will Antworten." Er schlug mit der Faust in seine Handfläche. „Ich möchte, dass der richtige Mörder gefasst und bestraft wird."

„Sie könnten sich einen eigenen Detektiv engagieren."

„Das habe ich Nora angeboten, doch sie lehnte ab. Ich weiß, dass Sie viel mit Grady Barber zu tun hatten, seit er hier war, dadurch haben Sie einen Vorsprung. Sie sind diejenige, die am schnellsten die Antworten finden kann."

„Ich werde gern mit dem Detektiv sprechen, falls Nora ihre Meinung ändert, aber meine Tage als Ermittlerin sind vorbei."

Er betrachtete mich mit uralten Augen. „Nee", sagte er schließlich kopfschüttelnd. „Da machen Sie sich was vor." Dann lächelte er. „Glaubt Ihr Mann, dass Nora es war?"

Ich hasse es, wenn ich auf etwas festgenagelt werde. „Er macht sich seine Gedanken."

„Gut." Er nickte. „Geistliche haben spezielle Privilegien, was Gefängnisbesuche betrifft. Sie könnten mit Nora sprechen."

„Ed ist der Geistliche, nicht ich."

„Irgendwie habe ich das Gefühl, dass die es da nicht so genau nehmen." Er stieß sich von dem SUV ab, zog etwas aus seiner

Tasche und überreichte es mir. Es handelte sich um eine Visitenkarte mit Telefonnummern, über die ich ihn erreichen konnte. Er streckte mir die Hand hin. „Wo ich herkomme, schüttelt man sich die Hand, wenn man sich einig geworden ist."

„Wo ich herkomme, schüttelt man sich die Hand, um höflich zu sein." Das taten wir.

„Ich habe mit Ihrer Mutter gesprochen, wissen Sie. Sie hat mir gesagt, dass Sie im Grunde nirgendwoher kommen, dass Sie genauso in Texas zu Hause sind wie sonst wo." Er setzte die Sonnenbrille und den Stetson wieder auf, fischte den gesplitterten Zahnstocher aus der Tasche und steckte ihn in den Mund. Dann nickte er, stieg ein und fuhr davon.

Henry Cinch war so glatt wie eine Ölquelle und doppelt so überwältigend. Er hatte mich so überrumpelt, dass ich mich jetzt fragte, ob ich vielleicht aus Versehen ein ölarmes Stück Land in Osttexas gekauft hatte oder schlimmer, ob ich Henry die Bohrgenehmigung für unseren Garten erteilt hatte. Auf jeden Fall befürchtete ich, dass er meine Schwäche erkannt und meinen Charakter durchschaut hatte wie der gerissene Großindustrielle, der er ist. Henry wusste, dass er ein Samenkorn in mir gepflanzt hatte, aus dem eine magische Bohnenranke wachsen würde, die bis in den Himmel reicht und deren Ende man nicht sehen kann – wie im Märchen.

Als ich Teddy bei Hillarys Haus abgesetzt hatte, beschloss ich, mir einen Lichtblick zu gönnen und Roussos zu besuchen. Vielleicht wollte ich einfach nur von ihm überzeugt werden, dass sie die richtige Mörderin geschnappt hatten. Oder Henrys Taktik war bereits aufgegangen. Ich wollte es gar nicht zu genau wissen.

Auf der Fahrt überlegte ich, was ich alles wusste. Das ganze Wochenende über war ich damit beschäftigt gewesen, bei dem vorzeitigen Abschluss vom ESI mitzuhelfen. Am Samstagabend hatte Gradys Manager seine Assistentin geschickt, um Gradys Sachen zu packen. Ich hatte ihr meine Notizen und alle anderen Unterlagen, die Grady betrafen, übergeben. Sie dankte mir und versprach, anzurufen, wenn sie noch etwas brauchte. Und sie sagte, dass Gradys Leiche, sobald sie freigegeben war, nach Los Angeles ausgeflogen werden würde. Außerdem erklärte sie mir, dass ihr Chef den Vertrag mit unserem Komitee durchlesen würde, um festzulegen, was wir Grady noch schuldeten, das Geld würde in die Erbmasse einfließen. Das alles sagte sie überraschend kalt, woraus ich schloss, dass Grady auch zu seinem Manager keine freundschaftliche Beziehung unterhalten hatte. Das fand ich traurig.

Ich stellte meinen Wagen auf dem Parkplatz des neuen Emerald Springs Service Center ab, in dem sich inzwischen die Polizeistation, das Gefängnis und eine Garage für alle Fahrzeuge des Landkreises befinden. Dort gibt es auch einen Salzdom, einen Spielplatz und einen Trimm-dich-Pfad und, seit diesem Sommer, ein öffentliches Schwimmbad. Perfektes Timing, kann ich nur sagen, denn ohne dieses Schwimmbad hätte es in diesem Jahr wegen der Hitze wahrscheinlich Volksaufstände gegeben. Dieses eine Mal hatte das Land nicht erst auf eine Krise gewartet, bis es unsere Steuergelder ausgab.

Auf dem Weg hinüber zur Polizeistation versuchte ich, nicht an den Abend vor fast zwei Jahren zu denken, als ich hier von einem Mörder verfolgt worden war. An jenem Abend lernte ich, dass die Suche nach einem Mörder nichts für schwache Nerven ist. Heute zumindest wäre die Polizei gleich an Ort und Stelle, falls sich die Geschichte wiederholen sollte.

Ich war noch an die alte Polizeistation in der Innenstadt gewöhnt, die nur von Klebeband und Testosteron zusammengehalten worden war. Kaum hatte ich das Gebäude betreten, machte mich diese glänzende und sterile Version ein wenig nostalgisch. Ich fühlte mich wie eine Fremde. Was ja eigentlich eine *gute* Sache war, wie ich mir sagte.

Ich fragte nach Roussos und handelte mir einen bösen Blick von der uniformierten Frau hinter der Plexiglaswand ein. Einen Moment lang befürchtete ich, dass sie herauskommen und mich durchsuchen würde. Ich setzte mich auf einen unbequemen Plastikstuhl – die Unbequemlichkeit zumindest war mir vertraut – und blätterte die Broschüren über Einbruchschutz und die Gefahr von frei laufenden Haustieren durch. Letzteres, dachte ich, sollte mal jemand den neuen Besitzern der ehemaligen Weilly-Farm schicken.

Ich erwartete bereits, erneut zu der Plexiglasscheibe gerufen zu werden, um mir noch eine Runde böse Blicke abzuholen und die Empfehlung, mich hier nie wieder blicken zu lassen, als ein mit Jeans bekleideter Roussos zu mir trat und mich freundlich begrüßte. Okay, „freundlich" ist nicht das passende Wort. Aber wenigstens jagte er mich nicht vom Grundstück.

„Lassen Sie mich raten. Entweder ist noch jemand, den Sie kennen, abgekratzt, oder Sie sind wegen der letzten Leiche hier."

„Ich wähle Tür Nummer zwei."

„Wir können draußen sprechen."

Roussos ist nicht wild darauf, mich in sein Büro zu lassen. Bisher haben wir jedes Gespräch woanders geführt, und ich erkläre mir das so, dass er mich als Informantin betrachtet und nicht möchte, dass irgendjemand meine Identität herausfindet.

Wahrscheinlich aber ist es ihm nur peinlich, dass er meine Einmischerei überhaupt toleriert.

Die Sonne war schwer damit beschäftigt, Hautschichten zu zerstören, als wir nach draußen traten. Roussos zeigte mit dem Kinn zum Trimm-dich-Pfad, der sich durch ein Wäldchen aus jungen Bäumen schlängelte, die leider noch nicht sonderlich viel Schatten spendeten.

„Ich habe viel über Schwester Nora nachgedacht“, sagte ich, als wir außer Hörweite von wem auch immer waren. „Ich weiß, dass die Beweise gegen sie sprechen, aber, Roussos, jeder hätte das Messer dort liegen lassen und die Buchstaben an die Wand schreiben können. Ich habe einfach das Bedürfnis, Ihnen noch einmal zu sagen, dass sehr viele Leute Grady nicht leiden konnten. Ich habe gerade ein paar Stunden mit einer Mitarbeiterin seiner Agentur verbracht. Und wissen Sie, was die mir erzählt hat?“

„Muss ich jetzt so tun, als ob mich das interessiert?“

Da ich so etwas erwartet hatte, fuhr ich fort: „Sie sagte, dass jeder über diesen Mord entsetzt sei, aber nicht überrascht. Als ich sie fragte, was sie damit meinte, sagte sie, dass Grady ein Meister darin war, Leute anzupissen. Das waren ihre exakten Worte. Übrigens strebe ich doch immer nach Exaktheit.“

„Danke. Kraftausdrücke ändern natürlich alles. Fall geklärt.“

Wieder ignorierte ich ihn. „Also habe ich mal im Geiste eine Liste von den Leuten gemacht, die er verärgert hat. Dieser Typ, von dem ich Ihnen erzählt habe, der an diesem Abend hinter der Bühne auftauchte. Haben Sie ihn übrigens gefunden?“

„Ich kann mich gut an die Art erinnern, wie Sie immer möglichst unauffällig diese kleinen Fragen einfließen lassen.“

„Nun, haben Sie?“

„Haben wir nicht. Mrs. Beauregard konnte keine bessere Beschreibung als Sie geben, und niemand sonst konnte sich an ihn erinnern.“

Zumindest war Roussos dem Hinweis gefolgt; das ermutigte mich. „Und dann ist da noch Fred, Gradys ehemaliger Assistent. Grady hat ihn schrecklich behandelt. Ich habe einen

Streit zwischen den beiden gehört, und als Fred die Tür aufmachte, war seine Wange geschwollen. Er hat danach wahrscheinlich die Stadt verlassen, aber was, wenn nicht?"

„Sie verschwenden Ihre Zeit."

Ich preschte weiter. „Er war geradezu hasserfüllt gegenüber den Kandidaten, die er rausgeworfen hat. Einer von denen könnte ihn umgebracht haben. Er hat jeden im Hotel genervt. Würde mich nicht wundern, wenn da einer durchgedreht wäre. Und der Autounfall, von dem ich Ihnen erzählt habe … Der junge Mann in dem Pick-up, in den Grady reingefahren war, sah durchaus so aus, als ob er für einen Mord bereit wäre."

Madison oder ihre Mutter erwähnte ich nicht, die vielleicht auch einen guten Grund gehabt hatten, Grady Barber aus dem Weg zu schaffen. Madison war an diesem Abend zwar nicht beim ESI erschienen, aber vielleicht doch ganz kurz … um dann wieder zu gehen.

„Als ich sagte, dass Sie Ihre Zeit verschwenden, habe ich nicht nur meine Lippen bewegt, um sie zu befeuchten", sagte Roussos. „Wir haben unsere Mordverdächtige."

Ich wartete, weil ich wirklich das Gefühl hatte, dass er mir etwas verschwieg.

Er drehte sich um, und wir gingen zur Polizeistation zurück. Erst auf halbem Weg sprach er wieder. „Hier handelt es sich um einen Mord an einem Prominenten. Wir stehen ziemlich unter Druck, den Fall zu lösen."

Als er wieder schwieg, grübelte ich über seine Bemerkung nach. „Wollen Sie damit sagen, dass bei dem Versuch, zu beweisen, was für eine tolle Dienststelle wir haben, die Gerechtigkeit möglicherweise auf der Strecke bleibt?"

„Für mich nicht."

„Roussos, wollen Sie damit sagen, dass Sie nicht wirklich davon überzeugt sind, den richtigen Mörder zu haben?"

„Der Staatsanwalt fühlt sich sicher. Ihre Schwester Nora ist eine Verrückte. Sie ist zudem die Exfrau des Opfers. Aber das muss ich Ihnen alles gar nicht erzählen, Sie wissen es selbst."

„Sie ist keine Verrückte."

„Dann hat sie Sie bekehrt?"

„Zu der Notwendigkeit, die globale Erderwärmung zu stoppen, wurde ich schon vor langer Zeit bekehrt."

„Sie hat die ganze Stadt gegen sich."

„Also ist sie Futter für die lokale Lynchjustiz."

„Ich treffe diese Entscheidungen nicht."

Eine deutlichere Aussage würde ich von ihm nicht bekommen, und erneut fühlte ich mich ermutigt. Roussos war vielleicht nicht direkt auf meiner Seite, aber er zweifelte an der Seite, auf der er war. Und deswegen entschied ich, dass nun der Moment gekommen war, meine letzte Frage zu stellen.

„Ich würde Nora gern besuchen. Ich weiß, dass Sie Besuchszeiten haben und alle möglichen Regeln. Aber können Sie die für einen geistlichen Beistand etwas lockern?"

„Sie tragen weder einen Priesterkragen noch eine Bibel."

„All die Grillfeste und Kuchenverkäufe, für die ich gebacken habe. All die Nächte, in denen ich die Stühle und Bänke im Altarraum ordentlich aufgereiht habe. All die Wohltätigkeitsbasare! Sie haben überhaupt keine Ahnung, bei wie vielen Wohltätigkeitsbasaren ich mitgeholfen habe. Das muss mindestens drei Jahre Priesterseminar aufwiegen."

Er lächelte tatsächlich. Flüchtig, aber unübersehbar. „Warum wollen Sie mit ihr sprechen?"

„Unterliegt das nicht der Schweigepflicht?"

„Treiben Sie es nicht zu weit."

„Ich will nur sehen, ob sie etwas braucht. Und ob sie mir verrät, warum sie hinter der Bühne war."

„Sie ermitteln also schon wieder, richtig? Haben Sie denn beim letzten Mal gar nichts dazugelernt?"

„Ich ermittle überhaupt nicht!"

„Glauben Sie wirklich, dass ich das nicht merke?"

„Ich habe der Ermittlungstätigkeit abgeschworen. Stattdessen arbeite ich ehrenamtlich in einem Komitee."

Er blieb stehen, um mich anzusehen. „Sie hassen es, oder?"

Ich schloss nur für einen Moment die Augen. Woher wusste er das? „Mit jeder Faser meines Körpers. Aber ich bin ganz gut darin, Probleme zu lösen."

„Wenn ich für Sie ein gutes Wort einlege und Sie sie sehen dürfen, versprechen Sie mir dann, dass Sie dieses Problem nicht lösen? Überlassen Sie die Ermittlungen uns."

Ich öffnete den Mund, um genau das zu tun, doch er schloss sich ganz aus eigener Kraft wieder. Beim zweiten Mal klangen meine Worte ein bisschen anders als ursprünglich geplant. „Ich habe nicht vor, irgendwas zu lösen. Nein, das habe ich nicht im Sinn."

„Ich sollte Sie auch einsperren."

„Denken Sie nur an den unnötigen Ärger, den ich Ihnen garantiert machen würde."

Im Polizeirevier angekommen, deutete er auf den Stuhl, auf dem ich zuvor gesessen hatte, und ich nahm ohne ein weiteres Wort darauf Platz. Eine halbe Stunde später kam ein Polizist in Uniform zu mir und führte mich durch ein Labyrinth aus Gängen zum Gefängnis von Emerald Springs. So etwas bezeichnet der Staat Ohio als Fünf-Tages-Gefängnis, eine Einrichtung, um Leute über Nacht dazubehalten oder Häftlinge, die auf ihre Überstellung warteten. Zum Glück war Nora noch hier.

Er dirigierte mich an einen Tisch mit einer Glasscheibe davor, die mich von dem gegenüberliegenden Raum abtrennte, und erklärte mir, wie die Sprechanlage funktionierte. Dann ließ er mich allein.

Ich machte mir in Gedanken eine Liste der Fragen, die ich stellen wollte, an allererster Stelle: „Werden Sie gut behandelt?“, doch die strich ich wieder, als sie hereingeführt wurde. Sie plauderte angeregt mit der uniformierten Polizistin und lachte über etwas, was die Frau gesagt hatte. Als sie mich erblickte, wurde ihr Lächeln breiter. Sie wirkte entspannt und selbstsicher, als sie mir gegenüber Platz nahm.

Wir hoben die Hörer ab.

„Aggie“, sagte sie, und es berührte mich, dass sie sich trotz allem an meinen Namen erinnern konnte. „Wie schön, Sie zu sehen.“

„Nun ja, ich wünschte, die Umstände wären angenehmer.“

„Ich mache mir keine Sorgen, und das sollten Sie auch nicht tun. Die Dinge werden sich so entwickeln, wie der Herr es vorgesehen hat. Wir sind alle in Seinen Händen.“

Meine persönliche Überzeugung geht mehr in Richtung „Der Herr hilft denen, die sich selbst helfen“, aber ich war nicht hier, um mit ihr zu diskutieren.

„Henry war heute Morgen bei mir und hat mich gebeten, Sie zu besuchen. Alle machen sich Sorgen.“

Sie schüttelte liebevoll den Kopf. Sie wirkte ausgeruht, sauber und dünn – aber das war nichts Neues. „Henrys Glaube wird in solchen Momenten auf die Probe gestellt.“

Ich ging mal davon aus, dass es sich nur um eine Floskel handelte und es keine „solchen Momente“ in ihrer Vergangenheit gegeben hatte. Vorangegangene Morde würden sich in ihrem Lebenslauf nicht gut machen.

„Nora, ich war an dem Abend, an dem Grady ermordet wurde, meistens hinter der Bühne. Waren Sie wirklich dort? Ich habe Sie nämlich nicht gesehen.“

„Ich war nicht lange da. Morgens hatte ich die heftige Vorahnung, dass Grady in Gefahr war. Daraufhin habe ich gebetet und wurde angewiesen, ihn aufzusuchen. Grady hat sich in den letzten Jahren schrecklich verirrt. Das Böse ist wie ein Magnet, es zieht nur noch mehr Böses an. Grady brach unter dieser Last fast zusammen."

„Haben Sie ihm das gesagt?"

„Ja, und ich sagte auch, dass es nicht zu spät wäre, sich zu ändern. Wenn nicht, sähe ich ein schreckliches Ende auf ihn zukommen. Ich bat ihn, sich uns anzuschließen, sein Geld für das Gute auszugeben und uns zu helfen, die Biosphäre zu bauen. Er war nicht gerade erfreut, mich zu sehen. Zuerst hat er mich gar nicht erkannt, und dann wurde er wütend, dass ich ihn aufsuchte. Er wusste natürlich, dass ich in der Stadt war, aber er dachte wohl, ich würde wegen der alten Wunden wegbleiben."

„Es geht mich nichts an, ich weiß, doch Henry hat mich gebeten, so viel wie möglich in Erfahrung zu bringen …"

Sie lächelte. „Sie wollen mehr über diese alten Wunden erfahren, nicht wahr? Das kann ich verstehen, und ich bin sicher, dass sie sowieso bald öffentlich bekannt werden. Ich habe Grady bei Dreharbeiten kennengelernt. Wir waren beide unglaublich jung. Er hatte Furore mit *Wayfarers* gemacht, und das Studio versuchte, diesen Erfolg mit einer ähnlichen Geschichte zu wiederholen, etwas in Richtung Fantasy und Geschichte mit einem romantischen Touch. Er hat schnell hintereinander zwei Filme gemacht, beide mit mäßigem Erfolg. Danach beschlossen die Studiobosse, etwas vollkommen anderes zu versuchen. Sie hatten ein Drehbuch, das schon seit Jahren die Runde machte. Darin ging es um einen jungen Mann, der einem Zirkus beitritt, um sich vor einem Mörder zu verstecken. Der Film hieß *Circus Train To Nowhere*."

„Tut mir leid. Nie davon gehört."

Sie lächelte voller Verständnis. „Ich reiste gerade mit unserem Familienzirkus durch das Land, und ein Talentsucher überredete mich, für die weibliche Hauptrolle vorzusprechen. Ich war blond und sehr fotogen. Man fand, dass meine Reiternummer auf der Leinwand großartig wirkte und ich die Schauspielerei schon lernen würde. Da aber irrten sie sich. Der Film war schauderhaft, und ich war schauderhaft. Grady war viel besser. Jedenfalls wurde der Film ein Flop, doch das interessierte uns längst nicht mehr. Wir waren wahnsinnig ineinander verliebt, so wie nur Menschen in dem Alter verliebt sein können. Wir haben direkt vor der Premiere geheiratet, und direkt danach wurde uns klar, dass das ein schrecklicher Fehler gewesen war."

Die Frau, die Nora in den Raum gebracht hatte, sah auf die Uhr.

Ich sprach schneller. „Waren Sie lange verheiratet?"

„Sein Vertrag mit dem Studio wurde nicht verlängert. Er wusste nicht, wohin er gehen oder was er tun sollte, also reiste er mit uns, also mit Nelson-Zimboni, herum. Ungefähr sechs Monate. Nach einigen Wochen brachte er Caprice Zimboni dazu, eine Affäre mit ihm zu beginnen. Caprice war ein paar Jahre jünger als ich. Ich war zwar auch nicht gerade die Klügste, aber sie noch viel weniger. Sie war der Star bei Zimboni, eine wunderhübsche junge Frau mit einem fantastischen akrobatischen Talent. Sie war eine geniale Hochseilartistin und meine beste Freundin."

„Das tut mir leid."

„Oh, das ist lange her. Und hat die Kraft verloren, mich zu verletzen. Jetzt weiß ich, dass Caprice einfach nur von einem Meister seiner Art verführt wurde. Sie war jung und nicht sehr erfahren. Ihre Eltern waren von der alten Garde und bewachten sie wie eine Schatzkiste voller Juwelen. Leider war Grady mein Ehemann und somit niemand, vor dem man sich fürchten musste. Ganz sicher hat er ihr erzählt, dass wir uns nicht mehr liebten, dass ich ihn schlecht behandelte. Das Übliche eben. Ich erfuhr von dieser Affäre am selben Tag, an dem ich erfuhr, dass sie von ihm schwanger war. Unsere Familien hatten seit Generationen zusammengearbeitet, doch mit einem Mal wurden wir auseinandergerissen. Ich ließ mich von Grady scheiden. Der Zirkus teilte sich auf, und ab sofort gingen wir getrennte Wege. Dann hat Grady Caprice vor dem Altar stehen lassen. Er wollte sie und ihr Kind nicht mehr, als er mich gewollt hatte. Er hat sich einfach gelangweilt. Und wir mussten den Preis dafür bezahlen."

„Und seitdem haben Sie ihn nicht mehr gesehen?"

„Nein. Nicht mal im Fernsehen. Nicht bis zum Tag seines Todes."

Noras Aufseherin klopfte auf ihr Handgelenk als Zeichen, dass wir zum Schluss kommen sollten.

„Was wurde aus Caprice?", fragte ich schnell. „Und dem Kind?"

„Caprice ist, wie ich gehört habe, mit dem Kind nach Italien zurück, woher die Familie Zimboni kam. Ich wünschte, ich wüsste, wo sie ist, damit ich ihr sagen kann, dass ich ihr schon vor langer Zeit verziehen habe. Jedem von uns wurde wehgetan. Wie mir erzählt wurde, haben die Zimbonis jahrelang von einer Blutrache an Grady gesprochen. Aber das war sicherlich nur Gerede. Sie waren keine gewalttätigen Leute."

Bestimmt kannte die Polizei diese Geschichte. Was für ein Mordmotiv – sowohl für Nora wie auch für Caprice! Doch vierundzwanzig Jahre nach diesem Vorfall? Das erschien mir ziemlich lange, um auf den geeigneten Augenblick zu warten.

Die Aufseherin hob den Arm, die Uhr in meine Richtung gedreht. Ich nickte und hob bittend einen Finger.

„Nora, könnte jemand in Ihr Haus gekommen sein und Yanks Messer genommen haben? Wissen Sie, wie das hätte geschehen können?"

„Ich bin sicher, dass es geschehen ist, da ich es nicht selbst genommen habe. Yank und ich sind so vorsichtig. Natürlich vertrauen wir den Leuten, die mit uns reisen, aber es ist unsere Aufgabe, sie vor sich selbst zu schützen. Bei einem Wutausbruch kann eine Tragödie verhindert werden, wenn man die Waffen unter Verschluss hält. Außerdem reisen Kinder mit uns, die ebenfalls beschützt werden müssen. Also nein, ich weiß nicht, wie oder wann das passieren konnte. Ich weiß nur, dass es so sein muss."

Unsere Zeit war um. Ich verabschiedete mich von Nora und wünschte ihr alles Gute. Außerdem versprach ich ihr, zu tun, was immer in meiner Macht stand, um ihr zu helfen. Dann sah ich ihr nach, wie sie abgeführt wurde, selbstsicher, ernst und davon überzeugt, dass alles gut ausgehen würde.

Wie hatte ich meine Abschiedsworte gemeint? Was konnte ich denn tun? Nichts hatte sich verändert. Ich war noch immer machtlos. Ich war noch immer nur eine Beobachterin.

Und doch *hatte* sich etwas verändert. Ich war hierhergekommen, ohne zu wissen, ob Nora Grady Barber nicht vielleicht doch umgebracht hatte. Jetzt war ich absolut sicher, dass sie es nicht getan hatte. Sie hatte doch selbst gesagt, dass sie eine schlechte Schauspielerin war. Doch auch wenn sie das nicht gesagt hätte, war ich davon überzeugt, dass sie mir nichts vorgespielt hatte. Jemand anderes hatte Grady umgebracht, doch die Polizei hatte nicht vor, weiter zu ermitteln.

Was genau bedeutete das für *mich*? Wenn das mal kein moralisches Dilemma war, auf das sich Teddy mit Begeisterung stürzen würde.

11. KAPITEL

Nach dem Mittagessen ging Ed zu einem Treffen der örtlichen Geistlichen. Deena, die seit Madisons Party wie ein Geist durchs Haus schlich, nahm sich ein Sandwich mit ins Zimmer und murmelte etwas in der Richtung, dass sie ihre Klamotten durchsehen und das, was ihr nicht mehr passte, ausmisten würde. Da es sich dabei um eine Aufgabe handelte, die sie erledigen musste, bevor wir über eine Aufhebung des Hausarrests nachdachten, verspürte ich die Hoffnung, dass die Situation sich bald bessern würde. Deena hatte nach Abklingen ihres Katers nicht viel gesprochen und sich bisher auch nicht entschuldigt. Ich vermutete, dass sie erst langsam verarbeitete, was sie getan hatte und warum, und irgendwann in der Lage sein würde, darüber zu reden. Doch bis dahin regierte das Schweigen.

So gut wie allein im Haus, dachte ich über meine Optionen nach. ESI war vorüber, der Rest des Sommers lag noch vor mir. Lucy hatte einige Häuser im Sinn, die wir kaufen und renovieren könnten, doch bisher hatten die Besitzer völlig überzogene Preisvorstellungen. Erst im Spätsommer, wenn sie die Häuser bis dahin nicht verkauft hatten, wollten wir mit den Verhandlungen beginnen. Bis dahin konnte ich meine Kinder durch die Gegend fahren, das Haus vom Keller bis unters Dach putzen und schüsselweise frisches Gemüse einfrieren. Und … oder … ich konnte ein winziges bisschen herumschnüffeln.

Schwester Nora wollte gern wissen, was aus Caprice Zimboni geworden war. Ich auch. Das schien mir doch harmlos genug zu sein. Wenn ich zufällig darüber stolperte, dass Caprice unter einem anderen Namen hier in Emerald Springs lebte, dann könnte man das vielleicht eine *Recherche* nennen, und natürlich würde ich eine solche Information ganz schnell an Roussos weitergeben und mich sofort wieder zurückziehen. Aber sicherlich würde ich einfach nur herausfinden, dass Caprice in Venedig lebte und fröhlich auf einem über den Canal Grande gespannten Seil tanzte – und damit einer netten Frau, die leider wegen Mordes verhaftet worden war, ein wenig Seelenfrieden schenken.

Also wanderte Caprice auf meine Aufgabenliste, war aber nicht viel mehr als ein kleiner Unterpunkt nach Toilettenpapier und Lebensmitteln und Fugenkleber. Das reichte noch nicht.

Roussos hatte wegen Fred keine Ermittlungen angestellt, oder zumindest hatte er mir nichts davon gesagt. Wie schwer konnte es sein, einfach selbst mal Fred auf dem Handy anzurufen? Die Nummer hatte ich natürlich. Sogar dank Deena, meiner Technikexpertin, als Schnellwahl eingespeichert. Als Fred noch in der Stadt war, hatten wir oft miteinander telefoniert. Könnte man so was wirklich gleich als eine *Ermittlung* bezeichnen? Oder nicht nur einfach als ein freundschaftliches Telefonat nach einem traumatischen Ereignis?

„Freundschaftlich, ganz klar", sagte die vorsichtige Aggie zu der leichtsinnigen Aggie, und das leider auch noch laut.

Ich wusste, dass ich mir da etwas vormachte, aber es war für einen guten Zweck, auf den ich stolz sein konnte. Ich beschloss, mit Fred zu beginnen, weil ich mich nicht ohne jemanden an meiner Seite ins Internet wagte. Bei meinem Glück würde ich „Italien" in eine Suchmaschine tippen und aus Versehen eine Reise nach Rom, Florenz und Sizilien buchen. *One way*, versteht sich.

Ich drückte stolz die richtige Taste auf meinem Handy und wartete. Fred ging zwar nicht ran, aber seine Mailbox. Ich wagte es nicht, seine Ansage zu überspringen, indem ich eine andere Taste drückte. Ich kannte meine Grenzen. Also hörte ich zu und wartete, bis ich mit Sprechen dran war.

„Fred, hier spricht Aggie Sloan-Wilcox. Bestimmt haben Sie das mit Grady gehört. Ich wollte mich mal melden. Würden Sie mich zurückrufen? Ich frage mich, ob Sie etwas über die Beziehung von Grady und Nora Nelson, seiner ersten Frau, wissen. Ich würde mich über jede Information freuen." Dann hinterließ ich meine Nummer, für den Fall, dass er sie aus seiner Liste gelöscht hatte.

Tatsächlich interessierte es mich, was Fred mir über Nora erzählen konnte, aber noch mehr, was Fred über Fred erzählen konnte. Natürlich sprach ich das nicht auf seine Mailbox. Als ich auflegte, fragte ich mich, ob er wohl jemals zurückrufen würde. Wenn nicht, wollte ich es immer wieder zu ungewöhnlichen Zeiten probieren und hoffen, dass er irgendwann aus Versehen ranging.

„Nun, das hat eine volle Minute in Anspruch genommen." Ich ließ mich aufs Sofa plumpsen und starrte verdrossen auf den Kamin. Bei so einer Affenhitze kommt einem selbst ein Kamin abscheulich vor.

Ich überlegte, ob es noch etwas gab, was ich mal nachprüfen konnte, solange ich Zeit hatte. Immerhin wollte ich doch nur … so langsam gingen mir die Entschuldigungen aus. Für Noras Seelenfrieden sorgen. Fred trösten. In Wahrheit wollte ich einfach mehr wissen. So war es. Unbeantwortete Fragen nerven mich. Nicht die großen existenziellen Fragen, über die sich Ed und Teddy Gedanken machen. Sondern die überschaubaren, die, in die ich mich richtig verbeißen kann.

Wie zum Beispiel, wer Grady Barber umgebracht und den Verdacht auf Schwester Nora gelenkt hat.

Meine Gedanken wanderten wieder zurück zu dem Abend von Gradys Unfall. Der Polizist hatte etwas über Gradys Kindheit und Jugend in Emerald Springs geäußert. Was genau? Etwas in der Richtung, dass ihn bei Gradys Kindheit nicht wunderte, dass er nicht sonderlich gut mit anderen zurechtkam. Nichts, was ich bisher über sein Leben in Emerald Springs gehört hatte, ließ etwas davon ahnen. Demnach war er das Kind einer armen, aber hart arbeitenden alleinstehenden Mutter, die ihrem Sohn beigebracht hatte, seinen Träumen zu folgen.

Aus irgendeinem Grund glaubte ich der Version des Polizisten mehr als der von Gradys Pressesprecher. Vielleicht war es gar nicht wichtig, welche Version stimmte, aber zumindest brauchte ich nicht nach Los Angeles oder in andere Städte zu fliegen, in denen er aufgetreten war, um genau das herauszufinden. Ich konnte einfach Veronica, seine Freundin aus der Kindheit, fragen.

Ich hatte noch Rechnungen, die mir zurückerstattet werden mussten, und Unterlagen, die Veronica für die endgültige Abwicklung vom ESI brauchte. Kaum war also Ed wieder zu Hause, um aufzupassen, dass Deena sich keine Tätowierung stechen ließ oder weglief, um sich einer Motorradgang anzuschließen, servierte ich ihm die perfekte Erklärung dafür, warum ich dringend nach Emerald Estates musste.

Um sechzehn Uhr klopfte ich an Veronicas Tür. Ich hatte seit Gradys Tod nicht mehr mit ihr gesprochen, wusste aber, dass sie in ein oder zwei Wochen einen Gedenkgottesdienst für ihn in ihrer Kirche plante. Ich war mehr als erleichtert, dass Ed *diese* Trauerrede nicht halten musste.

Kurz bevor meine Knie einknickten, öffnete Winona dann doch. Sie sah müde aus, aber nicht so grimmig wie sonst. Sie schien fast froh, mich zu sehen.

„Ich hatte schon Angst, es wäre wieder ein Reporter", sagte sie.

Alle Zeitungen und Fernsehstationen in Ohio hatten ihre Crews geschickt, um auszugraben, was immer sie konnten, doch zum Glück hatte ihr Enthusiasmus recht schnell nachgelassen. Ein paar Fernsehprogramme hatten mir einen Moment des Ruhms versprochen, wenn ich ihnen in die Kamera erzählte, wie ich Gradys Leiche gefunden hatte. Ich hatte mich geweigert, genauso wie alle anderen, die wirklich etwas wussten. Somit hatten sich nur Leute geäußert, die absolut gar nichts wussten. Passanten mit festen Überzeugungen, Leute, die jemanden kannten, der mal in unserer Stadt gewesen war. Doch Grady war nicht prominent genug gewesen, um bis zur Verhandlung ein Thema in den Medien zu bleiben.

„Die Journalisten waren auch hinter mir her." Ich hob den Ordner mit den Unterlagen in die Höhe. „Ist Veronica da? Das sind die Überreste vom ESI."

„Ich kann sie ihr geben."

Ich hielt sie fest. „Ist sie nicht zu Hause?"

„Sie möchte niemanden sehen." Vielleicht bemerkte Winona meine Enttäuschung, jedenfalls fügte sie hinzu: „Sie ist erschüttert. Noch immer. Sie sagt, sie wäre momentan keine gute Gesellschaft."

„Die beiden waren viele Jahre befreundet."

Winona sagte nichts, was ich erwartet hatte. Doch gerade, als ich nachgeben und ihr die Papiere überreichen wollte, meinte sie: „Wissen Sie, ich bin auch mit ihm zur Schule gegangen. Wir drei waren in derselben Schule."

Das überraschte mich. „Unter anderem bin ich auch hier, weil ich etwas über sein Leben hier herausfinden wollte."

„Wozu?"

Das schien mir nicht der beste Augenblick für dieses ganze Wahrheits-Dingsbums zu sein. Deswegen verriet ich ihr nur einen Bruchteil. „Ich denke, ich möchte es einfach verstehen, wissen Sie? Das ist wie bei einem Puzzlespiel, bevor ich nicht das ganze Bild kenne, habe ich das Gefühl, dass es sich nur um einen Haufen Teilchen handelt."

„Sie haben sehr eng mit ihm zusammengearbeitet, oder?"

Ich nickte kurz.

„Hat er mich jemals erwähnt?"

„Ganz ehrlich? Er hat nie jemanden in dieser Stadt erwähnt. Nicht mir gegenüber. Ich glaube nicht mal, dass er etwas über Veronica gesagt hat. Aber jemand anders hat etwas über seine Kindheit erwähnt. Ein Mann, der auch mit ihm zur Schule gegangen ist, ein Polizist?"

Sie lächelte leicht. „Das muss Hal Jorgensen sein. Ein großer Mann?"

„Und schlau."

„Was hat er gesagt?"

„Nun, vorsichtig ausgedrückt war Grady nicht gerade in seiner besten Verfassung, als er und Hal sich ... hmmm ... wiedergetroffen haben. Hal sagte, dass seine schlechten Umgangsformen kein Wunder seien bei der Art und Weise, wie er aufgewachsen ist."

Diesmal lachte sie. Es überraschte mich, wie sehr dieses Lachen ihr Gesicht verwandelte. Andere Kleider, kein Stirnband und Winona wäre eine attraktive Frau.

„Das klingt ganz nach Hal", sagte sie. „Immer direkt auf den Punkt."

„Wissen Sie, wie er das meinte?"

Sie lehnte sich mit der Schulter an den Türrahmen und wirkte entspannter, als ich sie je gesehen hatte. „Grady und ich sind in Weezeltown aufgewachsen. Nicht weit von der Knopffabrik. Kennen Sie Weezeltown?"

„Gut genug." Es gab jede Menge arme, aber ehrliche Leute in Weezeltown, im hässlichsten Stadtteil unserer ordentlichen

Stadt. Es gab aber auch genügend Leute, die in keine dieser beiden Kategorien passten. Weezeltown war mit Sicherheit nicht die Gegend, in der man gern seine Kinder großzog.

Winona blickte über meine Schulter, als sehe sie in eine andere Zeit. „Veronica ist auf der anderen Seite der Stadt aufgewachsen, in einem Haus mit fünf Schlafzimmern und einer Haushälterin. Zu ihrem sechzehnten Geburtstag bekam sie ein rotes Cabrio von ihrem Vater. Ihre Mutter und ihre Freundinnen aus dem Bridgeclub haben immer die abgelegten Kleider und Spielsachen gespendet, damit sie bei uns verteilt werden konnten. Vermutlich habe ich einige von Veronicas abgelegten Röcken und Blusen in der Schule getragen, und ich war froh darüber."

„Und Grady?"

„Ich bezweifle, dass Gradys Mutter sich die Mühe machte, sich solche Kleidung zu besorgen. Er trug seine Klamotten, bis sie völlig hinüber waren. Seine Mutter hat in einer schäbigen Bar als Kellnerin gearbeitet und vermutlich den Großteil ihres Trinkgelds versoffen. Sie war die ganze Nacht weg und schlief den ganzen Tag. Meistens nicht allein. Grady war sich selbst überlassen. Ich kann mich noch an Winterabende erinnern, wenn er nicht wusste, wohin er gehen sollte. Dann kam er zu uns, nur um sich aufzuwärmen. Seine Mutter ließ ihn nicht rein, wenn ein Mann da war, das war ihre Art, auf seine Moral zu achten, schätze ich."

Ich spürte Mitleid in mir aufsteigen. „Also war sein Leben viel härter, als er uns glauben machen wollte."

„Es war nicht annähernd so malerisch, so viel steht fest. Er hat das durchgestanden, indem er immer davon träumte, Emerald Springs hinter sich zu lassen. Natürlich glaubte keiner von uns, dass er es jemals schaffen würde. Vielleicht wenn er seine Zeit damit verbracht hätte, zu lernen, um bessere

Noten zu bekommen, doch Grady war viel zu sehr mit seinen Träumen beschäftigt. Ich habe ihm oft bei den Hausaufgaben geholfen, aber irgendwie schien ihn nichts wirklich zu interessieren. Er war nicht dumm. Überhaupt nicht. Wenn wir zusammen lernten, merkte er sich genug, um die Prüfungen zu bestehen, aber Noten waren ihm egal."

„Also standen Sie sich sehr nahe? Er hat Sie um Hilfe gebeten?"

„Wir waren befreundet. Er hat immer von seinen Zukunftsplänen gesprochen, davon, ein Star zu werden, tolle Häuser zu besitzen und eine Corvette. Er sagte, an dem Tag, an dem er sich eine Corvette kaufen könnte, würde er wissen, dass das Leben lebenswert wäre."

„Davon habe ich nie etwas gehört."

„Oh, natürlich nicht. Auf seine eigene Weise war er sehr verschwiegen. Ich glaube, nur wenige Leute wussten, wie schlimm es bei ihm zu Hause wirklich war. Die meisten dachten wohl einfach, dass er faul wäre. Ich habe seine Autobiografie gelesen, und da stand auch kein Ton davon drin. Würde mich nicht wundern, wenn er das alles verdrängt und angefangen hatte, seinem Pressesprecher zu glauben."

„Autobiografie?"

„Ja, die ist vor ein paar Jahren erschienen, war aber kein großer Erfolg. Es überrascht mich, dass sie, nachdem ‚Remember Me in April' so ein Riesenhit geworden war, nicht wieder aufgelegt wurde."

Ich wusste nicht, was mich mehr überraschte. Winonas plötzliche Redseligkeit oder die Tatsache, dass es eine Biografie über Grady gab, in der ich alle Informationen finden konnte, die ich brauchte.

„Es muss komisch gewesen sein, dass er hierher zurückkam", sagte ich. „Ich hoffe, Sie hatten Zeit, mit ihm zur sprechen, bevor …" Ich wusste nicht, wie ich den Satz beenden sollte.

„Nein, Grady war viel zu wichtig, um sich mit mir abzugeben."

Ihr Tonfall machte deutlich, dass Grady sich für viel zu wichtig *gehalten* hatte. Ich fand es schade, dass seine Unhöflichkeit sich auch auf seine alten Freunde erstreckt hatte.

„Ich fragte ihn, ob er sich jemals die Corvette gekauft hätte", sagte sie, und der Schatten eines Lächelns umspielte ihre schmalen Lippen. „Er sagte, wenn ich von irgendwas eine Ahnung hätte, müsste ich wissen, dass Corvettes so was von *out* wären. Darauf sagte ich, dass eine Corvette dann ja perfekt zu ihm passen würde."

Abends gab es selbst gemachte Pizza mit Bergen von Pilzen, frischen Tomaten und Mozzarella von einem örtlichen Bauernhof. Teddy und Ed machten einen Salat, während Deena stumm Zitronen in Scheiben schnitt und Eistee einschenkte. Es fehlte nicht viel, und wir hätten Wetten darüber abgeschlossen, wann sie endlich wieder anfinge, mit uns zu kommunizieren.

Nach dem Tischgebet sprechen wir beim Abendessen immer darüber, wie unser Tag gewesen war. Auch Junie hatte immer darauf geachtet, dass wir alle zusammen zu Abend aßen, egal, wo wir waren oder wer gerade mit uns reiste. Diese Tradition führte ich weiter, wobei aber niemand genötigt wird zu reden.

Teddy erzählte uns von ihrem Fahrraddiebstahl-Film, der schwerer zu drehen sei, als sie gedacht hatte. Die Jungs hatten sich albern aufgeführt und sich nicht an das Drehbuch gehalten. Wenn Ed nicht da gewesen wäre, hätte ich ihr erklärt, wie viel reifer Mädchen in ihrem Alter sind als Jungs, aber so erschien es mir unhöflich.

Ed äußerte die Vermutung, dass die Jungen es vielleicht nicht mochten, wenn man ihnen sagte, was sie zu tun hatten, und gerne ein Mitspracherecht hätten. Mars und Venus in ewigem Kampf.

Ed hatte mir bereits von seinem Treffen mit den Geistlichen erzählt. Nun berichtete er uns von seinen Recherchen für seine nächste Predigt über jüdischen Mystizismus. Seine esoterischsten Themen hebt er sich gerne für die Sommerzeit auf, wenn die Kirche nicht so gut besucht ist. Ich musste ein paarmal mein Besteck fallen lassen, um die Mädchen wach zu halten.

„Ich hoffe, ich bin diesmal nicht das Thema", murmelte Deena.

„Nicht, solange du nicht angefangen hast, die Kabbala zu studieren", entgegnete Ed, ohne auch nur zu zucken. „Wenn doch, dann könnte ich dich um Rat fragen."

Mit seiner Ruhe und dieser Antwort punktete er erheblich bei mir. Die meisten Väter hätten überreagiert, doch Ed hatte sich für seinen Fehler entschuldigt und wusste, dass nun Deena an der Reihe war. Er war nicht bereit, endlos mit ihr zu streiten.

Trotzdem meldete ich mich zu Wort, nur für den Fall, dass die Lage sich zuspitzte. „Ich habe nicht viel gemacht. Ein paar Erledigungen, ein paar Nachforschungen …" Warum hatte ich das gesagt?

„Bezüglich Grady Barber", sagte Ed, langte nach der Pizzaplatte und bot sie uns an, bevor er sich selbst ein weiteres Stück nahm. „Ich habe mich schon gefragt, wie lange es dauern würde, bis du loslegst."

Ich kaute langsam, um meine nächsten Worte gut durchdenken zu können. „Ich kann mir vorstellen, dass es dir nicht besonders gefällt, dass ich überhaupt loslege."

„Du gefällst mir." Er sah auf, und unsere Blicke trafen sich. „So, wie du bist, und nicht so, wie ich dich manchmal gerne hätte."

„Weniger neugierig?"

Er zuckte mit den Schultern. „Weniger geneigt, dich selbst in Gefahr zu bringen. Aber ich finde es gut, dass du nicht nur herumsitzt und zusiehst, wie eine unschuldige Frau im Gefängnis versauert."

Ich fühlte, wie eine Last von mir fiel. Ich hatte mich lange genug gegen das Unvermeidliche gewehrt. „Ich informiere mich nur über ein paar Dinge. Und ich werde vorsichtig sein."

„Das wäre uns allen sehr recht."

Die Mädchen spülten das Geschirr. Ich hörte ihre gesenkten Stimmen in der Küche. Deena sprach mit Teddy, und ich konnte nur hoffen, dass die arme Teddy nicht länger das Gefühl hatte, zwischen allen Stühlen zu sitzen. Familiendynamik bereitet mir wirklich Kopfschmerzen.

Als Teddy ihren Teil erledigt hatte, ging sie nach oben, um an ihrem Drehbuch zu arbeiten. Mich überkam das Gefühl, dass trotz Eds Vorschlag die Jungs in der nächsten Fassung eine kleinere Rolle spielen würden. Als Deena ihr eine Minute später folgen wollte, hielt ich sie auf.

„Ich brauche deine Hilfe im Internet. Hast du kurz Zeit?"

„Andere Mütter können allein den Computer anschalten und die Maus bewegen."

„Ich betrachte mich als die Inkarnation eines reinen und vielleicht primitiven Wesens, das spirituell viel zu entwickelt ist, um sich mit Technik abzugeben."

„Du bist echt komisch."

„Das wirst du noch öfter sagen."

Sie wirkte hin- und hergerissen. Deena führte ihre eigene

Version eines Sitzstreiks auf, es passte nicht in ihr Konzept, mir zu helfen.

„Muss ich?“, fragte sie.

„Nö. Es wäre aber nett, wenn du der Frau, die vierzehn Stunden in den Wehen lag, um dich zur Welt zu bringen, einen kleinen Gefallen tun würdest.“

„Das ist krass.“

„Nach den ersten dreizehn Stunden dachte ich das auch. Aber wirklich, meistens finde ich, dass es das wert war.“

Sie verdrehte die Augen, worin sie langsam wirklich eine Meisterin ist. Vor ein paar Jahren noch war sie ein herrliches Kind mit pfirsichweicher heller Haut, rotblondem Haar, großen blauen Augen. Jetzt wurde sie langsam zur Frau, Gesicht und Körper änderten ihre Form, die Haut war nicht mehr ganz so perfekt. Innerlich veränderte sie sich auch, ihr Herz und ihr Verstand führten gelegentlich Krieg gegeneinander, die Hormone blühten auf. Ich konnte nur hoffen, dass sie sich noch immer an uns wenden würde, wenn sie uns brauchte.

„Ich schätze, ich kann's auch allein versuchen“, sagte ich. „Ich hoffe nur, dass ich das Geld für deine Collegeausbildung nicht in gefährlichen Aktiengeschäften anlege.“

„Lass uns gehen.“

Als wir uns gesetzt und den Computer angeschaltet hatten, sagte ich ihr, wonach ich suchte. „Der Name der Frau ist Caprice Zimboni. Sie hat früher beim Zirkus gearbeitet. Als Seiltänzerin. Das Letzte, was ich von ihr weiß, ist, dass sie eine kleine Tochter bekam und nach Italien gegangen ist, aber das ist über zwanzig Jahre her. Ich würde gern wissen, wo sie heute ist und was sie tut.“

Normalerweise hätte Deena gefragt, weshalb. Jetzt rief sie einfach ihre Lieblings-Suchmaschine auf und bat mich, Caprices Namen zu buchstabieren.

„Wann hast du zum letzten Mal deine E-Mails gecheckt?", fragte sie, als wir darauf warteten, dass der Computer seine Ergebnisse ausspuckte.

„Letzten November. Da hat mir deine Tante Sid einen Artikel über Hausrenovierungen geschickt." Okay, ich bin keine gute Kandidatin für eine E-Mail-Adresse, denn ich mache mir über jede einzelne Nachricht Gedanken. Ich meine, was, wenn ich tatsächlich in einer niederländischen Lotterie gewonnen habe oder wenn dieser Mann in Zimbabwe wirklich mein lange verloren geglaubter Onkel ist, der mir eine Million Dollar hinterlassen hat und ich meine einzige Chance auf Reichtum einfach in den Spamordner verschiebe?

Deena hatte nachgerechnet. „Das war vor acht Monaten."

„Deine Tante hat mich längst aufgegeben. Jetzt geht sie zur Post oder ruft mich an und liest mir die Sachen einfach vor."

„Das ist armselig."

Konnte ich ihr vorwerfen, dass sie die Wahrheit sagte? „Lass uns diese Seiten ansehen."

Deena kann sehr schnell lesen. Sie überflog die ersten beiden und ignorierte sie. „Das sind Scheintreffer. Und mit der dritten kannst du sie finden, musst aber dafür bezahlen. Nur erfährt man erst, ob sie dir überhaupt helfen können, wenn du ihnen das Geld schon überwiesen hast."

„Woher weißt du das alles nur?"

„Jeder weiß das."

Während ich noch darüber nachsann, dass ich der einzige Mensch auf der ganzen Welt war, der das *nicht* gewusst hatte, klickte sie auf das vierte Ergebnis.

Als die Website erschien, lasen wir sie beide durch. Es handelte sich um die Geschichte des Seiltanzes, dabei wurden unter anderem auch die Zimbonis genannt, darunter Familienmitglieder, die ganz besonders für ihre Tapferkeit bekannt gewesen waren. Caprices Name tauchte ohne zusätzliche Information auf. Der Nelson-Zimboni-Zirkus wurde erwähnt und dass bei der Trennung die meisten Zimboni-Nummern einfach von anderen Zirkussen übernommen worden waren.

Nach weiteren fünf Seiten verlor ich langsam den Mut, obwohl noch endlos viele Seiten übrig waren. „Kommt die wichtigste Seite denn nicht gleich als Erstes?"

„Nicht immer. Werbekunden bezahlen dafür, anfangs genannt zu werden. Aber jetzt kommen wir langsam zu den richtigen Seiten. Ich könnte noch weitere Begriffe in die Suchmaschine eingeben, aber manchmal verpasst man auf diese Weise das Beste."

„Warum gibst du nicht einfach ‚Tochter' ein und siehst mal, ob das hilft."

„Du weißt ihren Namen nicht?"

„Keine Ahnung."

Sie fügte „Tochter" und obendrein „Italien" hinzu.

„Italien war keine gute Idee", sagte sie dann. „Die meisten Seiten sind auf Italienisch."

„Ob du's glaubst oder nicht, ich verstehe ungefähr, was da steht."

„Du sprichst Italienisch?"

„Nein, aber ich kann es ziemlich gut lesen."

„Das ist ja cool."

Ich ließ mir dieses unerwartete Lob auf der Zunge zergehen. „Klick mal hierauf." Ich zeigte auf das fünfte Ergebnis. Die Website baute sich auf. Leider erklang „O Sole Mio" im Hintergrund.

„Ich hasse es, wenn Websites Musik haben", sagte Deena. „Wenn man zum Beispiel im Internet surft, obwohl man gar nicht darf. Und dann kommt plötzlich laute Musik."

„Diese Erfahrung habe ich persönlich noch nicht gemacht."

„Ist mir mal in der Schule passiert."

Was für Seiten hatte Deena sich wohl angesehen? Spielten die am Ende Stripper-Musik im Hintergrund? Es lief mir kalt den Rücken hinunter.

„Oh, keine Sorge." Sie hatte meine Gedanken gelesen. „Ich wollte nur ein Kreuzworträtsel lösen, obwohl ich eigentlich eine Seminararbeit auf dem Schulcomputer durchlesen sollte. Jedenfalls besuche ich nicht *solche* Websites." Sie sah mich an. „Nur weil ich was gemacht habe, was ich nicht hätte machen sollen, heißt das noch lange nicht, dass ich mir Pornoseiten anschaue."

„Nun, das höre ich gerne."

„Das ist nämlich frauenabwertend."

„Kann man wohl sagen."

„Und ich habe noch immer meine Prinzipien."

„Freut mich zu hören."

„Du hast bestimmt irgendwann auch mal den einen oder anderen Fehler gemacht."

„Und die waren nicht von schlechten Eltern."

Sie wartete auf eine Erklärung, doch da konnte sie lange warten. Ich bin bereit, meine Gefühle mit meinen Kindern zu teilen, aber nicht die Dummheiten, die ich begangen habe. Schließlich will ich sie nicht auf falsche Gedanken bringen.

„Wenn du Fehler gemacht hast, warum bist du dann so streng zu mir?", fragte sie.

„Weil du nichts von deinem Vater gelernt hast."

„Was denn? Jemanden, den ich liebe, in aller Öffentlichkeit zu blamieren?"

Angestrengt bemühte ich mich, trotz ihrer Stichelei ruhig zu bleiben. „Nein, sondern dass man sich entschuldigt, wenn man einen Fehler gemacht hat. Ohne Entschuldigung geht es nicht, Deena. Und es ist wichtig, das zu lernen."

„Du und Daddy redet immer wie bei einer Predigt."

Ich setzte mich zurück. „Das wäre eine gute Predigt gewesen", sagte ich vorsichtig. „Vergib uns unsere Schuld, wie auch wir vergeben unseren Schuldigern. Aber ich fürchte, da war schon jemand schneller als dein Daddy."

„Ich wünschte, Daddy wäre Autoverkäufer."

„Wenn, dann würde er dir mit sechzehn ein super Auto besorgen. Weil er dich nämlich über alles liebt."

Das hatte richtig gesessen. Sie sah weg.

Ich konzentrierte mich wieder auf den Computerbildschirm. „Hör dir das mal an", sagte ich und begann zu übersetzen. „Das ist eine Website der Stadt Siena in der Toskana. Jemand hat eine Abschiedsfeier auf dem Campo veranstaltet – das ist ein großer Platz im historischen Teil ... und zwar für Caprice Zimboni und ihre Tochter Felice, weil die beiden nach Michigan gezogen sind." Meine Augen wanderten wieder zum Anfang der Seite, um das Datum zu lesen. „Vor zwei Jahren."

„Dann nehmen wir jetzt Italien raus und schreiben stattdessen Michigan", sagte sie und begann, die Änderungen in die Suchmaschine zu tippen.

Gleich das erste Ergebnis war genau das, was ich brauchte. Ein Zeitungsartikel aus einer Wochenzeitung in Michigan. Der Artikel war vom 13. Mai in diesem Jahr. Caprice Zimboni arbeitete schon den zweiten Sommer in einem Programm, das sich *Performing for Life* nannte und sich in einem Vorort von Detroit um verhaltensauffällige Kinder und Jugendliche kümmerte. Mit der Hilfe verschiedener karitativer Stiftungen hatten sie und sechs weitere ehrenamtliche Mitarbeiter einen kleinen Zirkus eröffnet, wo die Kinder Akrobatik lernen und auf diese Weise ihr Selbstwertgefühl stärken konnten. Es gab fantastische Kritiken über die erste

Show der Saison und ein verschwommenes Foto einer jungen Frau, die über ein Drahtseil lief. Darunter stand: „Felice Zimboni aus der berühmten Zirkusfamilie unterrichtet die Kunst des Seiltanzes."

Gradys *Tochter*, Felice.

„Bingo", sagte ich. „Nur eine Tagesfahrt entfernt."

„Wie meinst du das?"

„Kannst du das für mich ausdrucken?"

Wieder rollte sie mit den Augen. „Du meinst, den Drucker anstellen und auf *Drucken* klicken?"

„Wäre sehr nett von dir."

Sie schaltete den Drucker ein und ließ ihn aufwärmen. „Willst du Teddy diesen Zirkus zeigen oder so was?"

„Ganz im Gegenteil. Ich muss herausfinden, ob dieser spezielle Zirkus jemals in Emerald Springs war." Ich stand auf und gab ihr einen Kuss auf den Kopf. „Danke für deine Hilfe."

„Vielleicht lernst du es ja irgendwann selbst."

„Darauf würde ich nicht wetten." Ich war froh, dass ich es heute nicht versucht hatte. Und ich beschloss, so lange eine Computerbehinderte zu bleiben, solange ich eine Entschuldigung brauchte, um Zeit mit meinen Töchtern verbringen zu können.

12. KAPITEL

Am Mittwochmorgen gingen Teddy und Ed fröhlich zu dem vom Gartenbauamt veranstalteten Vater-Tochter-Softball-Turnier. Deena verzog sich – leider überhaupt nicht fröhlich – in die alte Garage hinter dem Pfarrhaus, um Staub zu wischen und aufzuräumen. Ich blieb im Haus, um es noch einmal bei Fred zu versuchen – ohne Erfolg – und Gemüse vom Wochenmarkt für eine dicke Spaghettisoße zu schnippeln. Vegetarier sind am glücklichsten während der Tomatensaison, wobei Tomaten dieses Jahr wegen der Trockenheit ein Vermögen kosteten.

Ich war gerade mit einer japanischen Aubergine fertig, als es an der Tür klingelte. Nachdem ich mir die Hände gewaschen und abgetrocknet hatte, verließ ich die Küche, um zu öffnen. Ich vermutete, dass es sich um einen weiteren Korb Zucchini handelte. Trotz der Hitze und Trockenheit war es für Zucchini ein Rekordjahr gewesen. Falls Nora bezüglich der globalen Erwärmung recht behält, endet vielleicht das Leben, wie wir es kennen, doch an Zucchini oder Kakerlaken wird es dem Planeten nie mangeln.

Veronica stand vor der Tür. Für diesen Anlass hatte sie sich salopp gekleidet, vermutlich ahnte sie, dass in meinem Heim Designerkleidung nicht unbedingt angebracht war. Die schwarzen Jeans und das zebragestreifte T-Shirt hatten jedenfalls nicht so viel gekostet, wie Ed in einem ganzen Monat verdiente. Stillschweigend spendete ich ihrem Taktgefühl Beifall.

„Ich bringe Ihnen einen Scheck vorbei.“ Sie hielt ihn mir hin, bis ich ihn nahm. „Ich wollte nicht, dass Sie darauf warten müssen.“

Da die Post innerhalb einer Stadt nur einen Tag dauert,

wusste ich sofort, dass an diesem Besuch mehr dran war. Ich öffnete die Tür weiter.

„Ich bin gerade mit meinem Morgenprojekt fertig. Hätten Sie nicht vielleicht Lust auf eine Tasse Kaffee? Ich könnte selbst gebackenes Brot dazu anbieten."

Sie trat sofort ein, als hätte sie nur darauf gewartet. „Ich habe gerade gefrühstückt, also für mich kein Brot. Sie backen selbst?"

„Manchmal. Wenn ich die Zeit habe." Und wenn ich etwas brauche, was ich boxen kann.

„Dann haben Sie vor ein paar Wochen wohl eher nicht gebacken."

„Meine Mädchen haben sich begeistert mit Toastbrot vollgestopft."

Sie folgte mir hinein, und ich bot ihr einen Platz an dem Tisch an, der unsere unglaublich große Küche zweiteilt. Ich kann nur vermuten, dass der erste Besitzer dieses Hauses zwölf Kinder hatte.

„Ich mache uns eine frische Kanne", sagte ich. „Ich kann selbst gut eine Tasse Kaffee brauchen."

Veronica sah sich um. Vermutlich dachte sie über den heftigen Kontrast zwischen ihrer Designervilla und unserem Pfarrhaus nach, das mit einfachen Möbeln eingerichtet ist, die wir über Jahre zusammengekauft oder geschenkt bekommen haben. Trotzdem bin ich vollkommen zufrieden damit, wie es hier aussieht. Junie hat jede Wohnung, jedes Haus oder jeden Wohnwagen meiner Kindheit in ein Heim verwandelt, und ich habe viel von ihr gelernt.

„Das ist wirklich sehr hübsch", sagte Veronica. „Es fühlt sich so warm an."

„Wir haben keine Klimaanlage."

„Nun, stimmt, aber das habe ich nicht gemeint. Es fühlt

sich heimelig an, wie ein Ort, an dem Leute gerne ihre Zeit verbringen. Egal, wie oft ich mein Haus umdekoriere, dieses Gefühl habe ich nie."

„Ich mag Ihr Haus. Sie haben einige wunderbare Dinge damit angestellt."

„Es ist, was es ist. Wenn mir langweilig ist, räume ich um. Meine Mutter hat das genauso gemacht. Sie hat neue Vorhänge aufgehängt, neue Möbel gekauft, Bridge gespielt, im Country Club gegessen und Martinis getrunken, und am Ende des Tages ging sie genauso gelangweilt ins Bett, wie sie aufgewacht war. Niemand konnte begreifen, warum sie es so ruhig aufgenommen hat, als sie vor ein paar Jahren von ihrer tödlichen Krankheit erfahren hat. Aber ich schon."

„Wow."

„Tut mir leid. Zurzeit sage ich eine Menge Dinge, bevor sie Zeit hatten, erst mal von meinem Verstand gefiltert zu werden."

Sie war also zum Reden gekommen. Das wurde mir jetzt klar, auch wenn es mich wunderte, dass sie mich dafür ausgesucht hatte. Vielleicht weil ich nicht zu ihrem üblichen Kreis gehörte und sie ganz offen sein konnte.

„Sie brauchen sich nicht zu entschuldigen", sagte ich. „Das ist nur eine sehr trostlose Beschreibung. Hat Ihre Mutter nie daran gedacht, noch einmal die Schulbank zu drücken oder sich eine Arbeit zu suchen?"

„Arbeit?" Sie klang ungläubig. „Sanderson-Frauen sind spezialisiert darauf, nutzlose kleine Leben zu führen. Das können wir am besten, und das hat meine Mutter mit Hingabe getan. Leider möchte ich mehr tun als das. Ich möchte meine Position in der Gemeinschaft nutzen, um der Gemeinschaft zu *dienen*. Es ist wichtig, persönlich etwas beizutragen."

Ich begann, Kaffee zu kochen, während Veronica ihre

Tasche auf einem Stuhl abstellte und sich auf einen anderen setzte.

„ESI war überhaupt nicht nutzlos", sagte ich. „Frauen sammeln schon seit Jahrhunderten Geld für den guten Zweck. Ich hoffe, Sie sind stolz auf das, was Sie zu erreichen versucht haben."

„Versucht habe. Richtig."

Ich lehnte mich an den Küchentresen und verschränkte die Arme vor der Brust. „Veronica, es war nicht Ihre Schuld. Niemand kann Sie für das verantwortlich machen, was geschehen ist."

„Haben Sie eine Ahnung, wie viel Geld wir den Besuchern zurückerstatten müssen? Und soeben habe ich erfahren, dass wir für Gradys Erbe fünfundsechzig Prozent der Gage zahlen müssen. Wenn er selbst einfach hingeschmissen hätte, wären wir so davongekommen. Aber niemand kann behaupten, dass er ermordet werden wollte."

„Wohl kaum."

„Wenn die Buchhaltung abgeschlossen ist, wird nur sehr wenig für die neue Kinderstation übrig bleiben. Wir müssen noch mal ganz von vorn anfangen. Mit einer neuen Idee." Sie schüttelte den Kopf. „Und ich habe nicht das Gefühl, so kreativ zu sein. Sie?"

Mein Gefühl war, erschöpft zu sein. Ich konnte mir nicht vorstellen, noch mal von vorn anzufangen. Die Kinderstation war noch immer genauso wichtig wie zuvor, aber ich hoffte einfach, dass das Krankenhaus eine andere Möglichkeit fand, sie zu finanzieren. Ein Banküberfall schien für mich wünschenswerter als ein anderes ESI.

„Wie geht es Ihnen sonst?", fragte ich. „Sie kannten Grady schon lange. Er war ein alter Freund. Was die meisten von uns nicht behaupten können."

„Ich schätze, ich stehe noch unter Schock."

Veronica sagte nichts mehr, bis ich den Kaffee eingeschenkt und zusammen mit einem Kännchen Halbfettmilch zum Tisch gebracht hatte.

Sie nahm ihre Tasse mit einem kleinen Lächeln entgegen. „Ich frage mich immer wieder, ob er noch leben würde, wenn ich ihn nicht überredet hätte, hierherzukommen."

„Sie dürfen sich keine Vorwürfe machen. Er wurde ermordet. Wer immer es war, hätte ihn wohl auch woanders zur Strecke gebracht."

„Wer immer es war? Sie glauben nicht, dass Nora Nelson ihn umgebracht hat?"

Ich selbst hatte mich vielleicht inzwischen damit abgefunden, wieder als Amateur-Detektivin unterwegs zu sein, doch wollte ich nicht die ganze Welt mit dieser Tatsache konfrontieren. Deswegen antwortete ich so vorsichtig, wie ich konnte. „Es scheint eine Menge offener Fragen zu geben."

„Aber die Mordwaffe gehörte zu ihrer Messersammlung."

„Stimmt. Doch diese Sammlung hängt ganz offen an der Wand in ihrem Haus. Ich habe sie gesehen. Wenn die Tür auch nur eine Minute lang einmal nicht verschlossen war, hätte jeder die Waffe an sich nehmen können. Ich könnte wetten, wenn die Polizei genauer hingesehen hätte, wären ziemliche Mängel in Schwester Noras Sicherungssystem gefunden worden."

Sie hob eine Braue, als wollte sie sagen, dass ich mich völlig umsonst um diese Dinge kümmerte. Ich schätze, diese Reaktion werde ich noch oft bekommen, sobald ich meine Zweifel offen ausdrücke.

„Klingt, als wären Sie mit dieser Frau befreundet."

„Wir kennen uns. Und ich kann mir nicht vorstellen, dass sie irgendjemanden umbringen könnte."

„Ich weiß nicht … Sie wurde hinter der Bühne gesehen. Und diese schrecklichen Buchstaben an der Wand …“

„Nun, es spricht eine Menge gegen sie, keine Frage.“

Sie rang sich ein Lächeln ab. „Gehe ich recht in der Annahme, dass Sie die Sache nicht auf sich beruhen lassen wollen?“

„Wie kommen Sie darauf?“

„Nonie hat gesagt, dass Sie sie nach Grady gefragt haben.“

„Nonie?“

„Meine Haushälterin. Sie nennt sich jetzt Winona, Winona Unger. Aber als wir zusammen zur Schule gingen, hieß sie Nonie Wysocki.“

Ich merkte mir Winonas Nachnamen. Nur für den Fall. Und war froh, dass wir nicht länger über mich und meine Zweifel sprachen. „Ich wollte nur herausfinden, ob das, was der Polizist am Abend des Verkehrsunfalls über Gradys Familie sagte, wahr ist.“

„Bestimmt hat Nonie Ihnen erzählt, dass Grady die Wahrheit nicht gern mit seinem Publikum geteilt hätte.“

„Es klang nach einer schwierigen Kindheit.“

„Kinder können grausam sein, und Grady war von Anfang an so was wie ein Außenseiter. Ich habe ihn erst in der Highschool kennengelernt, da waren wir zusammen im Chor und dann in der Schauspielgruppe. Ich sage das nicht gern, aber damals gehörte ich zu einer Art Schickeria. Und Grady natürlich nicht. Meine Freunde machten sich entweder über ihn lustig oder bemitleideten ihn. Aber für sein Talent waren sie blind. Ich konnte sehen, was er zu bieten hatte.“

Über den Rand ihrer Kaffeetasse hinweg sah ich, wie ihre Augen sich mit Tränen füllten. „Ich fand es schrecklich, dass er ständig aufgezogen wurde, deswegen wollte ich mich mit ihm anfreunden. Als wir in der zehnten Klasse waren, sollte an der Schule *Oklahoma* aufgeführt werden, und ich überredete ihn, für die Rolle von Curly vorzusingen, obwohl Zehntklässler eigentlich nie eine Hauptrolle bekamen. Er aber doch. Er hatte die beste Stimme der ganzen Schule, und er konnte schauspielern. Und ich bekam die Rolle der Laurie, obwohl meine Stimme nichts Besonderes war."

„Wollen Sie damit sagen, dass Sie ein Paar waren?"

Sie lachte ein bisschen und wischte mit den Fingerspitzen über ihre Augen. „Himmel, nein. *So* ein Gutmensch war ich nun auch wieder nicht. Ich hatte schließlich einen Ruf zu verlieren. Wir waren nur Freunde. Ich habe ihn angefeuert. Davon abgesehen hatte er bereits eine Freundin. Nonie."

„Nonie sagte mir, dass sie *Freunde* waren." Ich überlegte, ob sie sogar „nur" Freunde gesagt hatte.

„Oh, sie waren mehr als das. Sie waren immer zusammen. Aber als er die Rolle als Idan in *Wayfarers* bekommen hat, schaute er nicht ein einziges Mal mehr zurück. Er verließ Emerald Springs, und das war's. Er hat die arme Nonie sitzen lassen, sie war vollkommen am Boden zerstört. Bis dahin war sie eine gute Schülerin gewesen, auf dem Weg, ein volles Stipendium an einer Uni zu bekommen. Nachdem Grady verschwunden war, verlor sie jegliches Interesse, ihre Noten stürzten in den Keller. Sie hat sich nicht mal an einem College beworben. Nach dem Schulabschluss blieb sie in Emerald Springs und nahm eine unattraktive Stelle nach der anderen an. Nach meiner Hochzeit habe ich sie als Haushälterin angestellt, weil sie mir leidtat. Ich schätze, schon damals war ich auf dem Weg, eine professionelle Wohltäterin zu werden."

„Das ist also Teil Ihrer ehrenamtlichen Arbeit?"

Sie wirkte verlegen. „Nein, tut mir leid, wenn sich das so angehört hat. Nonie war eine großartige Wahl, doch der persönliche Kram wird mit der Zeit ein bisschen uninteressant.

Nachdem ich erst Grady und dann Nonie unterstützt hatte, habe ich mich um andere Dinge gekümmert. Bis ich irgendwann in der nationalen Stiftung von *Ein Krankenhaus für jedes Kind* gelandet bin. Wir arbeiten mit Gemeinden im ganzen Land zusammen, um für bessere Kinderkliniken zu sorgen. Ich muss noch vor Gradys Gedenkgottesdienst zu unserem halbjährlichen Treffen fahren. Vielleicht ist es in Santa Barbara kühler als in Emerald Springs."

„Deswegen war Ihnen unser Krankenhaus so wichtig."

„Farley und ich konnten keine eigenen Kinder bekommen. Ich möchte, dass die Kinder von anderen Leuten die beste Versorgung erhalten, die es gibt."

Da ich nun diese menschliche Seite an ihr kannte, war sie mir schon sympathischer. „Doch kein so unnützes kleines Leben. Wie es scheint, tun Sie eine Menge, um die Welt zu verbessern."

„Sie wissen doch, wie es heißt. Man blüht dort, wo man gepflanzt wird. Und ich scheine hier für immer gepflanzt worden zu sein."

„Das muss ja nichts Schlechtes sein. Grady hat die Stadt verlassen, aber ich glaubte trotzdem nicht, dass er glücklich wurde."

„Sein Leben hat sich auf jeden Fall nicht so entwickelt, wie ich es ihm gewünscht hätte." Sie trank ihren Kaffee aus und sah auf die Uhr. „Er übrigens genauso wenig. Ich weiß, wie viel Ärger er Ihnen gemacht hat. Ich finde es schade, dass er so wurde, so streitsüchtig, fordernd und schwierig. Aber es tut mir auch leid, dass er gestorben ist."

„Vor allem hier und jetzt?"

Sie nickte reumütig. „Vor allem hier. Wenn das woanders passiert wäre, wäre er in der Emerald-Springs-Geschichte eine Fußnote gewesen. Man hätte sich an seine Wurzeln erinnert, seinen bemerkenswerten Erfolg. Nun wird man sich daran erinnern, dass er hier zum Mordopfer wurde."

„Das finde ich auch schade. Dass er überhaupt gestorben ist. Und ausgerechnet hier. Dass wir fünfundsechzig Prozent seiner Gage zahlen müssen …"

„Dass die Umstände so merkwürdig sind?"

„Nennen Sie mich ruhig unendlich neugierig."

Sie stand auf und griff nach ihrer Tasche. Ich brachte sie zur Tür.

„Seien Sie einfach vorsichtig, okay?", sagte sie. „Wenn Nora Nelson unschuldig ist, bedeutet das, dass der wahre Mörder noch auf freiem Fuß ist." Sie schwieg einen Moment. „Aber ganz ehrlich, ich glaube, Sie sind vollkommen sicher."

„Weil die Mörderin bereits im Gefängnis sitzt."

„Meiner Ansicht nach wären es zu viele Zufälle."

„Sie sind mit Ihrer Meinung nicht allein."

Sie hielt mir die Hand hin. „Kommen Sie zu Gradys Gedenkfeier?"

Natürlich sagte ich nicht Nein. „Wir sehen uns dort."

„Wir müssen ihm die letzte Ehre erweisen und dann endgültig damit abschließen."

Doch als ich ihr hinterhersah, wie sie zu ihrem Wagen ging, fragte ich mich, wie wahrscheinlich das war. In seiner Jugend mochte Grady hier ein Außenseiter gewesen sein, doch nun würde er den größten Schatten auf unsere anständige Stadt werfen, den man sich nur denken konnte.

Kaum hatte Nonie mir von Gradys Autobiografie erzählt, da hatte ich auch schon bei Book Gems angerufen, der örtlichen Buchhandlung, in der ich mal gearbeitet habe, und gebeten, es für mich zu bestellen. Heute, als Teddy und Ed siegreich nach Hause gekommen waren, beschloss ich, in die Stadt zu fahren und zu sehen, ob das Buch inzwischen angekommen war. Doch gerade als ich mir die Schlüssel schnappte, rief die Buchhandlung an, um mir zu erklären, dass das Buch nicht mehr verfügbar sei. Ich müsse mich entweder nach einer gebrauchten Ausgabe umsehen oder es in der Bibliothek versuchen. Ich beschloss, mit Letzterem anzufangen.

Die Bibliothek von Emerald Springs ist klein und gemütlich und hat noch diesen typischen Geruch nach alten Büchern, den ich in den meisten modernen Bibliotheken vermisse. Leider sind meine Kinder nicht mehr klein genug für die Märchenstunde, und so setzte ich mich hin und sah dabei zu, wie die Kinderbibliothekarin Magie bewirkte und Kinder in Bücherliebhaber verwandelte.

Aber zumindest ließ ich mich nicht dazu hinreißen, die Witze im *Reader's Digest* anzuschauen.

Da unsere Bibliothek die Karteikarten durch Computer ersetzt hat, ging ich zur Information und erklärte der Frau mit der Brille, wonach ich suchte.

„Sie machen Witze, oder?", fragte sie. „*Sailing toward a Rainbow?*"

„Gibt es eine Warteliste?"

„Wir hatten eine Ausgabe, aber die wurde gestohlen. Ganz sicher wird die irgendwann bei eBay auftauchen. Die Autobiografie von Grady Barber aus der Bücherei der Stadt, in der er starb. Das wird den Preis schön in die Höhe treiben."

„Bäh!"

Sie zuckte mit den Schultern, als wolle sie sagen, dass die Welt nun mal so funktioniere.

„Warum nur eine Ausgabe?", fragte ich. „Er war doch eine lokale Größe."

„Wahrscheinlich hatten wir anfangs mehr, aber wenn ein Buch nicht nachgefragt wird, dann verkaufen wir es beim

Bücherflohmarkt im Frühjahr. Wenn wir gewusst hätten, dass er …“ Sie brach ab. „Es ist jetzt sehr gefragt.“

Wenn wir gewusst hätten, dass er umgebracht wird.

Ich war enttäuscht. Dank Veronica und Nonie wusste ich einiges über Gradys Jahre in Emerald Springs. Doch ich wollte mehr über die Zeit danach erfahren, selbst wenn Grady in seinem Buch maßlos übertrieben haben sollte. Bestimmt würde ich ein paar Dinge erfahren, die mich weiterbrachten.

Jemand tippte mir auf die Schulter, ich drehte mich um in der Erwartung, dass man mich bitten würde, endlich Platz zu machen, denn heute schien so ein Tag zu sein. Doch die Frau hinter mir hatte ein freundliches Gesicht.

„Esther.“ Ich umarmte unsere Kirchenorganistin kurz. „Wollen Sie sich in einen Raum mit Klimaanlage retten?“

Esther, mit Mitte siebzig energiegeladener als die meisten Zwanzigjährigen, wedelte sich mit einer Hand Luft zu. „Ich habe da eine feste Tour. Wenn das Pfarrhaus klimatisiert wäre, würde ich Sie regelmäßig besuchen.“

„Das ist doch ein guter Grund, den Kirchenvorstand um eine Klimaanlage zu bitten.“

Die Frau hinter uns räusperte sich, woraufhin ich mich entschuldigte und zur Seite trat. Esther gab ihren Platz in der Schlange auf und folgte mir.

„Ich habe gehört, wonach Sie gefragt haben“, sagte Esther.

Ich versuchte, mir eine gute Erklärung einfallen zu lassen, war aber vollkommen ratlos.

„Da sind Sie sicher nicht die Erste“, sagte Esther, als ich nichts sagte. „Bestimmt sind wir jetzt alle neugieriger auf Grady Barber als vor dem Mord.“

„Ich habe so viel Zeit mit ihm verbracht. Deswegen hoffe ich, durch das Buch ein angenehmeres Bild von ihm zu bekommen.“

„Ich habe gehört, dass er ziemlich schwierig war."

Esther gehörte zu den hilfreichen Frauen, die mich überhaupt erst in diese unangenehme Lage gebracht hatten. Aber das konnte ich ihr nicht vorwerfen. Wie Sally Berrigan hatte Esther mich einfach mit etwas Sinnvollem beschäftigen wollen.

„Sie lächeln", sagte Esther.

Ich verriet ihr, was ich dachte. „Sie haben mich zum ESI überredet, damit ich nicht wieder in irgendwelche Schwierigkeiten gerate, stimmt's?"

Sie lächelte ebenfalls. „Falls das der Grund war, hat es jedenfalls nicht funktioniert. Aber nein, das war nicht der Grund. Wie kommen Sie darauf?"

„Ich habe da diese klitzekleine Vergangenheit …"

„Nein, Sie kamen uns einfach etwas unzufrieden vor. Wir dachten, wir könnten Ihr Organisationstalent für einen guten Zweck einsetzen, bis etwas Besseres … oder Schlimmeres kommt."

Das klang schon viel besser, und das sagte ich ihr auch.

„Ich besorge Ihnen eine Ausgabe dieses Buchs", sagte Esther.

„Wirklich? Haben Sie eine irgendwo?"

„Nein, aber ich werde eine finden."

Und das würde sie. Esther war eine Art Schatzsucherin und Sammlerin. Sie hatte das Talent, wertvolle Dinge dort zu entdecken, wo andere gar nicht erst suchen würden. Und anscheinend wollte sie dieses Talent nun auch auf Gradys Autobiografie ausweiten.

„Das wäre toll." Ich wollte mich gerade verabschieden, damit sie sich wieder in der Schlange anstellen konnte, als mir etwas einfiel. „Wo wir gerade davon sprechen, kannten Sie Grady persönlich? Ich weiß, dass Sie vor Ihrem Ruhestand

Klavierunterricht gegeben haben und dass er im Schulchor gesungen hat. Sind Sie sich je über den Weg gelaufen?"

„Das sind wir tatsächlich. Eine meiner Schülerinnen begleitete ihn am Klavier auf einer Art Konzert, wenn ich mich richtig erinnere. Er kam zu einer unserer Unterrichtsstunden, damit ich ihnen ein paar Tipps geben konnte. Er hatte die Stimme eines Engels. Unvergesslich."

„Wer war Ihre Schülerin?"

„Daran kann ich mich nicht mehr erinnern. In all den Jahren hatte ich ein Dutzend Schüler oder mehr, die den Schulchor begleiteten. Ich weiß nicht mehr, wer es war, aber vielleicht fällt es mir wieder ein, wenn ich darüber nachdenke."

Ich bedankte mich und umarmte sie noch einmal, bevor wir uns voneinander verabschiedeten.

Doch das sollte nicht die letzte Begegnung mit jemandem aus der Kirche bleiben. Da die Leute üblicherweise wie aus dem Nichts plötzlich vor einem stehen, versuche ich, mich in der Öffentlichkeit immer vorbildlich zu benehmen oder mich ansonsten irgendwo im Schatten herumzudrücken. Was beides manchmal leichter gesagt als getan ist. Zum Glück handelte es sich bei diesem speziellen Kirchenmitglied um jemanden, den ich gerne sprechen wollte, deswegen stellte ich mich ihr unauffällig in den Weg.

„Tammy ..."

Tammy Sargent, die am Zeitschriftenregal gegenüber dem Informationsschalter stand, sah auf. Sie lächelte nicht, sie schien insgesamt nicht besonders erfreut, mich zu sehen, doch wenigstens nickte sie. „Aggie. Ich suche gerade nach einem neuen Rezept fürs Abendessen."

Ich hatte bereits gesehen, dass sie Ausgaben von *People* und *Us* an die Brust drückte, in denen ich jedenfalls nicht gerade nach Rezepten suchen würde. Sie wollte mehr über Gradys Mord in Erfahrung bringen, doch ich tat so, als würde ich die Zeitschriften gar nicht beachten, als sie sie wieder weglegte.

Ich senkte die Stimme. „Ich wollte nur sagen, dass ich sehr froh bin, dass Madison am Freitagabend zu spät kam. Dass sie nicht da war, als das alles passierte."

„Es war das totale Chaos. Sie hatte die letzte Anprobe für ihr Kostüm, und als wir aus der Tür gingen, riss der Saum. Die arme Madison musste in ein Handtuch gewickelt warten, während unsere Schneiderin versuchte, es wieder zu nähen. Es wurde später und später, Madison war ganz außer sich."

Tammy hatte schnell gesprochen, brach jetzt aber plötzlich ab. Ihre Schultern sanken herab. „Ich schätze, es sollte so sein. So blieb meiner Tochter ein schreckliches Erlebnis erspart."

„Sie hatten eine Schneiderin für ihr Kostüm? Was für eine großartige Idee. Meine Mutter kennt fast jeden in der Stadt, der eine Nadel halten kann. Vielleicht auch ihre Schneiderin." Ich sah sie erwartungsvoll an.

Tammy zögerte. „Sue Grossman. In der Eagle Street."

„Nun, solange Junie in der Stadt ist, werde ich sie wohl nie brauchen."

„Ich habe gehört, dass *Sie* ihn gefunden haben."

Ich nickte. „Ich wollte ihn zu seinem Auftritt abholen. Doch irgendjemand ist schneller gewesen."

„Irgendjemand? Sie meinen Nora Nelson."

Dies war kein Thema, das ich zum zweiten Mal an diesem Tag diskutieren wollte. Ich senkte meine Stimme noch mehr. „Tammy, Ed kann Ihnen den Namen eines guten Therapeuten nennen, der Madison bei der Verarbeitung von alldem hilft. Ich bin sicher, dass diese ganze Geschichte …"

„Wir brauchen niemanden. Sie hat mich. Glauben Sie, dass

ich damit nicht umgehen kann? Grady Barber ist tot, und Madison muss einfach weitermachen. Fall erledigt."

Ich fragte mich, warum Tammy wieder so abwehrend war. Fürchtete sie, dass Madison irgendetwas verraten könnte? Und was genau? Und hatte sie nicht fast ein wenig erleichtert geklungen, als sie sagte, dass Grady tot war, oder hatte ich mir das nur eingebildet?

Ich versuchte, sie zu beschwichtigen. „Wir alle brauchen manchmal Hilfe. Dieses ganze Erziehungsding ist schwieriger, als ich es mir jemals vorgestellt hätte, dabei habe ich noch Ed. Ich dachte nur, Sie würden Ihre Sorgen vielleicht gerne mit jemandem teilen. Das konnten Sie bisher nicht."

„Und aus Madison ist trotzdem was geworden."

„Überhaupt keine Frage."

„Sie und Ed denken, dass ich nicht weiß, was ich tue. Dieses Gefühl geben Sie mir nicht zum ersten Mal, und seit der Party ist es noch schlimmer geworden."

Ich entschuldigte mich, obwohl ich mir nicht ganz sicher war, wofür. „In keiner Weise will ich andeuten, dass Sie keine gute Mutter wären. Ich möchte Ihnen nur Hilfe in einer schwierigen Zeit anbieten."

„Schön. Aber dieses eine Mal könnten Sie es unterlassen, Ihre Nase in Dinge zu stecken, die Sie nichts angehen."

Manchmal ist es am besten, nichts zu sagen. Ich sah ihr hinterher, wie sie aus der Bibliothek stürmte, und konnte nur hoffen, dass Madison wirklich bei der Schneiderin gewesen war, als Grady sterbend auf dem Boden des grünen Zimmers gelegen hatte. Denn falls es sich dabei um eine glatte Lüge handelte, würde ich es Roussos erzählen müssen. Und ein Mitglied der Gemeinde bei der Polizei zu verpfeifen war gleichbedeutend mit der Bitte an den Kirchenvorstand, meinen Mann zu feuern.

13. KAPITEL

Am Donnerstag bekam das Feeling Quilty die Hitze zu spüren. Außer bei den Quilt-Näherinnen, die zu Hause keine Klimaanlage hatten, stand Einkaufen eher ganz unten auf der Liste. Der Laden war so gut wie leer. Und die, die sich trotzdem hierhergeschleppt hatten, waren weniger kauflustig als üblich.

„Bei dieser Hitzewelle kann sich niemand vorstellen, jemals wieder einen Quilt zu brauchen", sagte Junie. „Ich biete momentan einen Nähkurs für Platzdeckchen und Kissenbezüge an. Das können sich die Leute gerade noch vorstellen."

Wir waren im Keller, wo ich Junie beim Staubwischen und Aufräumen half. Nicht weil die Unterrichtsräume das wirklich nötig gehabt hätten, sondern weil es hier kühler war als hinten im Garten oder auf der Veranda. Um neun Uhr morgens hatte das Thermometer bereits zweiunddreißig Grad gezeigt, und um halb elf war die Temperatur noch einmal um zwei Grad geklettert. Angeblich sollten wir am nächsten Tag über achtunddreißig Grad bekommen.

„Bestimmt regnet es bald, und dann kühlt es etwas ab", sagte ich.

„Die Nerven liegen ziemlich blank. Gestern musste ich zwei Frauen voneinander trennen, die sich wegen eines Stoffrests in die Haare bekamen. Ich musste versprechen, mehr davon zu bestellen."

Selbst in dem Keller war es mir viel zu heiß, um lang um den heißen Brei herumzureden. „Es ist immer schön, dich zu sehen, aber ich habe noch einen Grund, warum ich hier bin. Kennst du eine Frau namens Sue Grossman? Sie ist Schneiderin." Ich hatte Sue Grossman im Telefonbuch nachgeschlagen, somit wusste ich, dass Tammy zumindest teilweise die Wahrheit gesagt hatte.

„Sue kommt ab und zu vorbei. Sie wird im Herbst vielleicht einen Nähkurs für Abendkleider geben."

Davon ermutigt, erzählte ich Junie, dass Tammy behauptet hatte, an besagtem Abend bei Sue gewesen zu sein. „Ich muss herausfinden, ob das wirklich stimmt", erklärte ich. „Ich könnte sie selbst fragen, aber ich bezweifle, dass sie so was einer Unbekannten verraten würde."

„Oh, du willst, dass ich dir dabei helfe, Nora aus dem Gefängnis zu holen." Junie sah verzückt aus.

Ich hob eine Hand. „Ich bin nicht sicher, dass ich so weit gehen würde. Aber ich versuche herauszufinden, wer Grady außer ihr noch hätte umbringen können. Die Polizei wird nicht weiter nachforschen. Die sind total zufrieden, sagen zu können, dass sie eine Verdächtige festgenommen haben."

„Ich kann mit Sue sprechen." Junies Augen glühten. „Ich frage mich, was ich dazu anziehen soll?"

„Bitte kein Sherlock-Holmes-Outfit, okay? Plauder einfach über ein paar andere Dinge mit ihr, bring dann das Thema ‚Grady' zur Sprache und erwähne vielleicht Madison. Sag ihr, dass du von dem Problem gehört hast, das Madison mit ihrem Kostüm an dem Abend von Gradys Tod hatte, und dass Sue versucht hat, es zu reparieren. Und vielleicht, was für ein Glück es war, dass Madison nicht miterleben musste, wie Gradys Leiche gefunden wurde."

„Ich werde an meinem Text arbeiten. Das ist ja so aufregend."

Ich hatte so meine leisen Zweifel. Meine Mutter ist einzigartig, aber ich wusste nicht, ob es eine gute Idee war, sie anzuwerben. Ihr Text könnte in etwa lauten: „Waren die Sargents am Freitagabend bei Ihnen, als Grady Barber ermordet wurde?

Denn, wissen Sie, falls nicht, dann haben sie ihn wahrscheinlich umgebracht!"

Mein Handy klingelte, bevor ich dazu etwas sagen konnte. Ich klappte es auf und drückte es an mein Ohr. So viel bekomme ich gerade noch hin.

„Aggie? Ich habe eben erst das von Grady erfahren." Es knisterte in der Leitung, aber die Stimme war unverkennbar.

Fred! Ich zeigte auf das Ausgangsschild, um meiner Mutter zu signalisieren, dass ich das Gespräch draußen führen würde, in der Hoffnung, dass der Empfang dort besser war.

Die Hitze war erdrückend. Ich lehnte mich an die Hauswand, wo es zumindest ein paar Zentimeter Schatten gab. „Danke, dass Sie mich zurückrufen. Wo waren Sie denn, wenn Sie es jetzt erst gehört haben? Es kam ständig in den Nachrichten."

„Nicht, wo ich war. In einem spirituellen Zentrum in Big Sur. Und wenn ich *spirituell* sage, dann meine ich auch spirituell. Kein Telefon. Keine Zeitungen oder sonstige Verbindung zur Außenwelt. Ich musste meinen Kopf freikriegen, und ich bin direkt von Emerald Springs hingefahren."

Das wäre leicht genug nachzuprüfen, aber ich war geneigt, ihm zu glauben. Ziemlich viel Zeit war seit meiner ersten Nachricht auf der Mailbox vergangen, somit hätte Fred sich ein besseres Alibi ausdenken können, wenn er eines brauchte.

„Klingt nach einem Ort, wo ich mal hinsollte", sagte ich. „Wie heißt er?"

„Das Erleuchtungs-Zentrum in der Nähe von Carmel. Ich würde sagen, Sie bräuchten pro drei Tage mit Grady jeweils einen Tag dort. Was zum Teufel ist eigentlich passiert? Seine Exfrau hat ihn ermordet? Nora Nelson war die Einzige von diesem Pack, die nichts von ihm wollte. Das sollten Sie wissen."

„Was meinen Sie damit?"

Fred schien froh darüber, wieder tratschen zu können. „Er war nach Nora noch zwei Mal verheiratet und hat mit einer weiteren Frau lange genug zusammengelebt, dass sie gesetzlich als Lebensgefährtin gegolten hat. Nora war die Einzige, die nicht ständig Geld von ihm wollte. Ich glaube nicht, dass er ihr jemals auch nur einen Cent bezahlt hat. Ich habe nie mit ihr gesprochen oder sonst was. Sie hat wirklich überhaupt nichts mehr mit Gradys Leben zu tun gehabt."

„Ich kann mir nicht recht vorstellen, dass sie es war."

Nun begriff er, dass ich ihn für verdächtig hielt, doch er klang nicht beleidigt. „Nun, ich war es nicht. Ich kann verstehen, dass Sie sich das fragen, aber mein Alibi ist absolut wasserdicht. Wer steht also noch auf Ihrer Liste?"

„An diesem Abend war ein Mann hinter der Bühne und hatte einen Streit mit Grady. Er kam mir irgendwie bekannt vor, aber mir fällt nicht ein, woher. Groß, dunkelhaarig, ein bisschen älter als ich vielleicht. Dünn. Jeans. Ich weiß, das ist ziemlich vage."

„Haben Sie ihn vielleicht zum ersten Mal bei der Willkommensparty gesehen?"

„Ich glaube nicht …"

„Als der Polizeichef ihn hinausgeworfen hat?"

„Oh!" Das war es. Ich hatte den Typ zwar nur kurz auf der Veranda gesehen, weshalb ich auch nicht in der Lage gewesen war, ihn einzuordnen. Trotzdem ärgerte ich mich jetzt darüber.

„Sein Name ist Rob Taylor", sagte Fred. „Wissen Sie noch, wie Grady mich an diesem Abend fertiggemacht hat, weil ich nicht permanent bei ihm war? Ich konnte vor Ihnen nicht sagen, dass ich draußen gewesen war und versucht hatte, Taylor zu beruhigen. Ich bin ihm gefolgt, nachdem der Polizeichef ihn weggeschickt hatte. Er war vollkommen außer sich."

„Worum ging es? Und wo kann man ihn finden?"

„Seine Frau war Kandidatin bei einer ähnlichen Show wie ESI, nur in Pittsburgh. Er kommt aus einer kleinen Stadt etwas nördlicher. Zelienople, glaube ich. Sie war talentiert. Hatte eine weiche Country-Stimme. Und hübsch war sie auch. Grady war ganz angetan von ihr, zu angetan, falls Sie verstehen, was ich meine."

„So, wie er zu angetan von Madison Sargent war?"

„Tut mir leid. Ich hatte gehofft, dass es nicht so wäre."

„Ich weiß es nicht sicher, befürchte es aber."

„Grady hat es einfach nie kapiert. Ich habe immer wieder versucht, Schadensbegrenzung zu betreiben. Ich weiß wirklich nicht, warum ich es so lange bei ihm ausgehalten habe. Die Bezahlung war gut – und jedes Mal, wenn ich damit drohte, zu gehen, hat mir sein Manager und Buchhalter noch mehr angeboten. Ich wurde gierig. Ich habe einfach den Goldesel weiter ausgenommen und meinen Zoff mit ihm runtergeschluckt wie ein Stück rohes Fleisch."

„Im Erleuchtungs-Zentrum gibt es wohl nur vegetarisches Essen, oder? Sie sind ja geradezu fleischfixiert."

„Ich bin am Verhungern und auf dem Weg, mir ein Steak zu gönnen. Jedenfalls hat Taylors Frau ihm erzählt, was da los war, und der hat sich Grady vorgeknöpft. Hätte ihn am liebsten umgebracht. Grady hat natürlich alles abgestritten, und was für Beweise hatte sie schon? Grady sagte, dass sie *ihn* erpressen, sich irgendwelche Geschichten ausdenken würde, damit er sie gewinnen ließe. Aber Taylor war klüger als so manch anderer in so einer Situation. Er hat Grady hinterherspioniert, in anderen Städten mit Kandidatinnen gesprochen. Er erstellte eine Liste mit Frauen, hinter denen

Grady her gewesen war. Einige von ihnen, die sich auf ihn eingelassen hatten, sagten, dass Grady sie zusammen gefilmt und sie damit erpresst hätte."

„Das ist ja ekelhaft."

„Ja, er war ein Dreckskerl. Ich habe nie irgendwelche Videobänder gesehen, aber ich weiß, dass er eine Kamera in seinem Schlafzimmer installiert hatte. Die habe ich entdeckt, als ich nach irgendwas suchte, was ich für ihn holen sollte. Er sagte, die wäre nur zum Spaß da, dass er und seine letzte Frau sich gern gefilmt und dann die Filme angesehen hätten, wenn ihnen langweilig war. Ich schätze, da hätte ich es schon kapieren müssen, oder? Wie auch immer, ich habe nie irgendwelche unwiderlegbaren Beweise gesehen, dass Taylor sich die Geschichte nicht vielleicht doch nur ausgedacht hatte. Ich wusste natürlich, dass Grady Affären mit einigen Kandidatinnen hatte und dabei das eine oder andere Herz brach. Aber ich war nicht dabei. Ich weiß nicht, wer da was angefangen hat. Also habe ich mich einfach nicht darum gekümmert und weitergemacht, bis ich nicht mehr konnte."

„Worüber haben Sie beide am letzten Tag gestritten? An dem Tag, an dem Sie gefeuert wurden oder gekündigt haben. Was auch immer?"

„Rob Taylor war zu Veronica Hayworth gegangen, doch sie hatte ihn hinausgeworfen und gesagt, dass er nur versuche, den guten Ruf eines Mannes zu ruinieren."

Ich versuchte, mich in Veronicas Lage zu versetzen. Jugendfreunde. Das Ansehen unseres Zugpferdes in Gefahr. Keine Möglichkeit, Taylors Behauptungen zu überprüfen, ohne einen Detektiv zu engagieren. Und trotzdem fragte ich mich, ob sie alles getan hatte, um die Idyll-Kandidatinnen zu schützen, nur für den Fall, dass doch etwas Wahres an den Behauptungen war. Ich fragte mich, ob sie Grady davon erzählt und ihn um seine Version der Geschichte gebeten hatte. Ganz bestimmt hatte sie das, und ganz bestimmt hatte er sie mit seiner Antwort um den Finger gewickelt.

„Und *warum* haben Sie gestritten?“, fragte ich.

„Als ich an diesem letzten Morgen sein Zimmer betrat, habe ich eine Handtasche gefunden.“

„Die von Madison?“

„Nein, von Julia.“

Julia, die Folksängerin.

Fred fuhr fort: „Ich sagte ihm, dass er damit aufhören müsse, dass ich nicht mehr bereit wäre, Schadensbegrenzung zu betreiben, egal, wie viel er mir zahlte. Ich erinnerte ihn daran, dass Rob Taylor hinter ihm her war und sich über jeden weiteren Beweis freuen würde. Dass irgendwann jemand wie Veronica ihm glauben und daraufhin niemand mehr Grady engagieren würde. Grady sagte, dass Julia erwachsen wäre, alleinstehend noch dazu, und dass er ihr nichts versprochen hätte. Sie wären einfach miteinander ausgegangen, und dann hätte eins zum anderen geführt. Ich fragte ihn, ob er ein Video von ihnen beiden gemacht hätte, und da hat er mich geschlagen.“

„Das klingt, als ob Sie ihn der Erpressung für fähig hielten.“

„Ja, davon ging ich aus, als ich endlich nicht mehr länger wegsah. Vielleicht hatte er deshalb auch nie Kontakt mit Nora Nelson. Vielleicht hatte Grady auch was gegen sie in der Hand. Vielleicht reicht seine Karriere als Erpresser viele Jahre zurück.“

Ich vermutete, dass dies durchaus möglich war, wobei mir Nora nicht die Art von Mensch zu sein schien, die sich erpressen ließ. Sie würde ihre Sünden eingestehen, egal welche, und um Vergebung bitten.

„Glauben Sie, dass dieser Taylor wütend genug war, um Grady umzubringen?“, fragte ich.

„Er war außer sich. Und noch mehr, weil ihn niemand ernst nahm."

„Was ist mit Julia? Hätte sie wütend sein können?"

„Das bezweifle ich. Ich bin mir sicher, dass sie in der nächsten Runde rausgeflogen wäre, denn so viel hatte er mir verraten. Sie habe überhaupt keine Chance, sagte er. Also wäre sie vielleicht nach dem Rauswurf sauer gewesen, aber nicht davor. Entschuldigen Sie, ich brauche jetzt wirklich ein T-Bone-Steak. Oder Spareribs. Ich liebe Spareribs."

„Eins noch, Fred, bitte."

„Schön, aber schnell. Ich höre schon die Zwiebelringe nach mir rufen."

„Sie sagten einmal, dass Gradys Karriere nicht so großartig war, wie wir dachten. Ich habe versucht, mehr darüber herauszufinden. Ich möchte seine Autobiografie lesen, doch bisher konnte ich sie nirgends auftreiben."

„Sie wurde nur in einer sehr kleinen Auflage gedruckt. Vergessen Sie nicht, dass sie vor seinem Comeback mit ‚Remember Me in April' erschienen ist. Ich würde Ihnen ja meine Ausgabe schicken, aber ich habe sie vor ein paar Monaten verbrannt. Therapeutisch sehr hilfreich."

„Jemand versucht, sie mir zu besorgen."

„Nun, wenn Sie sie lesen, achten Sie auf alles, was nicht drinsteht. Freunde, die wirklich etwas in Hollywood zu sagen haben. Große Verträge. Erfolgreiche Filme. ‚April' war ein Überraschungshit, aber kein anderer Titel der CD schaffte es. Wenn er Songs von anderen gesungen hat, war es okay, wenn auch nichts Besonderes. Doch keiner seiner eigenen Titel war hörenswert. Da draußen ist man nur angesagt, solange jeder Geld mit einem verdient. Wenn sein nächstes Album keinen weiteren Hit gehabt hätte, wäre er erledigt gewesen."

Ich bedankte mich bei ihm. „Irgendwelche Jobs in Aussicht?", fragte ich zum Schluss.

„Bisher drei Angebote, die alle sehr vielversprechend klingen. Gradys Tod war gut für mich, wenn auch nicht gerade für ihn. Jetzt muss ich niemandem erklären, warum ich nicht mehr mit ihm arbeite."

Ich legte auf, damit Fred endlich sein Steak bekam, allerdings erst, nachdem ich ihm empfohlen hatte, einen großen Salat und eine gebackene Kartoffel dazuzubestellen. Schließlich hatte er mir eine Menge Informationen gegeben, da konnte ich zumindest zu verhindern versuchen, dass er nach der Zeit der Meditation und spirituellen Reinigung sofort einem Herzinfarkt erlag.

Da sich fast alles, was gegen Nora sprach, um das Messer aus Yanks Sammlung drehte, beschloss ich, noch einmal zur Farm zu fahren und herauszufinden, wie es in das grüne Zimmer gelangt war. Nora hatte das Haus abgesichert, aber ganz offensichtlich war da was schiefgelaufen. Wie lange hatte das Messer schon gefehlt? Hätte Yank sein Fehlen überhaupt bemerkt? Soweit ich mich erinnern konnte, waren die Messer an einer Magnetleiste befestigt. Hätte jemand die Messer einfach so verschieben können, dass kein Zwischenraum aufgefallen wäre?

Bevor ich den Quilt-Laden verließ, erzählte ich Junie, dass ich vorhatte, am Nachmittag mit Yank zu sprechen. Sie fragte, ob sie mich begleiten solle, und da die Menschen Junie immer die merkwürdigsten Dinge erzählen, nahm ich ihr Angebot gerne an. Kurz überlegten wir auch, ob wir Teddy mitnehmen sollten, doch da ich nicht wusste, wie die Zirkusleute nun, da Nora im Gefängnis saß, auf Besuch aus der Stadt reagierten, ließ ich sie doch lieber bei Ed, der gerade an seiner Predigt schrieb. Er hatte versprochen, diesmal niemanden aus der Familie zu erwähnen, etwas, was er meiner Ansicht nach bis zu seinem Ruhestand durchhalten wird.

Junie kleidete sich für ihre Verhältnisse dezent, das heißt, sie trug eine Baumwollhose, ein T-Shirt mit Leopardenmuster und etwas, was für meinen Geschmack zu sehr an einen Tropenhelm erinnerte. Der „Helm“ war mit einem Camouflage-Band unter ihrem Kinn zusammengebunden. Ich beschloss umgehend, sie vom Tierzelt fernzuhalten, nur für den Fall, dass ihre Aufmachung böse Erinnerungen weckte.

Heute waren tatsächlich Demonstranten da. Wahrscheinlich hatte sie Noras Verhaftung auf den Plan gerufen. Obwohl die Temperaturen auf ein Rekordhoch zusteuerten, trugen acht Erwachsene und drei Schulkinder Schilder vor sich her. Ich sah, dass die Kreativität durch die Hitze gelitten hatte, oder vielleicht gab das Thema einfach nicht mehr her: „Sie sind hier nicht erwünscht“, las ich. Ich fragte mich, worüber die Leute besonders wütend waren. Ging es um die wilden Tiere, um den Zuzug von so vielen Fremden, die Beleuchtung und den Lärm während der Vorstellungen, Noras Behauptung, dass Gott eine Zirkusartistin als seine neue Prophetin ausgewählt hatte, oder schlicht um ihre Botschaft?

Wie ich vermutete, toppte die Botschaft alles andere. Selbst Leute, die jede einzelne grässliche Prognose über die globale Erwärmung glaubten, wollten meist nicht hören, dass sie ernsthafte Veränderungen in ihrem eigenen Leben vornehmen mussten. Es ist immer leichter zu denken, dass es sich um das Problem von jemand anderem handelt. Und noch leichter, es späteren Generationen zu überlassen. So was geschah in der Menschheitsgeschichte doch immer wieder.

Ich hatte Yank noch nicht kennengelernt, ihn aber am Tag von Noras Verhaftung gesehen. Jetzt, nachdem einer der

Bewohner uns die Richtung gewiesen hatte, entdeckte Junie ihn unter einem großen Dach. Aus der Ferne sah Yank wie ein Mann mittleren Alters aus, der mit aller Macht versuchte, für seine Liebste einen Teddybär oder einen Plastikblumenstrauß zu gewinnen. Er warf mit etwas, und als wir näher kamen, sah ich, dass es sich um Messer handelte, vielleicht sogar um Messer aus besagter Sammlung, mit denen er auf eine sich drehende Scheibe zielte, auf der eine menschliche Gestalt befestigt war.

Junie, die dadurch wenig beunruhigt war, klärte mich, während wir auf ihn zugingen, über seine Vergangenheit auf.

„Yank ist in einer Zirkusfamilie groß geworden. Er gehört bereits zur vierten Generation, die sich in der Kunst des Messerwerfens üben."

„So nennt man das? Kunst des Messerwerfens? Hat er jemals … ähm, danebengeworfen?"

„Der Apfel fällt nicht weit vom Stamm, Liebes. Ich habe ihn dasselbe gefragt."

Ich überlegte, in welcher Hinsicht ich Junie noch ähnelte. So lieb ich sie auch habe, ich war mir nicht sicher, ob ich sein wollte wie sie. Andererseits, wollte ich lieber meinem Vater ähnlich sein? Wäre Ed bereit, mit mir irgendwo in einer Kommune oder einer Art Lager zu leben, irgendwo, wo Land billig war und die Nachbarn wegschauten, wenn die Mauern um das Grundstück immer höher wurden?

„Und was hat er gesagt?", fragte ich. Ich hatte beschlossen, mir jegliche genetischen Gedanken für einen regnerischen Tag aufzuheben – falls es jemals wieder einen geben sollte.

„Er sagte, er hat seine Assistentin ein- oder zweimal gestreift, wobei aber nie etwas Schlimmes passiert wäre."

„Kommt dir das denn überhaupt nicht komisch vor? Dieses Bedürfnis, mit tödlichen Waffen auf Menschen zu zielen?" Ich kniff die Augen zusammen und erkannte zu meiner großen Erleichterung, dass Yank heute nur an einer menschlichen Attrappe vorbeizielen musste. Ich fragte mich, wie sein Auftritt zu Noras Botschaft passte. Yank als der Teufel in Noras Interpretation der Hölle? Ich hoffte, dass ich dieser Form der Unterhaltung aus dem Weg gehen könnte.

„Ich finde es aufregend. Ich würde ihm durchaus erlauben, auf mich zu werfen. Ich habe es ihm sogar angeboten."

„Hast du nicht."

„Ich glaube, ich bin zu kräftig. Vermutlich bezweifelt er, dass die Scheibe sich schnell genug drehen würde. Aber natürlich war er viel zu höflich, um das zu sagen."

Junie ist klein, kompakt und sehr blond. Auf keine ihrer Töchter passt diese Beschreibung. In dieser Hinsicht bin ich doch dankbar, was das genetische Lotteriespiel betrifft. Denn Mutter Natur kann manchmal wirklich eine fantastische Komödiantin sein.

„Bitte melde dich hier für nichts mehr freiwillig, okay? Ich bin sicher, die haben jede Menge talentierte … ähm … Artisten, die jede Aufgabe übernehmen können, die zu übernehmen ist."

„Ich finde es einfach so schlimm, dass Nora auf diese Art und Weise den Löwen zum Fraß vorgeworfen wird."

„Und du solltest auch ein wenig auf deine Metaphorik achten. Falscher Ort, falsche Zeit." Wie um meine Worte zu bestätigen, erklang irgendwo in der Nähe das Brüllen eines Löwen.

Nun waren wir nah genug bei Yank angekommen, um unser Gespräch zu unterbrechen. Wir standen etwa zwanzig Fuß hinter ihm und warteten, bis das letzte Messer geworfen war. Dann trat er auf ein Pedal, und die Scheibe hörte auf, sich zu drehen.

„Yank?“

Ohne Messer in den Händen wirkte Yank gleich viel zugänglicher. Er wandte sich um und lächelte Junie an. „Ms. Bluebird. Was machen Sie denn hier?“

„Kennen Sie meine Tochter Aggie Sloan-Wilcox?“

Yank streckte eine Hand aus. „Sie also sind Aggie. Nora sagte, Sie würden ihr helfen.“

Das schien mir eine starke Übertreibung zu sein, und ich versuchte, sie bescheiden zu korrigieren. „Nein. Nicht so richtig, meine ich. Ich weiß nicht, ob ich es kann.“

„Aggie wird den wahren Mörder finden und dafür sorgen, dass Nora freikommt“, sagte Junie, die ganz offensichtlich jedes einzelne Wort auch so meinte.

„Nora ist überzeugt, dass alles so kommen musste.“ Yank war Ende vierzig, dünn wie ein Langläufer, mit langsam grau werdendem dunklem Haar, leicht gebräunter Haut und Augen so schwarz wie Oliven. Ich fragte mich, wie lange er und Nora schon zusammen waren und wie viel er über ihre Beziehung mit Grady wusste.

Junie entschuldigte sich dankenswerterweise, damit ich ihm ungestört Fragen stellen konnte. Wir vereinbarten, uns in ein paar Minuten draußen zu treffen. Ich konnte nur hoffen, dass sie sich in der Zwischenzeit nicht überreden ließ, einmal das Schwertschlucken auszuprobieren.

„Ich habe Nora am Montag gesehen“, sagte ich, nachdem Junie gegangen war. „Ich vermute, dass sie inzwischen im Landesgefängnis sitzt?“

„Dort gibt es zumindest Besuchszeiten. Wir dürfen sie am Samstag sehen.“

„Würde es Ihnen etwas ausmachen, mir ein paar Fragen zu beantworten? Ich weiß wirklich nicht, ob ich etwas tun kann, aber zumindest weiß ich, dass es eine Menge Menschen gibt, die Grady Barber nicht mochten. Für meinen Geschmack sind die Beweise, die gegen Nora sprechen, einfach zu eindeutig, gerade als ob ihr jemand den Mord in die Schuhe schieben wollte."

„Als ob?"

Ich mochte diesen Mann, auch wenn ich nicht wusste, weshalb. Ich meine, Yank schleuderte Messer auf Menschen. Er lebte in wilder Ehe mit einer Frau, die mit Gott spricht und alles glaubt, was sie hört. Das wäre ja in Ordnung, wenn Gott ihr wirklich Worte in den Kopf setzen würde, doch wahrscheinlich nahm sie einfach nicht regelmäßig ihre Medikamente.

„Ich glaube nicht, dass Nora Grady umgebracht hat." Ich hob die Hände. „Aber seien wir ehrlich, ich gehöre da wirklich zu einer Minderheit."

„Fragen Sie. Zerstreuen wir Ihre Zweifel."

„Okay, hat Nora mit Ihnen jemals über Grady gesprochen? Immerhin war er ihr erster Ehemann."

„Ihr einziger Ehemann. Und kein besonders guter, wie sie Ihnen bestimmt verraten hat."

„Also hat sie über ihn gesprochen?"

„Sie hatte das Gefühl, dass Grady eine Hürde war, die sie überwinden musste. Um den Visionen würdig zu sein, die sie hat, musste sie allen Menschen verzeihen, die ihr je unrecht getan haben. Bei Grady war es am schwierigsten, aber sie schaffte es. Und am Ende wollte sie ihn dann nur noch vor sich selbst retten."

„Und glaubte sie, dass sie das könnte?"

„Der Glaube versetzt Berge. Aber Grady hätte auch glauben müssen, ihr Glaube reichte nicht für beide. Er hörte nicht zu. Er starb."

„Freier Wille?"

„Wenn man nur hier und da ein kleines Gebet sprechen müsste, um einen schlechten Menschen in einen guten zu verwandeln, dann sähe es auf der Welt viel besser aus."

Ich dachte, dass Yank vermutlich die Kraft war, die Nora erdete, ihre tägliche Dosis gesunder Menschenverstand. Der Kerl wurde mir wirklich immer sympathischer.

„Ihrer Meinung nach ging es Nora nur darum? Sie wollte nichts anderes, als ihn … hm … zu einem besseren Leben zu bekehren?"

„Das war alles, was sie wollte. Sie kam ziemlich niedergeschlagen nach Hause. Natürlich hatte sie kein Wunder erwartet, auch wenn sie an Wunder glaubt. Sie sagte, Grady wäre noch immer Grady, dass er sich nicht verändert hätte, außer dass sein junges süßes Gesicht leichte Ermüdungserscheinungen zeigte und bald ganz verschwunden sein würde. Sie sagte, in Zukunft könnte er die Leute nicht mehr so leicht an der Nase herumführen, und das zumindest wäre eine gute Sache. Aber ehrlich, sie glaubte nicht, dass er überhaupt noch irgendeine Zukunft hatte. Sie hatte eine sehr dunkle Wolke über ihm gesehen."

So langsam bekamen seine Worte den Beigeschmack einer Tarotsitzung. Ich stellte mir den alten Grady vor, wie er in einer Art kosmischem Kartenspiel den „Tod" aufdeckte und Nora mit ihrem Mitgefühl und ihrer Sensibilität genau das spürte und ihn warnen wollte. Ich wunderte mich, dass mich diese Vorstellung weniger beunruhigte als Noras Behauptung, dass Gott höchstpersönlich sich eingeschaltet und sie aufgefordert hätte, Grady zum Licht zu führen.

„Wie sieht es mit den Sicherheitsvorkehrungen Ihres Hauses aus?", fragte ich. „Nora hat die an dem Abend, an dem wir sie besuchten, ausdrücklich gelobt."

„Wir haben eine Alarmanlage, einen Bewegungsmelder,

Spezialschlösser an den Türen und Fenstern. Wer mit uns reisen will, darf keine Waffe haben. Wenn jemand trotzdem mit einer erwischt wird, wird er sofort weggeschickt. Wir sind sehr, sehr vorsichtig. Mir wurde von Kindesbeinen an beigebracht, vorsichtig zu sein.“ Er kämmte erregt mit den Fingern durch sein Haar. „Ich kann es einfach nicht fassen, dass ich vielleicht verantwortlich bin für das, was passiert ist.“

„Wie meinen Sie das, Yank? Waren Sie an einem Tag unvorsichtig? Haben Sie vergessen, die Alarmanlage anzustellen oder eine Tür unverschlossen gelassen? Haben Sie es jemandem ermöglicht, hereinzukommen und ein Messer zu stehlen?“

„Nein, nichts in der Art. Aber ich habe mir die ganze Zeit das Hirn zermartert, ob es irgendeine Möglichkeit gab, sich trotzdem hereinzuschleichen. Und letzte Nacht fiel mir etwas ein. Vor ungefähr zwei Wochen war ich im Haus und machte mich für die Probe fertig. Draußen gab es einen Tumult, und irgendjemand löste den Alarm im Tierzelt aus. Ich lief hinaus, um zu sehen, was los war, und jetzt weiß ich nicht mehr, ob ich hinter mir abgeschlossen habe oder nicht. Ich glaube fast, nicht. Wenn ein Alarm ausgelöst wird, rennt man los.“

„Was war das Problem?“

„Eine Käfigtür ließ sich nicht richtig schließen. Jemand von uns ging hinein und sah, dass unser weißer Tiger die Pfote dazwischen hatte. Er löste den Alarm aus, um sicher zu sein, dass er nicht allein war, falls der Tiger plötzlich auf die Idee kommen würde, zu springen. Als ich dort ankam, war alles schon erledigt. Ich war nicht länger als ein paar Minuten weg.“

„Wissen Sie noch, ob Sie aufschließen mussten, als Sie zurück ins Haus gingen?“

„Nein, ich hatte es eilig, ich war sowieso schon zu spät für die Probe. An mehr kann ich mich nicht erinnern. Aber falls ich nicht abgeschlossen hatte, ist es mir jedenfalls nie aufgefallen. Ich hatte kein schlechtes Gewissen oder machte mir Sorgen. Alles ging so schnell, dass ich einfach nicht weiter drüber nachdachte."

„Wie lange würde es dauern, ins Haus zu gelangen und das Messer zu klauen?"

„Weniger als eine Minute. Und wahrscheinlich hätte niemand was gesehen. Alle rannten zu den Käfigen. Und wenn wir zu Hause sind, kann sowieso jeder kommen und gehen, wie er will. Niemand wäre aufgefallen."

„Haben Sie das der Polizei gesagt?"

„Ich habe mit dem diensthabenden Detective an dem Morgen gesprochen. Er war nicht sonderlich beeindruckt."

Roussos natürlich, und der war nie beeindruckt.

Mein Kopf war voll mit Fragen, doch die wichtigste war auch die offensichtlichste: „Sagen wir mal, jemand war im Haus, hat ein Messer gestohlen und sich die Zeit genommen, die anderen Messer auf der Magnetleiste so zu verschieben, dass Sie nichts merken würden …"

„Genau das ist, glaube ich, passiert. Denn wenn da eine Lücke gewesen wäre, hätte ich das sofort gesehen."

„Wer also hätte es gewesen sein können? Hat irgendjemand hier einen Grund, Nora einen Mord anzuhängen? Oder vielmehr, hat irgendjemand einen Grund, Grady Barber umzubringen und ihr den Mord anzuhängen? Jemand, der eine Verbindung zu beiden hat?"

„Ich wüsste nicht, wer. Wenn jemand einen Grund hatte, hat er ihn für sich behalten."

„Hat niemand je erwähnt, Grady zu kennen? Hat vielleicht jemand besonderes Interesse am ESI gezeigt?"

Yank schüttelte den Kopf. „Niemand, zumindest hat mir gegenüber niemand was erwähnt oder danach gefragt. Und auch Nora hat nichts gesagt."

„Fragen Sie sie bitte am Samstag. Doch falls das in eine Sackgasse führt, dann ist die Frage, wer würde Grady umbringen, nur um Nora damit zu schaden? Hat sie Feinde im Zirkus? Gibt es jemanden, der ihr Leben zerstören will? Jemanden, der hier die Führung übernehmen will oder sie davon abhalten will, ihre … ähm … Botschaft zu leben?"

„Nora ist die Seele des Zirkus. Keiner würde sich gegen sie auflehnen. Wenn jemand sie nicht mochte, würde er einfach seine Sachen packen. Hier gibt es nichts zu holen, keine Reichtümer und auch keine Macht, denn ohne sie läuft hier nichts."

„Sie können sich keinen einzigen Menschen vorstellen, der etwas gegen sie hat und sie im Gefängnis sehen möchte?"

„Ich habe viel darüber nachgedacht, aber mir fällt niemand ein. Natürlich kann ich nicht genau wissen, was die Leute denken. Und es gibt einige, die erst seit ein paar Monaten bei uns sind. In gewisser Weise sind sie noch immer Fremde."

„Gab es jemanden, über den Sie oder Nora sich Sorgen gemacht haben? Der nicht so recht reinpasst? Der nur hier ist, um Unruhe zu stiften?"

„Aber warum denn? Was hätte er davon?"

Das fragte ich mich allerdings auch. Ein religiöser Fanatiker, der einen anderen vernichten wollte? Nora als fanatisch zu bezeichnen fühlte sich merkwürdig an, denn in ihrer Botschaft ging es um Frieden und die Rettung der Welt vor sich selbst. In meiner Vorstellung predigen Fanatiker immer Hass und Zerstörung.

Mir fiel einfach nichts ein, sosehr ich auch wollte. „Könnte jemand sie wegen ihrer Ideen hassen? Gibt es eine Art von Prüfung, bevor man Ihnen beitreten darf? Oder eine Art Glaubensbekenntnis, was Noras Visionen betrifft? Und jemanden, dessen Bekenntnis nicht ganz ehrlich klang?"

Er lächelte. „Das alles, was Sie hier sehen", sagte er und

deutete um sich, „dreht sich nicht um Nora. Sie wäre die Erste, die Ihnen genau das sagen würde. Es geht einfach darum, das Richtige zu tun. Und nicht um das eigene Ego. Niemand muss bei uns irgendein Bekenntnis ablegen. Unser Leben ist nicht gerade das einfachste. Nora geht davon aus, dass jemand mit ernsthaften Zweifeln niemals mit uns ziehen würde."

„Irgendjemand, der nicht so richtig reinpasst? Jemand von den Neuen?"

Diesmal lachte er. „Sehen Sie sich um. Wir sind Zirkusleute. Wir passen nie irgendwo rein."

„Ich meine hier, in ihre Gemeinschaft. Nicht in die Welt im Allgemeinen."

„Ich möchte nicht anfangen, meine Brüder und Schwestern voller Misstrauen zu betrachten."

„Das verstehe ich, aber jemand hat dieses Messer gestohlen. Entweder das oder Nora hat es am Mordabend hinter die Bühne vom ESI gebracht ..."

Mir war klar, dass Yank von niemandem das Schlimmste glauben wollte, doch er musste jetzt eben eine Wahl treffen. Jemand hatte das Messer genommen. Jemand hatte das Vertrauen missbraucht.

Er blickte mich unbehaglich an. „Ich weiß es einfach nicht."

„Wären Sie bereit, mir die Namen von denjenigen zu geben, die Sie nicht gut genug kennen, um ihnen bedingungslos zu vertrauen?"

Ich konnte sehen, wie Yank mit sich kämpfte. Er wollte die Möglichkeit, dass jemand Grady Barber umgebracht hatte, um Nora zu schaden, nicht eingestehen, aber es blieb ihm nicht viel anderes übrig.

„Es gibt ein paar junge Männer, die im Frühjahr zu uns gekommen sind. Ich war mir nie sicher, ob sie aus den richtigen

Gründen bei uns sind. Ab und zu frage ich mich sogar …" Er sah sich um, doch wahrscheinlich nur, um Zeit zu gewinnen – und nicht, um zu sehen, ob uns jemand belauschte.

„Was fragen Sie sich?" Ich wollte ihm nicht zu viel Zeit lassen.

„Ob die vor etwas oder jemandem wegliefen. Vor dem Gesetz höchstwahrscheinlich."

„Ist das hier ein guter Ort, um sich zu verstecken?"

„Möglich. Zirkusleute kümmern sich umeinander. Wir schützen uns gegenseitig vor der Außenwelt. Das hier ist vielleicht kein richtiger Zirkus mehr, aber wir sind noch immer eine Gemeinschaft. Was dieser Gemeinschaft nicht schadet, also alles, was in der Vergangenheit geschehen ist, bleibt auch in der Vergangenheit. Das interessiert uns nicht."

„Die fraglichen Männer sind also vielleicht beigetreten, weil sie hofften, dass niemand genau hinsehen oder zu viele Fragen stellen würde." Ich schwieg kurz. „Können Sie mir die Namen sagen?"

„Ich kann Ihnen die Namen sagen, unter denen sie hier leben."

Ich verstand, worauf er hinauswollte. „Es muss doch Papiere geben, Sozialversicherungsnummer, solche Sachen."

„Kann man leicht fälschen. Aber ich gebe Ihnen alles, was wir haben. Um Nora zu helfen." Er hielt inne. „Ich würde es aber niemals der Polizei geben."

„Ich auch nicht. Nicht ohne Ihre Erlaubnis."

„Das freut mich zu hören. Und bitte seien Sie diskret, wenn Sie die Leute überprüfen."

Nachdem ich ihm mein Versprechen gegeben hatte, lief er zu der Drehscheibe und begann, seine Messer herauszuziehen und sorgfältig in einen Holzkoffer zu legen. Ich sah ihm dabei zu.

„Yank, warum legen Sie die Messer hier in einen Koffer und hängen sie dann zu Hause an die Wand? Wären sie in dem Koffer nicht sicherer?“

„Oh, das sind nicht dieselben Messer. Dieses Set gehörte meinem Vater. Ist so eine sentimentale Sache. Wenn hier ein Messer fehlen würde, würde ich es sofort merken.“

Während wir auf den Ausgang des Zeltes zusteuerten, stellte ich meine, wie ich hoffte, letzte Frage.

„Nur noch eines. Sie sprachen von Loyalität, wie die Zirkusleute sich umeinander kümmern. Wenn aber etwas schiefläuft, dann kann es auch so richtig schieflaufen, oder? Ich weiß, dass Nora damals Ärger mit Grady hatte und der Nelson-Zimboni-Zirkus sich nach dem Skandal trennte.“

„Seltsam, dass Sie davon anfangen.“

„Wieso?“

„Weil Caprice Zimboni heute hier ist. Wussten Sie das?“

„Hier? In Emerald Springs?“

Er wirkte erleichtert. „Das wussten Sie nicht? Es war also nur ein Zufall, dass Sie davon anfingen? Wir wollen nämlich nicht, dass ihr Besuch allgemein bekannt wird.“

Meine Gedanken überschlugen sich mal wieder. „Ist wohl kaum ein Zufall, dass ich ihren Namen erwähnt habe. Caprice, Grady und Nora haben eine gemeinsame Vergangenheit. Wie ich gehört habe, war sie der Grund für die Scheidung.“

„Grady hat sie zu dem Grund gemacht, würde ich sagen. Sie war jung, unschuldig und hat sich total von ihm einwickeln lassen. Das hat Nora immer gesagt. Und wenn Sie mit Caprice sprechen, wird sie bestimmt das Gleiche sagen.“

Ich konnte nicht glauben, dass er nicht gleich zu Beginn des Gesprächs davon erzählt hatte. „Wann ist sie denn angekommen? Wie lange ist sie schon in der Stadt?“

„Erst seit heute Morgen. Natürlich hat sie gehört, was mit

Grady geschehen ist und dass Nora dafür im Gefängnis sitzt. Sie kam, um uns ihre Hilfe anzubieten. Sie fühlt sich offenbar mitschuldig, obwohl Nora und Grady seit Jahrzehnten geschieden sind.“

„Hmm. Hat sie zufällig erwähnt, ob das ihr erster Besuch in Emerald Springs ist?“

„Sie meinen, ob sie zufällig an dem Abend, an dem Grady Barber ermordet wurde, schon mal vorbeigeschaut hat?“

„So was in der Art.“

„Sie hat ihn nicht umgebracht.“

„Und das wissen Sie woher?“

„Sie ist keine Mörderin.“

Ich strich Yank von meiner Liste hilfreicher Zeugen. Er schien sich seiner Sache viel zu sicher. Ich fragte mich, ob er wie Nora glaubte, besondere Botschaften direkt von oben zu bekommen. Vielleicht hatten diese Botschaften die beiden zusammengebracht – wie eine Art göttliche Partnerschaftsvermittlung.

„Können Sie mir sagen, wo ich sie finde?“, fragte ich vor dem Zelt. Ich sah Junie mit ein paar Leuten reden und fand, dass ich besser herausfinden sollte, was sie da tat.

„Kein Problem. Sie und ihre Tochter sind vermutlich im Küchenhaus …“

„Tochter?“

„Ja, Felice ist auch hier, und sie ist genauso wenig eine Mörderin wie ihre Mutter. Sie werden schon sehen, was ich meine. Caprice fühlt sich schrecklich, weil sie Nora nie persönlich um Verzeihung gebeten hat, und jetzt bekommt sie vielleicht keine Gelegenheit mehr dazu. Sie wird alles tun, um zu helfen.“

Ich fand, ich hatte außerordentliches Glück. Zwar war es logisch, dass Caprice hierherkam, wenn sie ihren Fehler wiedergutmachen wollte, trotzdem sind die meisten Menschen nicht so. Die leben lieber mit einem unguten Schuldgefühl, als sich die Blöße zu geben, um Verzeihung zu bitten. Ich konnte kaum erwarten herauszufinden, wo auf dieser Skala Caprice anzusiedeln war. Vielleicht war sie ja aus anderen Gründen hier. Um Beweise zu vernichten? Um Misstrauen zu schüren? Aus Schadenfreude? Das allerdings schien mir unwahrscheinlich. Sie hätte schon damals, als sie Noras Ehe zerstörte, genügend Schadenfreude empfinden können. Es sei denn, sie brauchte mehr.

Junie entdeckte mich. Ich zeigte auf das Küchenhaus, sie nickte und führte ihr Gespräch mit einem langhaarigen tätowierten Mann in Shorts fort. Vorher hatte ich sie mit zwei Männern gesehen, doch der eine war nun verschwunden. Kurz überlegte ich, sie wegzuschleifen, doch der Mann lachte, beide sahen so zufrieden aus, dass ich davon ausging, dass Junie einfach freundlich mit ihm redete und sich nicht etwa die Feinheiten des Feuerschluckens erklären ließ.

Das Küchenhaus befand sich auf der anderen Seite eines Freigeländes. Kinder rannten in und aus den Wohnwagen, die ordentlich auf dem Gras geparkt waren. Zwei Frauen mit Dackelwelpen auf dem Arm spazierten vorbei und grüßten mich. Zu meiner Rechten wurden gerade drei Elefanten am Rand eines kleinen Teichs abgespritzt, und links von mir ritt ein Mann auf einem Kamel und sprach dabei in sein Handy. Als sie an mir vorbeikamen, sah ich, dass hinter dem Kamel vier Teenager etwas übten, was nach fortgeschrittener Akrobatik aussah. Ich konnte nur hoffen, dass Deena alias Sporty Price davon keinen Wind bekam, denn dann würde sie womöglich aus unserem Pfarrhaus ausziehen und sich hier nettere Eltern suchen.

Die Lichtung hinter dem Teich war neu. Ich konnte mich noch dunkel an einige Bäume erinnern, die hier gestanden hatten und nun akkurat in zwei Meter lange Stücke zersägt neben der Straße lagen. Ich blieb stehen, um mir das genauer anzusehen. Als ich ein Geräusch hinter mir hörte, drehte ich mich um. Junie kam auf mich zu.

„Die Biosphäre?“, fragte ich. „Oder ein neues Gebäude. Was meinst du?“

„Ajax sagt, dass hier die Biosphäre entstehen wird.“

„Ajax?“

„Der junge Mann, mit dem ich gesprochen habe. Die Biosphäre soll riesig werden. Offenbar haben sie gerade erst damit angefangen. Ich finde das alles so aufregend. Sich vorzustellen, dass wir so was direkt hier in Emerald Springs haben werden.“

Das gelang mir wirklich nicht. Ich wusste nicht genau, wie reich Henry Cinch sein mochte, aber die Art von Projekt, die sie sich vorstellten, war geradezu unbezahlbar. Dafür müsste sie schon ein paar weitere Milliardäre von ihrer Idee überzeugen.

Wir drehten um und steuerten diagonal über die Straße auf das Küchenhaus zu, als es hinter uns dreimal laut knallte und dann ein heftiges Donnern erklang. Einen Moment lang vergaß ich, dass die Sonne vom Himmel brannte und weit und breit keine Wolke zu sehen war. Ich dachte wirklich, dass es endlich regnen würde. Doch dann kam uns eine Staubwolke entgegen, ich hörte wildes Trompeten und Schreie in der Ferne. Es dauerte noch etwas, bis ich begriff, was genau sich im Zentrum dieser Staubwolke befand.

„Elefanten!“ Ich packte Junie am Arm und schaute mich um. Die Elefanten hatten uns beinahe erreicht, stürmten direkt auf uns zu.

Ich sah nur eine Chance, schob Junie auf die Seite der Straße in einen Abflussgraben direkt hinter uns. Leider war er nicht groß genug für uns beide.

Sie wehrte sich, aber nur, bis sie begriff, dass keine Zeit für Diskussionen blieb. Sie sprang hinein in den Kanal, und ich hechtete nach vorn, verzweifelt nach einer anderen Lösung suchend, diesmal für mich. Die Wolke hatte mich bereits eingehüllt, und ich hätte schwören können, dass ich bereits Elefantenatem und -haut riechen konnte. Das Trompeten wurde so laut, dass ich schon glaubte, mich der Himmelspforte zu nähern. Ich tauchte in einen wie mir schien nur Zentimeter breiten Spalt zwischen zwei Baumstämmen an der Straßenseite und quetschte mich dazwischen.

Genau in dem Moment, in dem die Elefanten kamen.

14. KAPITEL

„Er ist weg." Yank legte ein nasses Handtuch in meinen Nacken, bevor er sich auf einen Baumstamm neben mir sinken ließ. Dann nahm er meine Hand und rieb sie, um meinen Kreislauf wieder in Schwung zu bringen. Ich war erfreut, dass ich überhaupt noch einen Kreislauf hatte, den man in Schwung bringen konnte. Ich war dem Tod durch Dickhäuter zu nahe gekommen, um irgendeine körperliche Funktion für selbstverständlich zu halten.

„Einige Männer suchen nach ihm. Aber er ist sofort verschwunden, nachdem er die Herde in Panik versetzt hat."

„Er" war Danny, einer der beiden jungen Männer, über die Yank zuvor seine Bedenken geäußert hatte. Der andere, Ajax, der Junie mit Geschichten über die Biosphäre versorgt hatte, war wie wir beinahe niedergetrampelt worden. Er hatte sich nur retten können, indem er sich auf einen der wenigen noch übrig gebliebenen Bäume schwang, als die Elefanten vorbeistürmten. Ajax war genauso fix und fertig wie ich. Doch eines wusste er mit Sicherheit: Er hatte in die Richtung der Elefanten geschaut, als Danny eine Leuchtpistole gehoben und drei Schüsse in den Himmel abgegeben hatte. Vielleicht hatte Danny die Elefanten nach ihrem Bad im Teich in Bewegung setzen wollen. Oder vielleicht hatte er geglaubt, selbst in Gefahr zu sein, und ihnen Angst machen wollen. Was immer auch geschehen war, wir würden es vielleicht nie erfahren; denn sofort nachdem die Elefanten auf die Straße gerannt waren, war Danny ebenfalls losgerannt. Niemand wusste, wohin.

Junie war kaum verletzt worden. Momentan befand sie sich in Noras Haus, um eine kleine Kratzwunde an der Hand säubern und verbinden zu lassen.

Ein Elefant hatte gegen einen der zwei Baumstämme getreten, zwischen die ich mich gequetscht hatte. Deswegen hatte ich ein paar Prellungen und Atembeschwerden, doch zum Glück war ich noch am Leben und konnte über das Geschehene nachdenken.

„Warum war Danny mit den Elefanten allein?", fragte ich. Meine Stimme klang schon fast wieder normal. In den ersten Minuten, nachdem ich mich zwischen den Baumstämmen herausgewunden und auf die Suche nach meiner Mutter gemacht hatte, waren meine Stimmbänder keinen Pfifferling mehr wert gewesen. Vom Schock waren sie noch immer wie erstarrt. Ich vermute, die Natur hat da eine automatische Verknotung eingerichtet, um lebensgefährdende Schreie zu unterdrücken.

„Wenn er hier neu ist, warum hat er dann auf drei Elefanten aufgepasst?"

„Normalerweise hätte er das nicht. Aber Levin, der Trainer, sagte, dass sie ganz ruhig gewesen wären und Danny wirklich Talent gezeigt hätte. Und als Danny sagte, dass er bestimmt ein paar Minuten mit den Elefanten allein zurechtkommen würde, falls Levin mal kurz aus der Sonne wollte, hat Levin ihn beim Wort genommen. Er wollte nur schnell etwas trinken und dann sofort zurückkommen." Yank brach ab. An der Art, wie er meine Hand fallen ließ, aufstand und hin und her zu laufen begann, erkannte ich, dass er noch nicht fertig war.

„Die Sache ist die", sagte er. „Genau in dem Moment, in dem Levin weit genug entfernt war, um nicht eingreifen zu können, hörte er Danny schreien und dann schießen."

„Vielleicht ist das nur ein Zufall."

„Oder vielleicht wollte Danny mit den Elefanten allein sein, um sie zu erschrecken. Vielleicht hatte Danny auch etwas mit dem Löwenkäfig zu tun, der nicht richtig zugehen wollte.

Sie wissen schon, in der Nacht, in der ich das Haus verließ, ohne hinter mir abzuschließen."

Das hatte ich mir auch überlegt, während ich hier gesessen und mich zu erinnern versucht hatte, wie man atmet. „Wie oft schließt ein Käfig nicht richtig?"

„So gut wie nie."

Die nächste Frage hatte ich mir schon ungefähr zwanzigmal selbst gestellt. Nun sprach ich sie laut aus. „Wir wissen, was passierte, als der Käfig nicht schloss. Aber was sollte heute passieren? Drei Elefanten sind losgerannt, aber Ihre Leute werden sie schon einfangen, nicht wahr? Bevor sie in die Stadt kommen?"

„Das hoffen wir. Einen haben wir schon."

„Danny muss gewusst haben, dass man sie schnell einfangen würde."

„Das sollte man denken."

„Also, worum geht's?"

Yank antwortete nicht.

„Drei Leute waren den Elefanten direkt im Weg", sagte ich. „Wie ist die Beziehung zwischen Ajax und Danny?"

„Nichts Besonderes offenbar. Levin sagte, dass sie ungefähr zur selben Zeit bei uns eingestiegen sind, aber er glaubt nicht, dass sie sich kannten. Die wohnen zusammen, das ist wohl alles."

„Keine Meinungsverschiedenheiten?"

„Nicht dass Levin wüsste. Natürlich werde ich auch noch die anderen fragen. Aber Sie können sich vorstellen, dass wir Streitereien nicht gern sehen. Unsere Mission ist, miteinander auszukommen. Das ist lebensnotwendig, da kann man keine kleinlichen Kontroversen austragen. Wenn jemand ein Problem hat, helfen wir, so gut es geht. Wenn es nicht funktioniert, bitten wir ihn zu gehen."

„Also ist es nicht sonderlich wahrscheinlich, dass Danny sich für irgendwas an Ajax gerächt hat?"

„Wir werden ihn befragen."

Ich nickte langsam. „Ich bezweifle, dass irgendjemand meiner Mutter Angst einjagen oder sie umbringen wollte."

„Das wissen Sie besser als ich."

„Ich bin sicher, dass sie nirgends auf der Welt Feinde hat."

Yank brachte es auf den Punkt. „Dann bleiben nur noch Sie."

Zu dieser Auffassung war ich bereits ebenfalls gelangt. Aber warum ich? Ja, ich schnüffelte herum, wollte nicht akzeptieren, dass Nora Grady Barber umgebracht hatte. Aber bisher war ich so weit von der Lösung des Falls entfernt, dass ich kaum glaubte, jemand würde mich auf diese Weise aufhalten wollen. Kurz spürte ich ein wenig Stolz in mir aufblitzen, doch den quetschte ich zusammen wie eine … nun, wie eine Frau, die sich zwischen zwei Baumstämme flüchtete, um nicht niedergetrampelt zu werden. Nein, es war *nicht* gut, dass mich womöglich jemand sehr ernst nahm. Nicht, wenn es bedeutete, dass er drei Elefanten auf mich jagte, um mich auszuschalten.

„Es ist so heiß heute", sagte ich. „Vielleicht wollte Danny die Elefanten nur zur Eile antreiben, weil sie so träge waren."

„Das jedenfalls hätte er bei uns nicht gelernt. Wir behandeln Tiere nicht so. Wir würden sie niemals in Angst versetzen, um sie zu etwas zu bewegen."

„Göttliche Kreaturen."

„Ganz genau."

Die Elefanten hatten nicht gerade träge gewirkt, als sie wie aus dem Nichts aufgetaucht waren. Aber ich wollte einfach eine Erklärung finden, die nichts mit mir zu tun hatte. „Vielleicht taucht Danny wieder auf. Dann können wir ihn fragen."

„Er ist so schnell verschwunden, dass ich fast glaube, er hatte einen Fluchtplan. Aber das werden wir noch sehen, schätze ich."

Ich entdeckte Junie, die mit zwei großen, anmutigen Frauen in unsere Richtung kam. Meine Mutter wirkte relativ gelassen. Als sie wieder Luft bekommen und gesehen hatte, dass es mir gut ging, begann sie vor Begeisterung fast überzusprudeln. Wirklich, ich glaube nicht, dass Junie es eilig hat, ihren langjährigen Glauben an Wiedergeburt zu beweisen. Doch ich bin sicher, sie hofft insgeheim darauf, dass ihr Leben eines Tages mit einem großen Tusch enden wird. Elefanten hätten sicher diesen Zweck erfüllt.

„Nun geht Ihr Wunsch in Erfüllung", sagte Yank. „Das da neben Ihrer Mutter sind Caprice und Felice Zimboni."

Ich stand auf, erfreut festzustellen, dass meine Füße noch wussten, was zu tun war. „Macht es sie irgendwie misstrauisch, dass das passierte, kurz nachdem sie hier aufgetaucht sind?"

„Nicht im Geringsten."

Aber mich. Wieso? Was wäre der Sinn? Danny aus der Ferne zu beauftragen und dann genau zu dem Zeitpunkt hier zu erscheinen, um zu sehen, wie jemand, den Sie gar nicht kannten, in Grund und Boden getrampelt wurde?

Junie plauderte mit den Frauen, als ob sie sie schon immer kennen würde – sie hat dieses Talent. Ich musterte die Zimbonis, während sie näher kamen. Caprice war vermutlich Mitte vierzig, sah aber jünger aus. Sie bewegte sich wie eine Königin, ihr dunkles Haar war am Hinterkopf wie eine Krone befestigt. Sie war schlank und anmutig, perfekt proportioniert. Sie würde vielleicht keinen Schönheitswettbewerb gewinnen, doch mit Sicherheit würde sich jeder Maler darum reißen, ein Porträt von ihr zu malen.

Felice war ebenfalls groß und schlank. Ihr Haar war heller

und ihre Hautfarbe eher rosig als oliv. Sie hatte die gleichen schmalen Knochen und die natürliche Anmut wie ihre Mutter. Jeder, der genau hinschaute, sah sofort, dass es sich um Mutter und Tochter handelte, auch wenn Felice ihrem Vater Grady mehr als nur ein bisschen ähnelte.

Junie stellte uns vor. Beide Frauen drückten ihre – wie es schien – ehrliche Besorgnis über mein Wohlbefinden aus. Ich versicherte ihnen, dass, von ein paar interessanten Blutergüssen abgesehen, alles in Ordnung war.

„Als Mädchen habe ich gesehen, wie ein Mann von einem Elefanten getötet wurde“, sagte Caprice. „Ich hatte nie Angst vor ihnen, aber vorsichtig war ich immer.“

Das Leben in Italien hatte ihre Aussprache nicht beeinflusst. Sie sprach akzentfrei, so wie Nora. Felices italienische Wurzeln hingegen konnte man aus ihrem ansonsten perfekten Englisch heraushören.

„Ich habe mir immer gewünscht, mal auf einem zu reiten“, sagte sie. „Aber seit heute vielleicht nicht mehr so sehr.“

„Ich habe den beiden erzählt, dass du versuchst, Nora zu helfen“, sagte Junie. „Sie wollen ihr auch helfen.“

„Sie war meine Freundin“, sagte Caprice. „Wir waren wie Schwestern.“

Ich konnte schlecht das Ereignis erwähnen, das diese Freundschaft zerstört hatte und dessen Resultat hier neben ihr stand.

„Ich weiß, dass sie gerne mit Ihnen sprechen würde“, sagte ich stattdessen. „Das hat sie mir gesagt.“

„Wir sind zurück in die Staaten gekommen, Felice und ich, um hier ein paar Dinge zu klären. Felice fand, es wäre an der Zeit, ihren Vater kennenzulernen. Und ich wollte Nora sehen und versuchen, ihr alles zu erklären. Nachdem wir hier ankamen, dachte ich, wir hätten alle Zeit der Welt.“

Ich vermutete, dass sie inzwischen schon viel wusste, aber wahrscheinlich nicht, dass ich die Leiche gefunden hatte. Ich fragte mich, ob wenigstens Veronica Felice etwas über die freundlicheren Seiten ihres Vaters erzählen konnte. Das hätte Felice mindestens verdient.

„Wissen Sie schon, dass nächste Woche eine Gedenkfeier stattfindet?“, fragte ich.

„Ich werde hingehen, aber er ist ja ein vollkommen Fremder für mich. Einmal, als wir in Michigan waren, versuchte ich, Kontakt mit ihm aufzunehmen. Das hat aber nicht geklappt.“

„Tut mir leid zu hören.“

„Wenn wir letzte Woche in Amerika gewesen wären, hätten wir uns vielleicht diese Talentshow angesehen, damit Felice ihn dort hätte treffen können“, sagte Caprice. „Obwohl es im Nachhinein betrachtet besser ist, dass wir nicht dort waren.“

Ich konzentrierte mich auf den wichtigen Teil des Satzes. „Sie waren nicht im Land?“

„Felice und ich arbeiten in Detroit mit Kindern aus den Sozialbausiedlungen. Wir haben einen eigenen kleinen Zirkus, und mit dem waren wir für einige Auftritte in Italien. Nur für zwei Wochen, doch den Kindern kam es wie ein ganzes Jahrhundert vor. Sie fanden es toll, und alle fanden sie toll. Und als wir nach Hause kamen, erfuhren wir die schreckliche Nachricht.“

Diese Behauptung ließ sich wie so manch andere leicht überprüfen. Deswegen ging ich davon aus, dass sie die Wahrheit sagte. Zwar bestand noch immer die Möglichkeit, dass jemand aus ihrer Familie Grady zur Strecke gebracht hatte, doch die Wahrscheinlichkeit war verschwindend gering.

Felice entschuldigte sich und ging mit Junie Richtung Küchenhaus, doch Caprice blieb noch stehen.

„Ich möchte Nora besuchen, wenn man mich lässt", sagte sie. „Aber dies ist ein gutes Beispiel dafür, wenn man zu lange damit wartet, Dinge richtigzustellen, nicht wahr?"

„Sie hat Ihnen verziehen. Sie hat mir gesagt, sie versteht, warum Sie so gehandelt haben."

„Grady war sehr überzeugend und ich sehr dumm." Sie lächelte ein wenig. „Es wäre ihm natürlich egal, aber er hat mir das geschenkt, was mir in meinem Leben am wichtigsten ist. Meine wundervolle Tochter. Natürlich habe ich ihn gehasst, als er mich mit nichts als einem dicken Bauch und einem ruinierten Zirkus sitzen ließ. Aber am Ende war ich ihm dankbar. Auch wenn ich es schade finde, auf welche Weise Felice empfangen wurde."

„Meines Wissens hat er keine weiteren Kinder."

„Felice ist vielleicht sogar seine Erbin. Keine Ahnung. Ich weiß auch nicht, ob da überhaupt was zu erben ist. Aber sie hat schon gesagt, falls es so ist, wird sie es dem Zirkus schenken. Wir helfen Teenagern, ihr Potenzial auszuschöpfen und mehr aus ihrem Leben zu machen, als sie je geglaubt hätten. *Performing for Life* wäre ein Tribut an Grady Barber, oder nicht? Ob er das nun verdient hat oder nicht."

Als ich vor dem Pfarrhaus hielt, sah ich Teddy im Schneidersitz im Schatten sitzen. Neben ihr ein Buch, vermutlich etwas Entspannendes und Leichtes wie Tillichs „Der Mut zum Sein" oder vielleicht ein paar Recherchen für Eds Predigt. Ich befürchtete, er und Teddy würden am Sonntag die Einzigen sein, die kapierten, wovon er sprach.

Ich parkte und ging zu ihr, um mich neben sie zu setzen. Sie sah mürrisch und zerzaust aus. Die Brille war ihr bis auf die Nasenspitze gerutscht, das Haar hatte sie sich hinter die Ohren gestrichen.

„Na, wie geht's?", fragte ich, streckte die Beine aus und stützte mich mit den Armen ab.

„Deena spricht noch immer nicht mit Daddy."

„Und das macht dir Sorgen?"

„Was, wenn sie nie wieder mit ihm spricht?"

„Das halte ich für unwahrscheinlich."

„Wenn es unwahrscheinlich ist, bedeutet das, dass es der Fall sein kann."

„Schätzungsweise. Aber ich bin ziemlich sicher, dass du dir keine Gedanken zu machen brauchst."

„Ich hab ihr gesagt, dass sie albern ist und endlich mal drüber hinwegkommen muss."

„Und das hat auch nicht gerade geholfen, oder?"

Teddy schüttelte den Kopf. „Jetzt spricht sie mit mir auch nicht mehr."

„Stell es dir einfach wie einen Club vor, in dem du, Daddy und ich Mitglied sind. Aber wir zahlen keinen Beitrag, okay?"

„Kannst du nicht machen, dass sie wieder normal wird?"

„Schön wär's. Leider kann man nichts tun, damit sich jemand genau so benimmt, wie man es sich wünscht. Ich kann ihr Aufgaben geben. Ich kann sie sogar zwingen, Fragen zu beantworten. Ich kann mehr oder weniger höflich zu ihr sein. Aber ich kann sie nicht dazu bringen, ein Gespräch anzufangen oder uns zu sagen, was sie macht. Das liegt ganz allein bei Deena."

„Und kann Daddy nichts tun?"

Ich versuchte, nicht zu lächeln. Teddy glaubte im Gegensatz zu ihrer Schwester noch immer, dass Ed Wunder bewirken konnte. „Nicht mal Daddy."

„Wozu gibt's denn Kirchen und Pfarrer, wenn die Leute nicht zuhören und nicht gut sind?"

„Deena ist noch immer gut. Sie weiß nur noch nicht, wie

man weitermacht, wenn man sich geärgert hat. Aber das wird sie rausfinden."

„Muss ich mich wie sie benehmen, wenn ich in die Mittelschule komme?"

„Nö."

„Ich möchte keinen Fehler machen."

Ich umarmte sie. „Du wirst Fehler machen. Und das ist in Ordnung. Auf diese Weise lernt man dazu."

„Sie lernt aber echt langsam!"

Ich ließ Teddy weiter über die unergründlichen Mysterien des Universums und das sogar noch unergründlichere Verhalten ihrer Schwester nachgrübeln und ging hinein, um mich ums Abendessen zu kümmern. Ich fand, es konnte noch ein oder zwei Jahre warten, bis ich Ed von dem Elefantenüberfall erzählte – oder zumindest so lange, bis derjenige, der die Tiere hinter mir hergehetzt hatte, keine Bedrohung mehr darstellte.

Es gab mexikanische Bohnen und Reis und jede Menge Schweigen zum Abendessen. Ich wollte nicht erzählen, was ich den Tag über gemacht hatte, aus Angst, mich zu verplappern. Ed dachte über seine Predigt nach. Deena und Teddy waren damit beschäftigt, sich gegenseitig mit Blicken niederzuzwingen.

Nach dem Essen warf ich alle aus der Küche, damit ich in einer freundlicheren Stille aufräumen konnte. Doch die Stille hielt nicht an, denn Junie marschierte mit einem Notizbüchlein herein. „Geht's dir wirklich gut? Meinst du nicht, dass vielleicht ein paar Rippen gebrochen sein könnten?"

Ich winkte hastig ab. „Ich habe Ed mehr oder weniger nichts davon erzählt."

„Mehr oder weniger?"

„Okay, ich habe ihm überhaupt nichts erzählt. Nicht ein einziges Wort."

„Und wie wirst du ihm die blauen Flecke erklären?“

Es überrascht mich immer wieder, wie ich als ach so vernünftige Mutter von Teddy und Deena umgehend wieder zu einem kleinen Mädchen werde, sobald meine Mutter ihre entwaffnende Logik vorbringt.

„Er wird sich nur Sorgen machen“, sagte ich.

„Da hast du sicher recht. Und er wird sich keine machen, wenn er dich umarmt und du einfach ohnmächtig wirst.“ Sie nahm meine Hand und tätschelte sie. „Aber du musst es wissen, Liebes.“

Ich drehte mich wieder zum Abwasch. „Du hättest zum Essen kommen sollen. Du weißt, dass du immer eingeladen bist.“

„Du brauchst dir keine Gedanken um mich zu machen. Ich habe mein eigenes Leben hier und Freunde. Ich mag diese Stadt. Und weißt du was? Ich habe schon mit Sue Grossman gesprochen.“

„Du bist echt ein Weltwunder.“ Und das war sie. Ich beugte mich vor, um sie auf die Wange zu küssen. „Und jetzt offiziell meine Assistentin.“

„Folgendes hat sie gesagt.“ Junie legte das Notizbuch auf die Küchentheke neben dem Spülbecken. Die Seite war voll mit ihren Kritzeleien.

Sie sah auf. „Sie sagte, dass sie nicht da waren.“

„So viel Geschreibsel – und das war alles, was sie sagte?“ Doch ich dachte bereits über die Möglichkeiten nach. Madison und Tammy waren nicht bei einer Kostümanprobe gewesen, als Grady Barber umgebracht wurde. Aber wo dann?

„Die restlichen Notizen sind über den Nähkurs, den sie geben will.“ Junie klappte das Notizbuch zu. „Sie war ganz sicher, dass Madison am Abend von Gradys Tod nicht bei ihr war. Sie hatte sie an diesem Tag oder Abend gar nicht gesehen. Es gab ein Problem mit dem Kostüm, aber am Tag zuvor. Sie hat sogar noch mal extra auf der Rechnung nachgeschaut."

Ich fragte mich, ob Tammy darauf gebaut hatte, dass Sue sich mit den Daten vertun würde. Oder vielleicht hatte sie gehofft, dass ich bei einer Wildfremden nicht einfach nachfragen würde. Was auch immer der Grund war, sie hatte mich angelogen. Und unter den gegebenen Umständen zu lügen hatte nur Sinn, wenn sie verzweifelt war.

Junie machte sich auf die Suche nach ihren Enkelkindern. Ich hoffte, dass sie ein Wunder bewirken und Deena dazu bringen würde, mit ihr zu sprechen.

Sie war höchstens eine Minute oben, als es an der Tür klingelte und wir eine weitere Besucherin bekamen.

Esther stand auf der Eingangsveranda und hielt mir ein Buch entgegen. „Ich sagte doch, dass ich es finde."

Grady Barber lächelte mich vom Umschlag an, wie er mich im wahren Leben nie angelächelt hatte.

Ich klemmte es mir unter den Arm. „Sie sind eine Zauberin. Woher haben Sie es?"

„In einem dieser Buchläden, in denen es nur Restposten gibt. Ich war zu einem Nachmittagskonzert in Columbus und bin auf dem Heimweg dort vorbeigegangen."

„Was bin ich Ihnen schuldig?"

„Tee und eine Erklärung, sobald Sie herausgefunden haben, dass jemand anders ihn ermordet hat."

Ich konnte mich nicht erinnern, ihr von meinem Vorhaben, den Mord aufzuklären, erzählt zu haben, doch bevor ich widersprechen konnte, blinzelte Esther mir zu.

„Aggie, meine Liebe, Ihr Geheimnis ist bei mir sicher." Sie hob die Hand zum Abschied und ging zu ihrem Auto.

Ich konnte es kaum erwarten, ins Bett zu gehen. Schnell

beendete ich den Abwasch, half Teddy mit einem komplizierten Puzzle, aß mit allen außer Deena Popcorn und wehrte bedauernd meinen Mann ab, als wir uns zum Schlafen fertig machten. Schließlich gestand ich ihm die Wahrheit, damit er nicht den Eindruck bekam, dass meine Libido für diesen Sommer den Bach runtergegangen war.

„Elefanten?“, fragte er.

„Wäre es nicht etwas kompliziert, das der Kirchengemeinde zu erklären?“

Er schüttelte den Kopf. „So was erwarten die von dir geradezu.“

Er drehte sich weg und schlief ein. Dankbar dafür, dass er sich jeden Kommentar verkniffen hatte, ließ ich meinen wunden Körper ins Bett sinken und klappte Gradys Autobiografie auf.

Eines steht fest: Der Verlag hatte eine große Marketingchance verpasst. Gradys Buch hätte in Drogerien direkt neben den Schlaftabletten stehen sollen. Fünf unglaublich langweilige Seiten später war ich tief und fest eingeschlafen.

15. KAPITEL

Das ist das Problem mit Städten in der Größe von Emerald Springs.

Man muss wirklich aufpassen, was man sagt und was man tut. Egal, wie sehr man auch bemüht ist, jemandem aus dem Weg zu gehen, man wird ihn im Supermarkt treffen oder wenn man mit dem Hund spazieren geht – was nicht zuletzt ein Grund dafür ist, warum wir eine Katze haben. Am Freitagmorgen ließ Moonpie, unser silberner Kater, seine Muskeln spielen, kletterte in unserem Garten auf einen Baum und weigerte sich, wieder herunterzukommen.

Ich war nicht im Mindesten besorgt, und das sagte ich Teddy auch. „Er scheint da oben vollkommen zufrieden zu sein. Und er wird schon runterkommen, wenn er keine Lust mehr hat, auf einen Vogel zu warten."

„Ich glaube, er hat Angst."

„Tut mir leid, aber ich glaube, ich hätte noch mehr Angst, da hochzuklettern, um ihn zu holen."

„Du könntest die Leiter nehmen."

„Schließen wir einen Kompromiss. Wenn er in einer Stunde nicht unten ist, hole ich die Leiter."

„Daddy würde die Leiter *jetzt* holen."

Teddy konnte das leicht behaupten, da Ed ein Gemeindemitglied besuchte und bis Mittag nicht zurück sein konnte, um selbst die Leiter hinunterzufallen.

„Ich komme um …" Ich schaute auf meine Kermit-der-Frosch-Uhr, das Geschenk meiner Schwester Sid zu meinem letzten Geburtstag. „… halb elf. Willst du hierbleiben und ihn herunterlocken?"

„Jemand muss es ja versuchen." Teddy sah aus, als ob ich ihr vorgeschlagen hätte, Steine an Moonpies Schwanz zu binden und ihn in die Emerald Springs zu werfen, die heißen Quellen, nach denen unsere Stadt benannt ist.

Ausreichend zerknirscht ging ich wieder hinein und überlegte mir einen Plan für den Tag. Da ich nun wusste, dass Tammy und Madison nicht bei Sue Grossman gewesen waren, als Grady starb, musste ich Tammy mit meinem Wissen konfrontieren. Und wenn ich dann keine klare Antwort bekam, musste ich mir überlegen, wie es weitergehen sollte. Leider hatte ich keine Ahnung, wie ich das Thema taktvoll zur Sprache bringen konnte.

Die Tür knallte zu, Teddy trampelte herein.

„Jemand holt Moonpie herunter. Ein Polizist."

Ich befürchtete, nur zu genau zu wissen, welchen Polizisten sie meinte. Meines Wissens kennt Teddy nur einen Polizisten, der meine Familie gut genug kannte, um ein solches Risiko auf sich zu nehmen.

„Detective Roussos?"

„Er ist wie ein Affe raufgeklettert. Ich würde das auch gerne können."

„Ich bin froh, dass du es nicht kannst." Ich folgte ihr nach draußen. Zwei in Jeans gekleidete Beine baumelten von einem Ast in der Mitte des Baumes.

„Roussos, was haben Sie in meinem Baum zu suchen?", schrie ich.

Blätterrascheln, der Baum erbebte. Ich sah, wie Roussos auf einen tieferen Ast rutschte und Moonpie darauf absetzte. Die Katze raste flink wie ein Eichhörnchen hinunter.

„Teddy, hast du gesehen, wie leicht diese Katze hinunterkommt, wenn sie weiß, dass sie muss?", fragte ich.

Sie holte Moonpie ein, hob ihn auf, klemmte ihn unter einen Arm und schleppte ihn hinein. „Weil er Hilfe hatte!"

Roussos war nicht so flink wie Moonpie, aber fast. Er

schwang hinunter und landete mit einem Satz auf der Erde. Er klopfte sich die Jeans ab und richtete sich auf.

„Ich kann nicht glauben, dass Sie das getan haben, Tarzan. Ich sagte ihr, er würde schon von selbst runterkommen."

„Sie sah ziemlich betrübt aus."

„Sind Sie heute auf Katzenstreife?" Ich gab auf und lächelte. „Danke, dass wir auf Ihrer Liste standen."

„Ich bin auf Elefantenausbruch-Streife."

Ganz schnell wurde ich wieder ernst. „Nicht nötig. Es gibt keinen Beweis dafür, dass ich gestern Ziel eines Anschlags war ... oder überhaupt jemand."

„Sie hätten mir gegenüber nichts davon erwähnt?"

„Irgendwann schon. Ich wollte noch überlegen, was ich sagen sollte. Schließlich wollte ich nicht wie eine Irre klingen."

Er hob eine Augenbraue, und ich verstand, was er damit sagen wollte: Er war daran gewöhnt, dass ich klang wie eine Irre.

„Ich habe Kaffee. Kommen Sie rein, das ist das Mindeste, was ich tun kann." Ich wartete gar nicht ab, ob er folgte. Der Verlockung eines Kaffees würde er nicht widerstehen.

Als er sich an den Küchentisch setzte, schenkte ich ihm einen Becher ein, bot ihm aber weder Milch noch Zucker an. Ich wusste, wie Roussos seinen Kaffee trank. Dann schenkte ich mir selbst ein und nahm ihm gegenüber Platz.

Ich prostete ihm mit dem Becher zu. „Wer hat Ihnen also davon erzählt?"

„Jankiewicz. Von dem weiß ich die ganze Geschichte."

Yank war also offenbar die Abkürzung für Jankiewicz. Ich fragte mich, ob er Roussos angerufen hatte, um ihn vor weiteren möglichen Unfällen zu warnen oder um zu beweisen, dass Nora unschuldig an dem Mord war. Denn wenn sie die

Mörderin wäre, warum sollte dann jemand versuchen, mich von meinen Ermittlungen abzuhalten?

Es sei denn, Yank selbst hatte Danny engagiert und alles nur aus genau diesem Grund inszeniert. Der Gedanke gefiel mir nicht, doch er war nicht unlogisch.

„Was hatten Sie da zu suchen?", fragte Roussos. „Das hat er mir nämlich nicht gesagt."

„Wollte mich mit Leuten unterhalten."

„Sie haben Ihre Lektion nach dem letzten Mal noch immer nicht gelernt, oder? Sie bringen sich schon wieder in Gefahr."

„Eigentlich nicht. Aber ich gebe zu, dass ich ganz vergessen hatte, mich vor Elefanten zu schützen. Da hätte ich vorausschauender sein müssen. Nächstes Mal vergesse ich das nicht."

„Ihr religiösen Typen haltet zusammen. Darum geht es hier."

Ich versprühte beinahe meinen Kaffee über den Tisch. Ich röchelte einen Moment, versuchte, wieder normal zu atmen. „Roussos, wissen Sie überhaupt irgendwas über Kirchen und Religionen?"

„Nicht mehr, als ich muss."

„Dann eine schnelle Einführung: Manche Religionen glauben an göttliche Offenbarungen, an Prophezeiungen und daran, dass Menschen direkt mit Gott sprechen können. Schwester Nora gehört ganz und gar in diese Abteilung. Dann gibt es andere, die sich mehr auf die Fakten konzentrieren, die man beweisen kann und die außerdem auf diese leise, kleine innere Stimme hören und versuchen, Gutes zu tun, solange sie hier sind. Unsere Kirche ist ganz und gar in dieser Abteilung."

Da seine Augen nicht glasig geworden waren, endete ich schwungvoll: „Wie auch immer, nur um das klarzustellen: Was Nora hört und was mir meine leise kleine Stimme zu sagen versucht, liegt nicht sehr weit auseinander. Die globale Erderwärmung ist eine Bedrohung für uns alle. Vielleicht halte ich eine göttlich inspirierte Biosphäre nicht gerade für die Lösung dieses Problems. Und ich kann mir vorstellen, wie merkwürdig Ihnen dieser Zirkus mit seiner Erweckungs-Zeltshow vorkommen muss. Aber ich mag Menschen, die tun, was immer sie können, um etwas zu verändern."

„Also, warum genau haben Sie damit zu tun?"

„Weil Sie eine Frau zu Unrecht verurteilen."

„Und da Sie nicht an göttliche Offenbarungen glauben, wissen Sie das woher noch mal?"

„Haben Sie diesen Teil meines Vortrags verpasst? Diese leise kleine Stimme zusammen mit den Fakten?"

„Weisen die Fakten darauf hin, dass gestern jemand versucht hat, Sie umzubringen?"

Ich starrte auf unsere blaue Zuckerdose. „Ich schätze, das wäre möglich. Aber dann müsste es jemand gewesen sein, der mich nicht besonders gut kennt. Sonst wüsste er, dass ich jetzt nur noch neugieriger bin."

„Hier ist mein Tipp: Es war jemand, der nicht wusste, dass Ihnen Ihre eigene Sicherheit egal ist. Da kommen nicht allzu viele infrage."

Ich sah auf. „Wollen Sie einfach nur mit mir sprechen, oder werden Sie der Sache nachgehen?"

Er nickte knapp.

„Wenn Sie schon dabei sind, könnten Sie noch was tun." Ich beobachtete, wie sein Gesicht vollkommen ausdruckslos wurde, und zwar sehr schnell. „Kommen Sie, Roussos. Je mehr Sie überprüfen und zusammentragen, umso wasserdichter ist Ihr Fall gegen Nora, nicht wahr?"

„Also, was?"

Ich erzählte ihm von Rob Taylor aus Zelienople, Pennsylvania, der Grady von Stadt zu Stadt gefolgt war. Und dass ich genau diesen Mann an Gradys letztem Abend auf dieser Erde hinter der Bühne gesehen hatte. Ich erzählte ihm auch, dass ich Fred von meiner Verdächtigenliste gestrichen hätte, dass er in Big Sur meditiert habe und Grady nicht selbst hätte umbringen können.

„Ich werde sehen, was ich herausfinden kann“, sagte er widerwillig.

„Ich glaube, Sie helfen mir, weil Sie wissen, dass es Nora nicht war.“

„Da irren Sie sich.“ Er trank seinen Kaffee aus und erhob sich. „Ich mag es nur, wenn alle offenen Fragen geklärt sind. Als Gegenleistung möchte ich, dass Sie von jetzt an besonders vorsichtig sind. Ich weiß, dass Sie nicht aufhören werden, egal, was ich sage. Aber achten Sie genau darauf, was um Sie herum geschieht. Und nehmen Sie immer Ihr Handy mit. Wenn Ihnen irgendetwas ungewöhnlich vorkommt, rufen Sie mich auf meinem an.“

„Versprochen. Wenn das nächste Mal Elefanten auf mich zustürmen, bleibe ich stehen und wähle Ihre Nummer.“

„Richten Sie meine Nummer als Schnellwahl ein.“

Da Deena mehr oder weniger nicht zur Verfügung stand, konnte ich nur hoffen, dass Teddy wusste, wie man so was machte.

Als die freundliche Gastgeberin, die ich bin, begleitete ich ihn hinaus. Dabei überlegte ich, ob ich ihm jetzt, wo er so entgegenkommend war, von Tammy und Madison erzählen sollte. Aber wie konnte ich Kirchenmitglieder anschwärzen, ohne vorher mit ihnen gesprochen zu haben? Außerdem dachte ich mir, wenn ich noch weitere Forderungen stellte, würde Roussos mir einfach einen Vogel zeigen. Schon fühlte ich mich besser, sagte Auf Wiedersehen, dankte ihm noch einmal dafür, dass er meine absolut ungefährdete Katze gerettet hatte, und sah ihm nach, wie er zu seinem Auto ging.

Roussos würde vermutlich am nächsten Tag anrufen, um mir zu sagen, dass Rob Taylor wie jeder andere, den ich verdächtigte, ein Alibi für die Zeit von Gradys Tod hatte. Und dann würde ich ihm von Tammy und Madison erzählen, falls die Sargents mir in der Zwischenzeit nicht zufriedenstellend erklären konnten, wo sie gewesen waren. Was bedeutete, dass ich die Sache schnell klären musste.

Als Ed zum Mittagessen nach Hause kam, machte ich ein paar Sandwiches und zugleich Pläne für meinen Nachmittag. Ich entschied, Tammy nicht vorher anzurufen und lieber mit dem Element der Überraschung zu arbeiten. Ich würde sie einfach aufspüren. Das ist das andere Problem mit einer Stadt in dieser Größe. Wenn sie und Madison nicht in Urlaub gefahren waren, würde ich ziemlich sicher in der Lage sein, sie zu orten.

Als Deena herunterkam, um ihr getoastetes Käsesandwich abzuholen, legte sie mir ihre Liste der Aufgaben vor, die wir ihr aufgetragen hatten. Die meisten hatte sie erledigt. Manche waren besser als andere erledigt worden, aber ich wollte nicht meckern. Hier ging es nicht um Perfektion. Hier ging es darum, etwas wiedergutzumachen.

„Die Miststücke treffen sich heute Nachmittag alle im Schwimmbad“, sagte sie.

„Eine kluge Wahl, solange sie unter Wasser bleiben und jede Menge Sonnencreme benutzen.“

„Ich muss nur noch das Unkraut in den Blumenbeeten zupfen, dann habe ich alles erledigt. Das könnte ich morgen früh machen, wenn es kühler ist.“

„Mhm, oder du hättest es aus demselben Grund heute Morgen machen können.“

„Das ist nicht fair. Ich bin die Einzige, die nicht gehen darf! Selbst Shannon kommt."

„Wie bist du überhaupt an diese Information gelangt? Brieftauben? Rauchsignale? Wenn ich mich recht erinnere, darfst du momentan weder telefonieren noch E-Mails schreiben."

„Ich habe einen Brief bekommen, okay? Sie mussten mir einen *Brief* schreiben." Sie rollte mit den Augen.

Ich fand es ermutigend, dass zumindest eines der Miststücke gelernt hatte, wie man einen Umschlag adressierte und in welche Ecke man die Briefmarke klebte, denn ich befürchtete, dass es sich dabei um eine aussterbende Kunst handelte.

„Deena, du weißt, was du zu tun hast, bevor dein Hausarrest aufgehoben wird …" Ich runzelte die Stirn. „Hast du gesagt, dass Shannon kommt? Ihre Mutter lässt sie aus dem Haus?"

„Ja, sogar Shannons Mutter!"

„Ich schätze, dann bin ich eben die böse Hexe der Stadt. Oder Shannon hat alles erledigt, was ihre Eltern von ihr wollten."

„Du lässt mich nicht gehen?"

„Nö. Und es geht nicht nur um die Blumenbeete. Sondern um dein Verhalten. Dein Schweigen und deine Weigerung, dich zu entschuldigen."

„Tja, dazu kannst du mich nicht zwingen!"

Ich kaute auf der Unterlippe. Dann nickte ich mit jedem Quäntchen Selbstbeherrschung, das ich aufbringen konnte. „Stimmt. Du musst selbst dahin kommen. Was bedeutet, dass du vermutlich noch mehr Zeit zum Nachdenken brauchst. Denn ich glaube noch immer, dass du ein kluges, besonnenes Mädchen bist, das weiß, dass noch etwas Arbeit vor ihm liegt. Ich vertraue darauf, dass du es in deinem eigenen Tempo herausfinden wirst."

„Mir wäre es lieber, wenn du mich einfach anschreien würdest und wir es hinter uns hätten."

„Wenn du dich dann besser fühlst. Lust hätte ich schon."

Sie schnappte ihren Teller und eine Tüte Chips und stürmte an Teddy vorbei, die gerade auf dem Weg nach unten war.

„Vielleicht ist Deena krank", sagte sie. „Vielleicht frisst irgendwas ihr Gehirn auf. Wie ein Parasit."

Ich wollte nicht wissen, woher Teddy etwas über hirnfressende Parasiten wusste. Vielleicht hatten ihr die Jungs in ihrem Video so was vorgeschlagen, was man ihnen kaum übel nehmen konnte. Parasiten waren viel aufregender als das moralische Dilemma eines Fahrraddiebstahls.

„Man nennt das Pubertät", sagte ich. „Ist vorübergehend und nicht tödlich."

Ed kam nach Hause, wechselte die förmliche Kleidung gegen Jeans und T-Shirt und ging mit Teddy in den Garten, um Softball zu spielen. Ich war sicher, dass dabei eine theologische Diskussion so schnell hin- und hersauste wie der Ball.

Kurz danach verließ ich das Haus. Ich musste stark dagegen ankämpfen, meine älteste Tochter mitzunehmen und beim Schwimmbad abzusetzen. Aber so unglücklich Deenas Hausarrest uns alle machte, ich wusste, dass Ed und ich nun hart bleiben mussten. Allerdings musste es uns keinen Spaß machen, uns wie erwachsene Miststücke aufzuführen.

Ich begann meine Suche im Discounter, wo Tammy als Filialleiterin arbeitet. Dort erfuhr ich, dass sie heute freihatte. Dann fuhr ich zu Tammy nach Hause – auch umsonst. Danach weitete ich die Suche erfolglos auf die Bücherei aus, auf das Schwimmbad und die Joggingstrecke. Schließlich parkte ich im Zentrum und machte einen Schaufensterbummel. Als ich ins *Give Me a Break* ging, unsere eigene Antwort auf Starbucks, hatte ich schließlich Glück. Tammy saß mit einem

Buch in einer Ecke und machte sich Notizen. Meine Chance war gekommen.

Ich bestellte mir einen *half-caf mocha latte con panna* und hoffte das Beste.

„Tammy."

Sie blickte auf. Einen Moment lang schien sie sich zu freuen, mich zu sehen. Doch dann kam die Erinnerung, und ihre Augen wurden schmal. „Aggie."

„Darf ich mich ein paar Minuten zu Ihnen setzen?"

Ich konnte sehen, dass sie am liebsten abgelehnt hätte, doch das wäre viel zu unhöflich gewesen. Sie deutete auf den Stuhl ihr gegenüber.

„Soll ich Ihnen nachfüllen lassen?", fragte ich. Sie trank einfachen Kaffee, was bedeutete, dass sie deutlich weniger kreativ war als ich, aber dafür wahrscheinlich die *Barista* viel glücklicher machte.

„Nein danke."

„Lernen Sie?"

Sie klappte das Buch ein wenig zu fest zu. „Ich habe beschlossen, dass ich eine Krankenpflegeausbildung am Emerald College mache, sobald Madison an der Ohio State oder der University of Oklahoma studiert. Ich frische nur meine Chemiekenntnisse auf."

Ich hatte nicht gewusst, dass Tammy andere Berufswünsche hegte. „Ich müsste da ganz von vorn beginnen. Ich kann mich an nichts mehr erinnern, nicht mal an das Periodensystem."

„Ich warte nur, bis sie mit der Schule fertig ist", sagte Tammy. „Ich wollte so viel wie möglich bei ihr zu Hause sein. Ich konnte nicht arbeiten und studieren und gleichzeitig eine gute Mutter sein."

„Sie werden eine großartige Krankenschwester sein."

„Aber um darüber zu sprechen, sind Sie nicht hier, oder?"

„Ich denke, Sie wissen, warum ich hier bin."

„Warum stecken Sie nur immer Ihre Nase in die Angelegenheiten anderer Leute?"

Wie hätte ich verletzt sein können, wo sie doch so recht hatte? „In diesem speziellen Fall, weil eine Frau für einen Mord im Gefängnis sitzt, den sie nicht begangen hat."

„Ich habe Grady Barber nicht umgebracht. Madison hat ihn nicht umgebracht. Reicht Ihnen das nicht?"

„Schon, wenn Sie mir sagen, wo Sie an diesem Abend waren."

Sie wiederholte ihre Lüge nicht. Bestimmt wusste sie, dass ich ihrer Behauptung nachgegangen war.

„Ich bin eine gute Mutter."

„Das ist doch mal ein Anfang. Etwas, worüber wir uns beide einig sind."

„Ich wollte nur das Beste für sie. Ich wollte, dass Madison das bekommt, was ich nie hatte. Ich wollte, dass ihr die ganze Welt offen steht."

Ich nickte, weil ich ihren Gedankengang nicht durch Fragen unterbrechen wollte. Sie schwieg so lange, dass ich nicht wusste, was ich tun sollte. Ebenfalls zu schweigen schien mir am sinnvollsten.

Ihr feindlicher Gesichtsausdruck verschwand. „Ich wollte nicht glauben, dass Grady Barber irgendetwas anderes war als das, was er oberflächlich betrachtet zu sein schien. Professionell. Nett. Froh, so ein talentiertes Mädchen in der Stadt zu entdecken, aus der er selbst kam. Ich ignorierte alle Warnzeichen, weil ich es einfach nicht glauben wollte. Ich habe Ihre Warnung ignoriert. Ich habe sogar Madison am Abend ihrer Party ignoriert. Ich redete mir ein, dass sie einfach betrunken war."

Ich stellte meinen Becher ab und legte mitfühlend eine

Hand auf ihre. „Das tut mir so leid. Es war üblich, dass er seine Finalistinnen verführt hat. Wie sich herausstellte, war Madison nicht allein. Ich wünschte, ich hätte es sicher gewusst, als ich Sie warnte."

„Sie ist am Nachmittag des Finales zusammengebrochen und weigerte sich, hinzugehen. Sie sagte, er hätte ihr erklärt, wenn sie gewinnen würde, müsste sie ihm auch den einen oder anderen Gefallen tun. Ich habe sie nicht erzogen, so ein Mädchen zu sein, egal, was Sie von mir denken."

„Sagen Sie so was nicht. Was glauben Sie denn? Ich weiß nur, dass Sie sehr jung waren, als Madison zur Welt kam. Dass Sie Ihre Tochter ganz allein großgezogen haben. Sie sind toll. Unterstellen Sie mir nicht irgendwelche Gedanken, die ich nicht habe."

„Ich hätte alles hören müssen, was sie sagte, und alles, was sie nicht sagen konnte."

„Ich finde dieses Erziehungsdings auch nicht einfach. Wahrscheinlich mache ich genauso oft Fehler, wie ich etwas richtig mache, aber unsere Kinder scheinen doch ganz in Ordnung zu sein. Letztlich haben Sie ihr zugehört und ganz bestimmt alles getan, was in Ihrer Macht stand, um dieses Desaster zu verhindern."

Ihre Augen glänzten feucht, aber sie versuchte zu lächeln. „Als ich endlich der Wahrheit ins Gesicht sah, bin ich mit ihr zu May gegangen. Am Abend des Finales."

„May Frankel?"

„Sie kennt Madison aus der Highschool und der Kirche. Ich dachte, sie wüsste am besten, was zu tun ist, also gingen wir zu ihr. Nach dem Gespräch beschloss Madison, nicht beim ESI weiterzumachen. Sie sagte, sie könne damit nicht umgehen, den Stress nicht mehr aushalten. Sie kam aus Mays Zimmer und sagte es mir. Ich war am Boden zerstört, aber ich konnte sie verstehen. Madison war das Ganze über den Kopf gewachsen, und ich hatte es nicht rechtzeitig bemerkt. Also beschlossen wir, anzurufen und dem Bühnenmanager zu sagen, dass sie krank wäre. Am nächsten Morgen wollten wir mit Mrs. Hayworth sprechen und ihr erklären, was los ist. Obwohl ich bezweifelte, dass sie uns glauben würde. Sie hielt so große Stücke auf Grady Barber."

„Und was geschah dann?"

„Die Telefonleitungen waren alle besetzt. Wir kamen nicht durch. Und als es endlich so weit war, erzählte uns jemand – ein Kartenverkäufer, denke ich –, was geschehen war. Wir waren noch immer bei May, und sie sprach dann auch mit Madison über den Mord. Sie war mir wirklich eine große Hilfe."

May war zudem so verschwiegen, wie eine Seelsorgerin zu sein hatte. Das musste ich meiner Freundin lassen.

„Wie geht es Madison jetzt?", fragte ich.

„Ganz gut. Niemand weiß, dass sie nicht beim Finale auftreten wollte, also brauchte sie deswegen keine Fragen zu beantworten. Unter anderem deswegen wollte ich auch nicht, dass Sie es erfahren." Tammy lächelte schief. „Außerdem sollten Sie nicht wissen, dass Sie recht behalten hatten. Ich schätze, das war kindisch."

„Ich schätze, das war menschlich."

„Ich bin sicher, dass Sie meine Geschichte überprüfen werden. Sagen Sie May, dass sie ehrlich sein kann, okay?"

„Ich glaube Ihnen, aber ich werde trotzdem bei May vorbeischauen. Ich habe nämlich mein eigenes Problem mit meiner Tochter, über das ich mit ihr sprechen möchte."

„Als Madison zur Welt kam, wollte meine Familie, dass ich sie zur Adoption freigebe. Und als ich mich weigerte, haben sie den Kontakt zu mir abgebrochen. Sie dachten, ich würde schnell aufgeben. Aber das habe ich nie getan. Danach hatte ich wohl immer das Gefühl, wenn ich jemanden um Hilfe bitte, wird man versuchen, sie mir wegzunehmen."

„Sie können stolz sein auf das, was Sie geschafft haben, Tammy."

Als ich ging, starrte sie in die Ferne, doch ich war sicher, dass sie sich nach einer Minute oder so wieder in ihr Chemiebuch vertiefen würde. Tammy Sargent war eine entschlossene Frau. Sie würde alles erreichen, was sie sich vorgenommen hatte.

Die Frankels bewohnen ein hübsches Tudor-Cottage in einer ruhigen Straße nicht weit vom Coffeeshop entfernt, mit einem kleinen Pool und einer Terrasse. May gärtnert gern und zieht Rabatten, Blumenbeete und Sträucher einem Garten vor. Heute aber zeigte ihr Vorgarten, wie der Rest von Emerald Springs, die ersten Anzeichen von zu viel Hitze und zu wenig Wasser.

May und ihr Mann Simon sind beide Psychologen und führen eine Privatpraxis in einem kleinen Bürogebäude im Stadtzentrum. Außerdem unterrichten sie Konfliktbewältigung an der Highschool und dem Emerald College. Und irgendwie war es ihnen dazwischen auch noch gelungen, zwei kluge, interessante Kinder großzuziehen. Ich wusste nicht, ob ich May an einem Freitagnachmittag zu Hause antreffen würde. Doch als ich in ihre Straße bog, sah ich, wie sie im Schatten dreier kanadischer Judasbäume Unkraut zupfte.

„Ja hallo!" Sie stand auf, als sie mich entdeckte. „Kannst du mir sagen, warum das Unkraut bei diesem Wetter bestens wächst und alles andere nicht?"

„Das gehört zu diesen universellen Mysterien. Frag doch mal Ed."

Sie wischte sich die Hände an ihrer Baumwollhose ab. „Ich könnte eine Pause vertragen. Lust auf Eistee?"

„Nein, ich habe mir gerade einen Kalorien-Bomben-Mocha

gegönnt. Aber wenn du fünf Minuten Zeit hast, würde ich gern kurz mit dir sprechen."

„Lass uns reingehen."

Mays Küche war dunkel und kühl mit gerahmten Stillleben und Vorhängen aus William-Morris-geblümtem Stoff. Sie schenkte sich Tee ein und gab mir ein Glas Eiswasser, während ich ihr von meinem Gespräch mit Tammy erzählte.

„Ich bin froh, dass sie es dir erzählt hat. Bist du also hier, um das zu überprüfen?", fragte May.

„Nur theoretisch, weil ich ihr glaube und sie sowieso wusste, dass ich dich fragen würde. Aber bei unserem Gespräch ging mir mal wieder auf, wie schwer es ist, Mutter zu sein und immer zu wissen, was richtig ist. Wie sehr sollte man sich einmischen? Oder soll man die Kinder doch lieber ihre eigenen Fehler machen lassen?"

„Madison hat mir erzählt, was mit Deena los ist. Ich vermute mal, dass sie als Einzige von den Miststücken heute nicht im Schwimmbad ist?"

„Ist das zu beruflich? Sollte ich einen Termin vereinbaren? Ich möchte unsere Freundschaft nicht ausnutzen."

Sie lächelte. „Frag eine Freundin, und ich antworte als eine solche."

„Ich frage mich die ganze Zeit, ob ich das Richtige tue. Ed sagt zwar nichts, aber ich weiß, dass es ihn wirklich verletzt, wie sie ihn behandelt. Er hat sich aufrichtig entschuldigt und versprochen, diesen Fehler nie wieder zu machen. Aber Deena behandelt ihn noch immer wie einen Aussätzigen. Das färbt auch auf den Rest von uns ab."

„Und du möchtest das wieder geradebiegen."

„Nun, klar."

„Als Freundin sage ich dir, das kannst du nicht. Das geht nur Deena und Ed etwas an."

Natürlich wusste ich, dass sie recht hatte. Trotzdem hatte ich auf eine magische Lösung gehofft. „Das ist es also? Ich kann nicht mit einem Zauberstab wedeln und Dinge einfach zum Verschwinden bringen?"

„Du willst immer alles regeln, Aggie. Das scheint deine Hauptaufgabe auf dieser Erde zu sein. Lösungen finden, Dinge in Ordnung bringen. Häuser, Menschen. Morde. Du warst das Mädchen für alles beim ESI. Das alles geht in dieselbe Richtung. Nur diesmal ist es nicht an dir, deine Familie zu kitten, egal, wie sehr du es auch möchtest. Du musst dich da raushalten."

„Leichter gesagt als getan." Ich schüttelte den Kopf.

„Wie fast alles."

„Ich bin sowieso ziemlich beschäftigt damit, für Nora die Kastanien aus dem Feuer zu holen. Ich glaube nicht, dass sie Grady Barber umgebracht hat. Ich glaube, der Mörder läuft immer noch frei herum."

„Warum musst du die Kastanien aus dem Feuer holen?"

„Weil es sonst niemand tut."

„Ja, das kannst du nicht ignorieren. Sonst würdest du dich selbst verleugnen. Also scheint es mir sinnvoll, wenn du weiter Nachforschungen betreibst. Aber du kannst nicht ständig alles geradebiegen wollen. Du musst herausfinden, wo die Grenze zu ziehen ist, ohne dass du dich schuldig fühlst."

„Ich frage mich, ob es dieser Person, die Grady ermordet hat, vielleicht genauso geht wie mir? Dass er oder sie sich darum kümmern muss, wenn etwas nicht stimmt? Und vielleicht war in seinem oder ihrem Fall die einzige Möglichkeit, irgendwas wieder geradezubiegen, Grady umzubringen."

„Das könnte ein Teil des Puzzles sein. Natürlich kann einen

diese Logik wieder direkt zu Nora Nelson führen. Wenn sie glaubt, mit Gott sprechen zu können, glaubt sie vielleicht auch, dass Gott ihr aufgetragen hat, ihn umzubringen."

„Ich denke wirklich, dass sie nicht lügen würde, wenn sie es getan hätte."

„Du hast ein gutes Bauchgefühl. Ich vertraue dir."

„Ich hätte nie geglaubt, dass ich noch mal mitten in eine Mordermittlung geraten würde. Ich war mir wirklich sicher."

„Dann kennst du dich selbst nicht besonders gut."

„Ich bin ganz gut darin, Morde aufzuklären. Doch letztes Mal hätte ich beinahe nicht lange genug überlebt, um es jemandem zu sagen."

„Und jetzt hast du Angst, dass so was noch mal geschieht?"

„Bisher musste ich jedes Mal von jemandem gerettet werden."

„Wir alle brauchen Hilfe. Superhelden gibt es nicht."

Etwas Ähnliches hatte ich gerade Tammy erklärt, und das sagte ich May. „Aber ich werde mich nicht noch einmal in eine solche Situation bringen", fügte ich an. „Ich werde nicht hilflos sein, nicht so verletzlich. Ich werde für meine Sicherheit sorgen. Himmel, wenn ich sogar verhindern kann, von Elefanten totgetrampelt zu werden …"

„Wie bitte?"

Diese verflixten Elefanten. Trotz meiner besten Absichten, mich um meine Sicherheit zu kümmern, vorsichtig zu bleiben, wäre ich beinahe zu Brei gestampft worden.

War ich aber nicht, oder? Ich hatte mich in Sicherheit gebracht. Ich hatte überlebt. Ganz auf mich gestellt. Niemand hatte mich retten müssen.

„Das ist eine lange Geschichte", sagte ich. „Aber vielleicht habe ich das nächste Mal nicht so viel Glück."

May öffnete ein Schränkchen, nahm eine Schachtel Kekse heraus und hob sie wie ein Bündel Bestechungsgeld in die Höhe. „Dann bin ich froh, dass ich noch ein großes Glas Tee und eine ungeöffnete Schachtel von den mit Minze gefüllten habe. Komm, setzen wir uns in den Wintergarten.“

16. KAPITEL

Unser Wochenende verlief ungefähr so: Deena erledigte ihre letzte Aufgabe. Ed und ich führten drei lange Gespräche darüber. Ed dachte über die Vor- und Nachteile nach, die sich ergaben, wenn wir Deena sagten, dass sie nicht länger unsere Gefangene war. Teddy führte eine weitere fruchtlose schwesterliche Unterhaltung mit Deena, um sie auf ihr Fehlverhalten aufmerksam zu machen. Deena sagte, wenn sie nirgendwohin gehen dürfe, sehe sie auch keinen Grund, in die Kirche zu gehen. Danach kam sie nur unter Protest mit zum Gottesdienst. Und dann das Abendessen am Sonntag. Wir hatten wirklich unsere eigene Realityshow.

Ich machte *eggplant Parmesan*, eines dieser zeitaufwendigen Rezepte, bei dem normalerweise die Leute in die Küche kommen und reden und lachen während der zehn Jahre oder so, die es dauert, bis man die Auberginen-Scheiben in Ei getunkt und in Bröseln gewendet hat, bevor man sie frittiert. Doch diesmal kam niemand, um zu reden oder zu lachen und mit mir mein Leid zu teilen. Als wir uns zum Essen hinsetzten, fand ich, dass es fad schmeckte. Als ob ich das wichtigste Gewürz weggelassen hätte.

Wir sprachen ein Tischgebet und reichten schweigend das Essen herum. Ed war es, der das Schweigen brach. „Deena, du kannst jetzt telefonieren und den Computer benutzen, und du kannst mit deinen Freundinnen Verabredungen für die Woche treffen. Du hast alles gemacht, was wir dir aufgetragen haben. Ob du aus der Erfahrung klug geworden bist, wissen wir nicht. Nachdem du nichts dazu sagst, müssen wir wohl einfach davon ausgehen."

Deenas Gesicht hellte sich sichtlich auf, aber nur ganz kurz. „Ich habe richtig hart an dieser Liste gearbeitet", sagte sie.

„Das hast du."

„Was gefällt euch also nicht?", fragte sie in herausforderndem Ton.

„Ich gehe davon aus, dass du auch das weißt."

„Ich verstehe nicht, warum niemand irgendwas unternimmt, wenn Eltern einen Fehler machen. Aber wenn ein Kind mal einen Fehler macht, ist die Hölle los."

Es herrschte Stille. Und während sie sich ausbreitete, dachte ich an mein Gespräch mit May und wiederholte in Gedanken ihren Rat wie ein Mantra. Ed ist nicht leicht zu durchschauen. Er hält seine Gefühle bedeckt, was praktisch ist, wenn Kirchenmitglieder mit aller Macht versuchen, ihn zu provozieren. Und auch jetzt war es praktisch, aber ich wusste, dass er trotz seiner äußerlichen Ruhe eine ganze Menge fühlte.

„Niemand hätte meinetwegen etwas unternehmen müssen", sagte er schließlich. „Ich war traurig, dass ich dich verletzt habe und habe mich dafür entschuldigt. Das war meine Strafe. Aber mal ehrlich: Du hast deine Wut immer nur weiter geschürt und mich damit noch länger bestraft. Also unterschätze deine Macht niemals. Der Unterschied ist, dass ich versucht habe, dir etwas beizubringen. Du hast mir nichts beizubringen. Du weißt, dass es mir leidtut und ich meine Lektion gelernt habe. Aber du willst mir weiter wehtun – und Teddy und deiner Mom auch."

„Ich kenne niemanden, der solche Lektionen bekommt wie ich."

Ed bat um das Brot, und Moonpie sprang auf den Tisch, um sich selbst eine Scheibe zu klauen. Als wir ihn endlich in das andere Zimmer verbannt hatten, stand Deena nicht mehr länger im Mittelpunkt der Aufmerksamkeit. Teddy erzählte Ed von ihrem neuen Handlungsverlauf für das Video. Die

Jungs und Mädchen hatten einen Kompromiss geschlossen. Fahrraddiebstahl und Schuldgefühle waren noch immer das Thema, doch der Diebstahl war jetzt – wie vorausgesehen – das Resultat von gehirnzerfressenden Parasiten, die aus lieben Kindern böse machten. Wenn es nur so einfach wäre.

Nachdem wir abgeräumt hatten, wollte Ed mit Teddy Eis essen gehen und lud Deena höflich ein, mitzukommen, doch sie lehnte ab. Ebenfalls höflich. Ich freue mich zu sagen, dass sie ihrem Vater dabei nicht so richtig in die Augen sehen konnte.

Ich ordnete gerade Rechnungen, um den spaßigen Abend noch auszudehnen, als das Telefon klingelte und Deena kurz danach hinunterrief, dass es für mich wäre. Die Tatsache, dass es jemand, der älter als dreizehn war, geschafft hatte, durchzukommen, obwohl Deena inzwischen wieder unser Telefon benutzen durfte, war ein Beweis für die unendliche Güte des Universums.

Roussos war am anderen Ende.

„Taylor kommt morgen zur Vernehmung zu uns."

„Sie machen Witze. Hierher – nach Emerald Springs?"

„Das wollte er so. Ich hatte nur so nebenbei erwähnt, dass wir ihm stattdessen auch die örtliche Polizei nach Hause schicken könnten. Die Idee fand er nicht so prickelnd."

„Danke, dass Sie ihn so schnell ausfindig gemacht haben."

„Möchten Sie bei der Vernehmung dabei sein, falls er nichts dagegen hat?" Einen Moment lang glaubte ich gehört zu haben, dass Roussos mich gern dabeihaben wollte. In Gedanken schlug ich mir seitlich an den Kopf, um zu lösen, was auch immer gerade meinen Verstand blockierte.

„Sie haben mich richtig verstanden", sagte er.

Ich war begeistert. „Ich wäre sehr gern dabei."

„Ich bitte Sie nur, um sicherzugehen, dass es sich um denselben Mann handelt, den Sie in der Mordnacht gesehen haben."

„Kapiert."

„Und Sie werden nichts sagen. Es sei denn, Sie werden gefragt."

„Ich werde das Abbild einer Klosterschülerin in der dritten Klasse sein."

„Sie waren nie in einer Klosterschule. Dort hätten Sie nicht einen Tag überlebt."

„Aber ich wollte. Ich war verrückt danach, diese niedlichen kleinen Faltenröcke zu tragen."

„Morgen früh um zehn."

Ich hängte ein und schrie zu Deena hinauf, dass die Leitung jetzt wieder frei sei.

Ed war mit den Nerven am Ende, als er ins Bett kam. Zu viele Fragen von Teddy, die er nicht beantworten konnte, zu viele Tage mit Deenas eiskaltem Zorn. Da die Schmerzen von meinem Zusammenprall mit den Baumstämmen langsam nachließen, sorgte ich dafür, dass unser Abend auf erfreulichere Weise endete.

Gegen halb zehn am nächsten Morgen machte sich Deena auf den Weg zu Maddie. Teddy und ihre Crew wollten in unserem Garten eine der wichtigsten Szenen drehen, in der unter anderem kleine mit ausgerupftem Gras gefüllte Plastiktüten als Parasiten dienten. Die Parasiten hingen am untersten Ast desselben Baumes, von dem Moonpie gerettet worden war. In einem perfekten Norman-Rockwell-Moment baumelten zwischen den Parasiten zwei sommersprossige Jungs mit Bürstenhaarschnitt mit dem Kopf nach unten und schnitten Grimassen. Ed hatte ein gutes Buch und ein Glas Limonade mit nach draußen genommen, um die Dreharbeiten von seinem schattigen Plätzchen aus zu beobachten. Außerdem konnte er so verhindern, dass ein Streit darüber entbrannte, wer die Kamera halten durfte. Und ich machte mich auf den Weg, um Rob Taylor ein Geständnis abzuringen.

Okay, ich machte mich auf den Weg, um die Klappe zu halten und das Beste zu hoffen.

Als ich beim Polizeirevier ankam, wartete Roussos bereits in der Lobby. Er führte mich in ein Zimmer, das vermutlich ein Vernehmungsraum war, obwohl keine einsame Glühbirne über einem zerschrammten Tisch baumelte. Der Raum sah sogar ganz nett aus, mit frisch gestrichenen Wänden und der hellen modernen Deckenbeleuchtung. Die Stühle waren bequem, und der Tisch hätte eher in das Konferenzzimmer einer Anwaltskanzlei gepasst.

„Wenn er reinkommt und sich hinsetzt, nicken Sie nur, wenn es derselbe Typ ist, den Sie an dem Abend gesehen haben. Und schütteln Sie den Kopf, wenn er es nicht ist. Ich warte auf Ihr Signal, bevor ich beginne."

„Und ich zucke mit den Schultern, wenn ich mir nicht sicher bin."

„Tun Sie das."

Roussos und ich, wie wir unseren Geheimcode absprachen. Das war zu cool für mich, um wahr zu sein. Am liebsten hätte ich ihm einige der streng geheimen Handzeichen beigebracht, die meine Schwestern und ich in unserer Kindheit benutzt hatten. Aber man soll aufhören, wenn es am schönsten ist.

Ich erkannte Rob Taylor in der Sekunde, in der er mit einer Aktenmappe unterm Arm hereinkam. Dennoch wartete ich, bis er sich gesetzt hatte und Roussos mich ansah, bevor ich nickte. Und da behaupten manche Leute, ich hätte keine Geduld.

Roussos ließ sich nicht anmerken, ob er mein Nicken gesehen hatte, aber er drehte seinen Stuhl so, dass er Taylor direkt fixieren konnte. Er begann, indem er sich bei Taylor für sein Kommen bedankte. Dann versicherte er, dass er nur ein paar offene Fragen im Mordfall Grady Barber klären wolle.

„Ich würde gerne etwas über Ihre Beziehung zu dem Opfer erfahren, wenn es Ihnen recht ist. Mrs. Wilcox hat kurz vor Mr. Gradys Tod für ihn als Assistentin gearbeitet. Deswegen haben wir sie gebeten, dabei zu sein, um eventuell auftauchende Fragen zu klären. Sind Sie damit einverstanden?"

„Klar, meinetwegen kann die ganze Welt hören, was ich zu sagen habe. Er war ein Widerling, so einfach ist das."

Heute trug Rob Taylor ein curryfarbenes Poloshirt mit chic ausgewaschenen Jeans und Wanderstiefeln. Sein dunkles halblanges Haar war nach hinten gekämmt und entblößte eine hohe Stirn. In seinem linken Ohr steckte ein goldener Ring. Unter seinem linken Ärmel blitzte eine Tätowierung hervor. Ich schätzte ihn auf Anfang vierzig, ungefähr in Roussos' Alter.

Roussos setzte sich zurück, als würde sich ein Freund mit einem anderen unterhalten. „Erzählen Sie uns, wie Sie Mr. Barber kennengelernt haben."

„Meine Frau Kathy war Kandidatin bei einer Talentshow in Pittsburgh. Grady Barber war der sogenannte Promi-Juror. Kathy schlug sich sehr gut, doch dann musste sie leider erfahren, dass andere Talente gefragt waren, wenn sie den Wettbewerb gewinnen wollte."

„Könnten Sie konkreter werden?"

„Sicher. Er wollte Sex. Wo auch immer und wie auch immer sie bereit war."

„Hat er ihr das ganz direkt gesagt?"

„Zuerst nicht. Aber er hörte nicht auf, sie anzumachen, und kurz vor dem Finale rückte er mit der Sprache raus. Er würde ihren Auftritt weitaus positiver bewerten, wenn sie …" Er warf mir einen Blick zu, und wahrscheinlich überdachte er seine Wortwahl noch einmal. „… wenn sie ihm zeigte, was sie im Bett draufhatte. Und da hat sie mir erzählt, was los war."

„Was haben Sie unternommen?"

„Ich habe ihn zur Rede gestellt. Er wurde wütend. Er behauptete, Kathy hätte *ihn* angemacht. Und dass sie gesagt hätte, wenn er sie nicht gewinnen lasse, würde sie der Presse dasselbe erzählen wie mir. Er sagte, *sie* wollte *ihn* erpressen und dass er darauf nicht eingehen würde."

„Offenbar haben Sie ihm nicht geglaubt."

„Ich kenne meine Frau. Sie war vollkommen niedergeschlagen, als sie mir von der Sache erzählte. Aber natürlich hatten wir keine Beweise. Kathy schied auf eigenen Wunsch aus. Aber ich dachte mir, man könnte dem Typen mal ein bisschen auf den Zahn fühlen und herausfinden, ob andere Frauen bei anderen Wettbewerben das Gleiche erlebt haben." Taylor stupste die Aktenmappe vor sich auf dem Tisch an.

„Und das haben Sie herausgefunden?"

„Namen, Aussagen, Telefonnummern. Jetzt kann ich damit nicht mehr viel anfangen, nicht wahr? Können Sie alles haben."

Roussos nahm die Mappe in die Hand und blätterte sie durch. „Anscheinend wollten Sie die Willkommensparty im Haus der Hayworths stören, als Mr. Barber in die Stadt kam. Stimmt das?"

„Es war die perfekte Gelegenheit, alle wissen zu lassen, was für einen Juror sie da engagiert hatten, und die ganze Stadt davor zu warnen, was den Kandidatinnen blühte."

„Sie wollten einen Skandal provozieren."

Rob Taylor lächelte nicht. „Das wollte ich."

„Aber Sie wurden hinausgeworfen."

„Und später, als ich Mrs. Hayworth ganz privat davon erzählen wollte, warf sie mich ebenfalls raus. Ich zeigte ihr die Aussagen. Und ich sagte ihr, sie könne ehemalige Kandidatinnen anrufen. Aber sie unterstellte mir, dass ich nur vorhätte, den Ruf eines unbescholtenen Mannes zu ruinieren, weil meine Frau in Pittsburgh nicht gewonnen hätte. Sie sagte, die Aussagen wären nichts wert und dass sie mir nicht länger zuhören würde. Vor allem, wenn ich keine unwiderlegbaren Beweise hätte wie Aufzeichnungen von Gesprächen mit Grady und Leuten, die die Geschehnisse bezeugen konnten."

Beinahe hätte ich die Hand ausgestreckt, als ob ich erwartete, dass Roussos mir den Aktenordner reichte, damit auch ich die Seiten durchblättern konnte. Doch ich riss mich zusammen. Ich würde diesen Ordner niemals in die Hände bekommen und damit nie die Liste der Frauen, die wütend genug gewesen waren, um einem Fremden ihre Geschichte zu erzählen – die perfekte Verdächtigenliste im Mordfall Grady Barber.

Die, wie ich befürchtete, nur die Spitze des Eisbergs war.

„Offenbar ist es Ihnen irgendwie gelungen, am Abend von Mr. Barbers Tod hinter die Bühne zu gelangen?", fragte Roussos.

„Ja, ich kann ziemlich beharrlich sein. Ich wollte Barber sagen, dass ich nicht aufhören würde, bis ich ihn erledigt hätte. Ganz und gar erledigt. Und ich wollte die beiden Finalistinnen aufsuchen, um sie zu warnen, obwohl es dafür wahrscheinlich schon etwas zu spät war. Ich hab sie übrigens nicht gefunden."

„Sie haben sich das mehr oder weniger zu ihrer Mission gemacht."

„Ich war noch immer außer mir. Wütend darauf, was er getan hatte, und wütend, dass mir niemand zuhörte."

„Wütend genug, um ihn zu töten?"

Rob Taylor leugnete nicht. „Irgendjemand ist mir zuvorgekommen. Aber ja, ich war beinahe wütend genug, besonders in dem Moment, in dem ich erfuhr, was er vorhatte. Danach beruhigte ich mich ein bisschen. Ich dachte, das Ganze an die Öffentlichkeit zu bringen wäre die beste Strafe. Seinen Ruf durch die Wahrheit zu ruinieren hätte mir gereicht."

„Warum sind Sie nicht einfach an die Presse gegangen? Damit die die Story bringen?"

„Das habe ich versucht. Und wissen Sie, was man mir sagte? Es wäre nicht wichtig genug. Grady Barber wäre out, und niemanden würde interessieren, ob irgendwelche Kandidaten sauer auf ihn wären. Wäre zu viel Aufwand, das zu recherchieren – und zu uninteressant."

„Mrs. Wilcox sagte, dass Sie nach Ihrem Streit mit Mr. Barber das Gebäude durch die Seitentür verlassen hätten. Was haben Sie danach gemacht?"

„Ich bin nicht zurückgekommen, falls Sie darauf hinauswollen. Da war eine Bar um die Ecke vom Campus. Sweeny's. Ich bin reingegangen."

„Dort also waren Sie?"

„Als ich erfuhr, dass Barber ermordet worden war, habe ich meine Kreditkartenbelege aufgehoben, für den Fall, dass ich ein Alibi brauche. Die Kopien habe ich hier. Zuerst habe ich für ein Bier bezahlt. Danach wollte ich schon gehen, aber dann dachte ich, dass ich besser etwas essen sollte, bevor ich nach Hause fuhr. Also gibt es eine weitere Abbuchung ungefähr dreißig Minuten später und danach eine bei der Tankstelle. Außerdem wird der Barkeeper sich wahrscheinlich an mich erinnern. Ich habe nämlich die ganze Zeit über Barber geredet, und zwar nichts Nettes. Ich wusste nicht, dass er umgebracht worden war, bis ich nach Hause kam und am nächsten Morgen die Nachrichten sah."

Ich wusste, wo Sweeney's war. Vielleicht hätte Taylor sich rausschleichen, zurück zum Campus rennen und irgendwie in das Gebäude gelangen können, um dann Grady umzubringen, die Leiche zu bewegen und *nor* an die Wand zu schreiben. Um dann zurück in die Bar zu sprinten und Nachos oder Chickenwings zu bestellen. Doch dieses Szenario war unwahrscheinlich. Um diese Uhrzeit am Abend wäre es geradezu unmöglich gewesen, ohne Eintrittskarte in das Gebäude zu kommen, geschweige denn hinter die Bühne. Und außerdem wäre er so mindestens zwanzig Minuten lang nicht in der Bar gewesen. Eher dreißig. Und diese ganze Hin- und Herrennerei wäre bestimmt jemandem aufgefallen. Wenn er stattdessen mit dem Auto gefahren wäre, hätte er einen Parkplatz finden müssen, an all den ESI-Besuchern vorbeirasen und später wieder zurück zu Sweeney's fahren müssen …

Taylor führte den entscheidenden Beweis an: „Da war eine Gruppe Studenten, die sich ein Baseballspiel im Fernsehen angesehen haben. Ich habe mit einem von denen eine Wette abgeschlossen und musste ihm ein Bier zahlen. Wenn Sie ihn finden, wird auch er sich an mich erinnern. Der Barkeeper kennt wahrscheinlich seinen Namen."

„Wir haben einen Verdächtigen", sagte Roussos. „Wir wollen nur etwas mehr über Barbers Privatleben erfahren."

„Ich weiß nicht, ob Sie die Richtige haben. Aber ich wette, es gab eine Menge Leute, die ihn gerne tot gesehen hätten. Wenn ich ihn hätte umbringen wollen, hätte ich vermutlich erst eine Nummer ziehen müssen."

„Nun, jemand hat die Nummer eins gezogen."

Taylor zuckte mit den Schultern. „Tut mir nicht leid. Die Menschheit ist ohne ihn besser dran."

Roussos erhob sich und Taylor daraufhin ebenfalls. Zögernd stand auch ich auf. Ich wünschte, ich hätte eine brillante Frage.

Etwas, was sein Alibi zerschlagen und ihn zu einem Geständnis veranlassen würde. Aber, bedauerlich für Schwester Nora, es sah wirklich so aus, als ob Taylor nicht Gradys Mörder war.

Wir gingen zusammen hinaus. Taylor verabschiedete sich. Roussos blieb mit vor der Brust verschränkten Armen auf dem Parkplatz stehen.

„Ich werde das mit dem Barkeeper überprüfen", sagte er. „Wenn er gelogen hat, haben wir Grund genug, ihn festzunehmen. Aber das glaube ich nicht."

„In dieser Akte finden sich die Namen von vielen Frauen. Frauen, die Grady missbraucht hat."

„Haben Sie oder sonst jemand an diesem Abend eine fremde Frau hinter der Bühne gesehen, von Nora Nelson einmal abgesehen?"

„Sie wollen nicht weiter ermitteln, stimmt's?"

„Wir haben unsere Verdächtige." Er sah mich an. „Aber *Sie* werden es nicht lassen, nicht wahr? Selbst jetzt werden Sie es nicht lassen können."

„Haben Sie irgendetwas über Danny herausgefunden? Danny aus dem Zirkus?"

„Wir suchen nach ihm. Er weiß offenbar genau, wie man spurlos verschwindet. Aber das bedeutet nicht, dass er versucht hat, Sie umzubringen. Und es bedeutet auch nicht, dass er es nicht versucht hat. Das bedeutet nur, dass er weg ist."

„Und ich bin noch da."

„Und Sie wollen einen Mordfall lösen, der bereits gelöst ist." Unsere Blicke trafen sich. „Ich weiß nicht, warum ich mir Sorgen um Sie mache. Vielleicht würden mir einfach Ihre Grübchen fehlen, die Sie immer zeigen, wenn mal wieder jemand auf Ihrem Grundstück umgebracht wird und Sie wollen, dass ich Ihnen einen Gefallen tue. Vielleicht würde es mir fehlen, Sie nicht ständig von Orten zu verscheuchen, an denen Sie nichts zu suchen haben. Oder dass ich keinen Grund mehr hätte, Ihre Katze zu retten. Was auch immer es ist, nehmen Sie einen Rat von mir an. Seien Sie vorsichtig. Im Mordfall eines Mistkerls wie Barber zu ermitteln ist schon schlimm genug. Sorgen Sie bloß dafür, dass ich nicht in Ihrem Mordfall ermitteln muss, okay?"

Dies war eine sehr emotionale Rede gewesen, geradezu ein Eingeständnis, dass wir uns trotz allem wirklich gern mochten. Ich war gerührt, aber nicht genug, um ihm alles zu geben, was er wollte.

„Wenn Gradys Mord wirklich gelöst ist, dann brauchen Sie sich doch keine Sorgen zu machen, oder? Dann interessiert es niemanden, wenn ich etwas herumschnüffle."

„Passen Sie auf sich auf. Sie haben die schlechte Angewohnheit, genau in dem Moment einen Mord zu klären, in dem der Mörder Ihnen bereits im Nacken sitzt. Haben Sie inzwischen meine Telefonnummer als Schnellwahl gespeichert?"

Ich vermutete, dass Deena diese Frage in ein oder zwei Jahren oft zu hören bekommen würde. Ich musste einfach meine Grübchen aufblitzen lassen. „Ich werde mich drum kümmern."

„Tun Sie das."

Montag ist Eds freier Tag, und normalerweise geht er dann auch nicht zu irgendwelchen Sitzungen. Doch heute Abend gab es eine Stadtratssitzung wegen der Parkplätze rund ums Oval genau gegenüber unserer Kirche. Nach dem Abendessen ging er mit einigen unserer Kuratoren dorthin, um die Kircheninteressen zu vertreten. Teddy ging früh zu Bett, müde nach einem Tag voller Dreharbeiten. Als ich mich hinlegte konnte ich noch immer leise Deenas Stimme hören, die am Telefon saß und die verlorene Zeit aufholte. Nur gut, dass wir uns vor Kurzem erst ein Telefon mit Anrufbeantworter und Anklopffunktion geleistet hatten.

Ich war fest entschlossen, wenigstens die Hälfte von *Sailing toward a Rainbow* zu schaffen, selbst wenn ich zwischen den Kapiteln aufstehen und auf und ab gehen müsste, um wach zu bleiben. Meine Furcht war unbegründet. Heute war es fünfunddreißig Grad heiß gewesen. Und auch wenn die Temperatur inzwischen so weit gesunken war, dass man draußen fast wieder atmen konnte, war das drinnen nicht der Fall. Im Haus war es so unangenehm schwül, dass ich aufstand, um noch einmal zu duschen, nur um meine Körpertemperatur um ein oder zwei Grad zu senken. An Schlaf war erst mal überhaupt nicht zu denken.

Die Hitze hatte noch einen anderen Effekt. Zwar konnte ich nicht schlafen, mich aber genauso wenig konzentrieren. Ich las jeden einzelnen Satz, manchmal sogar zweimal, und doch hatte ich nie das Gefühl, Grady besser kennenzulernen. Das Emerald Springs, das er beschrieb, war nicht das, das ich kannte. Da sich Städte von dieser Größe, wenn überhaupt, nur langsam verändern, war es schwer vorstellbar, dass es damals wirklich so anders gewesen sein sollte, wie er behauptete. In Gradys Heimatstadt waren alle nett. Jeder lächelte ihm zu, tätschelte seinen Kopf und bot seiner mitgenommenen Mutter Unterstützung und Trost an. In Gradys Stadt stand jede Tür offen, und jeder Nachbar fühlte sich verpflichtet, bei seiner Erziehung mitzuwirken. Nur zu seinem Besten, versteht sich. Es gab keinen Cockerspaniel und keine Katze in der Stadt, die ihn nicht liebten und von ihm gestreichelt werden wollten. Selbst die Rotkehlchen bauten ihre Nester so, dass er dabei zusehen konnte, wie sie ihre Jungen mit lächelnden Würmern fütterten.

„Och *biiiitte*!“ Ich stand auf, um mir ein Glas Eiswasser zu holen, obwohl ich wusste, dass ich gegen zwei Uhr morgens dafür büßen würde. Über Gradys frühe Kindheit hatte ich nichts Interessantes entdeckt. Jetzt kamen wir zu seiner Schulzeit. Wie zuvor mühte ich mich durch den Text, und am Ende dieses Abschnitts wusste ich noch immer nicht mehr über Grady.

„Unser Held." Ich legte das Buch neben mich aufs Bett und schloss die Augen. In jeder Anekdote über seine Jugend war Grady ein Held gewesen. Er war nett zu den Kindern, die nicht leicht Freundschaft schlossen. Einer seiner besten Freunde hinkte, und ein anderer kam aus einer bitterarmen Familie. Seine Freundschaft hatte ihnen natürlich alles bedeutet. Ich stellte mir vor, dass sie einfach irgendwie mit ihm zurechtkommen mussten, weil auch er ein Außenseiter war.

In der Highschool leuchtete sein Talent wie ein einsamer Stern durch einen wolkenverhangenen Nachthimmel. Seine Lehrer hatten seine Intelligenz und seine Begabung schnell entdeckt und dafür gekämpft, mit ihm arbeiten zu dürfen. Was seine Beziehung zu Mädchen betraf, war er zurückhaltend. Er deutete an, dass er wegen seiner Schüchternheit keine ernsthafte Beziehung gehabt hätte. Nicht, bis er seine Filmpartnerin in *Wayfarers* geküsst hatte.

„Verschon mich." Ich dachte an all das, was Winona und Veronica mir erzählt hatten. Grady und Winona waren ein Paar gewesen. Als er sie sitzen ließ, um ein Filmstar zu werden, verlor sie vollkommen den Boden unter den Füßen. Und den Boden unter den Füßen verlor man ja wohl wegen einer ernsthaften Beziehung und nicht wegen jeder lockeren Freundschaft. Aber nicht nur, dass Grady Winonas Existenz komplett leugnete. Nach seiner Aussage hatte er in unserer hübschen Stadt nicht mal ein einziges Mädchen auch nur geküsst.

Ed wählte diesen Moment, um nach Hause zu kommen. „Du kannst künftig Pfarrerin sein, und ich bleibe zu Hause und ziehe die Kinder auf", sagte er.

Dieses Angebot hatte er mir schon öfter gemacht, somit war ich wenig beeindruckt. „Du müsstest dann auch noch Häuser umbauen. Und Brownies backen und Klassenfahrten mitmachen und zum Treffen der Frauenvereinigung gehen. Du müsstest Leuten zuhören, die meine Predigt kritisieren, weil sie hilfreich sein wollen – natürlich. Du müsstest strahlend lächeln, wenn sie fragen, ob die Reifenschaukel an dem Weidenbaum das richtige Licht auf ein Pfarrhaus wirft. Aber wenn du magst, melde ich mich gern im Priesterseminar an."

„Sie haben doch tatsächlich darüber diskutiert, die Parkuhren am Oval so umzustellen, dass die Leute auch noch sonntags zahlen müssen, wenn sie zum Gottesdienst kommen."

Ich klopfte neben mir aufs Bett. „Armer Junge."

„Es wurde dagegen gestimmt."

„Na, siehst du. Ein Sieg. Was würde die Kirche nur ohne dich machen? Denk an all die Vierteldollarstücke, die du vor einem Schicksal schlimmer als der Tod bewahrt hast."

Er ließ sich neben mich fallen. „Du bist mein ganz privater Cheerleader."

„Ed, erinnerst du dich noch an das erste Mädchen, das du geküsst hast?"

„Sarah Buckley."

„Das muss ja ein Hammer gewesen sein, wenn du es nie vergessen hast. Wie alt warst du?"

„Um die zehn."

„Was hältst du von einem heterosexuellen Mann, der behauptet, mit achtzehn zum ersten Mal ein Mädchen geküsst zu haben?"

„Entweder waren seine Lippen aus irgendeinem ungeklärten medizinischen Grund zusammengenäht, oder er ist ein Lügner."

„Und was würdest du von einem Mann halten, der sogar in Buchform seine erste Freundin leugnet?" Ich erzählte ihm von Winona und Gradys Autobiografie.

„Ich weiß nicht, warum Barber nicht die Wahrheit geschrieben hat. Außer dass ehrlich zu sein für ihn mehr oder weniger ein unbekanntes Konzept war. Vielleicht meinte er, dass diese Unschuldsmasche ihn besser dastehen ließe."

„Kannst du dir vorstellen, was Winona empfunden haben muss, auf diese Art und Weise aus seinem Leben rausgeschrieben worden zu sein? Nachdem er sie ohne ein Wort sitzen gelassen hat? Und dann behauptet er auch noch, sie hätte nie existiert ..."

„Hat sie was mit Elefanten zu tun? Oder hält sie sich Dobermänner als Haustiere?"

„Das bezweifle ich. Sie ist selbst eine Art Dobermann."

„Sei bitte vorsichtig, wenn du morgen mit ihr sprichst."

„Woher weißt du, dass ich mit ihr sprechen werde?"

Er sah mich nur kopfschüttelnd an.

Ich küsste seine Nase. „Wenn ich Pfarrerin wäre, müsstest du diese ganzen beängstigenden Ermittlungen übernehmen. Also sei froh, dass wir die Rollen nicht wirklich tauschen."

17. KAPITEL

Herauszufinden, wo Winona lebt, war nicht mehr Aufwand, als ein Telefonbuch aufzuschlagen und nach Unger zu suchen. Es gab nur den Eintrag eines Jerry Unger, also vermutete ich mal, dass Winona mit dem guten alten Jer verheiratet war. Festzustellen, dass sie im Village wohnten, war da schon interessanter. Offiziell als Essex Village bekannt, handelt es sich beim Village um einen so gehobenen und begehrten Stadtteil, dass er seine eigene Abkürzung hat. Es bereitete mir keine Probleme, Winonas Straße zu finden, genauso wenig wie das hinreißende Landhaus, dessen Hausnummer sich auf einem Porzellanschild rechts von der mit Glyzinien verzierten Veranda befand.

Ich hatte die ganze Nacht über diesem Besuch gebrütet. Wie würde ich mich fühlen, wenn der Junge, den ich in der Highschool geliebt habe, mich in seiner Autobiografie vollkommen verschwieg, so tat, als ob ich niemals existiert hätte? Und was würde ich fühlen, wenn er Jahre später triumphierend nach Hause käme und in mir nur die Haushälterin sähe? Winona war schwer ins Schleudern geraten, als Grady sie ohne einen Blick zurück sitzen gelassen hatte. Sie hatte ihre Chance auf ein Stipendium verspielt und damit die Möglichkeit, das enge kleine Emerald Springs zu verlassen. Wie konnte sie ihm das nicht vorwerfen?

Natürlich hieß das noch lange nicht, dass sie ihn aus Rache umgebracht hatte.

Ich hatte erwartet, Winona in einem weniger schicken Stadtteil zu finden. Vielleicht nicht gerade in Weezeltown, wo sie aufgewachsen war, aber in einer Straße, in der alte Autos parkten und verbeulte Fahrräder an den Zäunen angekettet waren. Nein. Wenn Winona hier lebte, dann musste es ihr in den letzten Jahren ziemlich gut gegangen sein. Und nicht nur die Gegend wies darauf hin, sondern auch das Haus selbst. Von außen sah es bis ins letzte Detail einfach hinreißend aus, und die Umgestalterin in mir wusste auch, warum. Durch Sorgfalt, harte Arbeit und Stilgefühl war aus einem mittelmäßig hübschen Haus ein Schmuckstück geworden. Im *Cottage Living*-Magazin hätte es gut und gerne eine Sonderseite verdient.

Ich hatte vielleicht Nerven, aber nicht die Stirn, einfach über den von Blumen gesäumten Weg zur Haustür zu laufen und zu fragen, warum Winona Grady Barber ermordet hatte. Es war mir leider unmöglich, mein nicht existierendes Vergrößerungsglas auf sie zu richten und zu behaupten, dass ich ihr Motiv kannte und unwiderlegbare Beweise hatte.

Genauso wenig konnte ich ihr den wichtigsten Hinweis auf ihre Schuld verraten. Dass Veronica sie „Nonie" genannt hatte. Während er an seinem eigenen Blut erstickte, war es Grady irgendwie gelungen, drei Buchstaben an die Wand zu schmieren, *nor*. War er vielleicht gestorben, bevor er den letzten Buchstaben vollenden konnte? Hatte Grady womöglich *nonie* schreiben wollen? Etwas mehr Zeit und aus dem *r* hätte durchaus ein *n* werden können.

Natürlich gab es da noch die nicht unerhebliche Sache mit dem Messer. Dafür hatte ich keine Erklärung. Außer dass Winona vielleicht jemanden angeheuert hatte, um das Messer zu stehlen. Zum Beispiel Danny. Damit würde der Verdacht auf jemanden vom Zirkus fallen. Warum auch nicht, wo doch Schwester Noras fröhliche Sippe als die größten Verrückten in der Stadt bekannt war? Vielleicht waren Noras Besuch hinter der Bühne und die Ähnlichkeit mit *nonie* einfach nur ein dummer Zufall gewesen?

Zufälle gibt es nun mal, egal, was Freud behauptete. Ich

habe genug Stoßstangen gerammt bei meinen Versuchen, parallel zu parken, um das zu beweisen.

Ich wollte mehr über Winona in Erfahrung bringen, hatte aber keine Lust, mir eine Erklärung einfallen zu lassen, warum ich sie in ihrem eigenen Haus aufsuchte. Davon abgesehen war sie wahrscheinlich bei den Hayworths und verfluchte gerade die Edelstahlarmaturen, die leider genauso schnell Flecken bekommen wie die guten alten aus normalem Stahl.

Gerade als ich über meinen nächsten Schritt nachdachte, kam eine Frau mit einem Collie an der Leine aus dem Cottage zwei Türen weiter. Der Hund hechelte bereits, und das mir nicht unbekannte Gesicht der Frau verfärbte sich rosa unter der Sonne. Ich erkannte die Brille in Katzenaugenform, die schlecht gefärbten Haare, die rundliche Figur. Ich konnte mein Glück kaum fassen. Es handelte sich um Norma Beet, unsere Kirchensekretärin. Da in der Sommerzeit nicht viel los war in der Kirche, arbeitete Norma bis Mitte August nur an drei Nachmittagen in der Woche. Wie es aussah, hatte sie etwas gefunden, womit sie sich morgens beschäftigen konnte.

Ich stieg aus dem Auto und winkte ihr zu. Norma freute sich, mich zu sehen. Der Collie ließ sich auf den Gehweg plumpsen und hechelte heftiger.

„Was machen Sie denn hier?“, fragte sie fröhlich. „Freunde besuchen? Spazieren gehen?“ Sie ließ noch eine ganze Reihe von Vorschlägen folgen, ohne eine Antwort abzuwarten.

Norma hat viele Stärken. Ohne Unterbrechung zu reden ist eine davon. Da ich daran gewöhnt bin, wartete ich erst mal ab. Als sie Atem holen musste, klinkte ich mich ein. „Ich fahre immer wieder gerne durch diesen Stadtteil. Und was tun Sie hier?“

„Wussten Sie das nicht? Ich habe endlich meinen Vater überredet, aus diesem monströsen Haus auszuziehen und etwas zu kaufen, was nicht so viel Arbeit macht. Wir haben dieses hier gekauft, weil es einen schönen Garten hat, wo er seine Golfschläge üben kann, wann immer ihm der Sinn danach steht. Wir sind Anfang des Sommers eingezogen." Dann überhäufte sie mich mit Umzugsgeschichten.

Vor ein paar Jahren kam Norma aus South Dakota nach Emerald Springs, um sich um ihren Vater Alfred zu kümmern, einen hartgesottenen Griesgram in den Achtzigern, der jeden in der Kirche strammstehen ließ, bis er weit über siebzig war. Als Alfred dann Gesundheitsprobleme bekam, hat Ed ihm vorgeschlagen, Norma zu sich zu holen. Eine Entscheidung, die für beide gut gewesen war. Jetzt war ich froh, dass sie Alfred überredet hatte, das Haus zu verkaufen, in dem Platz für einen ganzen Orden gewesen wäre.

„Gefällt es Ihnen hier?", fragte ich, als sie erneut wegen Sauerstoffmangels eine kurze Pause machte.

„Oh, wir lieben es! Selbst Dad. Und die Nachbarn waren so hilfsbereit. Einfach nette Menschen. Ich fühle mich so willkommen."

Ich konnte nur hoffen, dass die Nachbarn nicht flüchteten und sich versteckten, sobald Norma und ihr Collie aus dem Haus traten. Es dauert, bis man sich an Norma gewöhnt hat. Aber inzwischen habe ich gelernt, sie zu schätzen, vielleicht sogar ihr unablässiges Geplapper. Sie hatte mir einmal erzählt, dass sie in ihrer Kindheit auf einer Weizenfarm gelernt hatte, auf wirklich alles zu achten. Wenn man an einem Ort lebte, wo so gut wie nichts passierte, wusste man eben auch die geringsten Veränderungen zu schätzen. Aus diesem Grund hatte Norma ein fast absolutes Gedächtnis. Man kann sich darauf verlassen, dass ihr auch nicht das kleinste Detail entgeht. Und dass sie nur zu gern bereit ist, davon zu erzählen.

„Wer ist denn Ihr Freund hier?“, fragte ich und beugte mich vor, um das goldene Fell des Collies zu streicheln.

„Das ist Sammy. Dad und ich haben ihn aus dem Teich gerettet. Ist er nicht eine Schönheit?“

Allerdings, auch wenn ihm furchtbar heiß sein musste. Ich richtete mich wieder auf und bot ihr an, mit ihnen um den Block zu gehen. Norma war begeistert. Der Collie kämpfte sich hoch, und los ging es.

„Sie müssen umgezogen sein, als ich in Indiana war, sonst hätte ich sicher davon gehört. Ich hätte Ihnen helfen können“, sagte ich.

„Keine Sorge. Die Frauenorganisation hat sich um das Essen gekümmert, und einige aus der Jugendgruppe haben uns mit den Möbeln geholfen. Als ich die wertvollen Sachen von dem alten Kram getrennt hatte, blieb gerade genug übrig, um dieses Haus einzurichten.“

Noch bevor wir um die Ecke bogen, erzählte Norma mir bereits von den Veränderungen, die sie im Haus vorgenommen hatten und welche weiteren sie planten. Einen Block weiter überlegte ich, sie unauffällig auf das Thema „Winona“ zu lenken, entschied aber, dass Feinsinn hier nicht angebracht war. Als Norma wieder einmal tief Luft holte, erzählte ich ihr, dass ich Winona bei Veronica Hayworth kennengelernt hatte und gern etwas mehr über sie erfahren würde.

„Wegen des Mordes an Grady Barber“, sagte Norma. „Ich dachte mir schon, dass Sie darauf aus sind.“

„Erwischt.“

„Nun, ich dachte allerdings nicht, dass Sie sich für die Ungers interessieren würden. Das ist eine furchtbar nette Familie. Winona ist eine fantastische Mutter. Noch nie habe ich jemanden so hart arbeiten sehen. College, Vollzeitjob,

Aufbau ihres eigenen Unternehmens und dann noch die Kinder, wenn sie aus der Schule kommen.“

„Wow. Das alles?“

„Sie macht gerade ihren Abschluss am Emerald College, und dann will sie sich selbstständig machen. Bis dahin arbeitet sie als Haushälterin für eine Frau in Emerald States. Beide Kinder brauchen Zahnspangen. Jerry ist Bauunternehmer, doch in der Branche läuft es momentan nicht so gut. Sie sagt, das meiste Geld von ihrem Gehalt geht für die Rechnungen des Kieferorthopäden drauf. Aber sie hat eine gute Stelle. Meistens ist sie mit der Arbeit schon fertig, wenn die Kinder aus der Schule kommen. Ein Junge und ein Mädchen. Jessie und Jamie. Ist das nicht süß?“

Die Namen wiesen auf die humorvolle Seite einer Frau hin, die gar keinen Humor zu haben schien. „Selbstständig als was?“ Falls Winona als Freelancer bei der Mafia anheuern wollte, war ich vielleicht etwas Großem auf der Spur.

„Sie erzählte mir, sie kennt die Dienstleistungsbranche in Emerald Springs in- und auswendig. Die Leute können sie anrufen, und sie findet den perfekten Anbieter für sie, stellt den Kontakt her, kümmert sich um alles und kontrolliert die Qualität. Hausreparaturen. Partyservice. Hausputz. Pflege für ältere Bewohner. Auf Haustiere aufpassen. Seit Monaten schon sammelt sie Adressen und spricht mit Dienstleistern. Im Dezember macht sie ihren Abschluss, und danach will sie kündigen.“

Ich schätze, einen Auftragskiller könnte man als Dienstleister bezeichnen, doch irgendwie passte Mord nicht so recht in Winonas Leben mit der hohen Arbeitsmoral und der mütterlichen Fürsorge.

Winona hatte einen schweren Start gehabt – oder anders ausgedrückt: Die Sache mit Grady war für sie zu einem schmerzhaften Umweg geworden. Aber wie es schien, hatte Winona sich bestens erholt und war nun wieder bereit, Erfolg zu haben.

Und doch, vielleicht hatte sie sich insgeheim seit der Highschool nach Grady Barber verzehrt und gehofft, dass ihre Liebe wieder aufleben würde, wenn sie sich wiedersahen. Sitzen gelassene Liebende können sich eine Menge vormachen, um ihr Leid zu lindern. Als es dann schließlich zu einem Wiedersehen kam, hatte Gradys Verachtung sie in eine Verzweiflung gestürzt, die in unkontrollierbare Rachegelüste mündete.

„Führen sie eine glückliche Ehe?“, fragte ich.

„Soweit ich das beurteilen kann, eine sehr glückliche. Sie nutzen jede Chance, um gemeinsam etwas zu unternehmen. Und wenn Sammy und ich abends vorbeigehen, sitzen Winona und Jerry fast immer zusammen auf der Veranda und reden und lachen.“

Ich hörte einen bedauernden Klang in Normas Stimme. Ich denke, Norma hat das Potenzial, attraktiver auszusehen. Ein guter Friseur, eine Diät, neue Brille. Viel mehr als das bräuchte es nicht, abgesehen von einem Workshop über aktives Zuhören. Ganz offensichtlich hat sie viel Liebe zu geben. Ich fragte mich, ob ich ihr helfen könnte, verschob meine Pläne aber gedanklich, bis Gradys Mörder hinter Gittern saß. Ich Kupplerin.

Wir waren beinahe wieder an Normas Haus angekommen, da begann sie, über einige andere Nachbarn zu erzählen. „Sie haben mir sehr geholfen“, sagte ich, als wir vor ihrer Tür standen.

„Da ist ja Winona.“ Sie zeigte mit dem Kinn auf das hübsche Cottage. „Ihre Chefin ist für ein paar Tage weg, und sie bleibt in der Zeit zu Hause bei den Kindern.“

Ein neuer Honda Sedan, schlicht aber tadellos sauber, fuhr in die Auffahrt. Ich wurde dabei ertappt, wie ich neben Norma stand und in Winonas Richtung schaute. Winona stieg aus, zwei hübsche blonde Kinder folgten ihr. Sie jagten so schnell auf das Haus zu, dass ich sie kaum sehen konnte. Vermutlich waren sie im Mittelschulalter.

Winona kam auf uns zu. Sie lächelte Norma zu. „Wie geht es Ihnen?" Dann sah sie mich an. „Mrs. Wilcox."

„Aggie ist gerade hier durch die Gegend gefahren und hat mich mit Sammy gesehen", erklärte Norma. „Wir sind mit ihm spazieren gegangen."

„Zufällig durch die Gegend gefahren?"

„Ich muss nach Dad sehen", sagte Norma. „Und Sammy Wasser geben. Es ist zu heiß für Mensch und Tier." Sie verabschiedete sich, fuhr aber fort, mit uns zu sprechen, bis sie im Haus verschwunden war. Mit einem Mal schien es merkwürdig still zu sein.

„So … Norma hat mir alles über ihren Umzug erzählt", sagte ich.

„So ist unsere Norma."

„Sie scheint glücklich zu sein. Sie liebt diese Gegend."

„Aber Sie sind nicht gekommen, um Norma zu sehen, nicht wahr? Warum sind Sie hier?"

Ich lüge nicht gern. Normalerweise bin ich ganz gut darin, einen Teil der Wahrheit zu sagen, um ein schlechtes Gewissen zu vermeiden. Jetzt fiel mir aber kein Teil ein, der mich nicht sowieso verraten würde.

„Ich wollte mehr über Sie erfahren", sagte ich stattdessen, verriet ihr also die ganze verflixte Wahrheit mit einem Schlag. „Veronica hat gesagt, dass Sie und Grady mehr als nur Freunde waren. Sie hat nicht aus der Schule geplaudert, Winona, sondern einfach nur erzählt, was sie über ihn weiß.

Und das führt nun dazu, dass ich noch mehr erfahren möchte."

Ohne das Stirnband und die graue Uniform sah Winona heute so hübsch aus, wie es ihr nur möglich war. Sie trug buttergelbe Shorts und ein Tanktop, ihr blondes Haar war seitlich gescheitelt und berührte ihre Wangen. Die baumelnden Sonnenblumenohrringe hatte sie bestimmt von einem Kind geschenkt bekommen. Ganz offenbar bedeuteten sie ihr viel.

„Wir waren *mehr* als das", sagte sie. „Aber das ist lange her. Also fragen Sie sicher nicht nur aus reiner Neugier."

„Ich glaube nicht, dass Nora Nelson ihn umgebracht hat."

„Und jetzt hoffen Sie, ich war's, damit sie wieder aus dem Gefängnis kommt?"

„Nein. Viel lieber hätte ich, dass es ein bösartiger Psychopath war, der es einfach satthatte, ‚Sailing toward a Rainbow' in Fahrstühlen zu hören, und sich dafür rächen wollte. Aber leider glaube ich, dass es jemand war, der ihn besser kannte."

„Und ich hatte einen Grund, ihn zu hassen." Winona lächelte. Ehrlich. „Wissen Sie, ich habe ihn eine Zeit lang tatsächlich gehasst. Nachdem ich endlich aufgehört hatte, ihn zu lieben, was recht lange dauerte. Mit der ersten Liebe lässt sich nichts vergleichen. Wie auch immer, ich fand, dass er mein Leben zerstört hatte. Und ich war sicher, dass ich nie mehr einen Mann lieben könnte. Dafür habe ich auch ein paar Jahre gesorgt. Dann, irgendwann, habe ich kapiert, dass nicht Grady dafür verantwortlich war, dass ich meine Träume aufgegeben hatte. Sondern ich ganz allein. Also bin ich wieder zur Schule gegangen, wo ich mich wieder daran erinnerte, wie gerne ich lernte, nahm die Stelle bei Veronica an, habe meinen Mann kennengelernt ..." Ihr Lächeln war entspannt. „Reicht Ihnen das? Ich könnte noch weitermachen. Jedenfalls wurde mir irgendwann klar, dass Grady mir einen Gefallen getan hatte. Ich brauchte ihn nicht. Um genau zu sein, war ich dankbar, wenn ich über die Jahre immer wieder Artikel über seine misslungenen Ehen las. Ich habe viel gelernt. Unter anderem, Männer nicht allein nach ihrem Aussehen und ihren leeren Versprechungen zu beurteilen. Ich lernte, für mich selbst und die Menschen, die mich wirklich lieben, da zu sein. Ich habe ein gutes Leben."

Warum fiel meine Verdächtigenliste immer wieder in sich zusammen? War es ein Fehler, jeder guten Geschichte zu glauben, die mir erzählt wurde? Vielleicht hatte Fred ja einen Zwillingsbruder nach Big Sur geschickt und war dann zurückgekommen, um Grady umzubringen. Vielleicht war Tammy am Finalabend aus dem Haus geschlichen, während May und Madison sich unterhalten hatten, und hatte Grady beseitigt, nur um in der Zwischenzeit was zu tun zu haben. Vielleicht hatte Rob Taylor die komplette Belegschaft vom Sweeney's bezahlt, damit sie bestätigten, dass er da gewesen war. Vielleicht hatte Winona ihren Grady Barber trotzdem aus der Ferne verehrt und getötet, als er sie als unangenehme Erinnerung an seine unglückliche Vergangenheit ignoriert hatte.

Aber in Wahrheit glaubte ich das alles nicht.

„Okay. Sie hatten so gut wie kein Motiv, ihn umzubringen", sagte ich. „Verstanden."

„Kein Motiv und kein Alibi – nur falls Sie das fragen wollten. Jerry ist an diesem Abend mit den Kindern ins Kino gegangen. Ich blieb zu Hause, habe lange gebadet und über die Woche nachgedacht. Ich gebe es nicht gerne zu, weil es so kleinlich klingt, aber es hat mir gefallen, zu sehen, dass Grady sich hier nur Feinde machte. Ich hätte mir so ein abruptes Ende für ihn aber nicht gewünscht. Er beschmutzte sein eigenes Nest mit Böswilligkeit und Wutausbrüchen und

Kränkungen. Ich habe die Show genossen. Es tut mir leid, dass er umgebracht wurde, weil das niemand auf der Welt verdient. Und für Veronica tut es mir auch leid. Sie hat so hart daran gearbeitet, ihn hierherzuholen – und sich damit nur Ärger eingehandelt. Aber andere Gefühle hatte ich nicht."

„Wie Veronica mir erzählt hat, hat Grady Sie beide öfter in Verlegenheit gebracht."

„Ja, in der Highschool. Sie und ich hatten zumindest das gemeinsam, wenn auch nicht viel mehr. Sie versuchte, einen Star aus ihm zu machen. Und ich versuchte zu verhindern, dass er durchfiel. Vor allem in Englisch. Ich kann bis heute nicht verstehen, wie Grady diese schönen Titel schreiben konnte. Er war ja kaum in der Lage, vier Worte in eine Reihenfolge zu bringen und aufzuschreiben. Mrs. Wilkinson ist an ihm verzweifelt. Manchmal hat sie ihn einfach bestehen lassen, auch wenn er es gar nicht verdient hatte."

„Mrs. Wilkinson?"

„Unsere Englischlehrerin. Sie war was Besonderes. Ist sie noch immer. Eine wirklich hingebungsvolle Lehrerin. Eine Menge Leute in Emerald Springs verdanken ihr alles. Nachdem Grady gegangen war, hat sie sich um mich gekümmert und dafür gesorgt, dass ich den Schulabschluss schaffte, wenn auch nur knapp."

„Sprechen Sie zufällig von *Daisy* Wilkinson?"

„Allerdings. Kennen Sie sie?"

„Ich habe sie nur einmal getroffen. Aber mein Mann kennt sie gut." Daisy Wilkinson ist Mitglied unserer Kirche, aber zu krank, um regelmäßig zum Sonntagsgottesdienst zu kommen. Sie lebt in einem Wohnheim unweit des Polizeireviers, Old Mill Manor. Ed besucht sie regelmäßig, genauso wie die Mitglieder unserer Frauenvereinigung.

„Ich lade sie immer sonntags zu uns zum Abendessen ein, wenn sie sich gut fühlt", sagte Winona. „Sie ist nur noch Haut und Knochen, und Jerry kann sie problemlos aus dem Auto heben. Die Kinder finden es toll, ihren Rollstuhl zu schieben."

„Vielleicht würde sie sich heute über Besuch freuen."

„Wenn Sie noch mehr über Grady erfahren wollen, wird sie sicher gern über ihn sprechen, obwohl sie ziemlich erschüttert über seinen Tod war. Wissen Sie, nach allem, was sie für ihn getan hat, hat er sich nicht mal die Zeit genommen, sie zu besuchen! Ich habe ihm gesagt, wo er sie finden kann, aber es interessierte ihn nicht." Sie schüttelte den Kopf, nicht aus Ärger, sondern aus Verwunderung, dass ein Mensch so egoistisch sein konnte.

„Und ich würde sie nicht noch trauriger machen?"

„Nein, sie vergisst inzwischen ziemlich viel, aber sie liebt es, über ihre Zeit als Lehrerin zu sprechen."

Ich mochte Winona. Das sagte ich ihr auch.

„Dann haben Sie mich von Ihrer Verdächtigenliste gestrichen?"

„Es steht Ihnen frei, mit Ihrem Leben weiterzumachen."

„Ich hoffe, dass Sie den Fall klären. Aber ganz ehrlich, zu viele Beweise deuten einfach auf Nora Nelson hin."

„Sie sind nicht die Erste, die das sagt."

Sie ging hinein, und ich stieg wieder in meinen Van. Ich war mir nicht sicher, ob ein Ausflug zum Old Mill Manor mich weiterbringen würde, aber das würde sich zeigen. Ich hatte noch genug Zeit, bevor ich nach Hause musste, um nach meinen Töchtern zu sehen. Ich fragte mich, was es wohl in Old Mill Manor zu Mittag gab.

Wie sich herausstellte, gab es Truthahn-Sandwiches, danach Obstsalat. Die Bewohner konnten zwischen Melonen oder

Bananen mit Trauben wählen. Daisy Wilkinson war ein Melonenfan, und es gelang mir, ihr heimlich noch eine zweite Portion zu besorgen, bevor wir ihr Tablett hinaus auf die schattige Terrasse trugen, wo sie essen wollte.

Old Mill Manor war eine Einrichtung mit verschiedenen Pflegestufen. Manche Bewohner kochten ihre eigenen Mahlzeiten und kamen und gingen, wie es ihnen gefiel. Andere, wie Daisy, brauchten mehr Hilfe und nahmen ihr Essen gemeinsam ein. Ich sah einen großen Kalender, der mit den verschiedensten Angeboten vollgeschrieben war. Das Personal war freundlich, das Gebäude sauber und hell. Daisy sagte, dies hier wäre ein guter Ort, wenn man alt war und sich nicht mehr erinnern konnte, ob man seine Medizin genommen oder den Herd ausgeschaltet hatte.

„Mein Erinnerungsvermögen reicht ungefähr so lange", sagte sie und schnippte mit den Fingern. „Wie war noch mal Ihr Name?"

Ich sagte ihn ihr.

„Oh ja, richtig. Ich weiß, wer Sie sind." Sie wedelte mit der Hand in meine Richtung. „Ihr Mann kommt ziemlich oft vorbei, um nach mir zu sehen. Ich war in meiner Glanzzeit im Kuratorium und habe auch ein oder zwei Jahre lang in der Kirche unterrichtet. Und auch anderes gemacht, aber ich weiß nicht mehr, was. Vielleicht vergesse ich einfach das, was keinen Spaß gemacht hat."

Daisy war nur etwa eins fünfzig groß. Ich konnte mir gut vorstellen, dass Winonas Ehemann oder jeder andere starke Mann sie einfach hochheben konnte. Sie hatte klein gelocktes weißes Haar und rosa Bäckchen. Trotz ihres Alters und ihrer kleinen Statur strahlte sie Dominanz aus. Vermutlich war ihr früher gar nichts anderes übrig geblieben, wenn sie ihre Arbeit an der Highschool überstehen wollte.

Wir hatten die freie Auswahl und setzten uns an einen kleinen Tisch in der Ecke. Die meisten Leute aßen lieber drinnen und genossen die Klimaanlage, doch Daisy sagte, dass ihr immer kalt wäre und sie sich so oft wie möglich draußen aufhalte.

„Ich teile mein Sandwich mit Ihnen, Liebes", sagte sie. „Aber nicht meine Melonen."

„Ich habe meinen Töchtern versprochen, bald nach Hause zu kommen und ihnen was zu kochen", sagte ich. „Deswegen sollte ich mir lieber nicht den Appetit verderben."

„Gut, Truthahn mag ich nämlich am liebsten." Sie langte kräftig zu und schien jeden einzelnen Bissen zu genießen. Sie sah mich an. „Verraten Sie mir noch mal, warum Sie hier sind?"

Ich hatte ihr den Grund meines Besuches bereits erklärt. „Winona Unger hat mir gesagt, dass Sie Grady Barber unterrichtet haben. Ich würde gern mehr über seine Zeit in Emerald Springs herausfinden."

„Wollen Sie seine Biografie schreiben? Das hat er nämlich selbst mal getan, wissen Sie, allerdings standen darin die schlimmsten Lügen. Und natürlich hat er sie nicht wirklich selbst geschrieben, auch wenn sein Name auf dem Titel stand. Das hätte er nicht gekonnt. Dieser Junge konnte ohne Hilfe keinen geraden Satz schreiben."

Dieser Junge war ziemlich lange ein Junge gewesen. Vorsichtig bohrte ich weiter. „Ich weiß, Winona sagte, er hätte viel Hilfe gebraucht, um in Englisch nicht durchzufallen."

„Grady Barbers Problem war sein Geburtstag."

Langsam fragte ich mich, ob es klug gewesen war, hierherzukommen. Daisy Wilkinson war entzückend, aber vermutlich würde ich nichts über Grady herausfinden, worauf ich mich verlassen konnte.

„Was stimmte denn nicht mit seinem Geburtstag?“, fragte ich.

„Der war viel zu früh.“ Sie biss noch einmal in ihr Sandwich und kaute nachdenklich. „Wissen Sie, zehn Jahre später verstanden wir es viel besser, jemandem wie Grady zu helfen. Auch damals waren Lernbehinderungen natürlich bekannt, und ich hatte meine Hausaufgaben gemacht. Wie man sie diagnostiziert. Wie man damit umgeht. Aber was wir damals verstanden, war nur ein Tropfen auf den heißen Stein verglichen mit später. Gut, heutzutage sind die Lehrer natürlich viel zu sehr damit beschäftigt, irgendwelche Berichte zu schreiben, wenn sie einen speziellen Schüler haben, und haben deswegen kaum noch Zeit für den Schüler selbst. Aber zumindest wissen sie, womit sie konfrontiert sind.“

„Womit sind sie konfrontiert?“

„In Gradys Fall handelte es sich wahrscheinlich um Legasthenie. Schlechtes bildliches Wahrnehmungsvermögen, wissen Sie? Seine Symptome waren klassisch. Er lernte ein Wort und konnte es dann später im selben Satz nicht wiedererkennen. Er schrieb Buchstaben überall dahin, wo er glaubte, dass sie reinpassten, und mit Sicherheit nicht da, wo Sie und ich sie hinschreiben würden. Er sagte mir mal, dass die Buchstaben wild durcheinanderspringen würden, wenn er sich eine Seite anschaut, und er sie einfach nicht dazu bringen könne, sich anständig zu benehmen.“

Meine Gedanken wanderten zurück zu dem Mann, den ich gekannt hatte. Grady hatte sich geweigert, sich seinen Papierkram auch nur anzusehen. Als Fred gegangen war, hatte er darauf bestanden, dass Veronica ihm einen Assistenten suchte. Jetzt verstand ich den wahren Grund dafür. Er war nicht etwa zu faul oder hatte sich zu wichtig gefühlt, um seinen eigenen Schreibkram zu erledigen – zumindest nicht nur –, sondern er war womöglich einfach nicht in der Lage dazu gewesen.

Ich fragte mich, ob Grady seine Lernschwäche jemals überwunden hatte.

„Wie ist er durch die Highschool gekommen?"

Sie lächelte jetzt und legte sogar ihr Sandwich hin. Daran konnte sie sich gut erinnern.

„Nun, er konnte ein wenig lesen, auch wenn er fünfmal so lange für einen Absatz brauchte wie die anderen. Aber er hatte ein großartiges Gedächtnis. Also habe ich ihm erklärt, dass er im Unterricht besonders gut zuhören sollte. Wenn er das tat und das Wissen hinterher geprüft wurde, hat er es hinbekommen, wenn die schriftlichen Fragen nicht zu lang oder komplex waren. Natürlich waren komplizierte Abhandlungen nicht möglich. Ich habe mit seinen Lehrern gesprochen und ihnen die Sache erklärt; sie haben ihm die Fragen laut vorgelesen, ihm mehr Zeit gegeben und nicht zu viele Punkte wegen seiner Rechtschreibung abgezogen. Einige haben ihn sogar nur mündlich geprüft. Zumindest die guten Lehrer. Andere aber fanden, dass das alles Blödsinn wäre und er sich einfach mehr anstrengen müsse."

„Das muss schwer für ihn gewesen sein. Und welch ein Glück, dass er Sie hatte!"

„Mich. Ja. Und Nonie. Kennen Sie meine liebe Nonie? Sie hat alles getan, um ihm zu helfen. Sie sollten sie wirklich besuchen und sich anhören, was sie über ihn zu erzählen hat."

Es hatte keinen Sinn, sie daran zu erinnern, dass Nonie mich zu ihr geschickt hatte. „Ich kenne sie, und sie hat tatsächlich interessante Dinge zu erzählen."

„Ich kann mir nicht vorstellen, dass jemand einen Jungen wie Grady umbringt. So ein netter Junge, auch wenn nicht alle dieser Meinung waren. Aber immer wenn er sich schlecht benahm, wusste ich, dass er nur versuchte, irgendwie mit seiner Lernschwäche und seiner Mutter zurechtzukommen. Es war nicht leicht, Grady Barber zu sein. Später natürlich muss es viel leichter gewesen sein." Sie runzelte die Stirn. „Oder nicht?"

„Er hat auf jeden Fall Erfolg gehabt."

„Ich stelle mir gern vor, dass ich ihm dabei geholfen habe. Aber Nonie und Ronnie und natürlich Sandy Billings, die Chorleiterin, haben auch viel dazu beigetragen. Sandy war überzeugt, dass er mit seinem Talent ein Stipendium an einem kleinen College bekommen würde, das einen Tenor brauchte. Sie hat hart mit ihm gearbeitet, an seiner Stimme und seinem Selbstwertgefühl. Ja, er war kein beliebter Junge, aber er hatte seine ganz eigenen Förderer."

„Ronnie?"

„Gehörte zu seinem kleinen Freundeskreis."

Ich fragte mich, ob Ronnie der hinkende Junge war oder vielleicht der mit dem ärmsten Hintergrund in der Stadt. Ich hatte ihren Namen nicht genug Aufmerksamkeit geschenkt. Oder Grady hatte sie in seinem Buch gar nicht genannt. „Können Sie mir mehr über ihn erzählen?"

Sie sah mich verdutzt an. „Nein … über ihn? Ich weiß nicht. Ich kann mich wohl nicht erinnern. Ich habe so viel vergessen."

Ich fragte mich, ob Gradys Chorleiterin hilfreichere Informationen hatte, wusste aber, dass ich mich momentan nur an einen Strohhalm klammerte. Ich glaubte wirklich nicht, dass Winona ihn umgebracht hatte, und niemand sonst schien ein Motiv zu haben. So viele Jahre waren vergangen, seit Grady Emerald Springs verlassen hatte. Wollte ich wirklich jeden einzelnen Mensch befragen, mit dem er je zu tun gehabt hatte?

Ich umklammerte den Strohhalm trotzdem. „Lebt Mrs. Billings noch in Emerald Springs?"

„Oh, das kann ich beantworten. Sie ist gleich nach ihrer Pensionierung weggezogen. Irgendwohin, wo es warm ist. Florida vielleicht, obwohl ich nicht sicher bin. Wir haben uns nie sehr nahegestanden." Sie beugte sich zu mir. „Sie hatte eine Affäre mit einem anderen. Ihr Mann, der arme Knilch, hat es nie gewusst."

„Oje."

Sie nickte, dann zwinkerte sie. „Können Sie sich das vorstellen? Zwei Männer! Ich konnte nicht mal einen halten. Mein Mann hat mich verlassen, aber er war so ein Lump, dass ich ohne ihn besser dran war. Ich hatte auf jeden Fall ein gutes Leben. Wussten Sie, dass ich früher mal die Lehrerin von Grady Barber war? Dieser Star in dem Kinofilm über Noah und seine Familie?"

Ich drückte ihre Hand. „Er hatte Glück, Sie als Lehrerin gehabt zu haben."

Sie lächelte. „Allerdings."

18. KAPITEL

Am besten kann ich mitten in der Nacht nachdenken. Wenn es still im Haus ist und Ed neben mir tief atmet. In solchen Momenten fällt mir wieder ein, wohin ich mein Lieblingsrezept für Stroganoff mit Pilzen gelegt oder warum ich das gestrige Datum auf dem Kalender eingekreist habe. Dann ist es zwar zu spät, um Pilze zu kochen oder die Freunde anzurufen, deren Geburtstage ich vergessen habe, doch zumindest muss ich dann nicht länger in den dunkelsten Ecken meines Gedächtnisses kramen.

In dieser Nacht lag ich wach und schwitzte die Einzelheiten meiner Unterhaltungen mit Winona und Daisy aus. Zuvor hatte ich keine Zeit dafür gehabt. Nach dem Mittagessen war ich mit den Kindern ins Schwimmbad gegangen, wo ich saß und Papierkram erledigte. Danach fuhren wir zum Arzt zu ihren jährlichen Untersuchungen. Danach hielten wir in einem Café, um Donuts zu essen als Wiedergutmachung dafür, dass sie gestochen und abgeklopft worden waren. Dann gingen wir in den Supermarkt. Wir aßen zu Abend, ich half Teddy mit einem Kreuzworträtsel und blätterte noch einmal schnell Gradys Biografie durch, um zu sehen, ob er die Namen seiner Kindheitsfreunde erwähnt hatte.

Hatte er nicht.

So langsam freute ich mich darauf, wieder mal Linoleumböden rausreißen und neue Wandfarben aussuchen zu können.

„Schlaf doch“, murmelte Ed.

„Wenn ich das tue, werde ich den Mord an Grady vielleicht nie auflösen.“

„Der läuft dir schon nicht davon.“ Er drehte sich um, und schon im nächsten Augenblick war er wieder für die Welt verloren, als wollte er mir demonstrieren, wie man das machte.

Ich versuchte, gleichmäßig zu atmen, für den Fall, dass ein Teil von ihm noch immer aufmerksam war. Mein Gespräch mit Daisy war nicht gerade großartig verlaufen. Als ich Ed davon erzählt hatte, erfuhr ich, dass Daisy im Frühling einen leichten Schlaganfall gehabt und ihr Kurzzeitgedächtnis schwer gelitten hatte. Doch soweit ich es beurteilen konnte, war ihr Langzeitgedächtnis noch recht gut. Der Vortrag über Legasthenie hatte absolut professionell geklungen. Sie hatte sich an Namen erinnert und daran, wie sie Grady geholfen hatte.

Sie hatte jemanden namens … Ronnie erwähnt.

Und jetzt, wo niemand an meinem Ärmel zerrte und ich keine Erledigungen mehr zu machen hatte, kam mir die Antwort mit einem Schlag.

Ich setzte mich auf. „Veronica."

„Aggie … mach dir eine … warme Milch … oder irgendwas …"

„Er hat Winona Nonie genannt. Ich könnte wetten, dass er Veronica Ronnie nannte."

„Geh raus."

Ich ging nach unten und machte es mir auf dem Sofa gemütlich. Es war zu heiß für ein warmes Getränk, und außerdem wollte ich sowieso erst ein paar klare Gedanken fassen, bevor ich mich wieder schlafen legte. Winona war nicht das einzige Mädchen gewesen, das Grady in seiner Autobiografie ignoriert hatte. Veronica ebenfalls. So wie ich Grady gekannt hatte, ergab das auch einen gewissen Sinn. Er wollte die Welt glauben machen, dass er seine Karriere niemandem zu verdanken hatte außer sich selbst. In seinem Buch war immer er derjenige, der anderen half …

Zwar konnte mich niemand hören, aber ich gab trotzdem ein schnalzendes Geräusch von mir, um auszudrücken, was ich davon hielt.

Niemand von denen, die ihm durch die Schule geholfen und ihn in ihrer Freizeit unterstützt hatten, war in seinem Buch gelandet. Nicht Winona. Nicht Daisy Wilkinson, die auf jeden Fall hätte erwähnt werden müssen. Und nicht Veronica.

Vielleicht gab es eine weniger unangenehme Erklärung dafür. Vielleicht hatte Grady neben seiner Lernschwäche auch einfach ein schlechtes Gedächtnis gehabt. Vielleicht waren all diese Leute wirklich aus seiner Erinnerung verschwunden. Immerhin war er ein klassischer Narziss gewesen. Die Welt drehte sich nur um ihn. Warum sollte er sich dann an jemand anderen erinnern? Allein im Schatten seines großartigen Lichts leben zu dürfen war doch Lohn genug gewesen.

Das löste nun in mir selbst eine Erinnerung aus. Irgendetwas war über ihn gesagt worden … nein, *zu* ihm gesagt worden. Jemand hatte einen Witz gemacht, der nicht wirklich ein Witz gewesen war. Jemand, dem es nicht gepasst hatte, dass man sich nicht erinnerte.

Aus irgendeinem Grund begann ich zu summen, und kurz darauf sang ich den Text von Gradys größtem Hit.

Sailing toward a rainbow
Stretching overhead
Colors flaming in the sky
Violet, gold, and red.

Und dann fiel es mir wieder ein.

„Lisa Lee."

Am Abend der Willkommensparty vor nicht mal zwei Wochen – konnte das wirklich wahr sein? – hatte Lisa sich ans

Klavier gesetzt, ein paar perlende Akkorde gespielt und dann in das Intro von „Sailing toward a Rainbow“ übergeleitet. Grady hatte einen dramatischen Auftritt hingelegt, und die Party war losgegangen. Doch nachdem das Lied aus war, hatte er etwas zu ihr gesagt … Was genau? Wo war Norma Beet, wenn ich sie brauchte?

Mein eigenes Gedächtnis war gar nicht schlecht. „Wo haben Sie so eine tolle Pianistin gefunden?“ Das waren nicht exakt seine Worte gewesen, aber etwas in der Art.

Und was Lisa geantwortet hatte, wusste ich schon genauer, denn das hatte ich schon damals merkwürdig gefunden.

„Ich habe mich die ganze Zeit in Emerald Springs herumgedrückt und nur darauf gewartet, dass du zurückkommst …“

Ich stutzte. „Du liebe Zeit!“

Sie hatte noch mehr gesagt … Was? Beinahe hätte ich Lucy angerufen, um sie zu fragen, ob sie sich daran erinnern könne. Aber selbst Lucy ist nicht besonders scharf darauf, morgens um zwei angerufen zu werden. Ich begann, auf und ab zu gehen, wobei ich laut vor mich hin summte, um meinem Gedächtnis auf die Sprünge zu helfen.

„… nur darauf gewartet, dass du zurückkommst …“ Und dann? „… darauf gewartet, dass du zurückkommst … damit ich für dich spielen kann?“ Das war's. Aber hatte sie noch das Wort „wieder“ benutzt? Nun, ich würde mich nicht an jedes einzelne Wort erinnern können. Aber egal, was genau sie gesagt hatte, die Bedeutung war mir nun vollkommen klar. Lisa Lee hatte schon mal für Grady gespielt, und die Tatsache, dass er sich nicht an sie erinnerte, sie nicht erkannte, hatte sie gewurmt.

Lisa hatte ich bisher nicht mit Gradys Vergangenheit in Verbindung gebracht. Sie schien älter zu sein als Veronica oder Winona und besaß nicht Gradys jugendlichen Charme.

Aber trotzdem war sie vielleicht mit ihm auf dieselbe Schule gegangen. Und was ihr Übergewicht und ihre insgesamt eher ungepflegte Erscheinung betraf – beides konnte dazu beitragen, dass eine Frau zehn Jahre älter aussah, als sie war. Warum sonst hätte sie so verärgert reagieren sollen, als er ihr anscheinend ein Kompliment machte? Er hatte sie nicht wiedererkannt. Dabei hatte sie ihn am Klavier begleitet, als er noch hier lebte. Wahrscheinlich sogar bei einem besonders wichtigen Auftritt.

Vielleicht gar bei seinem Vorsingen für die Rolle als Idan in *Wayfarers of the Ark*?

Zufrieden stürzte ich mich auf diese Idee, kringelte mich auf dem Sofa zusammen und schloss die Augen. Mit einem Mal wurde ich müde, der Gedanke, nach oben gehen zu müssen, schreckte mich ab. Ich wollte nur ein bisschen hier sitzen und warten, ob mir noch etwas einfiel. Morgen würde ich Lisa Lee besuchen und herausfinden, ob ich noch etwas oder jemanden auf meine ziemlich kurze Verdächtigenliste setzen könnte. Jedenfalls hatte ich das Gefühl, dass ich etwas auf der Spur war, was ich noch nicht ganz durchschaute.

Das war mein letzter Gedanke, bevor mich jemand an der Schulter rüttelte.

Ich fuhr hoch. Sonnenstrahlen strömten durchs Fenster, und Deena ragte über mir auf.

„Mom? Was machst du denn hier unten?"

Einen Moment lang wusste ich das selbst nicht, ich konnte nur die Stirn runzeln.

„Du und Daddy, ihr habt gestritten, stimmt's?" Deena plumpste neben mich. „Es ist meine Schuld, oder?"

„Ähmmm …" Ich leckte mir die Lippen. „Wie spät ist es?"

„Halb acht."

„Ich … Kaffee." Ich stand auf und stakste zur Küche. Erst

wärmten sich meine Muskeln langsam auf, dann mein Hirn. Und als ich Kaffee in die Maschine gelöffelt und Wasser eingefüllt hatte, konnte ich mich auch wieder an meine nächtliche Eskapade erinnern.

Deena trug Boxershorts und ein Tanktop mit Blumenmuster, ihr Haar hing wie ein Cape über ihre Schultern. Sie sah hinreißend aus, etwas, was sie mir verboten hat, jemals wieder zu sagen. Ich holte Orangensaft aus dem Kühlschrank und hielt ihn ihr hin. Sie schüttelte den Kopf.

„Du kannst auch einen Kaffee haben, wenn du ganz viel Milch nimmst", sagte ich.

„Okay."

Ich holte Tassen aus dem Schrank, gute Tassen, nicht die Alltagsbecher mit Aufdrucken von Versicherungsgesellschaften und Urlaubsorten, an denen wir diesen Souvenirs nicht hatten widerstehen können. Nein, diese waren Willow-Ware-Porzellantassen von Großtante Martha mit Untertassen. Schließlich stellte ich Zuckerdose und das Milchkännchen auf den Tisch.

Als der Kaffee fertig war, schenkte ich ihr ein paar Tropfen ein, als würden wir wie früher eine Puppen-Teegesellschaft geben.

„Dein Vater hat mich aus dem Schlafzimmer geworfen, weil ich mich hin und her gewälzt habe. Dann bin ich nach unten und auf dem Sofa eingeschlafen. Wir hatten keinen Streit. Er wollte einfach nur schlafen."

Deena füllte ihre Tasse bis zum Rand mit Milch. „Wirklich?"

„Mhm. Daddy kann eigentlich immer schlafen, nur nicht, wenn ich ihm die Ellbogen und Knie in die Rippen stoße."

„Warum konntest du nicht schlafen?"

„Hab momentan einfach viel im Kopf, schätze ich."

„Bin ich schuld?"

Langsam wurde es spannend. Wir hatten befürchtet, dass es Deena gar nicht interessierte, ob sie jemanden von uns verletzte. Doch dies war der Beweis, dass wir gut daran getan hatten, auf ihr Feingefühl zu vertrauen.

„Nein, du bist nicht schuld, Süße", sagte ich. „Aber angenommen, es wäre so. Was genau meinst du?"

Einen Moment lang antwortete sie nicht. Vermutlich wusste sie nicht, wie.

„Ich habe ein ziemliches Drama gemacht", sagte sie schließlich.

„Das beschreibt es ziemlich gut, finde ich."

„Ich fühlte mich so gedemütigt."

„Das weiß ich. Aber aus unserer Sicht hast du recht extrem auf etwas reagiert, was alle anderen längst vergessen haben."

Sie sah auf und lächelte beinahe. „Willst du damit sagen, dass man Daddys Predigten vergessen kann?"

Dass sie wieder Scherze machen konnte, war ein gutes Zeichen. „Nun, ein paar winzige Fakten oder Beispiele vielleicht. Aber verrat ihm nicht, dass ich das gesagt habe."

Diesmal lächelte sie wirklich. „Ich fühlte mich hintergangen, weißt du? Ich meine, wenn ich Daddy nicht vertrauen kann, wem dann?"

Sie kam nun in ein Alter, in dem diese Frage ausschlaggebend war, und das wussten wir beide. Kein Wunder, dass sie so verstört gewesen war. Ich überlegte, wie ich ihr helfen konnte.

„Du musst anderen gegenüber tolerant sein, Deena. Niemand ist perfekt. Also schau dir an, wie oft eine bestimmte Person für dich da gewesen ist, und wiege das dann gegen einen gelegentlichen Fehler auf. Manche Fehler sind natürlich zu groß, um sie zu übersehen. Aber das war nicht so einer."

„Wahrscheinlich."

Ich wünschte, Ed wäre hier gewesen, denn dies kam einer Entschuldigung doch schon recht nahe.

Doch Deena war erwachsener, als ich vermutet hätte. Sie hatte wohl lange nachgedacht, denn sie fuhr fort: „Ich weiß nicht, was ich zu ihm sagen soll. Zu Daddy, meine ich. Ich weiß nicht, wie ich es sagen soll, weil das alles schon so lange dauert."

„Sag einfach, was du auf dem Herzen hast, Liebling. Mehr will er gar nicht hören. Du weißt doch, wie lieb er dich hat."

In ihren Augen schimmerten mit einem Mal Tränen. „Kommst du mit?"

Ich war so überrascht, dass ich nicht wusste, was ich sagen sollte. „Ich?"

„Du bist meine Mom, oder? Du solltest doch solche Sachen machen, nicht? Bekommt man so was als Mutter nicht schon im Krankenhaus beigebracht oder so?"

„Ja, klar. Ich hätte nur nicht gedacht, dass du mich dabeihaben willst."

„Na ja, wenn ich es vermassle, kannst du einspringen."

Beinahe hätte ich gelacht. Zum Glück lächelte sie auch und wischte sich mit dem Handrücken die Tränen weg.

„Okay, wann?", fragte ich. „Ich schreib's in meinen Kalender. Die große Entschuldigung."

„Ich weiß nicht. Ich denk mal drüber nach, okay?"

Ich nahm ihre Hand. „Und ob!"

Sie sah mich wehmütig an. „Weißt du noch, wie wir früher immer Tee mit meinen Puppen getrunken haben?"

„Sicher."

„Ich vermisse das irgendwie."

Häuser bedeuten mir viel. Vielleicht liegt das daran, dass Ed und mir bisher noch keines gehört. Und dass in meiner Kindheit höchstens der Wohnwagen uns gehörte, mit dem wir von einem Kunsthandwerkermarkt zum nächsten gezogen sind. Aus Ermangelung eines eigenen Hauses war ich also zu einer Fachfrau geworden, was die Häuser anderer angeht, wobei ich in den Jahren viel gelernt habe.

Hausbesitzer sind ganz unterschiedlich. Manche haben geringe Ansprüche und kaufen das erste Haus, das ihnen unterkommt, ohne eine großartige emotionale Bindung aufzubauen. Manche haben keine Ahnung, was sie brauchen, kaufen aber das größte und teuerste Haus, das sie sich leisten können. Falls sie eine emotionale Beziehung dazu haben, dann geht es eher ums Prestige oder das Anlagepotenzial, nicht um das Haus selbst.

Einige wollen ein Haus trotz seiner Größe oder Mängel oder Kosten. Ich hatte das Gefühl, dass Lisa Lee zu denen gehörte. Ich stellte mir vor, dass ihr Haus zeigen würde, was für ein Mensch sie war und was sie liebte. Ich hatte recht.

Lisas Haus befindet sich in einer Gegend, die anders als das Village keinen Namen hat und schon gar keine Abkürzung. Immer wenn ich hier durchfahre, habe ich das Gefühl, dass der Entwickler dieses Stadtteils damals kurz vor der Pensionierung stand und sich selbst ein Haus inmitten dieses Labyrinths aus kurvigen Straßen und Plätzen und kleinen Wegen baute. Bestimmt hat er seine Veranda so entworfen, dass er auf seine alten Tage draußen sitzen und zusehen konnte, wie Besucher hilflos im Kreis fuhren. Würde man mich fragen, ich hätte diesem Stadtteil den Namen „Einbahnstraßen-Desaster" gegeben.

Lisas Adresse war in der Whaler's Walk. Das Haus selbst war ein kleines modernes Zedernholz-Cottage. Die Fenster waren so schmal, dass sie mich an die Schießscharten mittelalterlicher Burgen erinnerten. Jeder Teil des Hauses schien

Schutz unter einem anderen Dach zu finden. Der Hof und der Eingang waren mit Steinskulpturen, verschiedenen Windspielen und Büschen geschmückt, die in geografische Formen gestutzt waren.

„Künstlerisch, Freidenkerin, nicht an Konventionen interessiert.“ Wenn Lisa nun noch ein gutes Herz hatte, könnten wir Freundinnen werden.

Letzeres sollte nicht sein. Lisa kam an die Tür, ihr ergrautes Haar floss über ein Großmutterkleid im Stil der Siebzigerjahre, eine weiße Perserkatze lag über ihren Arm drapiert. Obwohl wir uns schon mehrfach über den Weg gelaufen waren, kannte sie mich nicht. Genauso wenig bat sie mich herein, nachdem ich mich vorgestellt hatte.

„Um diese Uhrzeit arbeite ich an meinen Gedichten“, sagte sie.

Und um diese Uhrzeit löste ich Mordfälle. Doch ich ging nicht davon aus, dass sie das gerne hören wollte.

„Tut mir leid. Ich hätte vorher angerufen, doch ich konnte Ihre Telefonnummer nicht herausfinden.“

„Nicht eingetragen. Aber wie haben Sie mich gefunden?“

Zumindest wusste ich, wie ich sie *fand*. Ich fand sie unhöflich und nicht hilfsbereit. Aber danach hatte sie ja nicht gefragt. „Meine Freundin Lucy Jacobs erinnert sich gut an Ihr Haus“, sagte ich stattdessen.

„Oh ja, die Maklerin.“ Sie seufzte, und ich wäre fast von der Veranda geblasen worden. Dann trat sie zur Seite und ließ mich endlich eintreten.

Der Gestank nach altem Katzenstreu schlug mir wie eine Flutwelle ins Gesicht. Vor dem Haus wirkte das Durcheinander künstlerisch. Im Haus war es nur noch ein Durcheinander. Überall lagen Kleider, Zeitungen und Bücher verstreut, ich entdeckte moderne Kunst an verschmierten Wänden, handgeknüpfte Teppiche voll mit Katzenhaaren, Teller mit alten Essensresten, auf denen sich medizinisch relevante Schimmelkolonien gebildet hatten. Ich fragte mich, ob Lisa wirklich an ihren Gedichten arbeitete oder einfach nicht gewollt hatte, dass ich das hier zu sehen bekam.

Und konnte dieses Haushaltsdebakel etwas mit Gradys Tod zu tun haben? War Lisa in ein emotionales Loch gestürzt? Oder noch interessanter: Wurde sie von Schuldgefühlen geplagt? Irgendwie konnte ich mir das nur schwer vorstellen. Eine Frau, die ihre eigenen Teller nicht ins Spülbecken stellen konnte, hatte wohl kaum die Energie, einen Mann mit dieser Kraft und Wut zu erstechen, wie sie für Gradys Mord nötig gewesen wäre.

„Worum geht es?“, fragte sie und deutete auf das Sofa. Doch zuerst hätte ich mir einen Platz freigraben müssen, um mich zu setzen, und Bilder von flohverseuchten Kissen hielten mich zusätzlich auf den Beinen.

„Ich komme gleich zur Sache, damit Sie sich wieder um Ihre Gedichte kümmern können. Ich glaube nicht, dass Nora Nelson Grady Barber ermordet hat, und deswegen führe ich meine eigenen Ermittlungen.“

Sie beugte sich vor, um die Katze abzusetzen, die aus dem Zimmer huschte. Offenbar wollte sie weiter daran arbeiten, ihre Haare im ganzen Haus zu verteilen. „Was geht es Sie an?“

„Ich mag Nora. Und ich kann mir nicht vorstellen, dass sie irgendjemanden erstechen würde.“

„Sie ist irre.“

„Sie setzt sich dafür ein, den Planeten zu retten. Die meisten Mörder denken nicht so weit.“

„Und warum sind Sie hier? In meinem Haus?“

Nicht wegen des Ambientes, so viel stand fest. Meine Nase juckte, und die Auslöser dafür konnten so vielfältig sein, dass ich auch eine Münze hätte werfen können, um dahinterzukommen. Ich versuchte, mich kurz und knapp zu halten.

„Letzte Nacht fiel mir wieder ein, dass sie eingeschnappt waren, als Grady Ihnen ein Kompliment über ihr Klavierspiel machte. Und mir kam die Idee, dass sie ihn vielleicht aus der Highschool kannten und er sich einfach nicht an sie erinnerte."

„So ist Grady. Er ist damals gegangen und hat jeden zurückgelassen. Und dann taucht er wie ein Held wieder hier auf und gibt vor, niemanden von uns zu kennen."

„Also kannten Sie ihn."

„Ob ich ihn kannte?" Sie ließ ein kleines hässliches Lachen ertönen. „Ich war während der ganzen Schulzeit seine Pianistin. Bin mit ihm zum Unterricht zu Mrs. Billings gegangen, unserer Chorleiterin. Und er kam zu *meinem* Unterricht mit, damit meine Klavierlehrerin uns Tipps geben konnte. Ich habe mit ihm geübt. Habe ihm die Tonleiter beigebracht und ihm Strophen vorgesungen, damit er sie lernen konnte, weil er nämlich keine Noten lesen konnte. Meistens las er sowieso von rechts nach links. Stunden habe ich damit verbracht, ihn auf die Konzerte vorzubereiten."

Jetzt wusste ich also, welche von Esthers Studentinnen Gradys persönliche Pianistin gewesen war, und nahm mir fest vor, es ihr bei der nächsten Gelegenheit zu verraten. „Haben Sie ihn begleitet? Beim Vorsingen für *Wayfarers*, meine ich?"

„Warum ist das wichtig? Ich habe ihn nicht umgebracht. Ich war bestimmt nicht angetan von seinem Verhalten, aber für mich war es gut, dass er zurückkam. Für kurze Zeit war ich im Rampenlicht. Durch das ESI habe ich neue Schüler gewonnen."

Vielleicht ging sie zu denen nach Hause, jedenfalls hoffte ich das.

Ich rang mir ein beruhigendes Lächeln ab. „Ganz sicher haben Sie ihn nicht umgebracht. Sie zu vergessen war ja kein schweres Verbrechen. Aber ich hatte gehofft, sie könnten mir etwas mehr über die Highschool-Zeit erzählen. Sie wissen schon."

Sie gab ein angewidertes Geräusch von sich. „Da gibt es nicht sonderlich viel zu erzählen. Wir haben uns die Finger wund gearbeitet, um ihm zu helfen. Er musste sich nur zurücklehnen und uns machen lassen. Und dann hat er uns einfach so sitzen lassen. Natürlich vor allem Veronica. Und diese Nonie, obwohl ich nie verstanden habe, was er überhaupt an ihr fand. Wir sehen ja, was aus ihr geworden ist. Eine Haushälterin für Veronica."

Ich wollte Nonie verteidigen, für die so vieles sprach. Ganz im Gegensatz zu dieser Frau, die ihre Katze vermutlich vor allem dafür brauchte, den Rattenbefall in ihrem Haus einigermaßen überschaubar zu halten. Nun, es war eine Menge, was ich an diesem Morgen *nicht* aussprach. Ich fuhr fort.

„Wie lief denn das Vorsingen für *Wayfarers*? Es ist doch recht außergewöhnlich, dass er so einen tollen Titelsong geschrieben hat, der dann tatsächlich für den Film genommen wurde. Und er auch."

„Als ich den Titel zum ersten Mal hörte, wusste ich, dass er ein Hit werden könnte, wenn sie ihn nur den richtigen Leuten vorsingen würden."

Beinahe hätte ich das wichtigste Wörtchen überhört. „Sie?"

„Ja, er und Veronica."

„Was hat denn Veronica damit zu tun?"

„Oh, sie hat ihm geholfen, ihn zu schreiben. Ich bin ziemlich sicher, dass sie es sogar mehr oder weniger allein war. Wie gesagt, er konnte keine Noten lesen und noch viel weniger notieren, aber er war der mit der schönen Stimme.

Natürlich dachte sie, sie wären wie Lerner und Loewe, die ‚My Fair Lady' geschrieben haben. Veronica war im Lorbeeren-Einheimsen beinahe so gut wie Grady."

Mein Kopf drehte sich. „Ein Team also?"

„Unter uns, ich war kein bisschen überrascht, als er beschloss, es ohne sie bei *Wayfarers* zu versuchen. Zwar hat sie das total umgehauen, aber so ist das Showbusiness nun mal."

„Natürlich." Ich hatte keine Ahnung, wovon sie sprach, befürchtete aber, dass sie bei Nachfragen verstummen würde. Ich schnalzte missbilligend mit der Zunge. „Aber die arme Veronica."

„Sie hatte eine ganz nette Stimme, ein bisschen schwach vielleicht, aber sie passte gut zu Gradys. Sie übten und übten. Ich war es wirklich leid, sie zu begleiten. Aber da muss man als Künstlerin durch."

„Sie haben also zusammen geprobt?"

„Oh ja. Ich erinnere mich noch gut an den Tag, an dem Veronica uns erzählt hat, dass sie uns für den Nachmittag einen Termin zum Vorsingen besorgt hat. Das war nicht leicht gewesen, aber sie hatte ihre Beziehungen spielen lassen. Von denen hatte sie eine Menge. Sie war so begeistert. Und überzeugt davon, dass sie beide eine Rolle in dem Film bekommen würden. Ich habe nie kapiert, warum ihr das so viel bedeutete. Sie hatte doch schon alles. Ich konnte allerdings verstehen, wie sehr Gradys Leben sich verändern würde. Er wollte hier weg."

„Aber sie haben dann doch nicht zusammen vorgesungen." Ich ließ das wie eine Tatsache klingen.

„Nein. Er hat mich an diesem Morgen in aller Herrgottsfrühe angerufen und gesagt, dass er einen früheren Termin bekommen hätte. Er bat mich, ihn zu begleiten, also schleppte ich mich aus dem Bett und ging zum College, wo das Vorsingen stattfinden sollte. Veronica war nicht da. Grady sagte, dass sie beschlossen hätte, nicht zu kommen, und er allein singen würde. Ich glaubte ihm. Ich dachte, dass sie endlich kapiert hätte, dass sie ihn nur hinunterziehen würde."

In Lichtgeschwindigkeit setzte ich diese ganzen neuen Informationen zusammen, versuchte, ihr immer einen Schritt voraus zu sein, war mir aber sicher, dass Lisa mit ihrer letzten Bemerkung den Nagel auf den Kopf getroffen hatte. Grady war nur Grady gegenüber loyal gewesen und niemandem sonst. So viel stand fest. In dem Augenblick, in dem ihm klar geworden war, dass das Vorsingen ohne Veronica besser laufen würde, hatte er es sich anders überlegt.

„Ich kann mir vorstellen, wie sauer Veronica war, als sie an diesem Nachmittag zum Termin erschien und Grady nicht", sagte ich.

„Das bekam ich nicht mit, denn ich war nicht da. Ich hatte keine Ahnung, dass Veronica noch vorsingen würde. Grady ließ mich in dem Glauben, dass sie sich dagegen entschieden hätte. Aber offenbar kam sie und war vollkommen vor den Kopf gestoßen. Sie hatten einen anderen Pianisten, aber natürlich hatte sie die Noten für den Song nicht dabei. Sie dachte, dass ich da wäre und aus dem Kopf spielen würde. Also musste sie allein singen, a cappella." Lisas Augen leuchteten auf, als ob sie sich freute. „Wie ich gehört habe, wurde sie schon nach dem ersten Drittel gebeten, aufzuhören, und nach Hause geschickt."

„Arme Veronica."

„Tja, die arme Veronica musste lernen, dass sie doch nicht alles haben konnte, nicht wahr? Das Leben steckt voller schwieriger Lektionen."

Warum hatte ich davon nicht früher erfahren? Veronica hatte mit an dem Titel „Sailing toward a Rainbow" geschrieben, es aber nie erwähnt? War es ihr einfach peinlich, dass sie so ausgenutzt worden war von einem Jungen, für den sie sogar ihr Ansehen bei ihren Freunden riskiert hatte? Dass er sie so grausam überrascht und gedemütigt hatte, indem er einfach allein zum *Wayfarers*-Vorsingen gegangen war?

„Offenbar hat sie ihm verziehen", sagte ich vorsichtig. „Sonst hätte sie ihn ja wohl nicht in die Jury vom ESI eingeladen."

„Nun, inzwischen waren ja beide erwachsen, nicht wahr? So wie ich Ronnie kenne – Veronica –, hat sie Grady wahrscheinlich daran erinnert, dass er ihr noch etwas schuldete. Wahrscheinlich sah sie sein Kommen als Wiedergutmachung für das, was er ihr angetan hatte. Sie konnte sich ein bisschen in seinem Ruhm sonnen und ihn dafür benutzen, diese alte Geschichte zu ihrem Vorteil umzudeuten. Sie ist eine Intrigantin, unsere Veronica. Ich würde ihr sogar zutrauen, dass sie ihm drohte. Spielerisch zwar, aber nichtsdestoweniger ernst."

„Drohte?"

„Richtig. Dass sie ihm damit drohte, herumzuerzählen, wie sie ihm bei dem Song geholfen hatte. Obwohl es heute dafür natürlich keine Beweise mehr gibt. Und es interessiert vor allem auch niemanden mehr. Doch wenn Veronica unbedingt wollte, dass er beim ESI mitmacht, dann wäre ihr jedes Mittel recht gewesen. So ist sie. Und sie hat es geschafft, nicht wahr? Zu seinem großen Pech."

Ich parkte vor Camille Beauregards Haus und überlegte, wie ich in ihrem Fall meine Theorien über Hausbesitzer anwenden konnte. Anders als Lisas Haus war dieses alt und aus Stein. Es war ein anmutig konturiertes Original und keine fadenscheinige Imitation wie die meisten Häuser von Emerald Estates. Dem riesigen Grundstück und der Höhe und Breite des Hauses nach zu urteilen musste es ein Vermögen gekostet haben. Der Stadtteil war nicht demonstrativ, sondern eher unauffällig elegant, die Häuser unterschieden sich in Größe und Alter. Ich konnte Camilles Handschrift sofort erkennen: nüchterner guter Geschmack und großartige Bausubstanz ohne überflüssigen Schnickschnack. Ich entschied, dass Camille dieses Haus gekauft hatte, weil es zu ihr passte, und nicht, weil es prestigeträchtig war.

Okay, ich verschwendete meine Zeit mit dieser Küchentischpsychologie, aber ich blieb trotzdem noch einen Moment länger sitzen. Als ich Camille nach meinem Besuch bei Lisa Lee angerufen hatte, hatte sie mich zu sich nach Hause eingeladen, aber nur, wenn ich bereit war, mit ihr in ihrem Heim-Fitnessstudio zu trainieren. Sie machte täglich von elf bis zwölf ein zweites Work-out und meinte, dass ich mich ihr bestimmt gerne anschließen würde.

Ungefähr so gern, wie ich mir die Fußnägel ausreißen würde.

Ich quälte mich aus dem Wagen und zog das korallenfarbene Tanktop zurecht, das Vel mir zu Weihnachten geschenkt hatte. Schon fix und fertig mit einem eingearbeiteten BH und genug Elasthan, um es als Steinschleuder zu benutzen. Und passend zu den schwarzen Shorts mit V-Taille und einem korallenfarbenen Streifen an der Seite. Vel war zu dieser Zeit auf einem Fitness-Trip gewesen und wünschte sich das Gleiche für mich. Als Camille mich davor gewarnt hatte, etwas zu tragen, was sich in den Maschinen verfangen könnte, war mir dieses Outfit wieder eingefallen, das noch immer in der Geschenkverpackung in einer Schublade lag.

„Was ich nicht alles tue aus reiner Neugier“, murrte ich, als ich den Weg zu ihrem Haus hinaufging.

Camille joggte auf der Stelle, als sie die Tür öffnete, zwei kläffende Yorkies zu ihren Füßen. Ich erhaschte einen Blick auf moderne Möbel und Wände in neutralen Farben, alles schlicht und sauber und nicht ein Hauch von Katzenurin in der Luft. Ich atmete tief ein, weil ich befürchtete, den Sauerstoff noch zu brauchen.

„Unten", sagte sie und hüpfte davon. Ich folgte ihr, wobei ich mit den Armen pumpte – in der Hoffnung, auf diese Weise in die richtige Stimmung zu kommen. Die klugen Yorkies blieben oben.

Unten rannten wir an einem Medienraum und etwas, was wie ein Heimbüro aussah, vorbei, bevor Camille eine Glastür aufstieß, die zu einer Folterkammer führte, die der Inquisition Ehre gemacht hätte.

„Guter Gott!" Ich blieb wie angewurzelt stehen und starrte einen Apparat in der Mitte des Raumes an. „Ich schwöre, ich werde alles sagen, was Sie hören wollen. Und die Erde *ist* das Zentrum des Universums. Wirklich, wirklich."

„Seien Sie keine Memme."

„Ach bitte, warum nicht?"

Camille joggte noch immer auf der Stelle und hatte bisher noch nicht eine einzige Schweißperle vergossen. „Ist es nicht hinreißend?"

„Hinreißend" war wohl kaum das richtige Wort. Dieses Ding reichte fast bis unter die Decke und war durch den Sitz, der auf einer Seite herausragte, ausgesprochen ausladend. Überall waren Hanteln, Flaschenzüge und Hebel befestigt.

„Sieht tödlich aus."

Und sie, diese törichte Frau, glaubte, ich mache Scherze. „Finden Sie mein Studio nicht einfach toll?", säuselte sie.

Fand ich? Ich hätte mehrere Notausgänge toll gefunden, so viel steht fest. Doch gerade jetzt stand Camille zwischen mir und der Tür. Ich sah mich um. Der Raum war riesig. Ich entdeckte einen Boxsack in einer Ecke, ein Fahrrad und einen Crosstrainer in einer anderen. Außerdem ein baumartiges Teil, an dem verschiedene runde Scheiben hingen und ein Regal mit weiteren Hanteln. Der Boden bestand aus einer Art von Puzzleteilen aus Schaum. Spiegel verkleideten die Wände und „Gonna Fly Now" aus *Rocky* schmetterte durch riesige Stereolautsprecher.

„Ich habe mein Pensum hier an Godzilla schon erledigt", sagte Camille und zeigte auf die Maschine. „Ich richte Ihnen alles ein und werde dann Fahrrad fahren, während Sie trainieren. Dabei können wir plaudern."

„Plaudern?" Ich war ziemlich sicher, dass meine Antworten sich auf „umpf" und „autsch" beschränken würden.

Aber das spielte keine Rolle. Innerhalb von Minuten lag ich auf dem schräg gestellten Sitz, die Füße auf speziellen Platten abgestellt. Camille hatte sich meiner erbarmt und für den Anfang nur kleine Gewichte eingestellt. Meine Aufgabe war es, mein Bein langsam auszustrecken, zu halten und dann das Knie wieder zu beugen und das Gleiche mit dem anderen Bein zu wiederholen.

„Zehn für jedes Bein, dann füge ich mehr Gewicht hinzu." Camille trottete zum Fahrrad und begann, nach Peking zu radeln.

Als ich drückte, bewegte sich nichts. Ich strengte mich etwas mehr an, und mein Bein bewegte sich zentimeterweise nach vorn. Ich schnaufte bereits.

„Ich glaube, ich brauche weniger Gewicht", sagte ich zwischen zwei Stößen.

„Sie sind so ein Witzbold."

„Nein, das meine ich vollkommen ernst."

Camille sprang vom Fahrrad, kam herüber und änderte die Einstellung. „Sie brauchen ernsthaft Hilfe, Aggie. Wir werden

Ihnen ein Programm zusammenstellen, und Sie trainieren zusammen mit mir.“

„Sie können mich telefonisch im Krankenhaus erreichen, sobald ich aus der Intensivstation verlegt werde.“

„Also, was ist nun Ihre großartige Idee?“ Camille saß wieder auf dem Fahrrad und radelte dermaßen schnell, dass ich befürchtete, das Gerät würde vom Boden abheben.

Camille und Veronica waren miteinander befreundet. Camille und ich waren miteinander befreundet, doch sie kannte Veronica länger als mich. Insofern wäre es nicht sehr sinnvoll gewesen, Camille anzurufen und ihr zu erzählen, dass ich Fragen über Veronica hätte und es mir recht wäre, wenn sie mit niemandem darüber sprechen würde. Ich war mir nicht sicher, ob Camille mir überhaupt welche beantworten, aber ziemlich sicher, dass sie nichts davon für sich behalten würde.

„Ich habe eine Idee, um Spenden zu sammeln. Nichts, was es mit ESI aufnehmen kann, aber immerhin etwas. Ich dachte, Veronica könnte vielleicht ein kleines Konzert mit ihren Liedern geben. Sie wissen schon, die, die sie selbst komponiert hat. Und wir könnten das Konzert Grady widmen, weil die beiden doch früher zusammen gesungen haben. Ich denke, die Leute würden kommen, um beiden ihre Ehre zu erweisen.“

„Veronica muss Sie wirklich gernhaben. Denn von ihren Liedern weiß fast niemand.“

Mein Fuß rutschte beinahe von der Platte ab. Ich hatte also richtig vermutet. Bevor ich weitersprach, kümmerte ich mich darum, dass meine Sohle wieder fest auf ihrem Platz war. „Ehrlich gesagt hat mir nicht Veronica davon erzählt, sondern jemand anders. Wenn es ein Geheimnis ist, sollte ich wohl besser nicht verraten, wer.“

„Oh, Veronica ist einfach eher der private Typ. Da gibt es diese Fassade, die sie der Welt zeigt, die der perfekten Gesellschaftsdame, wissen Sie? Aber darunter ist sie eine sehr sensible und kreative Frau. Schon komisch, dass sie sich für ein solches Leben entschieden hat, oder nicht?"

Ich konnte geradezu sehen, wie Veronica an meinem Küchentisch gesessen und über ihre Mutter mit dem unwichtigen kleinen Leben gesprochen hatte. Wie sehr hatte sie sich ein anderes gewünscht? So sehr, dass sie versucht hatte, sich an Grady zu hängen und so zu tun, als ob sie ihm bei einem Song geholfen hätte, der zu einem weltweiten Hit wurde?

Aus irgendeinem Grund konnte ich mir das nicht vorstellen.

„Meinen Sie, sie hat genug Titel für ein Konzert?", fragte ich heuchlerisch.

„Sie hat Titel in rauen Mengen. Und sie sind gut, zumindest die, die ich kenne. Sie ist sehr talentiert. Das Problem ist, glaube ich, dass es sich um Musik handelt, die die Leute heute nicht hören wollen. Nicht rhythmisch genug. Kein Rock, kein Hip-Hop. Eher Richtung Barry Manilow und Neil Diamond."

„Was meinen Sie denn mit ‚Problem'?" Ich schwitzte nun, und meine Beine zitterten unter der ungewohnten Kraftanstrengung.

„Es ist ein Problem, sie zu verkaufen. So wie sie sagt, braucht ein Songwriter einen Sänger, der wirklich begeistert von den Titeln ist und sie aufnimmt. Nur so schaffen sie es an die Spitze."

Ich wusste, dass ich jetzt vorsichtig sein musste. Sehr, sehr vorsichtig, und zwar nicht wegen meiner Beine. „Mit Veronicas Kontakten und ihrem Talent, mit Menschen umzugehen, muss sie doch bei den entsprechenden Künstlern gut angekommen sein, oder? Sie kann im persönlichen Gespräch so gut überzeugen."

„Sie hat das auf ihren Reisen nach Kalifornien gemacht, Sie wissen schon, die für diese Stiftungstreffen. Ich schätze, es ist viel schwieriger, die richtigen Leute zu treffen, als man sich so vorstellt, obwohl sie vor einiger Zeit fast erfolgreich gewesen wäre."

„Wirklich?"

„Sie hat mir nicht viel darüber erzählt. Nur dass sie sich etwas hätte einfallen lassen. Sie war ganz begeistert. Und dann hat es eben doch nicht geklappt. Sie war ein paar Monate lang wirklich deprimiert, ganz untypisch für sie. Und sie hat aufgehört, Musik zu schreiben. Allerdings glaube ich, dass sie wieder angefangen hat."

„Was heißt vor einiger Zeit?"

„Vor einem Jahr. Oder fast zwei Jahren? Wie auch immer, ich glaube, sie ist jetzt wieder auf dem richtigen Weg."

Mein Herz schlug halshoch, und ich war nicht sicher, ob das an den Übungen oder Camilles Enthüllungen lag. „Nun, das hört sich doch gut an."

„Ich glaube allerdings nicht, dass sie sich damit in die Öffentlichkeit wagen würde, Aggie. Mit ihren Liedern, meine ich, auch wenn ich Ihre Idee nett finde. Aber sie hat mir vor langer Zeit erzählt, dass sie einen ihrer Titel einmal bei einer Audition vorgesungen und sich schrecklich gedemütigt gefühlt habe, als die Jury sie nach Hause schickte. Sie würde also nicht auftreten, und sie zeigt auch niemandem ihre Lieder."

Ich war fast sicher, dass ich jemanden kannte, dem sie die Lieder gezeigt hatte. „Außer wenn sie versucht, sie zu verkaufen", sagte ich.

„Ich wette, das ist ihr sehr schwergefallen." Camille sprang vom Fahrrad und kam zu mir, um mir die nächste Übung zu zeigen, bei der ich meine Zehen benutzen und dieselbe Fußscheibe vordrücken sollte, um meine Waden zu kräftigen.

„Wir sind doch fast fertig, oder?“ Ich lächelte breit. „Sobald meine Beine schön durchtrainiert und perfekt sind?“

Camille lachte ungefähr so, wie die Inquisitionsrichter früher Galileo ausgelacht haben mussten.

„Wann werden wir denn fertig sein?“, fragte ich, als sie neue Gewichte auflegte.

„Vielleicht in einer Stunde. Ich kenne ein paar tolle Übungen mit dem Medizinball. Und ich denke, Sie sollten später mit dem Boxsack das Training beenden.“

Ich konnte nur beten, dass ich in einer Stunde noch genug Luft für einen Telefonanruf hatte. Denn sobald ich hier fertig und hoffentlich noch am Leben war, würde ich sofort Freds Schnellwahl eintippen für ein letztes intimes Gespräch. Wie gut, dass ich immer noch nicht wusste, wie man so eine Telefonnummer löschte.

19. KAPITEL

Ich hatte keine Lust mehr, Fehler zu machen, mich selbst in Gefahr zu bringen und zu warten, bis der Mörder praktisch vor mir stand, bevor ich alle Puzzleteile im Kopf geordnet hatte. Ich wollte mich nicht mehr darauf verlassen, dass andere Leute zufällig in der Nähe waren, um mich zu retten. Diesmal würde ich alles richtig machen.

Natürlich bin ich nicht doof. „Richtig" oder sogar „das Beste" wäre gewesen, Detective Roussos zu sagen, was ich herausgefunden hatte, und ihm die Schmutzarbeit zu überlassen. Leider hatte ich nicht genügend Beweise, die ihn dazu gebracht hätten, auch nur eine seiner buschigen Augenbrauen zu heben, geschweige denn mit neuen Ermittlungen loszulegen. Mein Telefonat mit Fred hatte meine Theorie aber bestärkt. Nun glaubte ich ziemlich sicher zu wissen, was vorgefallen war und weshalb Grady im grünen Zimmer sein Leben ausgehaucht hatte. Mir fehlten nur noch die Beweise.

Mit Lucys Hilfe aber würde ich sie bekommen.

Anders als meine Mutter stehe ich nicht auf Verkleidungen, aber als ich am Freitagmorgen aufstand, zog ich mich sehr vorsichtig an. Vorsichtig war sowieso gut, weil jeder einzelne Muskel in meinem Körper nach dem Work-out mit Camille höllisch brannte. Wir hatten uns für die nächste Woche wieder verabredet. Wenn also heute etwas schiefging und ich mit Engelsflügeln endete, hätte das zumindest den Vorteil, dass ich mich nie mehr mit Godzilla anlegen müsste.

Für den Fall, dass ich mich schnell bewegen musste, zog ich bequeme, lockere Kleidung an, nicht locker genug jedoch, dass man mich daran leicht festhalten konnte. Ich überlegte, ob ich Laufschuhe oder solche mit etwas härterer Sohle anziehen sollte, entschied mich dann für flache Schuhe mit genug

Absatz, um gewisse Verletzungen herbeizuführen, wenn es nötig sein sollte.

Ich bin nicht umsonst die Tochter meines Vaters.

Dann erwog ich kurz, Ed in meinen Plan einzuweihen. Aber ich wusste, was er dazu sagen würde. Und wer wollte es ihm verübeln? Doch ich musste es einfach tun. Egal, was ich von der Idee hielt, Nora Nelson hatte es verdient, ihre Biosphäre zu bauen. Grady Barber, so abscheulich er auch gewesen war, verdiente es, dass sein wahrer Mörder geschnappt wurde. Und ich verdiente es, endlich wieder in mein normales Leben zurückzukehren.

Emerald Springs verdiente ein anständiges Gewitter, doch das war nun mal etwas, worauf ich keinen Einfluss hatte.

Ich holte ein paarmal tief Luft und vollführte stöhnend ein paar Dehnübungen, bevor ich nach unten ging. Ed machte gerade Frühstück. Mein Magen war wie zugeschnürt, und ich glaubte nicht, dass ich eine Tasse Kaffee halten konnte, ohne sie zu verschütten. Doch ich musste etwas essen. Außerdem musste ich um neun Uhr das Haus verlassen, keine Minute früher oder später, und das bedeutete, dass ich noch Zeit totzuschlagen hatte.

Sofort wünschte ich, in anderen Worten gedacht zu haben.

„Guten Morgen, Schlafmütze", sagte Ed.

Ich gab ihm einen Begrüßungskuss, wir führten unser morgendliches Gespräch darüber, wie wir geschlafen und was wir Verrücktes geträumt hatten, dann erzählte mir Ed die wichtigsten Nachrichten, die ich aus seinem Mund immer viel spannender finde, als wenn ich sie in unserer Tageszeitung *Flow* lese. Eine Katastrophe außerhalb von Emerald Springs schafft es im *Flow* nur auf die letzte Seite, während von einer Weide ausgebrochene Kühe oder eine Stadtratentscheidung bezüglich der Müllabfuhr auf der Titelseite steht.

„Lecker“, sagte ich, als mein Magen sich beim Anblick der mit Blaubeeren gefüllten Vollkornpfannkuchen umdrehte. Selbst eines von diesen leichten Teilchen würde mir wie ein Stein im Magen liegen.

„Nimm dir Kaffee.“

Ich achtete darauf, meine Tasse nur halb zu füllen, holte Butter und Sirup aus dem Kühlschrank und sah mit einem Auge auf die Küchenuhr. Als der Tisch gedeckt war und die Mädchen in die Küche kamen, setzten wir uns gemeinsam zum Essen. Zum Glück war niemand von uns besonders redselig. Der Minutenzeiger bewegte sich langsam. Mein Kiefer bewegte sich sogar noch langsamer, doch irgendwie gelang es mir, meinen Teller leer zu essen und den Kaffee fast ganz auszutrinken.

„Ist heute Nachmittag nicht der Gedenkgottesdienst für Grady Barber?“, fragte Ed.

„Ja.“ Ich nickte, als ob mir das nichts weiter bedeutete.

„Und du gehst hin, wie ich vermute?“

„Ja. Aber du musst nicht. Du bist ja selbst bei genug Gottesdiensten dabei.“

„Wird wahrscheinlich einen Medienrummel geben.“

Wenn der Gottesdienst tatsächlich wie geplant stattfand, würden der *Flow* und wahrscheinlich ein paar Nachrichtenagenturen darüber berichten. Doch wenn alles so lief, wie ich es mir vorstellte, würde es in den nächsten Tagen weitaus interessantere Neuigkeiten geben.

Es war fast neun. Ich stand auf, stellte mein Geschirr in die Spüle und schnippte mit den Fingern. „Wisst ihr was, gerade fällt mir ein, wo ich mein Handy habe liegen lassen.“

„Du hast dein Handy verloren?“

„Das dachte ich. Aber gerade fällt mir ein, dass ich es gestern rausgenommen habe, als ich in der Kirche war, um mit Esther zu sprechen. Ich glaube, ich habe es auf einer der Kirchenbänke liegen lassen."

„Dann wird January es finden, wenn er heute Nachmittag putzt."

January ist unser Kirchendiener. Ich war mir ziemlich sicher, dass er das Handy nicht finden würde, weil ich es sehr gut versteckt hatte. „Vielleicht, aber ich glaube, ich laufe mal schnell rüber und hole es. Ich möchte kein Risiko eingehen. Macht es euch was aus?"

„Ich werde bis Mittag zu Hause bleiben. Und danach bin ich in der Kirche."

„Wenn ich schon mal dort bin, kann ich mich ja mal ein bisschen um die Blumen kümmern. Esther und ich sind der Ansicht, dass man sie vor Sonntag ein bisschen auffrischen sollte."

„Seit wann ist das deine Aufgabe?"

„Seit ich bemerkt habe, dass es sonst keiner tut."

Er sah mich argwöhnisch an, packte mich allerdings nicht am Kragen und verlangte zu wissen, was hier vor sich ging.

Teddy begann, ihrem Vater von der neuesten Entwicklung ihres Filmes zu erzählen. „Machen sich Gehirnparasiten Gedanken darüber, was richtig oder falsch ist?", fragte sie schließlich.

Teddy war meine Rettung. Ich küsste Ed auf die Wange, bevor ich die Kirchenschlüssel aus dem Korb nahm. Ganz sicher würde er jetzt eine Zeit lang nicht über mich nachdenken. Deena wirkte, als ob sie an mehr als nur ihrem Pfannkuchen kaute, somit hoffte ich, dass sie sich endlich bei ihrem Vater entschuldigen würde, wenn ich weg war. Auch das würde einige Zeit in Anspruch nehmen.

Ich verließ Punkt neun das Haus, lief durch den Garten, überquerte eine kleine Straße und schlängelte mich dann durch den Kirchenparkplatz. So weit, so gut.

Lucy wartete nicht vor der Tür, das war gar nicht gut. Wir hatten unseren Plan sehr präzise ausgeheckt. Sie sollte eigentlich schon seit ein paar Minuten hier sein. Auch ein Blick über die Straßen und die Bürgersteige war nicht gerade ermutigend. Von Lucy war weit und breit nichts zu sehen.

„Lucy! Das wirst du mir aber erklären müssen!"

Ich schloss die Tür auf und ließ sie weit offen stehen, damit Lucy eintreten konnte, wenn sie kam. Ich sah auf die Uhr. Es war schon fünf nach neun. Ich vermutete, dass in ungefähr zehn Minuten die Hölle losbrechen würde.

„Komm schon, Luce!" Ich lief nach vorn, zog das Handy unter dem Kissen in der ersten Reihe hervor und wählte ihre Nummer. Ihre Mailbox ging ran, und ich sagte, sie solle sich beeilen. Gestern, als ich das Telefon versteckt hatte, war ich nicht nur hier gewesen, um mit Esther zu sprechen. Ich war auch auf der Kirchenempore gewesen und hatte ein neues Neunzig-Minuten-Band in den Rekorder eingelegt. Jeden Sonntag wird Eds Predigt aufgenommen, um sie zu archivieren oder Leuten zu geben, die sonntags ausschlafen und trotzdem wissen wollen, was er gesagt hat. Lucy sollte jetzt eigentlich schon auf der Empore sein, versteckt und bereit, auf Aufnahme zu drücken.

Ich wusste nicht, was ich tun sollte. Ich konnte die ganze Sache abblasen und einen anderen Weg finden, an die Informationen zu gelangen, die ich brauchte. Oder ich konnte selbst hinauflaufen und das Band einschalten. Dann würde mir noch immer genug Zeit bleiben, um zu tun, was ich tun wollte. Das Band würde das aufzeichnen, was ich zu hören hoffte. Der einzige Unterschied war, dass mir niemand zu Hilfe eilen konnte, falls die Sache aus dem Ruder lief.

Ich rannte auf die Chorempore. Selbst ich weiß, wie man gleichzeitig auf *Play* und *Record* drückt, um die Aufnahme zu starten, zumal daneben noch zusätzlich eine schriftliche Anleitung lag für die Freiwilligen, die im Wechsel diese Aufgabe übernehmen. Als ich sicher war, dass das Band lief, rannte ich wieder hinunter und stellte das Mikrofon an. Lucy war noch immer nicht da, aber bald würde jemand anderes kommen, wie mir ein Blick auf die Uhr zeigte. Sobald ich nicht mehr allein war, wäre Lucy klug genug, den Kirchenraum nicht zu betreten, ich hoffte allerdings, dass sie im Foyer warten würde.

Ich hatte gerade noch genug Zeit, den beabsichtigten Anruf zu machen. Also zog ich die Visitenkarte aus der Tasche und wählte. Leider erreichte ich nur die Mailbox. Da meine erste Nachricht am vergangenen Abend deutlich genug gewesen war, war ich fast sicher, dass der Empfänger pünktlich hier sein würde, es sei denn, er war momentan nicht in der Stadt.

Ich weiß, wer Grady Barber ermordet hat, und ich kann es beweisen.

Nun blieb mir nichts mehr zu tun, außer beschäftigt zu wirken.

Ich zupfte verwelkte Blüten aus einem der zwei Blumenarrangements, als ich im Gang hinter mir Schritte hörte. Einen Moment lang reagierte ich nicht, als wäre ich so vertieft in meine Arbeit, dass ich nichts bemerkte. Dann, nach ein paar Sekunden, sah ich auf. Vollkommen arglos.

„Veronica." Ich sah auf die Uhr, als ob ihr unerwartetes Auftauchen mich wunderte. „Ich dachte, Sie würden zu mir nach Hause kommen. Ich wollte gerade hinübergehen."

„Ich kam etwas früher. Ihr Mann sagte mir, dass ich Sie hier finde."

Durch unsere enge Zusammenarbeit hatte ich eine Menge über Veronica Hayworth gelernt. Erstens, dass sie immer zu früh kam. Darauf hatte ich gebaut, und zwar zu Recht. Ich hätte mir selbst auf den Rücken geklopft, wenn es anatomisch möglich wäre, dies auf anmutige Art und Weise zu tun, und wenn es mich nicht verraten hätte.

Ich legte die entfernten Blumen auf die Seite und ging zu ihr hinunter. Sie trug eine weite weiße Hose und ein kurzärmliges schwarzes Jackett, das bis zum Hals zugeknöpft war. Eine weiße Fransentasche hing über ihrer Schulter. Sie wirkte frisch, kühl und ruhig. Ich hoffte, dass sich das noch ändern würde.

„Sollen wir zu mir nach Hause gehen?“ Ich versuchte, besorgt auszusehen, und ich bin sicher, dass mir das gut gelang, weil ich es ja auch in gewisser Weise war. „Wir könnten uns hinsetzen und eine Tasse Kaffee trinken.“

„Ich habe es ein bisschen eilig. Also sage ich besser Nein.“

Wir trafen uns direkt am Klavier, auch darauf hatte ich spekuliert. Sie stand mit dem Rücken zu den Kirchenbänken. Ich hatte mich so gedreht, dass ich den Gang hätte sehen können, wenn ich gewagt hätte, einen Blick dahin zu werfen. Was ich nicht tat. Ich musste mich auf Veronica konzentrieren, sie sollte keinesfalls denken, dass ich noch jemanden erwartete.

„Wie war Ihre Reise?“, fragte ich.

„Zum Glück kurz. Jetzt habe ich noch viel zu tun für den Gedenkgottesdienst heute Nachmittag.“

„Das wird ein sehr emotionaler Tag. Es tut mir leid, dass Sie die ganze Arbeit machen müssen, wo Sie Grady doch so nahegestanden haben.“

„Ja. Nun. Jemand muss das ja organisieren. Sie sagten in Ihrer Nachricht, dass Sie etwas wüssten, was wir vielleicht noch hinzufügen könnten. Eine Lesung vielleicht?“ Sie sah ein winziges bisschen misstrauisch aus.

„Nicht direkt eine Lesung. Ich hatte da nur so eine Idee.“ Ich setzte mich auf die Klavierbank. Zuvor hatte ich dafür gesorgt, dass der Deckel offen stand und die Tastatur zu sehen war. Jetzt, ohne etwas zu sagen, begann ich, ein Lied zu spielen. Und zwar nicht gerade mit einem Finger. Ich bin zwar keine Musikerin, aber schließlich hatte ich zumindest einen Sommer lang intensiven Klavierunterricht. Wobei mich niemals jemand bitten würde, im Kirchenchor mitzusingen, meine Ohren sind zu schlecht.

„Das ist so ein wunderschönes Lied", sagte ich, während ich die Tasten anschlug. „‚Sailing toward a Rainbow' – wessen Idee war der Titel? Ihrer oder Gradys?"

„Aggie, ich habe noch tausend Dinge zu tun, bevor der Gottesdienst beginnt."

„Okay. Hier also meine Idee. Ich finde, *Sie* sollten das Lied heute singen. Immerhin haben Sie Grady dabei geholfen, es zu komponieren. Niemand könnte mehr Gefühl hineinlegen, Veronica. Auch wenn Sie damals, als Sie es zum letzten Mal gesungen haben, nicht gerade Erfolg damit hatten."

Ihr Gesichtsausdruck veränderte sich nicht, das musste man ihr wirklich lassen. Sie war eine gute Schauspielerin. Ich fragte mich, wie viele Jahre sie gebraucht hatte, um ihre Gefühle so gut verbergen zu können. Und wie viele Menschen sie in all den Jahren hinters Licht geführt hatte. Hatte sie jemals einem Menschen genug vertraut, um ihm ihr Herz auszuschütten? Das bezweifelte ich.

„Ich werde nicht singen", sagte sie ruhig. „Wir haben bereits alles geplant."

„Dann vielleicht eines der anderen Lieder, die Sie geschrieben haben? Haben Sie vielleicht irgendeines davon *zusammen mit* Grady komponiert? Oder waren Sie es ganz allein, sogar bei ‚Rainbow'? Oder dies hier …" Ich begann, die Melodie von „Remember Me in April" zu spielen. „Ich glaube nicht, dass er hier mitgeholfen hat", sagte ich. „Obwohl er natürlich auch hierfür den ganzen Erfolg eingestrichen hat."

Ihr Ton war höflich, im Gegensatz zu ihren Worten. „Ich habe wirklich keine Zeit für Spielchen. Worauf wollen Sie hinaus?"

So langsam war ich warmgelaufen, die Schmetterlinge in meinem Bauch hatten sich beruhigt. Und jetzt wollte ich einfach nur meinen Plan verfolgen.

„Sie sind sehr gut darin, Dinge zu verheimlichen, nicht wahr? Und wirklich gut darin, sich eine Strategie auszudenken und dann alles zu vollstrecken. Oh, natürlich ist ‚vollstrecken' nicht gerade ein schönes Wort, nicht wahr? Ich weiß, dass Sie Grady ermordet haben, und ich weiß, warum. Aber ich glaube nicht, dass Sie seinen Tod vollstreckt haben. Nicht direkt. Sie waren bereit, ihn zu töten, wenn sie mussten. Sie haben alles perfekt geplant, obwohl ich eigentlich nicht glaube, dass Sie es wirklich am Finalabend tun wollten."

Sie blieb stumm. Ihr Gesichtsausdruck veränderte sich noch immer nicht.

„Ich verrate Ihnen, wie ich es sehe." Ich fuhr fort, das Lied zu klimpern, während ich meine Gedanken sammelte. Dann hörte ich auf zu spielen.

„Ich weiß von dem Vorsingen für *Wayfarers*. Ich weiß, dass er Sie hat hängen lassen, Sie gedemütigt und dann die ganzen Lorbeeren für Ihren Song geerntet hat. Er hatte kaum etwas oder sogar überhaupt nichts dazu beigetragen, nicht wahr? Es war ganz allein Ihr Song. Aber Sie wussten, dass nur er ihn wirklich gut singen konnte. Also waren Sie bereit, den Erfolg mit ihm zu teilen, in der Hoffnung, dass dies für Sie beide die Fahrkarte aus Emerald Springs heraus wäre. Sie wollten mehr als nur so ein kleines unnützes Leben wie das Ihrer Mutter. Sie waren bereit, es zu versuchen."

„Und auf welche Weise führt das zu einem Mord?" Sie klang ehrlich interessiert.

„So weit wäre es wohl nicht gekommen, schätze ich, wenn es hier geendet hätte. Doch dem war nicht so. Er hat Sie über den Tisch gezogen, und niemand hätte Ihnen geglaubt, dass es wirklich Ihr Song war. Ich schätze, Sie haben sich jahrelang vorgestellt, sich an ihm zu rächen. Das hätten die meisten Menschen. Dieser Betrug war so schlimm, er schrie geradezu nach Rache. Doch Sie wurden älter, haben einen wichtigen Mann hier in Emerald Springs geheiratet, sich ein Leben aufgebaut und wollten das alles bestimmt nicht aufs Spiel setzen. Sie sind der sprichwörtliche Hecht im Karpfenteich, Veronica. Es gibt eine Menge Leute, die alles dafür geben würden, wie Sie zu sein."

„Was für eine nette Art, das auszudrücken."

Ich zuckte mit den Schultern. „Vermutlich haben Sie sich entschieden, die Geschichte ruhen zu lassen. Für eine Zeit. Sie haben sich geschworen, Ihre Lektion zu lernen und sich nie wieder von irgendjemandem auf diese Weise ausnutzen zu lassen. Und dann hat es Grady noch mal getan."

„Aggie, das ist ja alles sehr interessant, aber für mich klingt die Geschichte nach einer eher halbherzigen Theorie, die Sie sich ausgedacht haben, weil Sie einfach nicht glauben wollen, dass Nora Nelson ihn umgebracht hat. Leider sind Sie, von diesen irren Zirkusleuten da draußen einmal abgesehen, die Einzige, die sie für unschuldig hält. Und jetzt – tut mir l..."

Ich ignorierte meine gute Erziehung und unterbrach sie. „Sehen Sie, das Einzige, was Sie *nie* aufgeben konnten, war das Schreiben von Liedern. Diese Lieder waren Ihre Verbindung zu ihrem Highschool-Traum, obwohl alles in Ihrem wahren Leben darauf hindeutete, dass der ein für alle Mal ausgeträumt war. Sie schrieben also weiter. Und wenn Sie zu diesen Stiftungstreffen nach Kalifornien gefahren sind, haben Sie immer ein paar Tage in Los Angeles drangehängt und versucht, Agenten für sich zu interessieren – oder überhaupt jeden, der bereit war, Sie zu treffen."

„Das wäre ziemlich erbärmlich, finden Sie nicht?"

„Wirklich? Finde ich nicht. Es zeigt nur Tatkraft, und wir alle wissen, dass Sie die im Überfluss besitzen. Und zudem stelle ich mir vor, dass Charme eine ganz entscheidende Rolle spielt. Ich bin mir sicher, dass manche Leute sich nur mit Ihnen treffen wollten, weil Sie eine wahre Augenweide sind, intelligent und eine Meisterin darin, anderen Leuten ein gutes Gefühl über sich selbst zu vermitteln."

„Bitte. Sie machen mir Komplimente, während Sie mir einen Mord anhängen wollen?"

„Und dann liefen Sie zufällig Grady über den Weg. Oder vielleicht haben Sie sich mit ihm verabredet. Das weiß ich nicht genau. Ich weiß aber, dass Sie ihn getroffen haben. Fred Handleman – Sie erinnern sich an Fred – hat mir gestern erzählt, dass er Sie höchstpersönlich in Los Angeles getroffen hat. Grady hat Sie als alte Freundin vorgestellt."

„Ich soll Grady zufällig über den Weg gelaufen sein? Halten Sie mich wirklich für so unfähig?"

Ich hatte eine wunde Stelle getroffen. Ermutigt zielte ich noch einmal darauf. „Vielleicht nicht unfähig, Veronica. Vielleicht hatten Sie einfach nur Angst, ihn nach all den Jahren zu sehen und womöglich wie ein Trottel dazustehen."

„Ganz und gar nicht. Ich habe es geschafft, an seine Telefonnummer zu kommen, und ihn angerufen. Ich sagte ihm, dass er mir ein Abendessen schuldete, dafür, dass er mir ‚Rainbow' geklaut hat."

Nun war ich noch angespornter. Ich konnte nur hoffen, dass der Rekorder alles aufzeichnete und Lucy bereits im Foyer stand, wobei ich gestehen musste, dass sie in diesem Fall unglaublich talentiert war, jedes Geräusch zu vermeiden.

„Wie ich mir vorstelle, war Grady nicht gerade begeistert, Sie zu treffen“, sagte ich. „Also haben Sie ihm die Sache wohl erst noch schmackhaft machen müssen.“

Einen Moment lang starrte sie mich aus großen Augen an. War sie selbst überrascht über ihre Reaktion? Oder über mein Wissen? Überlegte sie, was sie als Nächstes sagen sollte? Ich hatte keine Ahnung.

Sie riss sich wieder zusammen. „Es gibt Menschen in dieser Stadt, die wissen, dass ich versucht habe, Anspruch auf ‚Rainbow‘ zu erheben. Sie haben also nichts Neues herausgefunden. Und sich mit einem alten Freund auf einer Geschäftsreise zu treffen ist gerade mal ein müdes Gähnen wert.“

„Aber wissen die, dass Sie auch ‚Remember Me in April‘ geschrieben haben?“

„Warum reiten Sie darauf herum?“

„Veronica, ich glaube, wenn die Polizei Ihr Haus durchsuchen würde, würde sie handgeschriebene Noten dazu finden, das Original. Oder vielleicht haben Sie die Noten Ihrem Anwalt zur Verwahrung geschickt. Denn versiegelt und abgestempelt wäre sichergestellt, wann Sie den Titel geschrieben haben. Wissen Sie, ich glaube, dass Sie an dem Abend, an dem Sie Grady in L. A. zum Essen getroffen haben, eine Kopie von ‚Remember Me in April‘ dabeihatten. Sie wollten nicht mehr länger mit Leuten reden, die keine Ahnung hatten, wer Sie sind. Grady war eine Ratte, aber zumindest eine bekannte Größe. Und Sie dachten, weil er Ihnen noch was schuldete, würde er sich ‚April‘ wenigstens mal ansehen.“

„Sie haben eine rege Fantasie.“

„Sie ebenfalls. Ich kenne zwar Ihre anderen Songs nicht, aber diese beiden sind wirklich gut. Fantasievoll, berührend, perfekt für Gradys Stimme. Und ganz klar von derselben

Person komponiert. Da wir nun wissen, dass diese Person nicht *Grady* war, bleiben nur noch Sie."

„Ich vermute, Sie sind Expertin, was das Songschreiben betrifft. Wie für so viele andere Dinge auch."

„Ich schätze, Sie sind zu ihm nach Hause gegangen, wo es ein Klavier gab, auf dem Sie ihm vorspielen konnten. Und in dem Moment, in dem er es gehört hat, war Grady klar, wie perfekt es für ihn wäre. Ich habe viele Seiten von ihm kennengelernt, als ich so eng mit ihm arbeitete. Und ich weiß, dass er so ziemlich jeden um den Finger wickeln konnte, wenn er musste. An diesem Abend hat er *Sie* um den Finger gewickelt. Ich denke, er hat Ihnen gesagt, wie leid ihm täte, was er getan hatte. Dass er in all den Jahren immer wieder an Sie gedacht, aber nicht gewusst hätte, wie er es wiedergutmachen könnte. Vielleicht hat er den Refrain des Titels sogar zusammen mit Ihnen gesungen. Unter diesen Umständen hätte das eine ganz spezielle Bedeutung gehabt."

Ich begann wieder zu spielen und sang die Worte, so gut ich konnte.

Ich versuchte, zu bleiben
Wollte dich nicht verlassen, als die Luft
sanft war und süß
Wollte dich damals nicht verlassen und überhaupt nie
Doch ich hatte keine Wahl
Ich musste gehen

Veronica sah schmerzerfüllt aus, entweder wegen der Worte oder – viel wahrscheinlicher – wegen meiner Stimme. „Wenn irgendetwas an dieser verrückten Geschichte, die Sie sich ausgedacht haben, wahr wäre, warum hätte ich ihm noch einen

Titel geben sollen? Schließlich steht mein Name nicht unter ‚April'."

„Oh, ich denke, anfangs waren Sie so misstrauisch – verständlicherweise –, dass Sie die ganze Sache streng geschäftlich halten wollten."

Und nun kam der Moment, in dem ich mich richtig weit aus dem Fenster lehnte. Ich konnte nur hoffen, nicht hinauszufallen. Ich schloss den Klavierdeckel und stand auf, damit wir auf Augenhöhe waren. „Aber ich glaube nicht, dass dieser Abend rein geschäftlich blieb, Veronica. Ich schätze, er hat Sie fürstlich bewirtet, hat Ihnen Komplimente gemacht, nicht nur über den Song, sondern über alles. Vielleicht waren Sie in der Highschool nie seine Freundin, aber er war nun nicht mehr derselbe armselige Grady, der Außenseiter, über den sich ihre Freunde lustig machten. Er war Grady Barber, der Filmstar, der Las-Vegas-Entertainer, der Mann, der Emerald Springs hinter sich gelassen hatte, so wie es immer *Ihr* Wunsch gewesen war. Der sich ein neues, aufregendes Leben aufgebaut hatte. Ich glaube, Sie haben mit ihm geschlafen. Und leider weiß ich, was Grady gerne tat, wenn er mit einer Frau im Bett war. Er machte gerne Videoaufnahmen. Er filmte gerne seine Aktivitäten, und danach hielt er seinen Frauen diese Aufnahmen unter die Nase, um das zu bekommen, was immer er von ihnen wollte. Unser Grady war ein erstklassiger Erpresser. Und er benutzte dieses Band, um von Ihnen diesen Song zu klauen."

„Wie sind Sie darauf gekommen?"

Diese Worte waren noch kein Geständnis. Aber zumindest schien Veronica mehr daran interessiert zu sein, woher ich mein Wissen hatte, als daran, ihre Unschuld zu beweisen.

„Ich weiß, wie gerissen Sie sind", erklärte ich. „Sie haben ihm den Song gern überlassen, weil es Ihnen dabei natürlich niemals um Geld ging. Aber wahrscheinlich wollten Sie die Anerkennung, richtig? Und ich weiß, dass Sie sich niemals blindlings in so eine Situation begeben hätten. Ihnen ging es nur darum, den Respekt zu bekommen, den Sie verdienten. Also hatten Sie bestimmt einen Plan, wie Sie sich schützen könnten, als Sie zu Grady gingen. Und das *Einzige*, was Sie von diesem Plan hätte abbringen können, ist meiner Meinung nach Sex. Sie wollen das Leben nicht, das Sie führen, waren aber auch nie wirklich in der Lage, es hinter sich zu lassen. Sie haben als Teenager einen Versuch gestartet und jahrelang mit dieser Demütigung gelebt. Als Sie also die Wahl hatten, entweder Grady Ihren Song zu geben oder zu riskieren, dass Ihr Mann das Videoband zu sehen bekam, haben Sie sich für die Sicherheit entschieden. Sie haben das gewählt, was Sie bereits hatten, und Grady ‚Remember Me in April' überlassen."

Veronica blickte in die Ferne, so, als ob sie die Geschehnisse in L. A. wieder vor sich sehen würde. „Er nannte es: Eine Hand wäscht die andere. Das hat er tatsächlich gesagt. Er fand sich so witzig. Und das war der Moment, in dem ich mir wünschte, er wäre tot."

Noch immer kein Schuldeingeständnis, aber fast. Ich hatte gehofft, Veronica würde so von ihren Gefühlen übermannt werden, dass sie mit der Wahrheit einfach herausplatzte. Aber Veronica schien noch immer gefasst und sich ihrer ziemlich sicher. War sie einfach so weit, dem Ganzen ein Ende zu bereiten? Die Welt wissen zu lassen, was sie getan hatte, und ihre Strafe anzunehmen?

Ich glaubte kaum, dass ich darauf zählen konnte.

„Wie ist dann Ihr Plan entstanden, ihn umzubringen?"

Sie sah mich wieder an, lächelnd, sagte aber nichts.

„Dann erzähle ich Ihnen, was ich denke", sagte ich. „Ihre

Wut wurde immer schlimmer, nachdem Sie wieder zu Hause waren, nicht? Sie überlegten immer wieder, wie Sie sich rächen könnten, diesmal wirklich. Dann erzählte Ihnen Ihr Mann von Schwester Nora und dem Grundstücksverkauf, den er einzufädeln versuchte. Lucy hat mir erzählt, dass nur wenige Immobilienmakler wussten, dass sie ein Grundstück suchte, und ganz bestimmt war Farley einer von ihnen. Als er herausfand, dass Lucy Jacobs ihr ein Anwesen verkauft hat, war er bestimmt sauer. Er hat Ihnen alles darüber erzählt. Und Sie wussten, wer Schwester Nora ist. Sie wussten ganz bestimmt alles über Gradys Leben, alles über seine Ehen …"

„An dem Tag, an dem ich erfuhr, dass Nora Nelson nach Emerald Springs kommen würde, hatte ich das Gefühl, Gott spräche direkt zu *mir*. Als ob Er aus dem Himmel herabgestiegen wäre, um seine Hand auf meine Schulter zu legen und mir zu sagen, dass ich ihm Grady bringen sollte. Nora Nelson ist verrückt. Sie hört Stimmen. Sie glaubt, Gott spricht mit ihr und fordert sie auf, die Welt zu retten. Sie hat es verdient, eingesperrt zu werden."

Ich stellte sicher, dass meine Kinnlade nicht herunterfiel, was mich aber einige Mühe kostete. Wer war hier die wahre Verrückte? Nora, die hörte, dass Gott sie aufforderte, die Erde zu retten? Oder diese Frau, die hörte, dass Gott sie aufforderte, den Mann umzubringen, der sie hintergangen hatte, und zugleich jemand anderen dafür büßen zu lassen? Ich wusste nicht, was ich sagen sollte. Aber das war egal, denn Veronica füllte die Stille aus.

„Und wissen Sie was? Exakt einen Tag nachdem ich erfahren hatte, dass Nora hierherziehen würde, stellte sich heraus, dass der Juror, den wir eigentlich für das ESI engagieren wollten, abgesagt hatte. Und da wusste ich, was ich tun konnte. Was ich tun *musste*."

„Alles passte einfach wunderbar zusammen?“ Ich fragte so sanft, wie es mir möglich war.

„Als ob es so bestimmt gewesen wäre.“

„*Hmm* ... Vielleicht. Aber wie haben Sie Grady dazu gebracht, zu kommen? Warum sollte er sich hier blicken lassen, wo Sie doch Beweise hatten, dass ‚Remember Me in April‘ Ihre Komposition ist? Hatte er keine Angst, dass Sie es rumerzählen würden, selbst wenn Sie damit Ihre Ehe aufs Spiel setzten? Dass Sie ihn nur herlocken würden, um das in seiner Anwesenheit zu tun?“

„Er wusste es besser. Immerhin hatte ich ihm meinen Song überlassen, oder nicht?“

Sie wollte, dass ich selbst dahinterkam, doch mein Hirn hatte inzwischen alle Kapazitäten ausgeschöpft. Und niemals wäre ich auf die Idee gekommen, dass Veronica den Mord an Grady Barber als vorausbestimmt betrachtet hatte. Dass sie geglaubt hatte, Erlaubnis von göttlicher Seite bekommen zu haben, sogar Hilfe. Das war eine ganz neue Wendung. Ich hatte immer auf Veronicas Verstand gebaut, um dieses Gespräch nicht ausufern zu lassen. Auf einen Verstand, der kurzfristig am Finalabend ausgesetzt hatte, an den ich aber noch immer appellieren konnte. Jetzt wusste ich es besser.

„Also sind Sie nicht ganz so clever, was die Geschichte betrifft, wie Sie glauben“, sagte Veronica, als ich nicht antwortete, nicht antworten *konnte*. „Ich werde es Ihnen einfach verraten, damit Sie sich nicht so sehr anstrengen müssen. Ich sagte Grady, dass ich *noch* einen Song für ihn hätte. Einen, der besser wäre als die beiden anderen zusammen. Ich sagte ihm, er würde ihn umsonst bekommen, wenn er nach Emerald Springs kommen und mir das Videoband bringen würde.“

„Sie dachten, die Sache wäre damit erledigt?“

„Natürlich wusste ich, dass er zuvor eine Million Kopien ziehen könnte, aber ich sagte ihm auch, dass ich jederzeit beweisen könnte, dass dieser Song von mir wäre. Wenn also jemals ein Band auftauchte, das uns beide zusammen zeigte, würde ich schwere Geschütze auffahren, denn dann hätte ich sowieso nichts mehr zu verlieren. Andernfalls würde ich es auf sich beruhen lassen. Er würde nach Emerald Springs kommen, in der Jury vom ESI sitzen und damit einiges wiedergutmachen. Immerhin würde ich wie ein Engel dastehen, wenn ich das ganze Geld für eine neue Kinderstation in unserer Stadt beschaffte. Das zumindest würde mir niemand nehmen können. Grady bekäme einen guten neuen Song, und ich hätte das Videoband und meinen festen Platz in der Geschichte von Emerald Springs. Und all unsere Angelegenheiten wären bereinigt."

Mir fiel ein, dass Fred von Anfang an behauptet hatte, Grady würde sich noch schlimmer aufführen als normalerweise. Die Gier hatte ihn in unsere nette Stadt gebracht, doch selbst Grady war klug genug zu erkennen, welche Probleme entstehen konnten.

„Und das hat er Ihnen abgekauft?", fragte ich.

Sie zuckte mit einer schlanken Schulter. „Er war wild auf einen neuen Hit. Von mir hatte er die beiden einzigen, die ihm jemals gelungen waren. Also war er bereit, zu kommen."

Wie töricht von ihm. Aber waren wir nicht alle töricht? Hatten wir nicht alle diese Frau unterschätzt? Ich allerdings zum Glück nicht so sehr, um auf Verstärkung zu verzichten. Und jetzt war ich mir fast sicher, dass meine Verstärkung inzwischen angekommen war. Denn während Veronicas Erklärung hatte ich gehört, wie die Eingangstür der Kirche geöffnet worden war – und danach leise Schritte.

Gerettet. Und das in der Kirche einer freien Glaubensgemeinschaft wie unserer, wo *Errettung* so gut wie kein Thema war.

Ich sah nicht auf. Ich ignorierte das leise Knarren der Bodendielen und sprach lauter. „Und dann haben Sie ihn umgebracht“, sagte ich in der Hoffnung, die Sache jetzt schnell hinter mich zu bringen. Bis jetzt hatte sie den Mord noch nicht gestanden, nur ihren Wunsch danach.

„Natürlich habe ich ihn nicht umgebracht. Ja, ich wünschte, er wäre tot, aber das ist noch weit entfernt von einem Mord. Dann passierte etwas, was ich nie vermutet hätte: Nora ging an dem Abend des Finales hinter die Bühne und brachte ihn selbst um. Und Grady schaffte es noch, *nor* an die Wand zu malen, bevor er starb. Ein echter Polizist, unser Grady. Bis zur Sekunde seines Todes. Verstehen Sie jetzt, was ich meine? Das alles war vorherbestimmt.“

„Nur hat er nicht Noras Namen gemalt, Veronica. Sondern *Ihren*. Grady war Legastheniker. Lisa Lee hat mir erzählt, dass er in der Highschool sogar versuchte, Noten von rechts nach links zu lesen. In diesem letzten Augenblick, als er nur noch Sekunden zu leben hatte, schmierte er den Namen, den er in der Highschool benutzt hatte. Ronnie. Er schaffte nur noch *ron*, die ersten drei Buchstaben, bevor er starb. Zu Noras Pech schrieb er Ihren Namen so, wie er früher oft geschrieben hat.“

Ich machte eine bedeutungsvolle Pause. „Rückwärts.“

Sie starrte mich an, und zum ersten Mal sah ich Wut in ihren Augen aufblitzen. „Ich bin an diesem Abend nicht mit Mordgedanken zu ihm gegangen.“

Mannomann, ich konnte nur hoffen, ja beten, dass dieser letzte Satz auf dem Band gut zu hören war. Und ich wollte so dringend wissen, wer da den Gang entlang auf uns zukam, aber ich wagte nicht, Veronica aus den Augen zu lassen.

„Ja, ich hatte alles eingerichtet, nur für den Fall. Ich hatte einen Jungen aus dieser albernen Zeltshow angeheuert, um etwas aus Noras Haus zu klauen, was ich als Waffe benutzen konnte. Ich hatte ja keine Ahnung, dass sie eine Affäre mit einem Messerwerfer hatte. Noch ein göttlicher Fingerzeig, finden Sie nicht?"

„Oder einfach ein Zufall."

Sie ignorierte mich. „Niemals hatte ich vor, Grady vor dem Ende vom ESI umzubringen. Egal, was Sie auch glauben, mir war ein positives Ergebnis der Veranstaltung am wichtigsten. Ich wollte das Geld einstreichen und dann diesen Dreckskerl umbringen. Doch als ich an diesem Abend in seine Garderobe ging, sagte er, dass ihm mein neuer Song nicht gefalle. Er sagte, er wäre nicht gut genug. Dass er ihn zwar nehmen, mich aber nicht so einfach davonkommen lassen würde. In den letzten Tagen hätte er erkannt, was mein Ruf mir bedeute. Ich wäre noch immer genau dasselbe Mädchen, das er in der Highschool gekannt hatte. Also meinte er, ich solle ihm einen richtigen Hit schreiben, bevor er mir das Videoband gäbe, vielleicht sogar ein ganzes Album voller Hits. Er sagte, dass er meinen Bluff durchschaut hätte. Vielleicht könnte ich beweisen, dass ich seinen zweiten Hit komponiert hatte, genau wie seinen ersten. Aber dass ich das niemals riskieren würde. Weil ich noch nie ein richtiges Risiko eingegangen wäre."

Ich konnte mir die Szene nur zu gut vorstellen. Veronica, wie sie alles versuchte, damit das Finale endlich beginnen konnte. Und Grady, der mit seiner neuen Idee herausplatzte, wie er Veronica das Leben zur Hölle machen konnte.

Sie lächelte leicht, als würde sie eine liebe Erinnerung streicheln. „Also zeigte ich ihm, dass ich sogar das größte Risiko überhaupt einzugehen bereit war. Sein Hotelzimmer hatte ich bereits nach dem Videoband durchsucht, aber ich glaube, dass er es nicht einmal dabeihatte. Er wusste die ganze Zeit, dass er es mir nicht geben würde. Und das Messer, das mir der Freak aus dem Zirkus besorgt hatte, trug ich schon die ganze Zeit bei mir. Ich zog es heraus."

Sie zuckte mit den Schultern, doch ihr Gesicht war lebhaft, als ob sie ihre Erzählung genießen würde. „Er lächelte nur, weil er nicht glaubte, dass ich den Mut dazu hätte. Er drehte mir sogar den Rücken zu. Natürlich würde er nicht einfach so leise abtreten, wenn ich auf ihn eingestochen hatte. Er hat es niemandem jemals leicht gemacht. Also musste ich dafür sorgen, dass keiner seine Schreie hörte. Dann wusch ich mir die Hände, stellte sicher, dass ich keine Blutspritzer abbekommen hatte, und wischte meine Fingerabdrücke vom Griff. Ich hörte, wie es an der Tür klopfte, aber jeder wusste, dass Grady nicht gestört werden wollte. Wer auch immer das war ..."

„Ich wahrscheinlich", sagte ich. „Mit dem Reporter vom *Flow*."

Sie lächelte. „Sie sind einfach gegangen, Aggie. Als ich aus dem Zimmer gegangen bin, war ich sicher, dass er nicht mehr lebte."

„Mom?"

Ich riss den Kopf hoch und sah nun endlich, wer den Gang entlanggekommen war. Niemand, den ich zu sehen gehofft hatte. Deena stand direkt hinter Veronica. Sie hatte den letzten Teil unseres Gesprächs gehört, und selbst wenn sie nicht jedes Wort verstanden haben sollte, wusste sie, dass es sich nicht um eine freundschaftliche Unterhaltung handeln konnte.

„Lauf!", rief ich und wollte mich auf Veronica stürzen.

Doch Veronica war schneller als meine Tochter und schneller als ich. Ich musste erst noch an dem Klavier vorbei, doch da hatte sie schon Deena gepackt. Sosehr Deena sich auch wehrte, Veronica war stärker und größer als sie. Sie presste

Deena mit dem Rücken an sich und schlang einen Arm um ihren Hals. Mit der anderen griff sie in die Handtasche, die um ihre Schulter hing. Und als sie die Hand wieder herauszog, hielt sie eine Pistole darin.

„Ihr zwei hört jetzt mal zu“, sagte sie, als Deena, die die Pistole aus den Augenwinkeln sehen konnte, umgehend aufhörte, sich zu wehren. „Wenn einer von euch zu schreien oder wegzulaufen versucht, werde ich die Waffe benutzen.“

Ich war jetzt nur noch wenige Schritte von ihr entfernt, wagte aber nicht, irgendwelche plötzlichen Bewegungen zu machen. „Bitte beruhigen Sie sich. Ed weiß, dass Sie hier bei uns sind. Sie waren zuvor bei uns zu Hause, also wird man Sie sofort verdächtigen. Wir können gemeinsam überlegen, was als Nächstes zu tun ist. Sie brauchen keine Pistole.“

„Sie sind genau wie Grady, wissen Sie das? Sie unterschätzen mich. Ich wusste, dass Sie nicht aufhören würden, nach dem Mörder zu suchen. Dann erwähnte Camille, dass Sie sie über meine Lieder ausgefragt haben. Und mir wurde klar, dass Sie dabei waren, die Puzzleteilchen zusammenzusetzen. Also habe ich Vorbereitungen getroffen.“

Sie wedelte mit der Pistole. „Das hier ist Vorbereitung Nummer eins. Ich habe nicht vor, Sie oder Ihre Tochter umzubringen, Aggie. Sie haben mir nie etwas getan, außer dass Sie Ihre Nachforschungen nicht abgeblasen haben, selbst nachdem ich Ihnen diesen Schreck einjagte.“

Die Elefanten. Das überraschte mich nicht, nicht nachdem sie „diesen Zirkusfreak“ engagiert hatte, das Messer zu stehlen.

„Ich verlasse die Stadt“, sagte sie. „Und ich nehme Ihre Tochter als Sicherheit mit. Eigentlich hatte ich geplant, Sie mitzunehmen. Mir war klar, dass ich hier irgendwann verschwinden müsste, doch darauf hatte ich mich seit Gradys Tod vorbereitet. Wer weiß schon, wo das Videoband ist und wann es auftauchen wird? Aber wissen Sie was? Endlich bin ich so weit. Ich habe Bargeld, ich habe ein Ziel, ich habe ein Flugticket. Ich werde dieses unnütze kleine Leben ein für alle Mal hinter mir lassen. Ich brauche einfach nur einen guten Vorsprung. Also nehme ich …" Sie winkte mit der Pistole. „Wie heißt sie?"

„Deena", krächzte ich.

„Genau, Deena, das Price Girl. Ich nehme Deena mit. Und wenn Sie irgendjemandem verraten, was Sie herausgefunden haben, dann werden Sie ihre niedlichen kleinen Flickflacks nie wieder zu sehen bekommen. Ansonsten werde ich sie irgendwo zurücklassen, wo man sie findet, sobald ich das Land verlassen habe. Und ich kann Ihnen versichern, dass niemand, niemand mich jemals finden wird."

„Bitte … Sie erwürgen mich …" Deena klang, als ob sie gleich in Tränen ausbrechen würde. Sie war ganz steif in Veronicas Umklammerung geworden, und einen Moment lang schien Veronica nicht zu wissen, was sie tun sollte. Ich denke, sie hat ihren Griff ein klein wenig gelockert. Mehr brauchte meine Tochter nicht.

Deenas Großvater wäre so stolz gewesen. Deena hatte sehr genau hingehört, als Ray ihr Anfang des Sommers einen Selbstverteidigungskurs gegeben hatte. Sich in der Position zu wehren, in der Veronica sie umklammert gehalten hatte, war nicht möglich gewesen. Jetzt, wo sie wieder mehr Luft bekam, drehte sie sich zu Veronica um, und bevor diese noch reagieren konnte, stieß sie die Hände so, dass Veronicas Arme zur Seite flogen, und trat zugleich mit dem Absatz ihrer Sandale mit aller Kraft auf Veronicas Fuß.

Veronica kreischte auf, doch noch bevor ihre Stimme durch den Altarraum hallen konnte, warf ich mich auf sie und griff nach der Pistole.

Ich war nicht die Einzige, die sich auf sie stürzte. Auf einmal waren etwa ein Dutzend Menschen im Raum. Sie sprangen über Kirchenbänke, leichtfüßige Männer und Frauen, manche so groß und breit wie Elefanten, stürmten wie eine wild gewordene Zirkusparade auf uns zu. Ein Mann bewegte sich dermaßen schnell, dass ich mir einbildete, Kanonenrauch riechen zu können. Doch wurde dieser Mann ausschließlich durch Adrenalin getrieben und nicht durch Schießpulver. Während ich noch immer mit Veronica kämpfte – und gewann –, wurde sie ein für alle Mal durch einen schnellen Tritt von Yank entwaffnet.

Innerhalb kürzester Zeit hatten drei Männer aus Noras Zeltshow die schluchzende Veronica überwältigt. Ich presste Deena an mich. Henry Cinch kam den Gang hinuntergeschlendert, offenbar vollkommen unbeeindruckt.

Ich umarmte meine Tochter. „Was in aller Welt hattest du hier zu suchen?"

„Ich wollte ... dass du mir dabei hilfst ... mich bei Daddy zu entschuldigen."

„Gütiger Himmel." Ich drückte sie noch fester an mich. „Was hast du dir nur dabei gedacht, dich gegen sie zu wehren?"

Sie heulte jetzt. „Ich dachte ... ich hatte Daddy noch nicht gesagt ..."

Ich verstand. Deena hatte befürchtet, wenn Veronica sie in ihr Auto verfrachtete, würde sie vielleicht nicht lange genug leben, um Ed zu sagen, dass es ihr leidtat. Nicht lange genug, um überhaupt noch irgendwas zu tun.

„Ist schon gut ..." Ich strich ihr übers Haar. „Schätzchen, es ist ja gut gegangen. Du warst so tapfer. Du hast alles richtig gemacht. Dein Grandpa wäre begeistert."

Und nächsten Sommer würde ich die Mädchen wieder nach

Indiana schicken, damit Ray sie weiter unterrichten konnte. Keine Frage.

„Aggie!"

Als ich aufblickte, sah ich wehende rote Locken, die wie eine Feuerzunge den Gang entlang auf mich zubrausten. Und direkt dahinter erkannte ich Roussos.

„Du bist nur ein winziges bisschen zu spät", sagte ich zu Lucy.

„Mein Auto hatte einen Platten! Also habe ich Roussos angerufen und ihm erzählt, was wir vorhatten. Er war nicht weit weg. Er hat mich abgeholt und …"

„Du hast Roussos' Privatnummer?"

Einen Moment lang sah Lucy ungefähr so aus wie Veronica, als Yank sie entwaffnet hatte. Sie fing sich schnell. „Nun, man weiß ja nie. Vorsicht ist die Mutter der Porzellankiste."

Roussos und Henry erreichten uns gleichzeitig. Roussos übernahm umgehend die Kontrolle. Er bat die Leute, die die um sich schlagende Veronica nicht festhielten, zur Seite zu treten. Die anderen forderte er auf, sie in den hinteren Teil des Altarraums zu bringen.

„Sie hat Grady Barber umgebracht", erklärte ich ihm, sobald er aufhörte, Befehle zu erteilen. „Für den Fall, dass sie versuchen sollte zu leugnen, habe ich das ganze Gespräch auf Band aufgenommen. Sie wollte Deena als Geisel nehmen, um zu fliehen."

„Sie haben ganz zufällig das Gespräch aufgezeichnet?"

„Ich habe einfach immer wieder unglaubliches Glück."

Er schüttelte den Kopf. „Geht es Ihnen beiden halbwegs gut?"

Er blickte zu Deena, die sich die Nase am Saum ihres T-Shirts abwischte. Sie nickte. Und ich glaube, sie meinte es auch so.

„Alles in Ordnung." Tatsächlich, alles war exakt so gelaufen, wie ich es gehofft hatte. Das Schicksal war dafür bekannt, selbst in die wasserdichtesten Pläne einzugreifen. Doch Deena und ich hatten das Schicksal selbst in die Hand genommen und gesiegt. Veronica würde in Zukunft genügend Zeit haben, Songs zu schreiben. Und ihre Existenz konnte man nicht mehr als unbedeutend bezeichnen. Nora würde aus dem Gefängnis kommen und ihre Biosphäre bauen. Die Medien würden wieder in Emerald Springs einfallen und hier einen letzten Mordszirkus aufführen.

Und ich? Nun, ich hoffte, dass ich bis an mein Lebensende nie mehr einen Mord aufklären musste. Doch zumindest war ich diesmal auf die richtigen Antworten gekommen, bevor der Mörder und ich uns Aug' in Aug' gegenübergestanden hatten. Meine Teenager-Tochter und ich hatten Veronica überwältigt und waren mit dem Leben davongekommen, um alles zu erzählen.

Roussos ging zu den Männern, die Veronica festhielten. Wahrscheinlich würde er in seiner Dienststelle anrufen und sie dann offiziell verhaften.

Henry streckte mir die Hand hin. „Wissen Sie noch, dass wir uns in Texas die Hand schütteln, wenn wir ein Geschäft besiegelt haben?"

Das taten wir. Dann reichte er Deena die Hand. „Sie kommen ganz nach Ihrer Mutter, junge Dame. Sie haben auch kein Fünkchen Feigheit in Ihrem Körper."

Sie schüttelten sich feierlich die Hand, dann hob er ihre an seine Lippen und küsste sie. Schließlich spazierte er wieder den Gang hinunter und sammelte die Zirkusleute ein.

„Du hast Henry angerufen?" Lucy war nun die Einzige außer Deena, die noch hier war.

„Clever, wie? Ich dachte, niemand wäre besser geeignet,

eine Mörderin zu überwältigen." Ich hielt inne. „Du hast also tatsächlich Roussos' Telefonnummer in deinem Handy gespeichert?"

„Nun, wenn Schwester Nora recht hat, dann ist unsere Zeit auf diesem Planten kurz bemessen. Da denkt man über die eine oder andere Gelegenheit nach, meinst du nicht?" Lucy zwinkerte mir zu, bevor sie mich mit meiner Tochter allein ließ.

„Wer erzählt Daddy, was geschehen ist?", fragte Deena. „Irgendjemand muss ja wohl."

„Ich sag dir was. Erst entschuldigst du dich. Dann komme ich von hinten und erwähne, dass wir Veronica Hayworth in der Kirche zur Strecke gebracht haben. Als wär da gar nichts dabei."

„Armer Daddy."

Ich schlang einen Arm um ihre Schulter, und sie wehrte sich nicht. Ed würde eine ganze Menge zu schlucken haben, doch vor allem würde er dankbar sein, dass es Deena und mir gut ging, und aus diesem Grund über alles andere hinwegsehen.

Darin war er so schrecklich gut, mein Ed. Und was noch besser war, Deena konnte sich darauf verlassen, dass er die heutigen Ereignisse nicht in seiner nächsten Predigt benutzen würde.

Dafür war ich besonders dankbar.

20. KAPITEL

Schwester Noras Mitarbeiter bauten im Regen das Gestänge ab. Niemandem schien der Regen etwas auszumachen. Und auch niemandem von uns, die wir dabei zusahen. Nach der langen Dürreperiode war der Regen so wertvoll, dass wahrscheinlich viele Einwohner von Emerald Springs ihn gerade mit ausgestreckten Armen willkommen hießen.

Ich trug einen Poncho und einen Regenschirm, Junie einen gelben Regenmantel mit Kapuze, in dem sie wie eine Ente aussah. Lucy hatte einen Regenmantel mit Leopardenmuster an, allerdings keine dazu passenden Stiefel, sondern Socken und Gartenclogs. Ich glaube, sie hatte später noch eine Verabredung und wollte sich die Stiefel nicht ruinieren.

Und ich glaube auch zu wissen, mit wem sie verabredet war, obwohl sie sich über dieses Thema in den letzten Tagen merkwürdig ausschwieg.

„Ich finde es schade, dass sie gehen", sagte Junie. „Ich werde Nora vermissen."

Ich hätte erwähnen können, dass Junie Schwester Nora jederzeit in Esmeralda in Texas besuchen könnte, wo die Zeltshow neu errichtet werden sollte. Doch mich lässt die Angst einfach nicht los, dass Junie einfach für immer mit dem Zirkus abhauen könnte.

„Sie hat eine Menge durchgemacht", sagte ich. „Wahrscheinlich kann sie es kaum erwarten, hier zu verschwinden."

„Das glaube ich nicht", sagte Lucy. „Nora hat nicht eine Sekunde daran gezweifelt, wieder freizukommen. Sie sagte mir, dass die Zeit im Gefängnis eine gute Gelegenheit gewesen wäre, zu beten und nachzudenken. Und währenddessen hat sie auch noch neue Freiwillige für ihre Zeltshow gewonnen."

„Ich frage mich, ob Veronica Hayworth die Zeit im Gefängnis als ähnlich angenehm empfinden wird."

Da bei Veronica Fluchtgefahr besteht, muss sie im Gefängnis auf ihren Prozess warten, vielleicht ja sogar in Noras alter Zelle, und nicht in ihrer Villa in Emerald Estates. Letzte Woche erzählte mir Roussos, dass Veronicas Anwalt versucht, auf Totschlag im Affekt zu plädieren, da Veronica unter schwerem emotionalem Stress gestanden hatte und erheblich provoziert worden war.

Wenn es danach ginge, hätte natürlich so ziemlich jeder, der mit Grady Barber zusammenarbeitete, die perfekte Entschuldigung für einen Mord gehabt, selbst ich.

„Vielleicht tröstet es sie zu wissen, dass das Krankenhaus nun doch noch seine neue Kinderstation bekommt", sagte Lucy.

Merkwürdigerweise hielt ich das für tatsächlich möglich.

„Ist noch immer schwer vorstellbar, dass Henry Cinch reich genug ist, um mal eben einen Scheck über so einen Betrag auszustellen", sagte meine Mutter. „Könnt ihr euch vorstellen, wie das sein muss?"

„Nein, aber ich kann mir gut vorstellen, wie fantastisch die Kinderstation für unsere Stadt sein wird."

Lucy blickte mich an. „Oh, ich habe eine tolle Idee, Aggie, vielleicht kannst du ja dem Komitee beitreten, das darüber entscheidet, wie die Spende benutzt wird. Henry mag dich wirklich."

„Netter Versuch." Lucy weiß, dass meine Komitee-Tage vorüber sind. Vor zwei Wochen haben wir das perfekte Umbau-Haus gefunden und gekauft. In einer Woche, wenn meine Mädchen wieder in die Schule gehen, werde ich wieder Böden rausreißen und Küchenschränke neu lackieren. Ich habe bereits Winona damit beauftragt, uns Männer zu vermitteln, die uns helfen, die Abfälle wegzuschaffen. Jetzt, wo Veronica auf ihren Prozess wartet, steht das Hayworth-Haus zum Verkauf. Winonas Tage als Haushälterin sind endgültig vorbei, sie ist nun selbstständige Unternehmerin. Zwar weiß man es bei Winona nie genau, aber ich glaube, es macht ihr Spaß.

„Ich kann es zwar nicht fassen, aber mir wird langsam kalt", sagte Junie. „Wir sollten besser zurückfahren."

„Vergesst nicht, dass Ed und Deena Chili mit allem Drum und Dran kochen. Ihr seid beide zu einem frühen Abendessen eingeladen."

„Ich bin so froh, dass sie sich wieder verstehen", sagte Junie.

Und ich erst. Ich habe das Gefühl, dass Deena nie wieder so nachtragend sein wird. Jetzt weiß sie einfach zu genau, dass es wichtig ist, zu reden und eine Entschuldigung anzunehmen. Die Lektion ist hart gewesen, aber sie und Ed stehen sich jetzt wieder so nahe wie zuvor. Außerdem ist sie ein paarmal zu May gegangen, um sicherzustellen, dass die Geschichte mit Veronica keine Narben hinterließ. May ist der Ansicht, dass sie gut damit zurechtkommt.

„Teddy kann es kaum erwarten, euch beiden den Film zu zeigen", sagte ich warnend. „Aber keine Sorge, er dauert ungefähr zwei Minuten, und die Hirnparasiten wurden doch wieder rausgeschnitten. Jetzt ist es ein bisschen so, als würde man einer von Eds Predigten beiwohnen, nur kürzer und leichter zu verstehen."

Lucy schüttelte den Kopf. „Wir müssen Teddy mehr rausholen, dafür sorgen, dass sie sich in der Schlange für Hannah-Montana-Poster anstellt und bei Little-Miss-Wettbewerben mitmacht."

„Keine Wettbewerbe mehr. Lieber schaue ich mir ihre Filme mit Popcorn und einer Prise Moral an."

Durch den Regen sah ich eine bekannte Gestalt auf uns zusteuern. Ich hielt Junie, die gerade gehen wollte, an ihrem Regenmantel fest. „Ist das nicht Nora?"

Junie schirmte ihre Augen mit der Hand ab. „Sie muss soeben zurückgekommen sein."

Wir waren eigentlich vorbeigekommen, um uns von Nora zu verabschieden. Doch man hatte uns gesagt, dass sie mit Yank Einkäufe machte. Jetzt war ich froh, dass wir sie doch noch einmal zu sehen bekamen.

Nora entdeckte uns, als einer ihrer Mitarbeiter in unsere Richtung zeigte. Sie trug einen einfachen Poncho wie ich, doch ihr Kopf war unbedeckt, und sie hatte auch keinen Regenschirm bei sich. Wassertropfen liefen über ihre Wangen, ihr blondes Haar hing in Strähnen herunter. Sie sah vollkommen glücklich aus.

„Ist der Regen nicht herrlich?", fragte sie.

„Wir sind begeistert, aber er erleichtert Ihre Abbauarbeiten nicht gerade", sagte ich.

Nora umarmte uns nacheinander. Dann trat sie einen Schritt zurück. „Wir können das bei jedem Wetter. Das ist ein Teil von uns."

„Ich kann nicht glauben, dass Sie wirklich gehen", sagte Junie. „Wir werden Sie vermissen."

Nora lächelte. „Nicht alle. Aber gestern haben wir den Demonstranten eimerweise Getreide und Zirkusposter geschenkt. Sie schienen sich zu freuen."

„Es hat mich überrascht zu erfahren, dass Sie wegziehen und die Farm verkaufen." Ich wusste nicht, wie ich die Frage stellen sollte, die mich wirklich beschäftigte.

„Sie würden wahrscheinlich gerne wissen, weshalb", sagte Nora.

„Nun, ja. Ich meine, Sie wollten doch eine Biosphäre erbauen. Sie kamen hierher ... ähm ... weil es Ihnen so befohlen wurde, richtig?"

Lucy sah mich böse an, doch wie oft noch hätte ich die Gelegenheit, eine selbst ernannte Prophetin zu befragen? Vor allem eine, die ich mochte und bewunderte? Mir schien es unwahrscheinlich, dass ich überhaupt jemals wieder einer über den Weg laufen würde.

Nora kaute auf der Lippe, dann kam sie ein Stück näher. „Ich glaube, dass Gott zu mir spricht. Glauben Sie, dass Er zu Ihnen spricht?"

Das war eine von diesen Fangfragen. Ich wusste nicht so recht, wie ich sie beantworten sollte. „Vermutlich auf andere Weise als zu Ihnen", sagte ich nach einer Weile. „Vielleicht nicht ganz so deutlich. Definitiv nicht so deutlich."

„Nun, wir interpretieren ständig, was wir hören, nicht wahr? Egal, wie direkt es ist. Wir nehmen das Gesagte auf. Es durchläuft einmal unsere Erfahrungen, das, was wir wissen, das, was wir glauben, und das, was wir gerne glauben möchten. Richtig?"

„Da würde ich Ihnen zustimmen."

„Nun, ich glaube, dass Gott mir sehr direkt zu verstehen gegeben hat, dass ich gegen die globale Erwärmung kämpfen soll."

„Das ist eine sehr sinnvolle Mission", sagte Junie. „Obwohl ich fürchte, dass Ihre Biosphäre eine gute Lüftung bekommen muss bei all den Tieren. Und eine Klimaanlage kostet ein Vermögen. Vielleicht sollte man all diese Aufgaben nur als Notlösung in letzter Sekunde angehen."

Nora lächelte strahlend. „Das ist sicher richtig. Doch eine Biosphäre zieht eine Menge Aufmerksamkeit auf sich – und das Problem, oder nicht? Sehen Sie sich die ganze Publicity an, die wir hier bekommen haben, all die Leute, die sich nun fragen, ob wir nicht vielleicht doch die Wahrheit sagen, ob es nur noch eine Hoffnung gibt, die Welt zu retten ..." Sie hob eine Augenbraue. „Meinen Sie, in Emerald Springs gäbe es die nötigen Technologien und das Geld, um so etwas zu bauen?"

„Man hat es schon an anderen Stellen versucht", sagte ich. „Es gab eine Biosphäre in Arizona, die nicht funktionierte, obwohl die Leute eine Menge wissenschaftliche Daten sammeln konnten, oder?"

„Ja. Sie haben eine gebaut und ihre Daten bekommen. Noch haben wir unsere nicht gebaut, aber wir haben die Aufmerksamkeit der *Öffentlichkeit* bekommen. Und sie wird mehr und mehr werden, egal, wohin wir gehen und was wir tun, egal, wie oft wir umziehen. Immer mehr Menschen werden sich fragen, ob die globale Erwärmung schlimm genug ist, um solch drastische Maßnahmen zu ergreifen. Dann werden sie überlegen, was sie selbst tun können, um dagegen anzukämpfen. Welche Opfer sie bereit sind zu bringen. Welche Politiker sie wählen sollen."

„Wollen Sie damit andeuten, dass Sie niemals wirklich vorhatten, hier eine Biosphäre zu erbauen? Dass alles nur ein Trick war?" Ich erinnerte mich an die unsterblichen Worte von P.T. Barnum, als Zirkuspionier mehr oder weniger ein Kollege von Nora. *Jeden Tag steht ein neuer Dummer auf.*

„Ein Trick?" Noras Augen blitzten durch den Regen. „Gott macht sicherlich keine Tricks. Wir alle sind erwählt, an seinem Werk mitzuarbeiten und das zu tun, was man am besten kann. Und was, denken Sie, kann ein Zirkus und können Zirkusartisten am besten? Wir preisen an. Wir unterhalten. Wir kreieren Spektakel, die die Menschen ihr Leben lang nicht vergessen werden."

„Die größte Show der Welt?"

„Nun, das ist was vollkommen anderes. Aber ich glaube einfach, dass die größte Show auf dieser Erde wäre, die Klimaerwärmung zu stoppen, die alle Wesen Gottes auslöschen wird. Vielleicht wird unser Planet tatsächlich bald eine Biosphäre brauchen. Und wenn es so weit ist, werden wir vielleicht auch wissen, wie es geht. Bis dahin bieten wir eine fantastische Show." Sie zwinkerte. „Gott liebt Unterhaltung. Und Er hat einen Sinn für Humor, finden Sie nicht? Immerhin sind wir nach seinem Bild erschaffen."

Wir verabschiedeten uns und versprachen, dass wir versuchen wollten, Nora in Texas zu besuchen – oder wohin auch immer sie danach weiterzog.

An diesem Abend waren Ed und ich nach dem Chili, nach Teddys Film und der Frage, mit wem Lucy sich genau treffen wollte, endlich allein. Ich erzählte ihm alles, was Nora gesagt hatte. Er lauschte mit einem Lächeln.

„Das habe ich mir schon ungefähr gedacht", sagte er.

Ich boxte ihn in die Schulter. „Hast du nicht!"

„Sie kam letzten Monat zu mir, weißt du noch? Sie hat mit allen Pfarrern der Stadt gesprochen, einem nach dem anderen. Ich fragte sie, ob sie das wirklich ernst meine, ob sie wirklich glaube, dass sie die Mittel habe, eine Biosphäre zu bauen, in der auch nur eine von den Milliarden Lebensformen auf unserem Planeten gerettet werden könne. Und weißt du, was sie geantwortet hat?"

„Ich? Offenbar weiß ich überhaupt nichts."

„Sie fragte, ob ich wisse, dass es verschiedene Versionen von Noahs Geschichte gäbe. In der traditionell islamischen droht Noah seinen Brüdern wegen der Konsequenzen ihrer Sünden fast eintausend Jahre lang, bevor Gott die Flut schickt. Und Nora meinte, wenn Gott Noah die Chance gäbe, die ganze Welt zu warnen, ob ich dann nicht glaube, dass er auch ein zweites Mal so nett wäre?"

Wir knipsten das Licht aus, und Sekunden später atmete Ed neben mir tief und gleichmäßig, überzeugt, dass mit der Welt alles in Ordnung war.

Ich schlief mit „Sailing toward a Rainbow" im Kopf ein. Ich möchte gar nicht genau wissen, wieso.